Alina Jipp

Der Arzt meiner Tochter

Roman

AF216103

BOOKS on DEMAND

Alina Jipp

Der Arzt meiner Tochter

Roman

*Die geschilderten Personen und Ereignisse sind frei erfunden.
Ähnlichkeiten mit lebenden oder verstorbenen Personen sind rein zufällig.
Der Roman enthält Szenen, die reinweg Fantasy sind und nicht
niedergeschriebenen Aspekten entsprechen muss.*

*Die Texte sind nach der neuen deutschen Rechtschreibung von 2006 verfasst.
Bei unterschiedlicher Schreibmöglichkeit hat sich die Autorin für die vom
Duden vorgeschlagene Schreibweise entschieden.*

*© 2016 **Alina Jipp***
*Cover: **Alina Jipp***
Lektorat, Korrektorat & Buchlayout:
Lektorat Buchstabenpuzzle Bianca Karwatt
www.lektorat-buchstabenpuzzle.de

*Bibliografische Information der Deutschen Nationalbibliothek:
Die Deutsche Nationalbibliothek verzeichnet diese Publikation in der
Deutschen Nationalbibliografie; detaillierte bibliografische Daten sind im
Internet über http://dnb.de abrufbar.*

Herstellung und Verlag: BoD – Books on Demand, Norderstedt

*Taschenbuch
ISBN: 978-3-7460-1355-8*

Kapitel 1

Ich machte gerade eine kurze Pause, als mein Mann mich rief. »Maddie, kannst du mir kurz helfen?« John war meine geliebte bessere Hälfte und seit fünf Jahren mein Ehemann. Schnell verließ ich den aufgeräumten Schreibtisch in meinem ordentlichen Büro, um in sein Chaos zu gehen. Wir waren Ying und Yang, zwei Seiten einer Medaille oder einfach John und Maddie. Auch äußerlich waren wir das komplette Gegenteil voneinander. Während ich klein, zierlich und dunkelhaarig war, hatte er einen leichten Bauchansatz, der bei seiner Größe nur wenig auffiel, sein blondes Haar war kurz und lockig. Die kleinen Pölsterchen störten mich nicht weiter, denn so hatte ich etwas zum Ankuscheln.

»Was kann ich für dich tun, mein Süßer?«, fragte ich ihn, während ich um seinen Schreibtisch herum ging, um ihn zärtlich in den Nacken zu küssen.

»In spätestens 20 Minuten muss ich los zu Black & Black und ich finde die Akte nicht. Hilfst du mir bitte suchen?«, fragte er mich völlig verzweifelt und durchsuchte hektisch den nächsten Stapel Akten auf seinem Tisch. Manchmal fragte ich mich, warum hier mehr Ordner lagen, als wir Kunden hatten. Ein weiterer Stapel machte sich selbstständig und rutschte vom Tisch hinunter, sodass sich die losen Blätter auf dem Boden verteilten. John stöhnte genervt auf und ließ den Kopf hängen. Ich musste grinsen, es war doch immer dasselbe bei ihm.

Schon als wir uns vor sieben Jahren an der Uni in Los Angeles kennenlernten, war er das Chaos in Person. Ich wunderte mich noch heute, dass ich ihn vorher nicht gekannt hatte, obwohl er in unserem letzten Highschool-Jahr nach Aptos gezogen war und wir in einem Jahrgang gewesen waren. Ich hatte ihn zwar einige Male gesehen, mich aber nicht weiter mit ihm beschäftigt. An der Uni waren wir dann einer Arbeitsgruppe zugeteilt worden und ohne mich, hätte er seine Arbeiten nie rechtzeitig abgeben können. Nicht etwa, weil er den Stoff nicht verstand oder er zu faul war, etwas zu tun, sondern weil er seine Sachen nie wiederfand. Aber ich liebte ihn, so wie er war, und wollte ihn auch gar nicht anders haben.

»Mein lieber Chaos-König, die Unterlagen für B&B hast du mir gestern selbst gegeben, damit sie nicht verloren gehen«, erklärte ich ihm, ging dabei zu seinem fast leeren Aktenschrank und zog die gesuchten Unterlagen aus dem richtigen Fach heraus.

»Hier sind sie. Man kann Aktenschränke nämlich wirklich dafür nutzen, um etwas abzulegen«, erklärte ich ihm lächelnd. Nur gut, dass wir mit unserer eigenen kleinen Werbeagentur selbstständig waren. John war wahnsinnig kreativ und schuf wunderbare Kampagnen, aber ohne mich, würde er sie nie wiederfinden. Als Angestellter würde er wahrscheinlich hoffnungslos versagen. Mein Schatz strahlte über das ganze Gesicht, sodass seine Grübchen zu sehen waren. Oh Mann, wie sehr ich die liebte.

»Machst du jetzt Feierabend?«, fragte er mich.

»Ja«, antwortete ich glücklich, »ich muss gleich Paula abholen. Mom hat noch einen Termin beim Friseur.«

Paula war unsere kleine Tochter, unser Sonnenschein und ein süßer Wirbelwind. Sie hatte die hellblonden

Haare ihres Vaters geerbt und im Moment standen diese in kurzen Borsten von ihrem Kopf ab. Sie hatte sich selbst die Haare abgeschnitten und von ihren ehemals süßen Locken, die sie von mir geerbt hatte, nur dass meine nicht blond, sondern dunkelbraun waren, war nichts mehr zu sehen. Zum Glück wuchsen Haare ja schnell nach.

Es war ein Risiko gewesen, so früh ein Kind zu bekommen und gleichzeitig eine eigene Firma aufzubauen, aber wir wollten es so. Unser Traum war es, eine große Familie zu haben und wir arbeiteten schon seit einigen Monaten daran, dass Paula ein Geschwisterchen bekam. Leider bisher vergeblich.

John griff nach seiner Jacke und machte sich auf den Weg nach Los Angeles. B&B war ein sehr wichtiger Kunde für uns, auch wenn die fünfeinhalb Stunden Autofahrt dorthin eine Herausforderung waren. Er musste wirklich aufpassen, dass er gut durch kam, um pünktlich dort zu sein. Da wir nicht aus Aptos wegziehen wollten, da hier unsere Familien lebten, die uns sehr wichtig waren, war es manchmal schwierig für uns, neue Aufträge zu bekommen. Obwohl sich fast alles über Internet und Telefon regeln ließ, wollten die Kunden meist keine kleine Werbeagentur, wenn diese nicht sozusagen direkt vor der Haustür lag.

Als er weg war, versuchte ich, sein Büro noch etwas aufzuräumen, allerdings schaffte ich das heute nicht komplett. Wie konnte ein einzelner Mensch nur alles so durcheinanderbringen? Ich fand Unterlagen von sechs verschiedenen Kunden und wer weiß, wie viele Ideen für Kampagnen. So gut es ging, sortierte ich alles, aber dann musste ich los, schließlich wollte ich meine Mutter nicht warten lassen. Deshalb schaltete ich nur noch den

Anrufbeantworter an, machte alle Lichter aus und stellte die Alarmanlage an, dann lief ich schnell zu meinem Auto, um das kurze Stück zum Haus meiner Mutter zu fahren.

Sie und mein Vater hatten sich scheiden lassen, als ich vier Jahre alt war, jedoch hatten sie zwei Häuser nebeneinander, sodass ich immer guten Kontakt zu beiden halten konnte. Als Kind konnte ich jederzeit selbst entscheiden, ob ich lieber bei Mom oder Dad war. Heute musste ich zugeben, dass ich das manchmal ausgenutzt hatte. Vor allem in meiner Teenagerzeit, da hatte ich jedem der Beiden erzählt, ich sei jeweils beim Anderen und war in Wirklichkeit auf Partys gegangen.

Allerdings hatte ich es nie zu sehr übertrieben und mein damaliger Freund Andrew, bei dem ich zu der Zeit oft war, war noch heute mein bester Freund. Mittlerweile war mein Dad pensioniert, nachdem er einen Arbeitsunfall gehabt hatte. Früher war er Dachdecker gewesen und vor einigen Jahren von einer Leiter gefallen und hatte sich das Knie zertrümmert. Mittlerweile humpelte er zwar kaum noch, aber arbeiten konnte er nicht mehr mit der Verletzung. Damit ihm nicht die Decke auf den Kopf fiel, fuhr er, seit ich die Highschool abgeschlossen hatte, oft monatelang mit seinem Wohnmobil kreuz und quer über den Kontinent.

Meine Mom war Grundschullehrerin und teilte sich mit Johns Mutter, die Hausfrau war, die Betreuung von Paula. Die beiden Omas waren sich einig, dass so ein kleines Kind nicht in fremde Hände gehörte. Und so konnte ich schon kurz nach der Geburt wieder stundenweise ins Büro und meinen Mann davor retten, im Chaos zu versinken. Selbst die vierzehn Tage nach ihrer Geburt hatten schon gereicht, um eine mittlere Katastrophe auszulösen. Eine seiner Ideen fanden wir erst sechs Monate später wieder, da hatte er längst eine neue Kampagne für den Kunden erstellt. Wer kam denn auch auf die Idee, Unterlagen im Tiefkühlfach des Kühlschrankes zu suchen? Ich nicht! Und wir nutzten das Fach auch nur im Hochsommer, wenn wir mal etwas Eis im Büro brauchten. So dauerte es, bis ich diese Unterlagen irgendwann fand. Ich musste immer noch lachen, wenn ich an sein Gesicht dachte, als ich ihm die tiefgefrorenen Unterlagen grinsend unter die Nase hielt.

Auf dem Weg zu meiner Mutter träumte ich mal wieder davon, bald noch ein zweites Baby zu bekommen. Ein kleiner Junge wäre toll, aber über ein Mädchen würde ich mich genauso freuen. Ich träumte von der Zukunft mit zwei Kindern, als mich plötzlich ein Krankenwagen mit Blaulicht überholte. Mich beschlich ein komisches Gefühl, hoffentlich war bei meinen Lieben alles in Ordnung. ›Mach dich nicht verrückt, Maddie‹, dachte ich noch, als ich in die Straße einbog, in der meine Eltern lebten. Aber jetzt wurde mein schlechtes Gefühl bestätigt, der Krankenwagen stand direkt vor dem Haus meiner Mutter. Mein Herz zog sich schmerzvoll zusammen, hoffentlich ging es meiner Mom gut. Sie war doch erst Anfang sechzig, sportlich und lebte gesund. Vorsichtig parkte ich neben dem Krankenwagen, stieg aus und rannte ins Haus. Wenn ich allerdings geahnt hätte, was mich dort erwartet hatte, wäre ich noch viel schneller gelaufen.

Kapitel 2

Nicht meiner Mutter war etwas passiert, sondern mein kleiner Engel Paula lag auf der Trage der Rettungssanitäter und wurde gerade festgeschnallt, als ich das Wohnzimmer betrat. Entsetzt registrierte ich den Beutel mit Flüssigkeit, den einer der Sanitäter hochhielt und dessen Schlauch in einer Nadel im Arm meines Babys endete. Paula schien bewusstlos zu sein und war leichenblass. Schnell lief ich zu ihr und streichelte ihre Wange. Meine Mutter erklärte den Rettungsassistent währenddessen, wer ich war. Meine Kleine reagierte nicht und meine Befürchtungen schienen sich zu bestätigen, sie war nicht bei Bewusstsein. Was war nur los? Ich blickte verzweifelnd meine schluchzende Mutter an und hätte am liebsten einfach mitgeweint.

»Mom, was ist passiert?«, fragte ich völlig geschockt und rechnete damit, dass sie etwas von einem Unfall erzählte, doch dem war aber nicht so.

»Ich weiß es nicht«, schluchzte sie, »Paula hatte schon den ganzen Tag über Kopfschmerzen und dann ist sie plötzlich beim Spielen einfach umgefallen und wurde nicht mehr wach. Ich habe sofort den Rettungsdienst angerufen.«

»Was hat sie?«, verzweifelt sah ich den Rettungssanitäter an, aber der zuckte nur mit den Schultern.

»Kann ich so nicht sagen. Wir bringen sie jetzt ins Krankenhaus, dort kann sie genauer untersucht werden. Wir stabilisieren solange ihren Kreislauf. Wollen sie mitfahren?«, fragte er mit ruhiger Stimme. Was für eine Frage? Natürlich wollte ich mit, ich konnte meine Paula doch nicht alleine lassen. Eine Antwort ersparte ich mir und folgte den Sanitätern einfach in den Krankenwagen.

»Ich packe euch ein paar Sachen zusammen und komme dann nach«, rief meine Mutter uns noch hinterher, aber ich hörte ihr gar nicht wirklich zu, da ich nur Augen für Paula hatte. Sie sah so winzig und zerbrechlich aus, auf dieser großen Trage.

Der eine Sanitäter schwang sich auf den Fahrersitz und der andere deckte meine Kleine noch zu, ehe er sich neben sie setzte. Für mich wurde ebenfalls ein Sitz aufgeklappt. »Schnallen Sie sich bitte an, Mrs. Stone«, forderte er mich auf. Da John und ich schon unsere Werbeagentur »Stone&Stark« führten, als wir geheiratet hatten, hatte ich meinen Mädchennamen behalten und auch Paula trug diesen. Während der Fahrt stellte er mir einige Standardfragen über meine Tochter, die ich, wie ein Roboter, brav beantwortete, ohne groß nachzudenken. Kaum waren wir im Krankenhaus, wurde sie auch schon aus dem Wagen gehoben und schnell in ein Untersuchungszimmer gebracht. Ich lief einfach hinterher. Kurz darauf betrat ein Arzt den Raum und untersuchte meine Kleine wortlos.

»Mrs. Stone?«, sprach er mich dann endlich zum ersten Mal an.

»Warten Sie bitte im Warteraum, wir müssen einige Tests mit Ihrer Tochter machen.« Ich sah ihn entsetzt an.

»Kann ich dabei nicht bei ihr bleiben?«, fragte ich leise, aber er schüttelte den Kopf.

»Wir rufen Sie, sobald wir etwas Neues wissen. Jetzt müssen wir erst einmal heraus finden, was Ihrer Tochter fehlt«, antwortete er, drehte sich um und ging schnell davon. Ich starrte ihm minutenlang hinterher, bis mich eine Krankenschwester aufforderte, nun endlich den Wartebereich aufzusuchen.

Das Wartezimmer war ein trostloser, grau gestrichener Raum mit zwölf gelben Plastikstühlen. Ein abstraktes Bild hing an der Wand neben einem Kaffeeautomaten, ansonsten gab es nur ein kleines weißes Tischchen, auf dem ein paar Zeitschriften lagen. Zum Hinsetzen war ich viel zu aufgewühlt, also lief ich unablässig von der Tür zum Fenster und wieder zurück. In meinem Kopf kreisten die Gedanken unaufhörlich. Was hatte Paula? Hatten wir irgendetwas übersehen? War sie schon krank gewesen, als ich sie heute Morgen bei meiner Mutter gelassen hatte? Sie hatte wie immer gewirkt, aber vielleicht ging es ihr schon schlecht, als ich gefahren bin und ich hatte es einfach nicht bemerkt.

Ich brauchte zwanzig Schritte, um von einer Seite zur anderen zu gelangen. Also lief ich immer wieder diese zwanzig Schritte zum Fenster, warf einen Blick auf den grauen, verregneten Parkplatz, drehte mich um und lief wieder zurück, um einen Blick durch das Fenster in der Tür, auf den Gang zu werfen. Die Uhr, die dort hing, musste kaputt sein, die Zeiger bewegten sich kaum, egal, wie lange ich auch darauf starrte. Wie konnte die Zeit nur so langsam vergehen?

Ich versuchte mehrmals, John auf dem Handy zu erreichen, während ich auf und ab lief, aber er ging einfach nicht an sein Telefon. Wahrscheinlich hatte er es während der Fahrt auf lautlos gestellt. Beim wer weiß wievielten Blick durch das Fensterchen der Tür, sah ich meine Mutter den Gang entlang kommen. Schnell öffnete ich diese, um ihr entgegenzugehen. Die Warterei machte mich wahnsinnig, aber nun war ich wenigstens nicht mehr alleine.

»Weißt du schon, was sie hat?«, fragte Mom schluchzend und nahm mich in den Arm. Ich klammerte mich an sie und schüttelte traurig den Kopf.

»Sie untersuchen Paula noch, ich durfte nicht bei ihr bleiben«, flüsterte ich verzweifelt.

»Hast du John schon erreicht?«, fragte sie weiter und wieder konnte ich nur den Kopf schütteln.

»Er ist wahrscheinlich noch auf dem Weg oder er ist gerade bei B&B im Meeting. Es wäre unser erster wirklich großer Auftrag in L.A., wenn es klappen würde. Er wird sein Handy ausgeschaltet haben«, seufzte ich.

Warum musste gerade heute dieser Termin sein? Von Los Angeles hierher würde er Stunden brauchen und noch wusste er ja nicht, dass Paula im Krankenhaus war. Zum Glück hatte er meinen Vorschlag über Nacht in L.A. zu bleiben, abgelehnt und wollte gleich nach dem Termin zurückfahren. Ich schluchzte auf, als ich darüber grübelte, was mein Engel nur haben könnte. Meine Mom zog mich einfach in ihren Arm und führte mich zu einem dieser gelben Stühle. Wir setzten uns und ich lehnte meinen Kopf an ihre Schulter. Uns liefen beiden die Tränen über die Gesichter. Warum kam nur niemand und sagte mir, was los war? Ich hatte das Gefühl, schon mehrere Stunden hier zu warten. Als ich allerdings auf mein Handy sah, bemerkte ich, dass erst fünfundvierzig Minuten vergangen waren. Wie lange mussten wir wohl noch warten?

Auch nach zwei weiteren Stunden im Warteraum hatte ich John noch immer nicht erreicht. Nachdem die Krankenschwester an der Rezeption mich zweimal böse angemeckert hatte, traute ich mich auch nicht mehr nachzufragen. Kein Mensch kam, um mir zu sagen, was mit Paula los war.

Zwanzig endlose Minuten später ging endlich die Tür des Warteraumes auf und ein Arzt trat ein.

»Mrs. Stone?«, fragte er.

»Ja. Wie geht es Paula?«, fragte ich aufgeregt. In diesem Moment klingelte mein Handy, doch ohne hinzusehen, drückte ich den Anruf weg und schaltete es aus. Der Arzt räusperte sich.

»Handys sind im Krankenhaus verboten, Mrs. Stone. Aber nun zum Thema. Ich bin Doktor Taylor und habe Ihre Tochter untersucht. Sie ist jetzt wieder bei Bewusstsein, allerdings hat sie große Schmerzen und wir mussten ihr starke Schmerzmittel verabreichen.«

Dr. Tayler blickte mich nun traurig an. Ich ahnte bereits Schlimmes und hielt vorsorglich die Luft an.

»Leider habe ich keine guten Neuigkeiten für Sie, Mrs. Stone. Wir haben gleich einige Untersuchungen gemacht, um eine Kindesmisshandlung auszuschließen, deshalb durften Sie auch nicht dabei sein. Es tut mir leid, aber bei den Symptomen hätte es auch eine Kopfverletzung durch Schütteln sein können. Das konnten wir ausschließen, aber Ihre Tochter hat vielleicht einen Hirntumor. Ob es wirklich einer ist und wenn ja, ob dieser dann gut- oder bösartig ist, können wir ohne weitere Untersuchungen und eine eventuelle Operation nicht feststellen.«

Ich keuchte auf. Mein Baby sollte einen Hirntumor haben? Vielleicht bösartig? Sie ist doch erst drei Jahre alt, fast noch ein Baby. Das durfte einfach nicht sein!

»Mrs. Stone?«, riss der Arzt mich aus meinen Gedanken.

»Ihre Tochter muss so schnell wie möglich weiter untersucht werden. Hier bei uns ist das aber nicht möglich. Ich empfehle Ihnen, Ihre Tochter sofort nach Los Angeles verlegen zu lassen. Besprechen Sie das mit dem Vater und sagen mir oder meinen Kollegen Bescheid. Wenn Sie möchten, dürfen Sie nun zu ihr.« Ob ich möchte? Ich wollte nichts anderes, nur zu meiner Tochter und mich davon überzeugen, dass es ihr gut ging und der Arzt Unrecht hatte. Es durfte einfach nicht wahr sein.

Meine Mutter und ich folgten dem Arzt in das Zimmer, in dem meine Tochter lag. Sie sah so winzig und zerbrechlich aus in diesem riesigen Ungetüm von Bett. An den Seiten waren Gitter angebracht, damit sie nicht herausfallen konnte. Sie war an einen Überwachungsmonitor angeschlossen und hing an einem Tropf. Was war nur passiert? Heute Morgen hatte ich eine süße, gesunde und sehr aufgeweckte kleine Tochter und nun sollte sie vielleicht todkrank sein? Ich konnte und wollte es nicht glauben. So grausam konnte das Schicksal doch nicht sein.

Ich zog mir einen Stuhl ans Bett und setzte mich neben Paula. Immer wieder streichelte ich ihr zärtlich mit dem Zeigefinger über die Nase und die Wangen. Ich merkte gar nicht, dass meine Mutter auch noch da war und auch nicht, wie die Zeit verging.

»Maddie«, sprach meine Mutter mich irgendwann an, »ich gehe raus und versuche, John zu erreichen.«

Ich nickte nur und schämte mich; an ihn hatte ich gar nicht mehr gedacht, seit ich an Paulas Bett saß. Ich wusste nicht einmal, ob er der Anrufer gewesen war, den ich weggedrückt hatte. Paula war im Moment das

Einzige, was noch für mich zählte und ich schwor mir, alles in meiner Macht Stehende zu tun, um sie zu retten.

Nach einiger Zeit, waren es Minuten oder Stunden, ich konnte es nicht mehr sagen, kam meine Mutter zurück.

»Ich habe John auf die Mailbox gesprochen, er geht immer noch nicht an sein Telefon«, erzählte sie mir. Ich seufzte. Wo war er nur? Mittlerweile war es dunkel geworden, er hätte längst auf dem Heimweg sein müssen. Eine Schwester betrat das Zimmer.

»Die Besuchszeit ist vorbei, wollen Sie über Nacht hierbleiben, Mrs. Stone? Ich lasse Ihnen dann eine Pritsche aufstellen.« Sie sah mich mitleidig an, während sie sprach.

»Natürlich bleibe ich hier!«, sagte ich. Nichts und Niemand hätte mich daran hindern können.

»Schatz, ich gehe dann jetzt. Soll ich dir morgen früh ein paar Sachen bringen?«, fragte meine Mutter liebevoll.

»Danke, Mom, das wäre lieb. Und könntest du weiter versuchen, John zu erreichen?«, erwiderte ich.

»Natürlich, Maddie. Bleib stark, Paula braucht dich!«, sagte sie noch, ehe sie ging.

Ein Pfleger brachte die Pritsche für mich herein und stellte sie ans Fußende von Paulas Bett. Zum Glück hatte meine Mutter mir ein Nachthemd und eine Zahnbürste eingepackt. Nun lag ich auf der Liege und wartete darauf, dass John endlich kam, aber die Einzige, die das Zimmer ab und zu betrat, war die Nachtschwester. Sie kam jede Stunde um die Werte zu kontrollieren oder den Tropf zu wechseln. Ich lag ewig wach und konnte nicht einschlafen. Tränen liefen mir lautlos über das Gesicht und ab und zu schluchzte ich doch leise. Die Nachtschwester kam zurück und reichte mir eine Packung Taschentücher.

»Weinen Sie ruhig, das hilft. Sie müssen in nächster Zeit noch oft genug stark sein«, sagte sie leise und verließ das Zimmer. Hier lag ich nun, alleine bei meiner Tochter. Wie viel Zeit blieb mir noch mit ihr? Das waren meine letzten Gedanken, ehe ich erschöpft in einen unruhigen Schlaf fiel.

Kapitel 3

Die Nacht im Krankenhaus war schrecklich für mich und ich hatte kaum geschlafen. Nun war es sieben Uhr morgens und eine Krankenschwester gerade dabei, Paula zu waschen. Scheinbar waren die Medikamente gegen ihre Schmerzen so stark, dass sie selbst dadurch nicht richtig wach wurde. Ich schlich mich schnell hinaus, um John anzurufen, er hatte sich immer noch nicht bei mir gemeldet. Nach dem achten Klingeln nahm er endlich ab.

»Stark«, brummte er ins Telefon, anscheinend hatte ich ihn geweckt.

»John Stark, wo bist du und warum meldest du dich nicht?«, schimpfte ich gleich los, doch im selben Moment tat mir mein Verhalten schon wieder leid. Gerecht war das sicher nicht, das wusste ich auch, aber ich war völlig überfordert mit der Situation.

Die letzte Nacht hatte meine Kräfte aufgezehrt und ich wollte eigentlich nur noch, dass er zu mir kam und mich festhielt.

»Wo ich bin?«, motzte er zurück. »Wo bist du? Und wo ist Paula? Zwölf Anrufe von dir und wenn ich zurückrufe, drückst du mich weg? Ich komme nach Hause, um mit euch zu feiern und ihr seid verschwunden. Das hat mir echt den Abend verdorben.«

Ich holte tief Luft. Wie konnte er behaupten, dass ich ihm den Abend verdorben hätte? Dachte er, dass ich zum Spaß über Nacht weg war? Das hatte ich doch noch nie getan.

»Wir sind im Krankenhaus! Paula ist schwer krank und ich hätte dich gestern hier gebraucht! Ich musste mein Handy ausschalten, aber meine Mutter hat doch versucht, dich zu erreichen«, warf ich ihm vor. Ich hörte ihn schlucken.

»Fuck! Was hat sie? In welchem Krankenhaus? Santa Cruz Medical?«, fragte er kleinlaut. Ich bestätigte es.

»Ich komme sofort.«

Ich erklärte ihm noch, in welchem Zimmer wir waren und was er mir mitbringen sollte, danach legte ich auf. Dann eilte ich wieder zu Paula zurück, ich wollte sie keine Minute länger als nötig allein lassen.

Als ich das Zimmer wieder betrat, war sie endlich etwas wacher.

»Mommy, ich will nach Hause!«, jammerte meine arme Kleine kläglich. Schnell ging ich zu ihr und streichelte ihr über das Haar. Dabei besah ich mir das Bett etwas genauer und versuchte herauszufinden, wie ich die Gitter herunter lassen konnte. Als ich es endlich geschafft hatte, setzte ich mich vorsichtig auf den Rand des Bettes und legte ihren Kopf auf meinen Schoß. Ich musste mich sehr zusammenreißen, um nicht loszuweinen, aber für Paula musste ich stark sein.

»Soll ich dir etwas vorlesen, Engelchen?«, fragte ich daher. Ihr Lieblingsbuch war in der Tasche gewesen, die meine Mutter am Vortag mitgebracht hatte. An Bücher dachte sie immer. Paula und ich hatten ihre Liebe zum Lesen und zu Büchern geerbt. Aber selbst das wollte sie nicht.

»Mein Kopf tut so weh, Mommy. Hilf mir!«, bettelte sie stattdessen mit schmerzverzerrter Stimme. Mein Herz zog sich krampfhaft zusammen. Ich klingelte nach einer Krankenschwester, mehr konnte ich leider nicht tun.

Meine Hilflosigkeit trieb mir die Tränen in die Augen. Ich beschloss, sie so schnell wie möglich operieren zu lassen, sollte es nötig sein. Mein Baby sollte sich nicht so quälen müssen.

Endlich ging die Tür auf und in der Hoffnung, eine Krankenschwester zu sehen, drehte ich schnell den Kopf zur Tür, doch es war nur John. Oh Gott, was dachte ich da nur? Ich versuchte zu lächeln, um ihm zu zeigen, wie froh ich war, dass er endlich hier war, aber es wurde eher eine Grimasse, als ein Lächeln. Mehr brachte ich jetzt einfach nicht zustande.

»Was ist passiert? Warum seid ihr hier?«, fragte John aufgebracht, noch ehe ich etwas sagen konnte. Warum war er denn nun sauer?

»Paula ist gestern umgekippt und war bewusstlos. Die Ärzte haben sie dann untersucht…«, versuchte ich, die Situation zu erklären.

»Ach, und mich musstest du davon nicht unterrichten?«, schrie er mich an. Ich bebte vor Zorn, versuchte aber, Paula zuliebe, ruhig zu bleiben. Sie war bei Johns Lautstärke schon zusammen gezuckt und weinte nun noch heftiger, als zuvor. Sah er denn gar nicht, was er ihr antat?

»Paula hat Schmerzen. Meinst du, es hilft ihr, wenn wir uns hier anschreien?«, sagte ich betont leise.

»Wenn sie schläft, können wir das vor der Tür klären.« Zum Glück ging jetzt wieder die Tür auf und die Krankenschwester kam endlich.

»Meine Tochter hat starke Kopfschmerzen«, erklärte ich ihr. Sie nickte und warf einen Blick auf das Krankenblatt.

»Ich gebe ihr gleich etwas«, sagte sie und verließ das Zimmer wieder.

John stand noch immer an der Tür, sagte aber nichts mehr im Moment. Ich wusste, wie sehr er Krankenhäuser hasste, aber hier ging es um unsere Tochter.

»Komm doch näher, sie braucht uns nun beide«, forderte ich ihn auf, doch er blieb unbewegt an der Tür stehen.

»John?«, versuchte ich es weiter. Da drehte er sich um und verließ einfach das Zimmer. Paula sah ihm weinend nach und ich war einfach fassungslos.

»Warum geht Daddy wieder? Er hat nicht einmal Hallo gesagt«, fragte sie traurig und ich sah, wie sie mit den Tränen kämpfte. Ich war hoffnungslos überfordert. Was sollte ich ihr darauf nur antworten? Schließlich wusste ich gerade selbst nicht, was in ihm vorging. Normalerweise war er immer so ein liebevoller und aufmerksamer Vater, doch heute hatte er Paula kaum angesehen. Eine Antwort blieb mir aber erspart, da es kurz an der Tür klopfte und ein Arzt eintrat.

»Mrs. Stone?«, fragte er. »Haben Sie sich schon darüber Gedanken gemacht, ob Sie einer Verlegung zustimmen? Wir würden Ihre Tochter am liebsten sofort nach Los Angeles verlegen lassen. Die Ärzte dort wissen schon Bescheid und haben auch ein Bett für sie frei. Die Untersuchungen könnten dann bereits morgen früh starten und wenn es nötig ist, kann sie dort auch gleich operiert werden. Sie sollten nicht zu lange warten, damit die Kleine sich nicht unnötig quälen muss. Wir brauchen nur noch die Unterschriften von Ihnen und Ihrem Mann.« Ich schluckte, wo war nur John?

»Ich unterschreibe sofort und mein Mann müsste auch gleich kommen«, log ich. Ich hoffte, dass er wenigstens noch vor der Tür war.

»Am besten gehe ich eben kurz raus und rufe ihn an.«

Ich gab Paula noch einen Kuss und legte ihren Kopf dann vorsichtig auf das Kissen.

»Ich bin gleich wieder bei dir, Engelchen. Ich schaue nur schnell, wo Daddy ist«, flüsterte ich ihr zu und streichelte noch einmal sanft über ihr Haar, dann stand ich schnell auf und verließ das Zimmer. John war nicht auf dem Gang und auch nicht im Wartebereich, deshalb eilte ich nach draußen. Ich wollte meine Kleine nicht länger als unbedingt nötig allein lassen und endlich fand ich ihn auf dem Parkplatz an sein Auto gelehnt.

Er hatte den Kopf gesenkt und rauchte. Ich war so sauer auf ihn, dass ich ihn am liebsten geschüttelt hätte.

»John!«, zischte ich ihn regelrecht an. »Was soll der Scheiß? Unsere Tochter liegt da drin und ist schwer krank und du bist erst nicht zu erreichen und meckerst mich dann an, dass ich mich nicht gemeldet hätte? Weißt du eigentlich, wie oft ich gestern versucht habe, dich anzurufen? Und als mir das Telefonieren im Krankenhaus verboten wurde, hat meine Mutter es weiter versucht. Und jetzt kommst du da mit rein und unterschreibst, damit Paula nach Los Angeles verlegt werden kann. Sie soll dort morgen weiter untersucht werden um zu sehen, ob sie operiert werden muss.« Völlig verständnislos starrte er mich an.

»Op…operiert?«, stotterte er.

»Ja, sie hat vielleicht einen Hirntumor«, schluchzte ich. Ich brauchte jetzt alle Kraft für Paula und konnte nicht noch welche in einen Streit mit John stecken.

»Nun komm bitte, Paula braucht uns.«

»Keine Vorwürfe mehr?«, fragte er und meine Wut kochte wieder hoch. Machte er sich das nicht gerade etwas einfach? Aber in seinem Blick sah ich die Angst, um das Leben unserer Tochter, er konnte einfach nicht mit der Situation umgehen. Streiten konnten wir später, jetzt mussten wir schnellstmöglich wieder zu Paula und alles dafür tun, dass unserer Tochter geholfen wurde.

Ich schluckte meine Wut herunter und ging in Richtung der Tür.

»Komm bitte«, forderte ich ihn auf und wünschte mir nichts mehr, als dass er mich einfach in den Arm genommen hätte. Aber das tat er nicht. Fast widerwillig folgte er mir und vermied dabei jeglichen Körperkontakt. In Paulas Zimmer trafen wir die Schwester von vorhin wieder, sie verabreichte Paula gerade ein Schmerzmittel.

»Doktor Taylor ist in seinem Büro und erwartet Sie. Zimmer 402, das ist die zweite Tür rechts im Flur«, teilte sie uns mit. Wir eilten zu besagtem Büro und dann ging alles ganz schnell.

Als die Papiere fertig waren, beschlossen wir, dass ich mit Paula per Krankentransport fahren würde, während John die Sachen für uns einpacken und dann hinterherfahren würde. Er würde uns ein Zimmer in der Nähe der Klinik suchen, da wir nicht beide rund um die Uhr bei ihr bleiben konnten.

Keine zehn Minuten nachdem wir das Arztzimmer verlassen hatten, wurde Paula auf eine Trage geschnallt und zu einem wartenden Krankenwagen gerollt. Mir machte diese Geschwindigkeit Angst, wenn es alle so eilig hatten, war es wahrscheinlich noch schlimmer, als ich befürchtete. Wenigstens bekam sie von dem Transport nicht viel mit. Sie hatte starke Schmerzmittel bekommen, weil sie nur noch vor Kopfschmerzen gewimmert hatte. Die komplette Fahrt im Krankenwagen verschlief sie. Mein Baby tat mir so leid und die Hilflosigkeit machte mich wahnsinnig. Ich konnte nichts tun, außer ihre Hand halten und sie beruhigen, wenn sie weinte, ihre

Schmerzen konnte ich ihr nicht nehmen. Während der Fahrt liefen mir immer wieder lautlose Tränen über das Gesicht. Gestern Morgen war sie noch gesund gewesen und jetzt? Ich verstand noch immer nicht, wie das so schnell gehen konnte.

In Los Angeles wurde Paula in ein Zimmer mit drei anderen Kindern gelegt, denen es allen ganz gut zu gehen schien. Das hatte den Nachteil, dass es ziemlich laut in diesem Zimmer war und meine arme Kleine wimmerte immer wieder vor Schmerzen. Ich bat die anderen Kinder mehrmals, doch bitte etwas ruhiger zu sein, aber es hielt immer nur wenige Minuten an, bevor es wieder laut wurde. John kam bald darauf und wir gingen ins Büro des zuständigen Arztes um die letzten Papiere für die Untersuchungen zu unterschreiben.

Die nächsten zwei Tage waren unheimlich nervenaufreibend. Paula musste zu unzähligen Untersuchungen und mir schwirrte der Kopf wenn ich an MRT, CT, EEG und die ganzen anderen Untersuchungen dachte, die bei ihr gemacht wurden. Zum Glück konnte ich wenigstens die meiste Zeit bei Paula bleiben. Darüber war ich wirklich froh, auch wenn es erschreckend war, wie sie aussah. Da sie nicht essen mochte und sich wegen der starken Schmerzen oft übergeben musste, sah man jetzt schon, dass sie abgenommen hatte. Außerdem war sie so blass wie noch nie in ihrem Leben. John ertrug das alles kaum und blieb immer nur kurz bei uns im Krankenhaus. Angeblich hatte er keine Zeit, weil er arbeiten musste, aber ich konnte mir nicht vorstellen, dass er in dieser Situation kreativ sein konnte.

Irgendwann stand das schreckliche Ergebnis fest, vor dem wir uns gefürchtet hatten. Paula hatte wirklich einen Tumor und sollte so schnell wie möglich operiert werden. John und ich saßen in einem Büro und der Arzt, seinen Namen hatte ich völlig vergessen, klärte uns zunächst über den Ablauf der morgigen Operation auf. Er rechnete damit, dass diese mindestens vier bis fünf Stunden dauern würde und anschließend müsste Paula noch einige Tage auf der Intensivstation bleiben. Der Arzt verabschiedete sich von uns, nachdem er mir erklärt hatte, dass ich diese Nacht nicht bei Paula bleiben konnte. John kam nur noch kurz mit in Paulas Zimmer, ehe er auch schon wieder aus dem Krankenhaus verschwand.

»Ich kümmere mich um ein größeres Zimmer für uns, meins ist zu klein für uns beide«, sagte er nur noch, bevor die Tür hinter ihm ins Schloss fiel. Das Geräusch ließ Paula wieder wimmern und ich musste mich sehr zusammenreißen, um nicht mit zu weinen. Vor ein paar Tagen war unsere Welt noch in Ordnung gewesen und nun saß ich hier; meine Tochter hatte große Schmerzen und mein Mann hatte nichts Besseres zu tun, als ständig zu verschwinden.

Paula schlief dann zum Glück, trotz der anderen Kinder bald ein und eine Schwester betrat das Zimmer, um ihr noch etwas zu spritzen, und die anderen Kinder zum Schlafen aufzufordern, es war schon nach zwanzig Uhr.

»Mrs. Stone«, sagte sie dann. »Am besten gehen Sie jetzt auch und ruhen sich aus, morgen wird ein harter Tag für Sie werden. Die Operation ist um neun Uhr angesetzt, doch Sie können ab sieben Uhr wieder kommen und bei Ihrer Tochter bleiben, bis sie in den OP gefahren wird. Ich habe ihr jetzt ein Beruhigungsmittel gegeben, damit sie in der Nacht gut schläft.« Ihre Worte waren zwar freundlich, aber ihr Ton klang eher nach:

›Nun gehen Sie endlich und lassen uns unsere Arbeit machen, Sie stören hier nur.‹

Ich gab Paula noch einen Kuss und verließ dann leise das Krankenzimmer. Es fiel mir unglaublich schwer, mein Baby hier alleine zu lassen. Als ich vor der Tür angekommen war, rief ich erst einmal John an.

»Stark«, meldete er sich.

»John, könntest du mir sagen, wo du ein Zimmer bekommen hast? Ich wurde mehr oder weniger rausgeschmissen«, erklärte ich ihm.

»Warte vorm Krankenhaus, ich hole dich ab«, antwortete er und hatte schon aufgelegt. Sein Verhalten heute verstand ich absolut nicht, so kannte ich meinen liebevollen Chaoten gar nicht. Ich hatte große Angst, dass er mich am nächsten Tag wieder mit allem alleine lassen würde und beschloss noch an diesem Abend mit ihm zu reden.

Kapitel 4

Es dauerte fünfzehn endlose Minuten nach meinem Anruf bei John, bis er endlich kam, dabei hatte er doch gesagt, dass er ein Zimmer gefunden hatte, das nur zwei Minuten von hier entfernt läge. Ich stieg wortlos zu ihm ins Auto, körperlich und vor allem seelisch viel zu kaputt, um jetzt gleich mit ihm zu streiten. Eigentlich wollte ich nur noch, dass er mich einfach festhielt und mir versprach, dass alles wieder gut werden würde. Aber er sagte erst einmal gar nichts, sondern fuhr, ebenfalls schweigend, zu einer Pension ein paar Blocks vom Krankenhaus entfernt.

Immer noch, ohne etwas zu sagen, führte er mich an der Rezeption vorbei und in unser Zimmer. Dort setzte er sich auf das Bett und ließ den Kopf hängen. Sollte es nun so weiter gehen damit, dass wir uns einfach anschwiegen? Sonst redeten wir immer über alles, aber nun, da wir beide mit den Nerven am Ende waren, fiel uns das Reden auf einmal schwer. John war schließlich der Erste, der das Schweigen brach.

»Ich halte das nicht aus, Schatz«, erklärte er mit Tränen in den Augen.

»Paula so zu sehen, dann dieser Geruch im Krankenhaus…«, seine Stimme brach ab und nun weinte er wirklich. Ich hatte John bisher nur ein einziges Mal weinen gesehen und das war, als er vom Tod seiner Oma erfahren hatte, an der er sehr gehangen hatte. Sie war an Krebs erkrankt und hatte sehr leiden müssen, am Ende war ihr Tod nur noch eine Erlösung für sie gewesen. Monatelang hatte sie immer wieder im Krankenhaus gelegen und es war ein Sterben auf Raten gewesen. Seitdem hatte er große Probleme damit, ein Krankenhaus auch nur zu betreten.

»Es tut mir leid, dass ich dich damit die letzten Tage so alleine gelassen habe. Kannst du mir verzeihen? Ich halte es nicht aus, sie so zu sehen.« Flehentlich sah er mich an, seine Augen baten mich um Vergebung und ich warf mich einfach nur noch in seine Arme. Lange Zeit weinten wir beide, aber wenigstens war ich nicht mehr alleine mit meinem Schmerz. Er fühlte sich ebenso hilflos wie ich, wir hatten nur unterschiedliche Arten, damit umzugehen. Zusammen legten wir uns aufs Bett und ich kuschelte mich ganz eng an ihn. Endlich hielt er mich, endlich hatte ich eine Stütze und musste nicht alleine stark sein, sondern konnte schwach sein und mich gehen lassen. Den ganzen Tag hatte ich für Paula stark sein müssen. Jetzt konnte ich nicht mehr.

Langsam wurden unsere Tränen weniger und wir hielten uns einfach ganz fest, ohne etwas zu sagen. Ich sah ihm in die Augen und wischte vorsichtig seine letzten Tränen mit meinem Zeigefinger weg. Ganz sanft küsste ich ihn auf den Mund, ich brauchte jetzt unbedingt seine Nähe und Zuneigung. Auch er küsste mich jetzt und strich mir zärtlich mit der Zunge über die Unterlippe, liebkoste sie und biss kurz darauf leicht zu, ehe er wieder sanft darüber leckte. Mir entwich ein Stöhnen und dabei öffneten sich meine Lippen. Sofort war er mit seiner Zunge in meinem Mund und begann mit meiner Zunge zu spielen.

John wollte mehr, aber das konnte ich jetzt nicht. Ich konnte nicht mit meinem Mann schlafen, während ich in Gedanken bei Paula war, er sollte mich einfach nur festhalten. Damit ich auf andere Gedanken kam, erzählte er mir von dem Deal, den er mit B&B abgeschlossen hatte. Er war so stolz darauf und wollte Pläne mit mir machen, wie wir das angehen konnten.

»John, lass uns darüber reden, wenn Paula die OP überstanden hat. Ich habe den Kopf jetzt einfach nicht frei.«

John war beleidigt, aber das konnte ich nicht ändern. Die Sorge um Paula war zu groß, um mich über den Vertrag, den er abgeschlossen hatte, zu freuen, deshalb würgte ich das Thema ziemlich schnell ab. Solange unsere Tochter so krank war, konnte ich sowieso nicht daran arbeiten. Im Moment war sie das Einzige, das zählte. Obwohl ich wusste, dass er mindestens genauso unter der Situation litt wie ich, konnte ich nicht verhindern, dass ich mich über sein Verhalten ärgerte. Er hatte zwar Probleme mit Krankenhäusern und das respektierte ich, aber hier ging es nun mal um unsere Tochter. Konnte er nicht einmal für sie über seinen Schatten springen?

Ich wollte mich nicht gleich wieder mit ihm streiten, also verschwand ich schnell im Bad, um zu duschen. John folgte mir nicht, wie er es sonst oft tat und darüber war ich froh. Im Moment war einfach alles anders als sonst. Wir befanden uns im Ausnahmezustand. Es fühlte sich so falsch an hier zu sein, während Paula im Krankenhaus lag, aber mir blieb nichts anderes übrig. Jetzt war es erst zweiundzwanzig Uhr, noch neun Stunden ehe ich wieder bei Paula sein durfte und noch elf Stunden bis zur Operation.

Als ich wieder ins Zimmer kam, lag John quer auf dem Bett und schlief. Ich versuchte, ihn etwas zur Seite zu schieben, was mir aber nicht gelang. Deshalb nahm ich mein Handy aus der Handtasche und stellte den Wecker auf fünf Uhr dreißig, nur um nicht zu verschlafen. Danach versuchte ich noch einmal John zur Seite zu schieben, was mir aber wieder nicht gelang. Also zerrte ich die Decke mühsam unter ihm hervor und legte mich, so gut es eben ging, neben ihn und breitete die Decke über uns beiden aus. Viel Platz blieb mir nicht und besonders bequem war es auch nicht, so an der Kante des Bettes zu liegen, aber im Moment war es mir egal. Meine Gedanken kreisten sowieso nur um Paula. Sie musste die Operation einfach gut überstehen und danach wieder unser kleiner Wirbelwind sein. An die Risiken, die der Arzt uns aufgezählt hatte, durfte ich gar nicht erst denken: Tod – Koma – bleibende Hirnschäden, die eine geistige Behinderung, Taubheit oder auch Blindheit zur Folge haben könnten …

Ich setzte mich auf und versuchte, die Gedanken aus meinem Kopf zu bekommen.

»Nein!«, schrie ich fast, um sie zu vertreiben. John grunzte und drehte sich etwas zur Seite. Nun wäre mehr Platz im Bett für mich gewesen, aber ich konnte sowieso nicht schlafen, deshalb setzte ich mich in den Sessel und schaltete den Fernseher an. Was für ein Mist nachts im Fernsehen lief. Ich zappte durch die Programme und konnte nur immer wieder den Kopf schütteln. Bei Krankenhausserien schaltete ich noch etwas schneller um als sonst, die ertrug ich heute gar nicht. Schließlich blieb ich bei einer Naturdokumentation über Pumas hängen. Was für schöne Tiere es doch waren. Mein Blick wanderte zur Uhr. Es war kurz vor Mitternacht, noch sieben Stunden, bis ich wieder zu Paula durfte. John schnarchte mittlerweile leise vor sich hin und eigentlich sollte ich auch schlafen, allerdings wollte mich die Müdigkeit noch immer nicht übermannen, also zappte ich weiter … und blieb irgendwann an der nächsten Dokumentation hängen, diesmal über Braunbären und wie gut die Bärenmutter ihr Junges beschützte. Ich seufzte, schaltete den Fernseher ab und legte mich wieder hin. Noch sechs Stunden …

Irgendwann war ich wohl doch noch eingeschlafen, denn das Klingeln des Weckers riss mich aus furchtbaren Träumen, in denen ich an Paulas Grab stand. Tränen liefen mir über die Wangen.

Nachdem wir kurz geduscht und uns angezogen hatten, fuhren wir viel zu früh ins Krankenhaus.

Während der Fahrt sprachen John und ich mal wieder kein Wort miteinander. Sollte das jetzt etwa zur Gewohnheit werden? Unser ganzes Leben war auf den Kopf gestellt worden und nichts war mehr so, wie es sein sollte. Jeder hing seinen eigenen Gedanken nach. Meine kreisten nur darum, dass ich Paulas Leben gleich in die Hände der Chirurgen legen musste. War es wirklich die einzige Möglichkeit, die wir hatten, um ihr helfen zu können? Sie war bisher noch nie krank gewesen und jetzt würde sie vielleicht sterben. Nein! Daran durfte ich erst gar nicht denken. Unser Sonnenschein musste einfach wieder gesund werden.

Mein Handy klingelte und riss mich aus meinen Gedanken.

»Stone?«, meldete ich mich.

»Maddie, ich bin es, Mom. Gibt es etwas Neues? John hat gestern angerufen und gesagt, dass Paula heute operiert wird«, sagte meine Mutter. Siedend heiß fiel mir ein, dass ich völlig vergessen hatte, mich bei ihr zu melden. Gut, dass John wenigstens das getan hatte. Dankbar lächelte ich ihn an. Ich erzählte ihr, wann die Operation sein würde und sie versprach mir am Nachmittag, zusammen mit Johns Mutter, nach Los Angeles zu kommen.

»Matthew habe ich auch angerufen, er nimmt den nächstmöglichen Flug und kommt dann direkt ins Krankenhaus«, erzählte sie mir. Krampfhaft versuchte ich, die Tränen zurückzuhalten. Wie hatte ich meine Familie vergessen können? Ich hatte überhaupt nicht daran gedacht, meinen Dad anzurufen. Als ich schluchzte, beruhigte Mom mich.

»Ganz ruhig Schatz, wir verstehen alle, dass du nun nur an Paula denken kannst. Keiner ist dir böse!« Wir beendeten das Gespräch, da John auf dem Parkplatz des Krankenhauses hielt.

Wir gingen gleich in Paulas Zimmer. Eine Schwester war gerade bei ihr und hatte ihr schon ein OP-Hemdchen angezogen.

»Guten Morgen«, begrüßte sie uns und lächelte uns aufmunternd zu.

»Morgen«, antwortete John einsilbig, wahrscheinlich dachte er genau dasselbe wie ich. Dieser Morgen war alles andere als gut! Wir setzten uns rechts und links von Paula auf die Bettkante und hielten sie einfach fest. Am liebsten wäre ich für immer so sitzen geblieben, Arm in Arm mit John und Paula in der Mitte, als könnten wir sie vor allem Bösen beschützen. Aber das konnten wir nicht. Schneller als uns lieb war, kam die Krankenschwester wieder, verabreichte Paula ein Beruhigungsmittel und legte ihr die Zugänge für die Operation.

»Ich lasse Sie noch etwas alleine und komme dann mit einer Kollegin wieder, um Ihre Tochter in den OP zu bringen. Sie wird gleich müde werden und vielleicht sogar einschlafen«, erklärte sie uns ruhig und verließ das Krankenzimmer. Die anderen Kinder waren heute auch ruhiger als gestern und störten uns in den letzten Minuten, die wir vor der Operation mit Paula hatten, nicht. Dass es vielleicht die letzten Minuten mit ihr, in unserem Leben sein könnten … daran versuchte ich nicht zu denken.

Viel zu früh war es so weit und zwei Krankenschwestern kamen, um Paula zu holen. Ich gab ihr noch einen Kuss.

»Wenn du aufwachst, bin ich da, Süße. Alles wird gut. Ich liebe dich«, verabschiedete ich mich von ihr. John gab ihr nur einen Kuss, sagte aber nichts. Wir liefen bis zum Operationssaal hinter dem Bett her.

»Hier können Sie nicht mehr mit rein«, sagte die eine Schwester dann.

»Gehen Sie bitte in das Wartezimmer, Sie werden informiert, sowie Ihre Tochter aus dem OP kommt.« Wir küssten unsere Kleine, die nicht mehr viel mitbekam und fast schon schlief noch ein letztes Mal, dann fiel die schwere Metalltür hallend hinter ihnen ins Schloss. Dieses Geräusch würde ich nie wieder in meinem Leben vergessen können. Am liebsten hätte ich die Tür aufgerissen und Paula dort wieder herausgeholt. Ein beklemmendes Gefühl beschlich mich. Würde ich mein Engelchen je wieder sehen und wenn ja, würde sie dann wieder die Alte sein?

Nachdem ich die Tür wohl einige Minuten lang angestarrt hatte, nahm John meine Hand und führte mich wortlos zum Wartebereich. Hier in Los Angeles war das kein abgeschlossener Raum, sondern einfach eine Ecke am Ende des Flures, von dem der Operationssaal abging. Dort standen drei grüne Bänke und ein Kaffeeautomat, das war alles. Über dem Kaffeeautomaten hing eine überdimensionale Uhr, die laut tickte. Tick Tack, Tick

Tack, Tick Tack. Das Geräusch machte mich schon nach wenigen Minuten verrückt. John hielt es jetzt schon nicht mehr aus, aber das kannte ich ja von ihm.

»Ich gehe eine Zigarette rauchen«, murmelte er und verließ den Wartebereich in schnellen Schritten, ohne auf eine Antwort von mir zu warten. Ich sah ihm nach und hoffte, dass er mich nicht lange alleine lassen würde. Ich setzte mich auf eine der Bänke, zog die Füße hoch und umklammerte meine Knie. Dieses Warten war die Hölle, still liefen mir die Tränen über das Gesicht.

Tick Tack, Tick Tack. Quälend langsam schlichen die Minuten dahin und John war immer noch nicht wieder gekommen. Ob ich wohl mal nachsehen sollte, wo er war? Doch er war erwachsen, und würde schon nicht verloren gehen. Aber Paula war hinter der grauen Metalltür auf diesem Flur, ich konnte hier nicht weg. Allerdings konnte ich auch nicht mehr still sitzen und fing deshalb an, den Flur hoch und runter zu wandern. Ein weiteres Bett wurde herangefahren und zwei Schwestern verschwanden mit dem nächsten Patienten, einem älteren Mann, im OP Bereich, dort mussten wohl mehrere Operationssäle sein. Die Schwestern kamen nach einiger Zeit miteinander redend und lachend wieder heraus, für sie war es einfach ein ganz normaler Arbeitstag. Wie gern hätte ich auch einen normalen Arbeitstag gehabt, um dann zu meiner gesunden Tochter zurückkehren zu können. Ich tigerte den Flur weiter auf und ab, um dem Ticken der Uhr zu entkommen, das mich verrückt machte. Weitere Patienten wurden in den OP-Bereich gebracht und Ärzte und Schwestern gingen dort ein und aus. Im Wartebereich war ich nun auch nicht mehr alleine. Auf einer Bank saß eine Frau und las seelenruhig in einem Buch, ab und zu schmunzelte sie sogar beim Lesen. Wie konnte sie hier sitzen und dabei so gelassen sein? Wartete sie nicht auf einen Angehörigen, der auf dem OP-Tisch lag? Ich fühlte mich so alleine, wie noch nie in meinem Leben. Wo blieb John nur?

Nun war Paula schon fast eine Stunde im OP und mein Mann noch immer nicht zurück. Ich lief weiterhin den Flur auf und ab und auf und ab. Ein anderes kleines Mädchen wurde in den OP-Bereich gefahren. Ich beobachtete neidisch, wie liebevoll der Mann sich um seine Frau kümmerte, als diese zu weinen anfing, nachdem die Tür zugefallen war. Mein Herz zog sich schmerzhaft zusammen. Warum war John nicht so? Bisher hatte ich ihn immer für den perfekten Mann gehalten, aber jetzt, da ich ihn brauchte, war er nicht für mich da.

Ich überlegte, wann er je für mich da gewesen war und musste mir eingestehen, dass es in unserer Beziehung eigentlich immer eher andersherum war. Ich war für John da und kümmerte mich um all seine Probleme. Ich selbst brauchte selten Hilfe, da ich schon immer ein sehr selbstständiger Mensch war, doch John hatte nie gelernt, sich alleine durchzuschlagen. Seine Mutter und seine Großmutter hatten immer alles für ihn geregelt, deshalb kam er mit der Krankheit und dem Tod seiner Großmutter auch nicht klar.

Nach einer gefühlten Ewigkeit kam er wieder und nahm mich endlich in den Arm. Er sah aus, als würde er jede Sekunde zusammenbrechen.

»Wo warst du solange?«, fragte ich ihn. Er sah mich unsicher an und zögerte lange.

»Maddie, ich habe Scheiße gebaut, große Scheiße!«, flüsterte er fast schon verzweifelt. Unsicher sah ich ihn an. Was hatte er getan und warum musste er es ausgerechnet jetzt erzählen, während Paula operiert wurde?

Hatte ich nicht schon genug Sorgen? Ich fragte nicht nach, sondern wartete, bis er von sich aus mit der Sprache rausrückte.

»Maddie, ich … wir … ich. Ach Scheiße, ich kann das nicht«, stotterte er herum und fing dabei fast an zu weinen. Langsam wurde ich wirklich sauer.

»Was ist so wichtig, dass du es mir jetzt sagen musst, während unsere Tochter dort drinnen auf dem OP-Tisch liegt?«, fuhr ich ihn an und zeigte dabei auf die Metalltür. Er schien immer kleiner zu werden.

»Ich … ich habe die Krankenversicherung nicht bezahlt«, schluchzte er schließlich.

Ich war sprachlos und konnte ihn nur entsetzt anstarren. Das konnte doch jetzt nicht sein Ernst sein!

»Aber den Überweisungsbeleg hatte ich dir doch gegeben, als du zur Bank gegangen bist, zusammen mit der Miete und den anderen Sachen, die bezahlt werden mussten. Wie konntest du das vergessen?«, fragte ich verzweifelt. Ich versuchte, nicht daran zu denken, was das nun für Paula bedeuten konnte. Die Kosten für die Operation und die Nachbehandlung waren unkalkulierbar. Wie sollten wir das alles nur bezahlen können? Und was würde das Krankenhaus machen, wenn sie erfuhren, dass Paula doch nicht versichert war, wie wir angegeben hatten?

John sagte lange nichts, sondern starrte nur auf den Boden.

»Ich brauchte das Geld und dachte, die Versicherung sei nicht so wichtig. Wir waren doch nie krank«, flüsterte er. Am liebsten hätte ich ihn geschüttelt und geschlagen, doch ich ballte nur meine Hände zu Fäusten und versuchte, mich zusammenzureißen, das hätte jetzt auch nichts mehr gebracht.

»Wofür brauchtest du das Geld?«, fragte ich daher nur eiskalt. John zuckte zusammen.

»Du … ähm… also… Jeany. Du erinnerst dich?«, stotterte er. Natürlich erinnerte ich mich an Jeany Stanson, sie hatte mit uns zusammen studiert und hatte sich immer wieder an John rangeschmissen.

»Jeany? Jeany Stanson?«, mühsam unterdrückte ich meinen Wunsch, ihn anzuschreien. Jeany konnte mich nie leiden und neidete mir nicht nur John, sondern auch meine guten Noten. Sie selbst hatte nur mit Ach und Krach die Prüfungen geschafft und dann herumerzählt, dass ich nur wegen John durch gekommen sei und wahrscheinlich noch mit dem Prüfer geschlafen hätte.

»Warum brauchtest du ausgerechnet für sie unser Geld?« Wieder bekam John zuerst den Mund nicht auf und ich musste mich wirklich zusammenreißen, um nicht loszubrüllen. Er konnte froh sein, dass wir hier im Krankenhaus waren. Ich wollte endlich wissen, was er getan hatte.

Aber gerade in diesem Moment öffnete sich diese bedeutungsvolle Metalltür, und der Arzt, der uns gestern über die Operation aufgeklärt hatte, kam auf uns zu.

»Mrs. Stone, Mr. Stark, würden Sie bitte mit in mein Büro kommen?«, bat er uns höflich. Wieso in sein Büro? Ich wollte zu meinem Kind.

»Wie geht es Paula? Ist alles gut gelaufen?«, fragte ich und ein ganz komisches Gefühl beschlich mich. Mein Baby war doch nicht etwa gestorben?

»Kommen Sie bitte mit in mein Büro, dann erkläre ich Ihnen alles«, sagte der Arzt. Das klang nicht gut, absolut nicht gut. Beklommen folgte ich dem Arzt. Als John meine Hand griff, drückte ich sie kurz und hielt sie dann ganz fest. Egal was mit Jeany war, das Einzige, was jetzt in diesem Moment zählte, war Paula! Und ich konnte jeden Halt brauchen, den ich bekommen konnte.

Das Büro des Arztes war nicht weit entfernt. An der Tür hing auch sein Namensschild. Dr. Weber hieß er.

»Setzen Sie sich doch bitte«, forderte er uns auf und zeigte auf zwei mit schwarzem Leder bezogene Stühle vor seinem Schreibtisch. Er selbst setzte sich hinter den Tisch und sah uns ernst an.

»Also die Operation Ihrer Tochter ist eigentlich gut verlaufen«, fing er dann an. Eigentlich? Das klang so, als wäre doch etwas schief gegangen.

»Eigentlich?«, fragte ich daher flüsternd. Ich hatte große Angst vor dem, was nun kommen würde.

»Ja, die Operation ist gut verlaufen, wir konnten den Tumor vollständig entfernen, ohne wichtige Bereiche des Gehirns zu schädigen. Ob er gut- oder bösartig war, können wir natürlich erst nach der genaueren Untersuchung in der Pathologie sagen«, erklärte er ruhig. Das klang doch bisher ganz gut und doch spürte ich, dass es das noch nicht gewesen war.

»Allerdings ist der Druck im Gehirn zu stark gewesen und trotz all unserer Bemühungen ist Paula ins Koma gefallen. Wir sind allerdings zuversichtlich, dass sie bald wieder aufwachen wird.«

Die ganze Welt schien still zu stehen, ich sah alles nur noch wie durch einen Nebel und in meinem Kopf hallte nur noch ein Wort … Koma. Mein Baby lag im Koma. Weinend brach ich zusammen.

Kapitel 5

Ich überlegte gerade, wie es weiter gehen sollte, aber ich konnte einfach keine Lösung finden. Meine Mutter, die mich ansprach, ignorierte ich völlig. Die Tage nach der Schreckensnachricht waren wie im Nebel an mir vorbeigegangen, aber dann hatte ich mich aufgerappelt und einfach funktioniert. Die neuen Nachrichten der Ärzte waren eigentlich positiv. Der Tumor war gutartig gewesen und konnte vollständig entfernt werden. Er würde sehr wahrscheinlich nicht wieder kommen und Paulas Hirnströme waren normal. Die Ärzte gingen nicht von bleibenden Schäden aus. Nun musste sie nur noch aufwachen, doch genau das tat sie nicht und keiner konnte uns sagen, warum sie es nicht tat. Fünf lange Wochen lag sie bereits im Koma und schon mehrmals hatten die Ärzte mit mir darüber reden wollen, sie in ein Pflegeheim verlegen zu lassen. Aber das konnte ich nicht, für mich war das gleichbedeutend damit, Paula aufzugeben. Sie war krank und kein Pflegefall, sie musste einfach wieder gesund werden. John und ich sprachen kaum noch miteinander, ich konnte immer noch nicht glauben, was er mir am Abend nach Paula Operation gestanden hatte. Wieder wanderten meine Gedanken an diesen Abend zurück.

Wir hatten gerade unser Pensionszimmer betreten. John hatte mich abgeholt, nachdem ich stundenlang an Paulas Bett gesessen hatte, er selbst war immer nur kurz da gewesen, ehe er wieder geflüchtet war. Sein Geständnis konnte ich immer noch nicht fassen. Wie konnte er ausgerechnet die Krankenver-

sicherung nicht bezahlen und was hatte Jeany damit zu tun? John lief nervös im Zimmer auf und ab.

»Nun erzähl mir schon alles, bevor ich durchdrehe!«, schrie ich ihn an. Sofort ließ er den Kopf hängen.

»Maddie. Schatz. Oh Mann, ist das schwer«, stammelte er vor sich hin. Am liebsten hätte ich ihn geschüttelt, warum machte er den Mund nicht auf?

»Weißt du noch, am Ende der Studienzeit, als es bei uns gekriselt hat?«, fragte er und ich überlegte, was nun kommen sollte. Kurz vor unserem Examen hatten wir einen riesigen Streit gehabt. Wir waren beide im Lernstress gewesen und wegen einer Kleinigkeit kam es zu dem Streit, der fast unsere Beziehung beendet hätte.

John holte tief Luft.

»Ich hatte damals einen One-Night-Stand mit Jeany und sie wurde schwanger«, sagte er so schnell, dass ich es kaum verstehen konnte. Ich war sprachlos, er hatte mich betrogen? Jeany war schwanger gewesen? Ich fragte mich, ob unsere ganze Ehe eine Lüge gewesen war.

»Sie hat abgetrieben«, fuhr er fort und ich zog zischend die Luft ein. Abtreibung war etwas, was ich gar nicht nachvollziehen konnte.

»Und wir hatten keinerlei Kontakt mehr. Bis ich sie beim ersten Termin bei B&B traf. Sie arbeitet dort als Sekretärin und das mit ihrem Abschluss. Sie hat ihr Leben bis heute nicht auf die Reihe bekommen und ich bin schuld. Sie hat die Abtreibung sehr bereut. Außerdem hatte sie gerade ihre Wohnung verloren und wusste nicht wohin, deshalb habe ich versprochen, ihr bei der Wohnungssuche zu helfen und sie finanziell zu unterstützen. Aus diesem Grund habe ich ihr auch das Geld für die Mietkaution ihrer neuen Wohnung gegeben. Nach dem Termin bei B&B, bei dem wir den Auftrag bekommen *haben, war ich mit ihr feiern ... unseren Auftrag und ihre neue Wohnung.«   Nun reichte es mir.*

»Und hast du mich da wieder betrogen?«, schrie ich ihn an.

»Während ich mit unserer Tochter im Krankenhaus war und dich gebraucht hätte, warst du bei ihr?« Er hatte es nicht bestätigt und nur den Kopf hängen lassen, aber das sagte mehr als tausend Worte. In mir war in diesem Moment etwas zerbrochen.

Seit dem Gespräch sahen wir uns nur noch ab und zu im Krankenhaus. Mittlerweile war klar, dass die Versicherung nicht zahlen würde und wenn ich nicht an Paulas Bett saß und ihr stundenlang vorlas oder ihr Geschichten erzählte, versuchte ich, Geld zu organisieren. Mein Vater hatte eine Hypothek auf sein Haus aufgenommen, genau wie Johns Eltern. Meine Mutter gab mir all ihre Ersparnisse und selbst Andrew, mein bester Freund, half uns, indem er Spenden für Paula sammelte. John arbeitete wie verrückt und ich hatte auch meinen Laptop überall dabei und arbeitete bis spät in die Nacht an Paulas Krankenbett. In mein Pensionszimmer ging ich nur noch, wenn die Schwestern mich herauswarfen, einige ließen mich jedoch die ganze Nacht an ihrem Bett sitzen.

Auch wenn unsere Ehe wohl gescheitert war, John und ich waren immer noch Eltern und Geschäftspartner und hatten nur ein Ziel – unsere Tochter zu retten. Schlafen konnte ich kaum noch, genau wie essen. Ich bekam einfach kaum noch etwas herunter und könnte mittlerweile wahrscheinlich als Model arbeiten, so dünn war ich geworden. Die Sorgen um Paula und darüber, wie wir das ganze Geld für ihre Behandlung auftreiben sollten, fraßen mich auf. Die Rechnungen waren wahnsinnig hoch und unser Schuldenberg wuchs täglich.

»Maddie!« Meine Mutter riss mich wieder aus meinen Gedanken.

»Du kommst jetzt mit und wir gehen etwas Essen. So geht es nicht weiter, wenn du zusammenbrichst, ist Paula auch nicht geholfen.« Sie nahm einfach meine Hand und zerrte mich von Paulas Bett weg. Ich streichelte ihr noch einmal vorsichtig über die Haarstoppeln, die nun auf ihrem Kopf wuchsen. Für die OP war sie fast vollständig kahl rasiert worden. Wehmütig dachte ich an ihre Stachelhaare zurück. Ich sehnte mich nach der Zeit, als mein Kind gesund, meine Ehe intakt und mein größtes Problem war, dass Paula sich selbst die Haare geschnitten hatte. Diese glückliche Zeit schien Ewigkeiten her zu sein, dabei waren es nur ein paar Wochen, die seitdem vergangen waren.

Als ich den Weg zur Krankenhauskantine einschlagen wollte, schüttelte meine Mutter den Kopf und zog mich in Richtung des Ausgangs.

»Schatz, du musst auch mal wieder etwas Anderes sehen, als immer nur das Krankenhaus. Du gibst dich selbst ja völlig auf.« Ihre Stimme klang tadelnd, als sie das sagte. Was erwartete sie denn von mir? Sollte ich fröhliche Partys feiern, während mein Baby hier im Krankenhaus lag? Ich wollte nicht von ihr weggehen. Was wäre, wenn es ihr schlechter ging oder wenn sie aufwachen würde? Dann wollte ich bei ihr sein.

»Wir gehen zum Italiener um die Ecke. Das wird dir guttun«, bestimmte sie.

»Ich habe der Stationsschwester Bescheid gesagt, dass du eine Zeit lang weg bist. Wenn irgendetwas mit Paula ist, wird sie dich anrufen.«

Wir gingen schweigend zu einem kleinen italienischen Restaurant. Das *Bella Italia* war wirklich sehr gemütlich eingerichtet, meine Mutter bat um einen ruhigen Tisch und wir wurden zu einer kleinen Nische geführt. Wir saßen schweigend da, bis die Kellnerin unsere Bestellung – eine Pizza für mich und Lasagne für meine Mutter – aufgenommen hatte.

Sie blickte mich ernst an.

»Maddie, wir müssen reden«, fing sie an.

»Dr. Snow hat mit John gesprochen und er dann mit uns. Du weigerst dich ja, mit ihm über ein Pflegeheim für Paula zu sprechen und er hat Recht, Paula kann nicht ewig im Krankenhaus bleiben. Schatz, du musst dich für ein Heim entscheiden und dein Leben weiter leben!« Entsetzt sah ich sie an.

»Mom!«, sagte ich aufgebracht.

»Wie kannst du nur so etwas sagen? Ich kann Paula doch nicht aufgeben, sie ist mein Kind. Ich kann sie nicht einfach in ein Pflegeheim abschieben.«

»Und John ist dein Ehemann, er braucht dich auch«, versuchte meine Mutter, mich zu beruhigen, nur erreichte sie damit genau das Gegenteil.

»Wenn John jemanden braucht, soll er doch zu Jeany gehen! Ich fasse es nicht, dass er es gewagt hat, damit zu dir zu gehen. Und das nach allem, was er getan hat«, schrie ich sie an und wollte nur noch weglaufen. Aber meine Mutter hielt mich fest und ich brach weinend in ihren Armen zusammen. Es war einfach alles zu viel.

Irgendwann stand die Kellnerin mit dem Essen neben uns und sah mich verstört an. Wahrscheinlich hielt sie mich für verrückt, aber was andere von mir hielten, war mir im Moment wirklich völlig egal. Ich richtete mich auf und ging schnell zur Toilette, um mich etwas frisch zu machen. Als ich mein Spiegelbild sah, seufzte ich.

Nachdem ich mich etwas beruhigt hatte, ging ich zum Tisch zurück, und wir begannen an, zu essen.

»Maddie, ich muss dir etwas erzählen und vielleicht verstehst du dann, warum ich das eben gesagt habe. Du weißt, dass dein Vater und ich geheiratet haben, als ich gerade zwanzig war«, fing sie an zu erzählen und ich nickte. Meine Eltern hatten sehr früh geheiratet, mich aber erst fünfzehn Jahre nach ihrer Hochzeit bekommen, um sich dann vier Jahre später scheiden zu lassen.

»Wir haben geheiratet, weil ich schwanger war.« Ich starrte sie mit offenem Mund an. Davon, dass ich kein Einzelkind war, hatte mir nie jemand etwas erzählt.

»Bitte unterbrich mich nicht, auch wenn es dir schwerfällt«, bat sie mich eindringlich und so sagte ich nichts.

»Mir fällt es auch schwer, darüber zu reden. Ben wurde nur sechs Monate nach der Hochzeit viel zu früh geboren. Er lag monatelang im Krankenhaus und als wir ihn mit nach Hause nehmen durften, war klar, dass er nie ein normales Leben würde führen können.« Sie kämpfte sichtbar mit sich, die richtigen Worte zu finden. »Er war körperlich und geistig schwer behindert und musste dauerhaft beatmet werden. Ich tat alles für ihn und gab mich selbst völlig auf. Ich lebte sechs Jahre lang nur für Ben, bis er starb. Mit ihm starb damals auch ein Teil von mir. Ich konnte gar nichts anderes mehr, als mein krankes Kind zu versorgen. Ich hatte keine Freunde mehr, keinen Job und keine Hobbys   …« Sie sah mir tief in die Augen.

»Mach nicht denselben Fehler wie ich, Maddie. Es hat Jahre gedauert, bis ich wieder ein normales Leben führen konnte und dann endlich bekam ich dich. Matthew und ich beschlossen, dir nichts von Ben zu erzählen. Wir wollten dich nicht damit belasten. Allerdings hatte er seine

Meinung mit der Zeit geändert, was immer öfter zu Streit führte und als ich die letzten Fotos von Ben vernichtet hatte, trennte er sich von mir. Heute fragte ich mich oft, ob es nicht besser gewesen wäre, wenn er gleich gestorben wäre. Das hätte uns und vor allem ihm viel Leid erspart. Es hätte unser Leben viel einfacher gemacht. Und wir hätten früher eine normale Familie haben können, mit dir und Matthew …« Sie brach ab und blickte traurig auf ihren Teller. Sprachlos starrte ich meine Mutter an. War das ihr Ernst? Wollte sie damit etwa auch sagen, dass es besser wäre, wenn Paula sterben würde? Wie konnte sie das auch nur andeuten?

Einige Minuten saßen wir beide schweigend da und hingen unseren Gedanken nach.

»Sei mir bitte nicht böse, Maddie«, flehte meine Mutter dann.

»Ich bin nicht herzlos, auch wenn es dir vielleicht so erscheint. Ich liebe Paula, aber ich möchte nicht, dass es dir in ein paar Jahren so geht wie mir. Ich nehme bis heute Tabletten, weil ich eine Depression habe.« Auch davon hatte ich keine Ahnung, was hatte meine Mutter mir noch alles verschwiegen?

»Mom, ich brauche Zeit, um das alles zu verarbeiten. Bitte lass mich jetzt alleine wieder zu Paula gehen«, sagte ich und stand auf. Sie drückte mir noch einige Prospekte von Pflegeheimen in die Hand und am liebsten hätte ich diese gleich entsorgt. Meine Mutter schien meine Gedanken zu erraten.

»Sieh sie dir wenigstens in Ruhe an«, bat sie mich. Ihr Blick folgte mir, als ich aus dem Restaurant eilte. Ich wollte nur noch schnell wieder zu meinem Engel zurück.

Wie sollte ich mit der Geschichte meiner Familie umgehen? War nicht nur meine Ehe eine Lüge, sondern mein ganzes Leben? Völlig in Gedanken versunken rannte ich fast durch die Eingangshalle des Krankenhauses und die Treppen hoch zur Neurologie. Die Geduld auf den Aufzug zu warten, hatte ich jetzt nicht und die zwei Etagen konnte ich auch zu Fuß hochgehen. Im Flur der Station rannte ich in einen Arzt. Ich hatte ihn einfach nicht gesehen.

»Hoppla«, lachte er.

»Das hier ist ein Krankenhaus und kein Sportplatz, Miss.« Ich wollte mich eigentlich entschuldigen, aber als ich den Blick hob, konnte ich ihm nur in seine funkelnden grünen Augen blicken und brachte kein Wort mehr heraus. Wie hypnotisiert blieb ich stehen und starrte ihn an. Eigentlich kannte ich alle Ärzte auf dieser Station, aber ihn hatte ich hier noch nie gesehen. Sein Mund verzog sich zu einem schiefen Lächeln und seine Augen funkelten. Ich riss mich aus meiner Starre, murmelte eine Entschuldigung und verschwand schnell in Paulas Zimmer. Beim Tür schließen bemerkte ich noch, dass er mir nachsah.

Ich schüttelte über mich selbst den Kopf. Warum reagierte ich so komisch auf diesen fremden Arzt? Das war doch sonst nicht meine Art. Ich kannte ihn ja gar nicht, aber er hatte irgendetwas in seinem Blick, das mich magisch anzog. Und dann noch dieses schiefe Lächeln … Mit erneutem Kopfschütteln versuchte ich, ihn aus meinen Gedanken zu vertreiben. Was war nur mit mir los? Ich ging zu Paulas Bett und küsste sie vorsichtig auf die Stirn, dabei streichelte ich ganz sanft mit zwei Fingern über ihre Wange.

»Mein Baby, ich gebe dich nicht auf. Ich werde alles tun, Kleines, damit dir geholfen wird. Alles!«, versprach ich ihr zum wiederholten Mal. Ein Pflegeheim kam für mich absolut nicht in Frage. Das hieße ja so viel, wie die Hoffnung auf Paulas Heilung aufzugeben, und das konnte und wollte ich nicht.

Ich griff nach meinen Laptop und loggte mich in mein E-Mail Postfach ein. Schon wieder sechs neue Mails von John, nahm ich seufzend wahr. Er kam alleine im Büro einfach nicht zurecht und nachdem er wieder mal nichts mehr gefunden hatte, scannte er nun alles ein und schickte mir alle möglichen Unterlagen per Mail. Auch wenn wir kaum noch miteinander sprachen, so schafften wir es, immer noch zusammen zu arbeiten. Aber es war sehr kompliziert. John bat mich in seinen Mails ständig, doch wieder nach Aptos zu kommen, um ihm im Büro zu helfen, aber ich konnte und wollte Paula nicht alleine lassen. In der letzten Mail stand, dass er heute wieder vorbeikommen wollte. Das kam auch immer seltener vor, in dieser Woche war er noch gar nicht im Krankenhaus gewesen. Ich nahm ihm das sehr übel. Wie konnte er unsere Tochter nur so im Stich lassen? Früher war sein erster Gang, wenn er nach Hause gekommen war, immer ins Kinderzimmer gewesen. Paula war seine kleine verwöhnte Prinzessin gewesen und ich verstand einfach nicht, wie er sie jetzt so im Stich lassen konnte. Wahrscheinlich wollte auch er mich überreden, sie in ein Pflegeheim zu geben, doch das würde ich nie tun. Selbst wenn sie nie wieder aufwachen sollte, wollte ich sie wenigstens zu Hause pflegen, aber vorher wollte ich alle Behandlungsmöglichkeiten ausschöpfen, egal was es kostete. Dr. Snow hatte mir von einigen Kliniken erzählt, die Stiftungen hatten für Fälle wie unseren und ich war nicht zu stolz, um Almosen zu bitten. Die Möglichkeit war viel besser, als ein Pflegeheim. Alles war besser als das.

Leise klopfte es an der Tür und mein Vater kam herein.

»Hey, Kleines, wie geht es dir und dem Engelchen?«, fragte er vorsichtig.

»Ich weiß, dass deine Mutter mit dir geredet hat.« Ich seufzte.

»Willst du mir nun auch erzählen, dass ich sie aufgeben soll?«, fuhr ich ihn an. Traurig schüttelte er den Kopf, kam auf mich zu und nahm mich einfach fest in den Arm.

»Ich fasse es nicht, dass sie das zu dir gesagt hat. Paula ist nicht Ben und du bist nicht deine Mutter. Lass dir das nie von ihr einreden.« Bei seinen Worten liefen mir die Tränen über das Gesicht. Ich konnte gar nicht sagen, wie froh ich war, dass er mich jetzt nicht alleine ließ.

»Warum hast du mir nie von ihm erzählt?«, schluchzte ich.

»Emma tat es zu weh und erst warst du noch viel zu klein und dann hatten wir einfach schon viel zu lange geschwiegen, um es dir noch zu erzählen. Wir haben so oft darüber gestritten, bis wir irgendwann gar nicht mehr normal miteinander reden konnten«, versuchte er, die Situation zu erklären. Aber ich konnte es nicht verstehen - oder wollte ich es nicht?

»Verzeih mir bitte, Maddie. Ich möchte dich nicht auch noch verlieren.« Er klang wirklich verzweifelt. Dad war kein Mann vieler Worte und ich wusste, dass er es nicht besser erklären konnte. Gegen Mom hatte er rhetorisch keine Chance, das wusste ich. Wahrscheinlich hatte sie solange auf ihn eingeredet, bis er ihr zugestimmt hatte. Ich nahm ihn einfach in den Arm, mir fiel sowieso keine Antwort ein. Lange standen wir Arm in Arm an Paulas Bett.

»Egal was kommt, Maddie, ich bin für euch da und zur Not verkaufen wir mein Haus, um die Kosten zu bezahlen«, versprach er mir.

»Dad, das geht doch nicht«, protestierte ich.

»Doch, Kleines, das geht natürlich«, erwiderte er sofort.

»Für mich reicht auch eine kleine Wohnung, wenn ich in Aptos bin. Die meiste Zeit bin ich doch sowieso unterwegs. Allerdings bleibe ich hier, solange ihr mich braucht! Wir beide geben unsere Kleine nicht auf, egal was kommt.« Bei diesen Worten schluchzte ich auf und warf mich ihm um den Hals. Ich ließ ihn erst wieder los, als es kurz an der Tür klopfte und sich diese dann auch sofort öffnete. Herein kam Dr. Weber, dicht gefolgt von dem fremden Arzt. Schnell wischte ich mir die Tränen aus dem Gesicht.

»Mrs. Stone, darf ich Ihnen einen geschätzten Kollegen aus New York vorstellen, der uns einige Tage unterstützt?«, fragte Dr. Weber und zeigte dabei auf den zweiten Arzt.

»Das ist Dr. Baker. Dr. Baker, das ist Mrs. Stone, die Mutter der kleinen Patientin, von der ich Ihnen erzählt habe. Dr. Baker würde Ihre Tochter gerne untersuchen, wenn Sie nichts dagegen haben. Er ist ein sehr angesehener Neurochirurg.« Natürlich hatte ich nichts dagegen.

»Ich geh dann jetzt, Kleines. Sei Emma nicht zu böse, sie meint es nur gut«, verabschiedete sich mein Vater schnell. Er hatte wohl Angst zu stören. Als er meine Mutter erwähnte, warf ich ihm kurz einen bösen Blick zu.

»Bye, Dad«, erwiderte ich, sagte aber lieber nichts wegen meiner Mutter. Die Ärzte gingen unsere Probleme ja nun wirklich nichts an. Auch Dr. Weber verabschiedete sich wieder und so war ich mit Dr. Baker alleine.

»Ich würde gerne einige Untersuchungen, wie zum Beispiel das EEG, CT und MRT bei Ihrer Tochter wiederholen, wenn Sie nichts dagegen haben. Vielleicht kann ich etwas sehen, was den Kollegen hier bisher entgangen ist«, erklärte Dr. Baker und lächelte mich wieder so schief an, wie nach unserem Zusammenstoß auf dem Flur. Ich nahm es kaum wahr, neue Untersuchungen hießen noch höhere Kosten. Obwohl ich einen riesigen Kloß im Hals spürte, nickte ich. Es musste einfach sein und vielleicht konnte Dr. Baker meiner Tochter helfen.

»Ok, ich leite dann alles in die Wege, damit die Untersuchungen zeitnah erfolgen können. Dr. Weber erwähnte Ihr Versicherungsproblem. Da ich ein paar Gastvorlesungen an der hiesigen Universität gebe, könnte ich diese Untersuchungen kostenlos für Sie machen, wenn ich mit den Studenten den Fall Ihrer Tochter behandeln dürfte«, schlug er mir lächelnd vor. Mein Herz machte einen Satz, damit wäre uns sehr geholfen.

»Wenn ich mit meiner Vermutung richtig liege, möchte ich anschließend mit Ihnen über eine eventuelle Verlegung nach New York sprechen. Die Klinik, in der ich eigentlich arbeite, ist auf solche Fälle spezialisiert«, erzählte er weiter. Ich keuchte auf, eine Verlegung nach New York? Wie sollten wir das bezahlen? Nicht nur die Klinik dort würde wahrscheinlich noch mehr kosten als hier, auch Paula dorthin zu transportieren wäre in ihrem Zustand nicht so einfach. Das Ganze würde wahrscheinlich Unsummen verschlingen. Ob John dem zustimmen würde? Alleine konnte ich das nicht entscheiden. Dr. Baker schien meine Gedanken lesen zu können.

»Sprechen Sie in Ruhe mit Ihrem Mann darüber, wenn es soweit ist«, sagte er.

»Unsere Klinik hat eine Stiftung und vielleicht kann ich etwas tun, damit sie zumindest einen Teil der Kosten übernehmen wird. Ich komme wieder, sobald ich weiß, wann die Untersuchungen gemacht werden können«, sagte er und sah mir dabei tief in die Augen. Ich war wie hypnotisiert durch seinen Blick und brachte kein Wort heraus. Ein Nicken war alles, was ich zustande brachte. Was war in Gegenwart dieses Mannes nur mit mir los?

Es war, als würden Funken durch den kleinen Raum sprühen. So etwas hatte ich noch nie erlebt, irgendetwas an Doktor Baker zog mich magisch an und ich war wie erstarrt. Wir mussten uns minutenlang in die Augen gesehen haben, denn ich erwachte erst aus meiner Starre, als sich die Tür öffnete und John das Krankenzimmer betrat. Dr. Baker wandte sich schnell ab.

»Reden Sie mit Ihrem Mann darüber, Mrs. Stone. Auf Wiedersehen«, sagte er, nickte John zu und verließ mit wehendem Kittel das Zimmer.

»Wer war das und was willst du mit mir besprechen?«, fuhr John mich an, noch ehe die Tür ganz zu war. Was hatte er nur? Ob er die seltsame Stimmung im Raum auch wahrgenommen hatte? Nachdem Dr. Baker gegangen war, verflog diese doch auch sofort.

»Das war Dr. Baker, ein Arzt aus New York, der gerade hier zu Gast ist. Er möchte Paula noch einmal, auf Kosten der Universität, untersuchen und sie vielleicht nach New York verlegen lassen. Die Klinik dort hat eine Stiftung«, erklärte ich ihm. John sah mich frustriert an.

»New York?«, fragte er fast entsetzt.

»Du kannst nicht nach New York gehen, ich brauche dich in der Firma. Lass uns Paula in ein Pflegeheim geben, unsere Firma und unsere Ehe retten und noch einmal von vorne beginnen.«

»Unsere Ehe retten?«, fragte ich ungläubig und wenn das Ganze nicht so traurig gewesen wäre, hätte ich am liebsten gelacht.

»John, an unserer Ehe ist nichts mehr zu retten und ich werde Paula niemals aufgeben, ehe ich nicht alles versucht habe!« Was war nur aus meinem liebevollen Mann und Paulas tollem Vater geworden? Mittlerweile war ich sehr froh, dass es auch im letzten Monat nicht mit einem Geschwisterchen für Paula geklappt hatte. In dieser Situation hätte ein zweites Kind alles nur noch schwerer gemacht.

»Nicht mehr zu retten?«, fragte er verdutzt.

»Willst du dich etwa scheiden lassen?«

»Darüber habe ich noch nicht nachgedacht. Ich kann zur Zeit nur an Paula denken, aber nach allem, was vorgefallen ist, sehe ich keine Zukunft mehr für uns«, sagte ich traurig. Johns Verrat tat mir fast so weh, wie meine Kleine hier im Krankenhaus liegen zu sehen.

»Und was ist mit der Firma? Du weißt doch, wie ich bin, ich schaffe das nicht alleine«, jammerte er.

»Dann musst du eine Aushilfe einstellen, wenn dir meine Arbeit von hier aus nicht reicht. Ich werde sie nicht alleine lassen und sie auch nicht in ein Heim abschieben«, erklärte ich ihm entschlossen.

John sah mich fassungslos an. »Du wirst uns damit finanziell völlig ruinieren«, warf er mir vor. Das hätte er lieber nicht tun sollen.

»Ich ruiniere uns? ICH? Wer von uns hat denn die Krankenversicherung nicht bezahlt und das Geld lieber seiner Geliebten gegeben? Soll Jeany dir doch in der Firma helfen«, schrie ich ihn an.

»Das war es dann Maddie, ich gehe noch heute zum Anwalt und reiche die Scheidung ein und beantrage das medizinische Sorgerecht für Paula. Ich lasse mir nicht von dir das Leben zerstören«, schrie er zurück und rannte aus dem Zimmer. Fassungslos sah ich ihm hinterher, ehe ich weinend zusammenbrach und auf dem Boden liegenblieb. Ich konnte einfach nicht mehr.

Kapitel 6

Wie aus weiter Ferne hörte ich ein kurzes Klopfen und schon wurde die Tür geöffnet.

»Mrs. Stone?«, fragte eine sanfte Stimme, wie aus einer anderen Welt. Dann spürte ich weiche, aber kräftige Hände, die mir hoch halfen.

»Kommen Sie, Mrs. Stone, setzen Sie sich hier hin«, sagte die Stimme und ich ließ mich widerstandslos auf einen Stuhl setzen. Dankbar blickte ich nun auf und versank ein weiteres Mal in den leuchtend grünen Augen von Doktor Baker.

»Was machen Sie nur für Sachen?«, fragte er mich lächelnd. »Ich habe jetzt Feierabend und würde Sie gerne nach Hause bringen, es ist auch schon spät. Sie müssen sich ausruhen, sonst brechen Sie uns noch völlig zusammen und damit ist niemandem geholfen. Morgen schon werden die weiteren Untersuchungen bei Ihrer Tochter stattfinden und da wollen Sie doch fit sein.«

Ich nickte und ließ mir von Dr. Baker in die Jacke helfen, dann führte er mich aus dem Krankenhaus und zu seinem Auto. Er hielt mir die Tür auf, damit ich einsteigen konnte. Die ersten Minuten der Fahrt verliefen schweigend. Das Radio lief leise auf einem Klassiksender. Als mein Magen laut knurrte, blickte Dr. Baker zu mir herüber.

»Wann haben Sie zuletzt etwas gegessen?«, fragte er streng.

»Heute Mittag«, antwortete ich wahrheitsgemäß, allerdings verschwieg ich, dass ich durch das Gespräch mit meiner Mutter nur sehr wenig gegessen hatte. Wenn ich den Tag Revue passieren ließ, war es einfach zu viel gewesen. Erst meine Mutter mit ihrer Beichte und den Andeutungen, dass ich Paula aufgeben sollte. Dann mein Vater, der wenigstens zu mir stand, anschließend Dr. Baker, der mir neue Hoffnungen machte und zum Schluss John, der sich nicht nur von mir scheiden lassen, sondern mir auch noch Paula wegnehmen wollte. ›Schlimmer als jede Seifenoper‹, dachte ich ironisch und lachte kurz und fast hysterisch auf.

Dr. Baker sah mich besorgt an.

»Ein harter Tag?«, fragte er dann.

»Das können Sie laut sagen«, antwortete ich seufzend.

»Was halten Sie davon, wenn ich Sie in ihre Pension bringe, Sie machen sich fertig und in einer Stunde hole ich Sie zum Essen ab?«, fragte er. Verwirrt sah ich ihn an. Warum tat er das? Bestimmt nur aus Mitleid, entschied ich und beschloss, deshalb sein Angebot abzulehnen. Ich wollte nicht, dass er mich aus einem Pflichtgefühl heraus einlud. Peinlich genug, dass er mich zusammen-gebrochen in Paulas Zimmer gefunden hatte.

»Danke, aber ich esse einfach eine Kleinigkeit auf dem Zimmer, dusche und gehe dann zu Bett. Trotzdem noch einmal vielen Dank für die Einladung, Dr. Baker«

Er sah geknickt aus, aber mir fehlte die Kraft, lange darüber nachzudenken, warum das so war.

»Schade, aber wenn Sie nicht möchten … Wir sehen uns dann morgen in der Klinik, nehme ich an?«, fragte er kurz angebunden. Hatte ich ihn mit meiner Ablehnung verärgert? Er hielt den Wagen vor der Pension an und ich nickte kurz. Wahrscheinlich war er froh, wenn er schnell verschwinden konnte.

»Danke fürs Fahren, gute Nacht, Dr. Baker«, verabschiedete ich mich, während ich ausstieg.

»Gute Nacht, Mrs. Stone, und angenehme Träume«, wünschte er mir, warf mir noch einen verletzten Blick zu und fuhr davon. Ich fühlte mich schlecht, weil ich ihn scheinbar mit meiner Ablehnung verletzt hatte, dabei wollte ich das gar nicht.

Ich lief schnell zu dem kleinen Fast-Food-Lokal auf der anderen Straßenseite und holte mir einen Hamburger, Pommes und einen Milchshake. Nachdem ich das Essen in meinem Zimmer verschlungen hatte, duschte ich noch schnell, dann fiel ich todmüde ins Bett und schlief auch fast augenblicklich ein.

Erholsam war mein Schlaf aber leider nicht wirklich. Immer wieder wachte ich aus wirren Träumen auf, in denen John und meine Mutter an Paulas einen Arm zogen und ich an ihrem anderen. Dabei schaffte ich es kaum, sie festzuhalten, so sehr zerrten die beiden an ihr. Um fünf Uhr morgens wachte ich schweißgebadet auf und gab den Versuch etwas Erholung zu finden, endgültig auf.

Ich sprang kurz unter die Dusche und verließ gleich darauf schon wieder die Pension. Lange würde ich mir die auch nicht mehr leisten können, meine Ersparnisse waren schon restlos aufgebraucht. Ich ging in Richtung Krankenhaus, wagte es aber noch nicht, hineinzugehen. So früh sahen die Nachtschwestern das nicht gerne, deshalb ging ich in den Krankenhauspark und setzte mich dort auf eine Bank. Ich überlegte kurz, ob ich Andrew schon stören konnte, und entschied mich dann dafür. Er war schon immer ein Frühaufsteher gewesen.

Ich zückte mein Handy und wählte Andys Nummer. Schon nach dem zweiten Klingeln nahm er ab.

»Guten Morgen, Maddie, du rufst früh an. Ist alles in Ordnung bei euch?«, meldete er sich. Fast musste ich lachen, wie konnte ein Mensch nur so schnell reden?

»Guten Morgen, ich hoffe, ich habe dich nicht geweckt«, antwortete ich.

»Mich doch nicht. Jimmy ist schon vor zwei Stunden zum Angeln gefahren und ich wollte noch kurz bei Vanessa reinschauen, ehe ich zur Werkstatt fahre«, erklärte er. Vanessa war seit einigen Wochen seine große Liebe und arbeitete im Postamt in Aptos.

»Also spuck es schon aus, was beschäftigt dich, dass du dich so früh meldest?«, fragte er. Er kannte mich einfach zu gut.

Kurz überlegte ich noch, was ich ihm sagen konnte und dann sprudelte einfach alles aus mir heraus. Von meiner Mutter, John und der Hoffnung, die Dr. Baker mir gemacht hatte und auch von meinen Ängsten, wie ich das Ganze finanzieren sollte. Nur die komischen Gefühle, die ich in Dr. Bakers Gegenwart hatte, ließ ich lieber aus.

»Wenn dieser Doktor Paula helfen kann, dann kriegen wir euch schon nach New York. Mach dir darüber mal keine Sorgen. Lieber sollte dein untreuer Arsch von Ehemann sich Sorgen machen, dass ich ihm dafür, was er gestern getan hat, nicht eine reinhaue«, drohte er. Dann erzählte er, dass er mit Vanessa und ein paar anderen schon ein Stadtfest zugunsten von Paula plante.

Auf meinen besten Freund konnte ich mich wenigstens noch verlassen.

»Andy, du bist ein Schatz. Ich könnte dich küssen, aber da hätte Vanessa wohl etwas dagegen«, freute ich mich und hob den Kopf etwas. Als mein Blick nach oben ging, sah ich direkt in die mir mittlerweile schon bekannten grünen Augen von Dr. Baker, der mich durchdringend ansah, aber kein Wort sagte.

Schnell sagte ich Andy noch Tschüss und legte auf. Er musterte mich eingehend, sagte aber noch immer nichts.

»Guten Morgen«, begrüßte ich ihn deshalb.

»Sollten Sie sich nicht besser ausschlafen Mrs. Stone?«, fragte er, meinen Gruß ignorierend.

»Ich konnte nicht mehr …«, wollte ich mich rechtfertigen, aber er unterbrach mich mit der Frage, ob ich wenigstens gefrühstückt hätte. Ich lief rot an und damit war eine Lüge wohl zwecklos.

»Dann kommen Sie jetzt mit, ich lade Sie ein«, forderte er mich auf und griff nach meiner Hand, um mich hochzuziehen.

Kurze Zeit später saßen wir uns in einem Starbucks in der Nähe des Krankenhauses, der schon so früh geöffnet hatte, gegenüber. Vor mir stand ein Vanille Latte Macciato und ein Teller mit Rührei. Dr. Baker hatte nur Kaffee und einen Muffin.

»Warum konnten Sie nicht schlafen?«, fragte er. Ich wusste nicht, was ich darauf antworten sollte, denn von meinen wirren Träumen wollte ich ihm nichts erzählen, schließlich kannten wir uns kaum.

»Es ging einfach nicht mehr«, antwortete ich deshalb einsilbig. Er seufzte.

»So wird das nichts. Tun wir doch einfach so, als würden wir uns schon lange kennen. Ich bin Sebastian und du?«, fragte er doch tatsächlich.

»Maddie, also eigentlich Madison, aber Maddie ist mir lieber«, stellte ich mich vor.

»Maddie, der Name passt zu dir«, lächelte er mich schief an und mein Herz schlug schneller. Ich war nur froh, dass er das nicht hören konnte.

»Ich nehme an, dass du nicht aus Los Angeles kommst, da du in einer Pension wohnst. Also, wo kommst du her und was machst du sonst so?«, fragte er und ich erzählte ihm von Aptos, meiner Jugend dort, meinem Studium und meiner Arbeit. John erwähnte ich dabei so wenig wie möglich.

Zum Ausgleich erzählte er mir von New York, seinen Eltern, seiner Schwester und von seinem Sohn Alexander, den er, wie er selber sagte, leider kaum kannte, da dieser bei seinen Eltern und seiner Schwester lebte. Mir drängte sich die Frage auf, ob John das auch eines Tages sagen würde.

»Was ist los?«, fragte Sebastian, »du wirkst betrübt.« Wie sollte ich ihm gerade das erklären? Er war ja selbst ein Vater, der sich wenig um sein Kind kümmerte. Wie sollte er da meine Sorgen verstehen? Ich verstand ihn ja auch nicht, als Elternteil sollte man sein eigenes Kind doch kennen. Und dieses arme Kind hatte gar keine richtigen Eltern, die Mutter war weg und der Vater überließ den Jungen den Großeltern.

»Ich möchte jetzt zu Paula«, antwortete ich deshalb ausweichend. Das stimmte aber auch wirklich, denn mittlerweile war es sieben Uhr dreißig und damit konnte ich wieder zu ihr.

Sebastian zahlte und weigerte sich, mein Geld zu nehmen, als ich mein Frühstück selbst bezahlen wollte.

»Ich hatte dich eingeladen, also zahle ich auch«, sagte er und ließ sich auch nicht umstimmen. Dann gingen wir zu Fuß zurück zum Krankenhaus. Sebastian verabschiedete sich am Eingang von mir, mit dem Versprechen, bald wegen der Untersuchungen zu Paula zu kommen und kurz darauf saß ich wieder allein an ihrem Bett. Ihr Zustand hatte sich über Nacht nicht verändert.

Kurz vor neun Uhr kam Sebastian mit einer Schwester ins Zimmer.

»Guten Morgen, Mrs. Stone, dann wollen wir Ihre Tochter noch einmal untersuchen«, sagte er und zwinkerte mir hinter dem Rücken der Schwester zu. Scheinbar duzten wir uns nur, wenn wir alleine waren. Aber mir sollte es Recht sein, Hauptsache Paula wurde geholfen. Ich durfte nicht mit und setzte mich solange an den Laptop, um zu arbeiten. Allerdings war dort ausnahmsweise mal keine Mail von John und ich konnte nicht auf dem Firmenserver zugreifen. Was sollte das denn jetzt?

Vergeblich versuchte ich, ihn zu erreichen, aber er ging nicht ans Telefon und auch in der Agentur lief nur das Band. Eigentlich müsste John um diese Zeit dort sein, gestern stand noch kein Kundentermin für heute fest. Ich hoffte nur, dass er keinen Mist baute, auch wenn ich mir sicher war, dass wir über kurz oder lang unsere Ehe endgültig beenden würden. Die Firma war sozusagen unser erstes Baby gewesen, aber dann kam Paula. Wenn ich mich allerdings zwischen Paula und der Firma entscheiden musste, wusste ich, was für mich an erster Stelle stand. Bei John fiel die Wahl da wohl anders aus, daher wunderte ich mich noch mehr, dass er nicht im Büro war.

Um mir die Wartezeit zu verkürzen, nahm ich ein Buch aus der Tasche und las etwas, dazu kam ich in letzter Zeit auch nicht oft. Allerdings fiel es mir unheimlich schwer, mich darauf zu konzentrieren. Ständig wanderten meine Gedanken zu Paula. Ob Sebastian eine Möglichkeit fand, um ihr zu helfen? Und warum hatte ich das Gefühl, dass er es wirklich konnte? Hier im Krankenhaus gab es viele gute Ärzte und die konnten ihr auch alle nicht helfen.

Zwanzig Minuten später öffnete sich endlich die Tür und die Schwester brachte sie zurück.

»Doktor Baker wertet noch die Bilder aus, dann kommt er zu Ihnen«, teilte sie mir mit.

Ich seufzte. Schon wieder warten, aber wenigstens konnte ich nun dabei Paulas Hand halten.

Kapitel 7

Fast eine Stunde dauerte es, bis sich endlich die Tür wieder öffnete und Sebastian erschien. Ihm folgte eine Gruppe von zwölf jungen Leuten, sowie zwei ältere Ärzte. Vermutlich waren das die Studenten, von denen er gesprochen hatte. Besorgt blickte ich ihn an. Was hatte dieser Menschenauflauf zu bedeuten? Ich verkrampfte mich innerlich total. Sebastian lächelte mich aufmunternd an und sofort fiel ein Teil der Anspannung von mir ab. Er sah nicht so aus, als wollte er schlechte Nachrichten überbringen.

Er kam zu mir und die anderen Personen hielten sich etwas zurück.

»Mrs. Stone, wir haben eine mögliche Ursache gefunden, warum Ihre Tochter nicht aufwacht …« Er erklärte mir etwas von einem kleinen Blutgerinnsel, das auf einen Hirnteil drückte und von einer weiteren Operation, die er aber lieber in New York durchführen wollte. Das Meiste, was er sagte, verstand ich gar nicht, nur, dass es endlich neue Hoffnung gab.

»Ich komme nachher noch einmal, um die Einzelheiten mit Ihnen zu klären. Sie sollten dann schon einmal den Vater des Kindes informieren, wir brauchen sein Einverständnis für die erneute Operation«, sagte er noch, ehe er sich verabschiedete und ging. Die anderen folgten ihm wortlos.

John informieren! Eigentlich sollte ich das jetzt wirklich tun, aber ich konnte ihn wieder mal nicht erreichen. Deshalb rief ich meinen Vater an und bat ihn, bei seinem

Schwiegersohn vorbei zu fahren. Zudem schrieb ich ihm per SMS und E-Mail, dass er sich bei mir melden sollte. Mehr konnte ich zurzeit einfach nicht tun.

Diesmal dauerte es nicht lange, bis Sebastian wieder erschien.

»So unter vier Augen lässt sich das doch alles viel besser besprechen. Hast du mit dem Vater geredet?«, fragte er. Ich wunderte mich, dass er immer von *dem Vater* sprach und nicht von meinem Mann. Für ihn schien schon klar zu sein, dass wir kein Paar mehr waren.

»Ich konnte ihn den ganzen Tag schon nicht erreichen«, teilte ich ihm mit.

»Und ich dachte, ich wäre ein mieser Vater«, brummelte er so leise, dass ich ihn kaum verstand. Ich wusste nicht, was ich darauf erwidern sollte, daher verkniff ich mir einen Kommentar.

»Also ich würde deine Tochter gern so schnell wie möglich nach New York verlegen und sie dort selber operieren. Ich bin sehr zuversichtlich, dass sie bald wach wird, wenn die OP erfolgreich verläuft. Das Problem wird sein, die Kosten zu decken. Ich behandle Paula kostenlos, aber die anderen Ärzte und Schwestern und das Krankenhaus werden das nicht umsonst machen. Ich werde meinen Vater bitten, bei der Stiftung des Krankenhauses ein gutes Wort für euch einzulegen, aber ich befürchte, dass diese, wenn überhaupt, nur einen Teil der Kosten übernimmt. Und den Transport von hier nach New York wird sie auch nicht übernehmen. Du wirst aber darlegen müssen, warum ihr nicht versichert seid. Kannst du das Geld irgendwie aufbringen?«, fragte er mich.

»Dafür musst du wegen der medizinischen Ausstattung des Flugzeugs und der Personalkosten mit mindestens 5000 Dollar rechnen.«

»Ich werde es versuchen«, sagte ich unsicher und musste dabei schlucken. Unsere Ersparnisse waren nicht nur aufgebraucht, sondern wir hatten durch Paulas Krankheit schon Schulden angehäuft. Wann würde das Stadtfest zu ihren Gunsten sein, von dem Andy gesprochen hatte und würde das Geld reichen? Ansonsten würde mein Vater sicher sofort versuchen, sein Haus zu veräußern, aber keiner konnte sagen, wie lange es dauern würde einen Käufer dafür zu finden.

Ich grübelte und grübelte, aber mir fiel keine Lösung ein, wie ich in dieser kurzen Zeit so viel Geld auftreiben sollte. Dass Sebastian sich von mir verabschiedete, nahm ich nur am Rande wahr und nickte mechanisch. 5000 Dollar, alleine für den Transport! Wie sollte ich das zusammen bekommen? Die ganze Sache erschien mir nach und nach immer hoffnungsloser. Selbst wenn er sie kostenlos behandeln würde, kämen tausende von Dollar an weiteren Kosten auf uns zu. Ich bezweifelte, dass John mir noch großartig dabei helfen würde, das Geld zusammen zu bekommen. Und was wäre, wenn er die Behandlung in New York ganz ablehnen würde?

Ich entschied mich, erst einmal John ausfindig zu machen, um mit ihm zu reden, aber er ging immer noch nicht an sein Telefon. Nach zehn erfolglosen Versuchen gab ich es schließlich auf. Der Kerl trieb mich heute wirklich in den Wahnsinn!

Ungefähr zehn Minuten später klingelte mein Handy. War es endlich John? Scheinbar nicht, denn die angezeigte Nummer war mir völlig unbekannt.

»Stone«, meldete ich mich höflich.

»Amy Dickens, von Dickens und Partner Rechtsanwälte hier, Mrs. Stone. Ich bin von Ihrem Mann beauftragt worden, mich um Ihre Scheidung und die Übertragung des medizinischen Sorgerechts für Ihre Tochter Paula Stone zu kümmern. Sind Sie mit den Forderungen meines Mandanten einverstanden?«, ratterte eine kalte Frauenstimme herunter. Das konnte doch nicht Johns Ernst sein.

»Ich möchte erst einmal wissen, was mein Mann genau will und dann suche ich mir einen eigenen Anwalt. Schicken Sie mir bitte alles schriftlich zu«, forderte ich sie auf und nannte ihr meine Emailadresse und die Adresse der Pension.

Ich würde garantiert nicht irgendwelchen Forderungen am Telefon zustimmen. Ich brauchte dringend einen Anwalt und mir fiel nur einer ein, der in Frage kam. Ein alter Kumpel von mir und Andy aus der Highschool, Landon Scott. Wir hatten zwar in letzter Zeit wenig Kontakt gehabt, weil er und John sich gestritten hatten, aber gerade das machte ihn vielleicht jetzt zum richtigen Ansprechpartner.

Nach kurzer Suche im Internet fand ich seine Kanzlei. Er war gar nicht mehr in Los Angeles, wie ich erwartet hatte, sondern in New York. Kurz überlegte ich, ob er mir von dort aus überhaupt helfen konnte, aber andererseits konnte er mich zumindest beraten und ich wollte ja selbst mit meiner Kleinen schnellstmöglich dorthin.

»Platt und Partner, Mr. Scotts Büro, Lindsey Saundrey am Apparat, was kann ich für Sie tun?«, leierte eine junge Stimme herunter. Ich musste grinsen, was für ein Satz, den sie da aufsagen musste.

»Madison Stone, ich würde gern mit Mr. Scott persönlich sprechen, wenn er Zeit hat«, erklärte ich.

»Einen Moment bitte, ich sehe nach, ob er frei ist«, sagte sie noch und dann hörte ich nur noch die blecherne Warteschleifenmusik. Warum gab es eigentlich immer nur furchtbare Musik in Warteschleifen?

Nach fünf weiteren Minuten Gedudel und immer wieder der Ansage ›Bitte warten‹, klingelte es endlich und nach nur einem Signalton meldete sich Landon.

»Maddie? Maddie Stone? Bist du es wirklich?«, fragte er.

»Ja, ich bin es! Hi, Landon«, antwortete ich.

»Was kann ich für dich tun, Kleine? Und wie geht es der Prinzessin?«, fragte er weiter.

»Oh, Landon, das ist eine lange Geschichte …«, sagte ich und dann sprudelte alles aus mir heraus. Paulas Krankheit, Johns Reaktionen, die fehlende Krankenversicherung, die Hoffnung, die Sebastian mir machte und dem Anruf der Anwältin.

»Unterschreib ja nichts, Maddie. Ich kenne die Dickens, mit denen ist nicht zu spaßen. Schick mir alle Unterlagen per Mail zu und ich kümmere mich um alles. Auch darum, dass John aufgefordert wird zu unterschreiben, damit du mit Paula nach New York kommen kannst«, erklärte Landon und klang dabei hochprofessionell.

»Ich bin für euch da, Maddie!«, versprach er noch und wir klärten noch einige Einzelheiten, dann musste ich ihm ein Abendessen versprechen, wenn ich in New York sein würde.

Nachdem wir das Gespräch beendet hatten, versuchte ich noch einmal, John anzurufen, und endlich ging er an sein Telefon.

»Was willst du?«, fragte er nicht gerade freundlich. Ich seufzte, was war nur mit ihm los? Irgendwie war der

Mann am Telefon mir völlig fremd und das nach sieben Jahren Beziehung.

»John, was soll das alles? Ich komme nicht mehr auf den Firmenserver, du bist nicht zu erreichen und dann der Anruf deiner Anwältin«, verlangte ich eine Erklärung von ihm.

»Du musst dich entscheiden, Maddie, entweder retten wir unsere Ehe und unsere Firma, oder es ist alles aus. Ich kann und will nicht mehr. Komm nach Hause und wir können über alles reden«, forderte er.

»Ich lasse Paula nicht im Stich! Sie braucht mich. Was bist du überhaupt für ein Vater, dem die Firma wichtiger ist, als das Leben seines einzigen Kindes?«, fragte ich ihn. Ich erkannte John wirklich nicht wieder. Er war immer so ein liebevoller Vater gewesen. Hatte er das immer nur gespielt? Wie konnte sie ihm plötzlich so egal sein?

»Einer, der sein Leben nicht wegwerfen will. Wir haben so viele Jahre Arbeit in die Firma gesteckt, die lasse ich mir nicht kaputt machen. Klar tut Paula mir leid, aber ich kann nicht ändern, was passiert ist. So wie sie da liegt, ist es doch kein Leben. Aber unsere Firma, die ist mein Leben …«

Ich versuchte, noch länger mit ihm über alles zu reden, aber es hatte keinen Sinn. Er wollte nicht, dass sie verlegt wird, außer in ein Pflegeheim. Nach fast einer Stunde Diskussion kam er mit einer Idee daher, die ich kaum noch ablehnen konnte. Er bekam die Scheidung und die Firma und ich das alleinige Sorgerecht für Paula. Er würde Unterhalt zahlen, sich aber darüber hinaus nicht an den Krankenhauskosten beteiligen. Die Alternative wäre, dass er um das medizinische Sorgerecht kämpfen würde. Die zweite Variante hätte zumindest alle Chancen, Paula nach New York zu bekommen, verzögert.

Deshalb stimmte ich zu, obwohl ich jetzt schon ahnte, dass Landon mir dafür den Kopf abreißen würde.

Bereits zwanzig Minuten später, hatte ich die Papiere in meinem E-Mail Postfach und schickte sie an Landon weiter mit der Anmerkung, dass ich damit einverstanden war. Kurz nachdem ich die E-Mail abgeschickt hatte, klingelte auch schon mein Handy.

»Stone?«, meldete ich mich.

»Bist du wahnsinnig geworden Maddie?«, schrie Landon mich durchs Telefon an.

»Das unterschreibst du auf keinen Fall! Er ist doch derjenige, der die Krankenversicherung nicht bezahlt hat. Lass mich das mal machen, dann zahlt er auch, verlass dich darauf!« Ich wusste, dass Landon es nur gut meinte, aber ich konnte keine Zeit verlieren.

»Und wie lange würde das dauern, Landon?«, fragte ich deshalb nur.

»Im Schnellverfahren nur ein paar Wochen«, antwortete er und damit war es für mich erledigt.

»Landon, ich habe keine Wochen. Paula liegt seit fünf Wochen im Koma und ich kann da nicht noch länger zusehen. Schau einfach, ob das alles rechtmäßig ist und dann unterschreibe ich. Ich brauche das medizinische Sorgerecht, damit ich sie verlegen lassen kann!«

Er versuchte weiter mich zu überzeugen, gab dann aber seufzend auf und versprach, sich um alles zu kümmern. Außerdem wollte er versuchen, wenigstens noch eine Abfindung herauszuschlagen, um wenigstens einen Teil der zukünftigen Krankenhausrechnungen abzudecken.

Ich saß gerade da und versuchte, mich von dem Gespräch zu erholen, als es kurz klopfte und Sebastian ins Zimmer kam und sah, wie ich böse auf den Monitor starrte.

»Hallo, alles in Ordnung bei dir?«, fragte er.

»Hallo, kann ich hier im Krankenhaus irgendwo etwas ausdrucken?«, antwortete ich ihm mit einer Gegenfrage. Ich wollte mir die Papiere noch einmal genau durchlesen und mir Notizen machen, das ging auf Papier besser, als auf dem Laptop.

Er zögerte kurz.

»Hier im Krankenhaus ist das schlecht, aber ich muss nachher noch zur Uni und könnte dir dort etwas ausdrucken, wenn du möchtest«, bot er mir dann an. Ich überlegte kurz, ob ich ihm die Papiere wirklich zeigen wollte, dachte dann aber, dass das nun auch keinen Unterschied mehr machen würde. Ich stimmte schließlich zu und zog die Daten auf einen Stick.

»Danke, das ist sehr lieb von dir«, sagte ich.

»Dafür gehst du heute Abend aber mit mir essen«, forderte er und ich stimmte zu.

Einige Stunden später saßen wir in einer ruhigen Nische in einem Restaurant. Bis unser Essen kam, unterhielten wir uns über alles Mögliche aus unseren doch sehr unterschiedlichen Leben und Sebastian erklärte mir, wie es zu seiner Vortragsreise gekommen war. Er beschönigte nichts, er wäre suspendiert worden wegen diverser Frauengeschichten am Arbeitsplatz, erklärte aber auch, dass er zwar die Frauen oft wechselte, aber nie einer von ihnen falsche Versprechungen gemacht hatte.

Dann kam das Thema auf die Papiere, die er für mich ausgedruckt hatte. Ich erzählte ihm wirklich alles, auch dass ich nicht wusste, wie ich das Geld für Paulas Transport nach New York zusammen kriegen sollte, von den anderen Kosten mal ganz abgesehen.

»Maddie, ich hätte eine Lösung für all deine Probleme. Denk bitte darüber nach, ehe du gleich ablehnst, auch wenn du vielleicht erst einmal schockiert sein wirst«, sagte Sebastian und sah mich lächelnd an. Warum hatte ich auf einmal das Gefühl, dass er ein Raubtier war und ich seine Beute?

»Ok, ich höre mir alles an«, versprach ich.

»Du weißt nicht, wie du das alles finanzieren sollst und ich hätte eine Lösung dafür. Ich übernehme sämtlich Kosten für den Transport und die, die im Krankenhaus anfallen, dafür ziehst du für diese Zeit zu mir und spielst meine Freundin…«, erklärte er und ich wollte ihm gerade ins Wort fallen, als ein Blick von ihm mich zum Schweigen brachte.

»Maddie, lass mich bitte ausreden. Ich mag dich, sonst würde ich dir dieses Angebot nicht machen. Ich habe keinerlei Interesse daran, wirklich eine Beziehung zu führen, aber ich brauche eine Freundin in der Öffentlichkeit und in diesem Fall heißt Öffentlichkeit auch vor meiner Familie. Ich habe den Ärger im Krankenhaus leid und muss nun sozusagen sesshaft werden, damit sie Ruhe geben.« Ich wurde immer ungläubiger, meinte er das ernst? Ich sollte seine Freundin spielen? Vor seiner Familie und in der Öffentlichkeit? Warum das Ganze? Jemand wie er konnte doch leicht wirklich eine Freundin finden. Aber das Warum war eigentlich auch egal, was er genau erwartete, war viel wichtiger.

»Was beinhaltet es, deine Freundin zu spielen?«, fragte ich unsicher nach.

Genau in diesem Moment kam aber unser Essen. Die Kellnerin knallte es mir fast vor die Nase, warf ihm eindeutige Blicke zu und beugte sich tief herunter, um seinen Teller vor ihm abzustellen. Dabei fielen ihre Brüste fast aus ihrem Kleid, aber er ignorierte das völlig.

»Haben Sie sonst noch einen Wunsch?«, fragte sie mit verführerischer Stimme, aber Sebastian ging nicht darauf ein und schüttelte nur den Kopf.

»Wenn Sie noch etwas wünschen, dann rufen Sie einfach nach mir. Mein Name ist Candy«, versuchte sie es weiter.

»Danke. Wir würden gerne in Ruhe essen«, konnte ich mir nicht verkneifen zu sagen. Mich ignorierte sie bisher ja völlig. Sie ging aber immer noch nicht.

»Sie haben meine Freundin gehört«, sagte Sebastian grinsend und endlich schien sie zu begreifen. Wenn Blicke töten könnten, wäre ich wohl schon gestorben, so wie sie mich ansah. Wütend rauschte sie davon und er und ich lachten laut.

»So gefällst du mir noch viel besser«, sagte er lächelnd.

»Du solltest viel öfter lachen.«

Ich zuckte nur mit den Schultern, was sollte ich dazu auch sagen? In letzter Zeit hatte ich nun mal nicht viel Grund zum Lachen.

»Ich warte noch auf eine Antwort auf meine Frage«, sagte ich, um das Thema zu wechseln, aber er schien nicht daran interessiert zu sein, diese Frage schnell zu klären.

»Lass uns das später an einem weniger öffentlichen Ort besprechen«, schlug er vor.

»Nun wollen wir doch erst einmal in Ruhe essen, wie du der Kellnerin so nett mitgeteilt hast.«

Damit war ich so schlau wie vorher. Was wollte er nur alles von mir, damit er meiner Tochter half? Und konnte ich das überhaupt annehmen? Schließlich ging es hier um

Tausende von Dollar. Wäre es nicht für Paula, würde ich sowieso gar nicht darüber nachdenken.

»Entspann dich, Maddie«, riss Sebastian mich aus meinen Gedanken. Er fing an zu essen und ich folgte seinem Beispiel, das Gericht war wirklich vorzüglich. Er erzählte mir einige lustige Geschichten über New York und fragte mich über einiges aus. Die Themen Paula, Krankenhaus und sein Angebot ließ er dabei völlig außen vor, sodass es ein wirklich entspanntes Essen war. Ab und zu erwischte ich mich sogar selbst dabei, dass ich lächelte. Seitdem der Krankenwagen vor der Haustür meiner Mutter gestanden hatte, hatte ich das nicht mehr getan.

Als das blonde Gift dann die Rechnung brachte, versuchte sie wieder, mit Sebastian zu flirten, doch der zog nur das Geld aus der Tasche und legte es auf die Rechnung, ohne sie eines weiteren Blickes zu würdigen. Dann nahm er meine Hand und küsste sie zärtlich, sodass mein Herz schneller anfing zu schlagen. »Komm, mein Herz, jetzt beenden wir den schönen Abend etwas privater.« Mit diesen Worten zog er mich hoch, zwinkerte der Kellnerin frech zu und wir gingen Hand in Hand aus dem Restaurant. Sie starrte mir noch böse hinterher und ich musste ungewollt Schmunzeln. Wenn sie keine anderen Probleme hatte, als einen Mann, der nicht auf ihren Flirt einging, dann war sie zu beneiden.

»Passiert dir so etwas öfter?«, fragte ich ihn, als wir draußen waren und befreite meine Hand aus seiner.

»Dass ich angeflirtet werde schon, aber so hartnäckig, obwohl ich in Begleitung bin, das habe ich auch noch nicht erlebt«, antwortete er und fing wieder an zu lachen.

»Als ob solche Aufdringlichkeit etwas bringen würde. Mich schreckt das eher ab. Außerdem will ein Mann jagen und nicht die Beute sein.« Ein ganz schöner Macho, unser Dr. Baker. Er jagt lieber selbst, als gejagt zu werden, ging mir durch den Kopf. Aber ich musste zugeben, dass ich ihn trotz seiner manchmal etwas arroganten Art und seiner Einstellung zu Frauen durchaus mochte. Er war sehr anziehend, aber ich fürchtete mich etwas vor seiner Antwort auf meine Frage. Wollte er auch Sex mit mir? Und wenn ja, konnte ich das tun? Ich war nie der Typ für One-Night-Stands gewesen. Außer mit Andrew und John hatte ich nie etwas mit einem Mann gehabt und in beiden Fällen hatte es sich um längerfristige Beziehungen gehandelt.

»Maddie?«, fragte Sebastian und riss mich damit aus meinen Gedanken.

»Ähm, ja? Hattest du etwas gesagt?«, fragte ich unsicher. Er lachte laut.

»Wo warst du denn gedanklich?«, fragte er, wartete aber keine Antwort ab.

»Egal. Ich habe gefragt, ob ich dich in deine Pension bringen darf, um unser Gespräch dort fortsetzen zu können. Dort haben wir wenigstens keine Zuhörer.« Ich nickte. Warum auch nicht? Dann hatte ich das wenigstens hinter mir. Ich hatte gar nicht bemerkt, dass wir bereits neben seinem Auto standen.

Er öffnete mir die Tür und ließ mich einsteigen, dann lief er um das Auto herum und ließ sich auf dem Fahrersitz nieder. Nach kurzer Fahrt hielt er vor meiner Pension und wir stiegen aus. Ich versuchte, mir nicht anmerken zu lassen, wie nervös ich war. Zum Glück sah uns niemand, als wir zu meinem Zimmer gingen. Da ich ein ordentlicher Mensch war, konnte ich ihn auch problemlos in das winzige Zimmer lassen.

»Möchtest du etwas trinken?«, fragte ich ihn unsicher, als er sich auf das Bett setzte. Ich war schon wenige Tage nach der Operation in ein kleineres Zimmer umgezogen, um Geld zu sparen, aber hier gab es nicht mal einen Sessel. Sebastian sah sich um. Man sah ihm an, dass er so ein kleines Zimmer nicht gewohnt war, aber wenigstens sagte er nichts dazu.

»Ich habe allerdings nur Wasser da«, erklärte ich leise. Er lächelte und schüttelte den Kopf.

»Nein, danke«, antwortete er. Krampfhaft überlegte ich, wie ich mich beschäftigen könnte, ich war so nervös. Aber Sebastian wollte das Gespräch nun wohl möglichst schnell hinter sich bringen und klopfte neben sich auf die Bettkante.

»Komm schon, Maddie, setz dich«, forderte er mich auf.

»Ich werde dich schon nicht fressen.« Dessen war ich mir gerade nicht mehr wirklich so sicher.

»Also, um auf deine Frage zurückzukommen«, fing er das Gespräch ohne Umschweife an.

»Wir würden zusammen mit Paula nach New York fliegen. Dort würde ich sie in der Klinik, in der ich arbeite, operieren und ich bin zuversichtlich, dass sie dann schnell wieder aufwachen wird. Allerdings müssen wir dann sehen, was für Auswirkungen die Operationen und das Koma hatten. Eine Reha wird auf jeden Fall notwendig sein, aber auch die könnte in unserer Klinik erfolgen.

Ich übernehme alle Kosten, allerdings sollten wir das nicht zu auffällig machen, sonst sorgt das gleich wieder für Gesprächsstoff. Du eröffnest einfach in New York ein Konto und ich zahle das Geld ein, damit du die Rechnungen begleichen kannst, die die Stiftung nicht übernimmt …«

Er hatte sich das scheinbar schon alles ganz genau überlegt. Ich wusste gar nicht, was ich sagen sollte, aber das musste ich auch gar nicht, denn Sebastian fuhr gleich fort und erklärte mir die Geschichte, die wir in New York erzählen sollten.

»Offiziell solltest du vielleicht nicht sagen, wie frisch die Trennung von deinem Mann ist. Du bist alleinerziehend, wir haben uns in der Klinik hier getroffen und sofort verliebt. Dass ich Paula helfe, hat damit gar nichts zu tun. Du wirst mich zu einigen offiziellen Anlässen und Familienfeiern begleiten, kannst aber natürlich auch täglich zu deiner Tochter ins Krankenhaus. Wohnen kannst du in der Zeit bei mir, du bekommst auch ein eigenes Zimmer, wenn du möchtest …«

Wenn ich möchte? Und sonst? Würde er Paula dann nicht helfen? Sollte ich wirklich das Bett mit ihm teilen, als Bezahlung für Paulas Behandlung? Ich hatte es ja schon geahnt, aber nun, wo er es so einfach aussprach, musste ich doch schlucken. Klar, er war ein begehrter Mann und manch andere Frau würde wohl nur zu gern das Bett mit ihm teilen, aber konnte ich das so einfach?

»Maddie?«, unterbrach er meine Grübeleien.

»Ich weiß, dass mein Angebot ungewöhnlich ist und ich kann verstehen, wenn du es ablehnst, aber denk bitte vorher in Ruhe darüber nach. Ich mag dich und würde euch gerne helfen.« Dieser Satz traf mich bis in mein Innerstes. Ich musste es tun, schließlich hatte ich ihr schon so oft versprochen alles zu tun, um sie zu retten. Warum also zögern, wenn ich die Gelegenheit dazu bekam? ›Verkauf dich ruhig an den hübschen Doktor, es fällt dir ja sowieso nicht allzu schwer. Du findest ihn anziehend‹, flüsterte mir eine leise Stimme zu, aber ich versuchte, sie zu ignorieren. Ich musste es einfach tun, für meine Tochter!

Sebastian schien zu spüren, dass ich immer noch zögerte, und lachte leise.

»Bin ich dir denn so zuwider, dass du so lange nachdenken musst?«, fragte er frech.

»Du weißt, dass ich dir das Angebot nicht aus Mangel an Gelegenheiten mache.« Ich musste an die aufdringliche Kellnerin denken und musste ihm zustimmen. Gelegenheiten hatte er wahrscheinlich mehr als genug, was ja auch zu seinen Lebensstandard passte, von dem er mir erzählt hatte. Aber irgendwie brachte ich die Zustimmung trotzdem immer noch nicht über die Lippen, dabei war ich mir doch sicher, dass ich sein Angebot annehmen musste. ›*Als würde dir das so schwerfallen*‹, flüsterte mir die leise Stimme wieder zu.

»Sebastian, wenn ich bei dir einziehe … heißt das auch, dass wir … ich meine …« Er wusste genau, dass ich damit Sex meinte, sein Blick sagte alles. Statt einer Antwort, nahm er vorsichtig meinen Kopf zwischen seine Hände und drehte mein Gesicht zu ihm. Die Hände fühlten sich so gut an, weich, aber auch kräftig. Und dieser Blick, mit dem er mich ansah. Seine unwahrscheinlich grünen Augen schienen regelrecht zu funkeln, mein Herz schlug mir bis zum Hals.

»Vielleicht brauchst du erst eine Kostprobe, um dich entscheiden zu können«, meinte er und lächelte dabei verführerisch. Ganz langsam kam sein Gesicht immer näher, dabei sah er mich fragend an.

»Ein Wort von dir und ich höre sofort auf«, flüsterte er rau, kurz bevor seine Lippen meine berührten. Erst war es nur ein flüchtig gehauchter, völlig unschuldiger Kuss auf meine Lippen, aber da ich immer noch nichts sagte, wurde er schnell fordernder. Seine Zunge strich mir sanft über die Unterlippe.

»Maddie… Bitte…. ich… will… dich… so… sehr«, flüsterte er und nach jedem Wort küsste er mich sanft. Sein Blick war weich und bittend, sodass ich nicht mehr anders konnte.

»Ja, ich gehe auf dein Angebot ein, Sebastian«, sagte ich und das nicht nur für Paula. Nachdem ich wochenlang von John mehr oder weniger ignoriert worden war und meine Tochter so reglos dort in ihrem Bett lag, sehnte ich mich so sehr nach Zärtlichkeiten. Ein Strahlen ging über Sebastians Gesicht, als ich zustimmte.

»Du wirst es nicht bereuen«, versprach er mir, zog mich in seine Arme und ließ uns beide nach hinten aufs Bett fallen.

Ich war mir nicht sicher, ob ich es später nicht doch bereuen würde, aber Sebastian ließ mir keine Zeit jetzt länger darüber nachzudenken.

Vierzig Minuten später lag ich völlig befriedigt im Bett, während er sich im Badezimmer frisch machte. Eigentlich war ich todmüde, aber schlafen konnte ich nicht. Stattdessen grübelte ich schon wieder.

Konnte ich das wirklich durchziehen? Mir kamen große Zweifel. Sollte ich nicht besser einfach alles absagen? Für mein Gefühlsleben wäre das wohl das Beste, aber würde er Paula dann noch helfen?

»Reiß dich zusammen, Maddie, für dein Kind musst du das tun!«, ermahnte ich mich selber. ›Außerdem hat es dir doch gefallen. Tu nicht so, als wäre es dir schwergefallen‹, flüsterte meine innere Stimme gehässig.

Im Badezimmer hörte ich nun die Dusche rauschen und ich war froh, dass ich Sebastian nicht gleich wieder ins Gesicht sehen musste. Erst einmal musste ich mein gedankliches Chaos geordnet bekommen. Schnell räumte ich das Zimmer auf, faltete Sebastians Sachen und legte sie auf das Bettende. Ich musste mich einfach beschäftigen, sonst würde ich mich im Bett verkriechen und rumheulen und so sollte er mich nicht sehen. Diese Blöße wollte ich mir nicht vor ihm geben.

Das Wasser im Bad hörte auf zu laufen und kurz darauf stand er wieder im Zimmer, nur mit einem kleinen Handtuch um die Hüften. Seine Haare waren noch feucht und standen wirr von seinem Kopf ab. Er war wohl nur kurz mit den Händen durchgefahren. Völlig ungeniert ließ er das Handtuch fallen und nahm seine Sachen, um sich langsam anzuziehen. Als ich mich wegdrehen wollte, lachte er.

»Auf einmal so schüchtern?«, fragte er.

»Ich sehe jetzt nicht anders aus, als vor ein paar Minuten, als du …«

Ich lief knallrot an und er lachte wieder.

»Das könnte noch lustig werden. Du bist wohl etwas prüde«, meinte er.

»Ich hoffe doch sehr, du nimmst mein Angebot an. Sowie du die Unterschrift deines Mannes hast, können wir Paula nach New York bringen. Ich kümmere mich schon mal um alles, damit es dann gleich losgehen kann.«

Auch wenn mich seine Worte und sein Lachen hart getroffen hatten, gegen seine Argumente rund um Paula kam ich nicht an und ich war mir auf einmal wieder sicher, dass es richtig war, sein Angebot anzunehmen. Für sie musste ich das tun und wenn er ihr helfen konnte, wäre ich ihm ewig etwas schuldig.

Kapitel 8

Am nächsten Morgen wachte ich ziemlich gerädert auf. Sebastian hatte sich zwar sehr früh verabschiedet, um genau zu sein, gleich nachdem er aus dem Badezimmer gekommen war, aber ich hatte trotzdem kaum geschlafen. Nachdem er weg war, hatte ich versucht, John wegen der Verlegung nach New York zu sprechen, aber am Telefon war nur Jeany gewesen, die ihn mir nicht geben wollte und mir mitgeteilt hatte, dass solche Sachen in Zukunft nur noch über die Anwälte geklärt würden.

Ich hatte lange wach gelegen und darüber nachgegrübelt, warum ich nur immer an solche Männer geriet. John entwickelte sich plötzlich zum größten Arschloch des Universums und Sebastian nutzte meine Situation aus, indem er mir ein unmoralisches Angebot machte, das ich nicht ablehnen konnte. War es richtig, auf sein Angebot einzugehen, oder der größte Fehler meines Lebens? Ich wusste es nicht. Um Paulas Willen musste ich einfach daran glauben, dass es das Richtige war. Zum Glück war er mir nicht unsympathisch, was hatte ich also zu verlieren? Zumindest versuchte ich, mir das einzureden.

Um sieben Uhr in der Früh rief ich Landon an. Er hatte mir seine Handy- und Privatnummern gegeben, damit ich ihn jederzeit erreichen konnte.

»Guten Morgen, Maddie. Was kann ich so früh für dich tun?«, meldete er sich. Scheinbar hatte er meine Handynummer schon eingespeichert.

»Guten Morgen, Landon. Ich hoffe, dass ich dich nicht geweckt habe«, begrüßte ich ihn. Er lachte nur.

»Ach, Maddie, ich war schon eine Stunde im Fitnessraum, mein Tag beginnt früh«, erklärte er. Landon war schon immer sehr sportlich gewesen. An der Highschool und anfangs auch auf dem College, hatte er im Footballteam gespielt, dann war ihm aber sein Studium wichtiger, als der Sport und er hatte die Mannschaft verlassen.

Sein Coach hatte es absolut nicht verstanden, denn Landon hätte Profispieler werden können, aber er war lieber Anwalt geworden, eine Footballkarriere war ihm einfach zu unsicher gewesen.

»Ich möchte Paula so schnell wie möglich nach New York verlegen lassen, aber dazu brauche ich Johns Unterschrift und mir wurde von Jeany am Telefon mitgeteilt, dass er solche Sachen nur über die Anwälte klären würde«, erklärte ich ihm.

Landon kannte Jeany aus meinen Erzählungen und wurde richtig sauer.

»Auf welchem Telefon hast du sie erreicht?«, fragte er.

»Sie ging an Johns Handy«, teilte ich ihm mit.

»Ich kümmere mich um alles, Kleines. Und wenn er nicht unterschreibt, schicke ich ihm Andy vorbei«, versprach Landon. Andy und John hatten sich bisher immer gut verstanden, vielleicht war es tatsächlich eine gute Idee, wenn Andy ihm mal ins Gewissen reden würde. Allerdings war er stinksauer auf ihn, seit er wusste, was John getan hatte.

Ich hoffte nur, dass er ihn nicht zusammenschlagen würde. Andy reagierte manchmal etwas über und ich wollte nicht, dass er meinetwegen in Schwierigkeiten geriet. Aptos war ein kleiner Ort und er war darauf angewiesen, dass die Leute dort ihre Autos und Motorräder bei ihm reparieren ließen. Ein schlechter Ruf würde seinem Geschäft schaden.

»Ich melde mich bei dir, sowie ich etwas erreicht habe. Bis später, Maddie«, versprach Landon mir und legte dann auf. Ich saß noch fast eine Minute da und hielt mir das Handy ans Ohr, bis es sich automatisch abschaltete und das Tuten in der freien Leitung aufhörte. Warum musste das Leben nur so kompliziert und grausam sein? Ich wollte doch einfach nur eine gesunde und glückliche Familie und war auch bereit, hart dafür zu arbeiten, aber nun war nichts mehr von meinem Leben übrig. Paula lag im Koma, John war weg, unsere Firma gehörte bald ihm allein und im besten Fall war ich eine arbeitslose, alleinerziehende Mutter. Im schlimmsten Fall … Nur nicht daran denken.

Ich duschte noch schnell und machte mich dann auf den Weg ins Krankenhaus. Ich musste einfach schnell wieder bei meiner Tochter sein, damit ich wieder wusste, was richtig und wichtig war, sonst hätte ich mich wahrscheinlich im Bett unter der Decke versteckt und geheult, aber dafür hatte ich keine Zeit! Paula brauchte mich jetzt und ich musste für sie stark sein.

Ich verbrachte den ganzen Vormittag mehr oder weniger alleine mit ihr. Nur ein paar Mal sah eine Schwester kurz nach ihr, um ihr Essen über die Magensonde zu verabreichen, sie umzulagern oder den Katheterbeutel zu entleeren. Ich wartete sehnsüchtig auf einen Anruf von Landon oder ein Lebenszeichen von Sebastian, aber keiner von beiden meldete sich. Ob Sebastian es sich anders überlegt hatte und sein Angebot zurückziehen wollte? Wie sollte ich dann das Geld nur aufbringen?

Langsam aber sicher steigerte ich mich immer weiter in meine Ängste hinein und als ich auf dem Stuhl an Paulas

Bett einschlief, hatte ich furchtbare Träume. Ich stand weinend an Paulas Grab, während John lachend mit Jeany im Arm davon ging. Er hatte sich vor Gericht durchgesetzt und dafür gesorgt, dass die künstliche Ernährung eingestellt worden war.

»Maddie! Maddie, wach auf«, weckte mich Sebastians Stimme und er ruckelte fest an meiner Schulter.

»Paula«, schluchzte ich.

»Ihr Zustand ist unverändert. Es war nur ein Traum«, sagte er und strich mir sanft die Tränen aus dem Gesicht. Erst da bemerkte ich, dass ich im Schlaf geweint hatte. Mein Blick wanderte sofort zu ihrem Bett und erst, als ich sie dort liegen sah, konnte ich mich etwas beruhigen. Trotzdem schluchzte ich noch einmal kurz auf, ehe ich aufstand und zu ihr ging. Mir ging es erst etwas besser, nachdem ich meine Tochter auf die Stirn geküsst und mich davon überzeugt hatte, dass ihr Zustand wirklich unverändert geblieben war. Sebastian warf mir einen komischen Blick zu, fast schien er besorgt zu sein. Ich verstand ihn nicht. War er etwa um mich besorgt, oder war noch etwas anderes?

»Wir können…«, fing er gerade einen Satz an, als es an der Tür klopfte und mein Vater hereinkam.

»Hey, Kleines, was ist los?«, fragte er sofort, als er die Tränenspuren in meinem Gesicht sah und dazu Sebastian, der dicht neben mir stand. Wie sollte ich ihm nur alles erklären? Schnell wischte ich mir noch einmal über das Gesicht.

»Hi, Dad«, begrüßte ich ihn und umarmte ihn.

»Das ist Se…«, wollte ich ihn vorstellen, als dieser mir ins Wort fiel.

»Guten Tag, Mr. Stone. Ich bin Doktor Baker und möchte Ihre Enkelin in New York weiter behandeln«, stellte er sich selbst vor.

Dad schaute ein paar Mal seltsam von ihm zu mir und wieder zurück, sagte aber nichts.

»Also, Maddie«, sagte Sebastian und warf meinem Vater einen kurzen Blick zu, »mit der Stiftung und dem Krankenhaus ist alles geregelt, Paula kann verlegt werden, sowie du die Unterschrift deines Mannes hast.« Dann verabschiedete er sich schnell und verließ das Zimmer. Nichts an seiner Haltung deutete darauf hin, dass zwischen uns etwas lief.

»Ihr duzt euch?«, fragte mein Vater natürlich trotzdem sofort.

»Ja, warum nicht? Er ist nett«, antwortete ich ausweichend. Wie sollte ich ihm das nur erklären? Ich konnte ja schlecht sagen: »Ja, Dad, da ich mit ihm ins Bett steige, damit er Paula hilft, ist duzen einfacher.« Also wechselte ich lieber schnell das Thema und erzählte ihm von John und den Problemen, die er mir schon wieder machte.

Mein Vater kochte vor Wut.

»Wenn du die Unterschrift bis heute Abend nicht hast, werde ich ihm einen Besuch abstatten und zu seinen Eltern gehe ich auch«, schnaubte er zornig. Mein Vater verstand sich gut mit meinen Schwiegervater und ging oft mit ihm und Jimmy angeln und vielleicht konnten sie ja John zur Vernunft bringen. Erst jetzt fiel mir auf, dass meine Schwiegereltern noch nicht einmal bei uns im Krankenhaus gewesen waren, dabei hingen sie doch so an der Kleinen.

»Komm, wir gehen erst mal etwas essen, Kleines«, forderte Dad mich auf.

»Du bist so schrecklich dünn geworden.« Dann strich er Paula vorsichtig über die Wange.

»Deine Mami muss jetzt essen, ich bring sie dir dann wieder.« Das liebte ich so an meinem Vater, er ging mit ihr immer noch so um, als würde sie alles mitbekommen und vielleicht tat sie das ja auch. Wer wusste schon genau, was man im Koma mitbekam? Ich beschloss augenblicklich, dass ich mich in Zukunft in Paulas Zimmer zusammenreißen würde, es durfte keine Zusammenbrüche mehr an ihrem Bett geben.

Beim Essen versuchte Dad, mich abzulenken, und erzählte alles Mögliche über seine Fahrten durch Amerika. Dann klingelte plötzlich mein Handy und eine New Yorker Nummer wurde angezeigt.

»Stone«, meldete ich mich aufgeregt, ich hoffte, dass es Landon war.

»Maddie!«, schrie er auch gleich jubelnd ins Telefon.

»Ich habe seine Unterschrift. Du bekommst ab sofort das alleinige medizinische Sorgerecht. Um den Rest kümmere ich mich noch. Eine Kopie ist schon per Fax an das Krankenhaus in Los Angeles und Dr. Baker hier in New York raus gegangen…« Vor Erleichterung brach ich in Tränen aus. Mein Dad nahm mir das Handy weg und redete noch kurz mit Landon, dann zog er mich in seinen Arm und hielt mich fest, bis ich mich beruhigte.

Endlich konnte ich etwas Hoffnung schöpfen und egal, was ich dafür tun musste, nun konnte Paula endlich geholfen werden. Mir fiel ein, dass ich gar nicht wusste, wie ich Sebastian erreichen konnte. Wahrscheinlich nur über das Krankenhaus, seine Nummer hatte ich ja nicht.

»Dad, ich muss sofort zurück zu Paula, um alles in die Wege zu leiten. Du musst nicht mitkommen, ich habe jetzt leider keine Zeit mehr für dich«, verabschiedete ich mich von ihm, gab ihm noch einen flüchtigen Kuss auf die Wange und rannte auch schon los.

»Kein Problem, Kleines!«, rief er mir noch nach und winkte mir freudig hinterher. Zum Glück waren wir in der Nähe des Krankenhauses geblieben, sodass ich nicht weit laufen musste.

Kurz vorm Eingang des Krankenhauses lief ich in jemanden herein und landete unsanft mit dem Hintern auf dem Boden.

»Maddie, wird das nun zur Gewohnheit?«, fragte Sebastian lachend und half mir wieder auf die Beine. Ich war schon wieder in ihn hinein gerannt.

»Du siehst glücklich aus, gibt es Neuigkeiten?« Ich strahlte ihn an.

»Ja!«, erwiderte ich. »Ich habe das alleinige medizinische Sorgerecht für Paula.«

»Na dann, auf nach New York!«, freute er sich. Dann gingen wir ins Krankenhaus und regelten alles Nötige für die Verlegung von Paula. Schon am nächsten Morgen sollte es losgehen.

Kapitel 9

Am frühen Abend trafen Sebastian und ich uns noch einmal im an Paulas Bett, um die letzten Einzelheiten zu klären. Nachdem die unzähligen von mir unterschrieben waren, hatte er mir aufgetragen, meine Sachen zu packen. Er wollte so schnell wie möglich nach New York, um meiner Paula zu helfen. Ich hatte dann mit Matthew und Landon telefoniert und in der Pension ausgecheckt. Am nächsten Morgen musste ich nur noch den Schlüssel abgeben, meine Sachen waren auch schon fertig gepackt.

»Paula wird morgen früh um acht Uhr mit einem Krankenwagen zum Flughafen gebracht, dort erwartet uns ein Flugzeug mit medizinischer Ausstattung, ein zweiter Arzt und eine Krankenschwester aus meinem Krankenhaus. Mit einer Linienmaschine dauert der Flug etwa fünfeinhalb Stunden, da diese Maschine etwas kleiner ist, wird es wohl eher länger dauern ...« Sebastian erklärte mir noch einmal alles ganz genau, aber ich war viel zu aufgeregt, um das genau mitzubekommen.

Solange ich beschäftigt war, ging es mir noch ganz gut und ich freute mich sogar, dass es endlich losging, aber nun kam die Angst. Angst? Nein! Panik traf es wohl eher. Konnte es wirklich sein, dass wir morgen schon nach New York fliegen und Sebastian Paula dort noch einmal operieren würde? Gestern schien mir das noch als unerreichbares Ziel und nun sollte es auf einmal so schnell wahr werden? Plötzlich fing ich an zu zittern und konnte es kaum verhindern in Tränen auszubrechen. Mühsam versuchte ich meine Atmung und mein Zittern, in den Griff zu bekommen, ich durfte nun nicht zusammenbrechen, sondern musste stark sein, für meine Tochter! Ich schluckte die aufsteigenden Tränen herunter. Nur wie sollte ich es noch einmal überstehen, stundenlang alleine vor dem OP zu sitzen und zu warten? Und was wäre, wenn Sebastian ihr nicht helfen konnte? Wenn sie danach immer noch im Koma liegen, oder gar sterben würde? Wenn alles umsonst war? Die Tränen drängten immer stärker und ich schluchzte leise auf, obwohl ich das gar nicht wollte.

»Maddie, ganz ruhig«, sagte er und nahm mich einfach in den Arm.

»Die Einzelheiten sind jetzt sowieso gar nicht wichtig und du musst keine Angst haben, wir schaffen das.« Dieses ›wir‹ irritierte mich nun doch etwas, denn auch wenn er Paula helfen würde, als Team sah ich uns bisher wirklich nicht. Und wie sollte ich dem Mann, der meiner Tochter doch nur half, wenn er von mir Sex bekam, mein Herz ausschütten und ihm von meinen Ängsten erzählen? Außerdem würde er im OP sein, während ich draußen vor der Tür warten musste, ohne etwas tun zu können. Diese Hilflosigkeit machte mich jetzt schon fast wahnsinnig.

Am liebsten hätte ich Dad mit nach New York genommen, aber der konnte nicht mitkommen. Er würde in den nächsten Tagen alle meine Sachen aus Johns und meiner alten Wohnung holen und diese erst einmal bei sich einlagern. Für New York reichten die Sachen, die ich in der Pension hatte, viel mehr hatte ich sowieso nicht mehr. Das war der Preis für Johns Unterschrift gewesen, er bekam alle Möbel und die Wohnung zur alleinigen Nutzung und ich dafür das alleinige Sorgerecht, sowie das

Aufenthaltsbestimmungsrecht für Paula. Mir war es relativ egal, dass ich nun kaum noch etwas besaß. Sollte er doch glücklich mit der Wohnung werden, ohne Paula hätte ich dort sowieso nicht mehr wohnen können.

Landon hatte sich zigmal entschuldigt, dass er das einfach so vereinbart hatte, aber mir waren die Sachen in der Wohnung nicht wichtig und wertvolle Dinge hatten wir sowieso nicht gehabt. Außerdem hatten wir vorher alles genau besprochen und ich hatte gewusst, was auf mich zukommen konnte. John würde auch noch die Firma bekommen und dafür alle gemeinsamen Schulden bei der Scheidung übernehmen. Den Namen Stone & Stark hatte er schon in Stark geändert. Aber auch das war mir egal, Paula war mir sehr viel wichtiger, als die Firma.

Langsam wurde ich wieder ruhiger und mir fiel auf, dass Sebastian mich noch immer im Arm hielt und mir beruhigend über den Rücken streichelte. Mein Kopf lag an seiner Brust und ich ließ ihn noch etwas länger dort, weil es sich einfach gut anfühlte. So geborgen hatte ich mich schon länger nicht gefühlt und er roch so gut. Gab es vielleicht doch ein ›wir‹?

Wenn ich ehrlich zu mir war, musste ich zugeben, dass ich mich sehr wahrscheinlich sogar in Sebastian hätte verlieben können. Zumindest wenn ich nicht verheiratet wäre, meine Tochter gesund wäre und er mich nicht sozusagen gekauft hätte. Aber diese Gedanken verbannte ich ganz schnell wieder aus meinem Kopf. Egal wie wohl ich mich gerade bei ihm fühlte, ich durfte mich einfach auf gar keinen Fall in ihn verlieben, dabei konnte ich nur verlieren.

»Geht es wieder?«, fragte Sebastian und ließ mich los. Ich ging zwei Schritte zurück, sah auf den Boden und nickte. Dabei fühlte ich genau, wie ich rot anlief.

»Tut mir leid«, flüsterte ich.

»Es geht dir jetzt wohl doch zu schnell«, stellte er mit überraschend warmer Stimme fest. Manchmal war er sehr einfühlsam.

»Lass uns noch etwas Essen gehen und dann sollten wir schlafen, morgen wird ein anstrengender Tag.« Kurz überlegte ich, ihm wieder für das Essen abzusagen, aber dann entschied ich mich dagegen. Wir hatten ja auch noch einiges zu besprechen.

Ich wusste ja noch nicht einmal, wo ich in New York wohnen sollte und wie er sich das genau vorstellte, oder hatte er dazu bereits etwas erwähnt? Ich war so verwirrt. Wahrscheinlich wäre es sinnvoller gewesen, diese Einzelheiten früher zu klären, aber nun war es nicht mehr zu ändern.

Als wir wenig später beim Essen saßen, diesmal zum Glück in einem anderen Restaurant, wo keine Kellnerin Sebastian anschmachtete, versuchte ich das Thema zur Sprache zu bringen.

»Wo werde ich…« Ich fing den Satz gerade an, als ich auch schon unterbrochen wurde.

»Hallo, Sebastian«, sagte ein großer blonder Mann. Irgendwie hatten seine Gesichtszüge Ähnlichkeiten mit Sebastians.

»Hallo, Dad. Was machst du denn hier?«, fragte er sichtlich überrascht. Er stand auf, um seinen Vater zu begrüßen.

»Darf ich dir Madison Stone vorstellen?«, fragte er.

»Madison, das ist mein Vater, Doktor William Baker.« Wir gaben uns kurz die Hand und begrüßten uns. Sebastians Vater lächelte und erschien mir sofort sehr sympathisch.

»Ich bin hier, um dich morgen beim Transport der kleinen Patientin nach New York zu unterstützen. Eigentlich dachte ich ja, dass wir uns erst morgen früh im Krankenhaus treffen würden. Ich nehme an, dass Sie die Mutter sind, Mrs. Stone?«, sprach Sebastians Vater mich dann an.

»Ja, ich bin Paula Stones Mutter, Dr. Baker«, stimmte ich ihm zu.

»Nennen Sie mich doch William, sonst kommt es in unserer Familie leicht zu Verwechslungen«, verlangte er lächelnd.

»Dann nennen Sie mich doch bitte Maddie«, forderte ich ihn höflich auf.

William setze sich zu uns an den Tisch und damit war es wieder nicht möglich, Sebastian die Fragen zu stellen, die ich mit ihm eigentlich noch klären wollte. Dann musste ich wohl einfach alles auf mich zukommen lassen. Er würde mich ja hoffentlich nicht in New York auf der Straße stehen lassen.

Während wir aßen, wobei es bei mir eher ein Herumstochern im Essen war, sprachen die beiden zunächst alles wegen des Transportes und der Operation ab. Als das geklärt war, redeten Sebastian und sein Vater über alles Mögliche. Zu den meisten Dingen konnte ich nichts sagen, denn weder kannte ich die Personen, über die sie sprachen, noch kannte ich mich in medizinischen Dingen aus. Die beiden versuchten zwar immer wieder, mich ins Gespräch einzubeziehen, aber als sie merkten, dass ich mit meinen Gedanken ganz woanders war, gaben sie es auf. Ich versuchte, mir vorzustellen wie es wäre, wenn Paula endlich wieder wach sein würde, aber auch das gelang mir kaum. Ich hatte Angst, dass sie nie wieder so sein würde, wie vor dem schrecklichen Tag, an dem wir von ihrer Krankheit erfahren hatten.

»Was machen Sie beruflich?«, fragte William mich plötzlich und ich schreckte leicht zusammen.

»Als alleinerziehende Mutter ist es bestimmt nicht einfach Beruf und Familienleben zu vereinbaren.« Hilflos blickte ich zu Sebastian, was sollte ich jetzt sagen? Er hatte ja gemeint, dass ich nicht sagen sollte, wie frisch meine Trennung von John war, aber er war mir keine Hilfe, denn scheinbar wusste er auch nicht, was ich antworten sollte.

»Mein ›Noch-Ehemann‹ und ich hatten zusammen eine kleine Werbeagentur. Paula wurde meistens von ihren Großmüttern betreut, wenn ich im Büro war und sonst konnte ich auch viel von zu Hause aus machen«, erklärte ich ihm deshalb. Möglichst nahe an der Wahrheit bleiben, war wahrscheinlich die beste Lösung. So würde ich mich auch nicht so leicht verplappern, denn ich war eine grausige Lügnerin. Wenigstens lief ich diesmal nicht rot an.

»Oh das stelle ich mir auch schwierig vor. Mit dem Expartner zusammen zu arbeiten, ist bestimmt eine Herausforderung«, meinte William. Ich seufzte.

»In Zukunft ist das ja vorbei. Ich muss mir etwas Neues suchen, sobald es Paula besser geht«, erklärte ich, um das Thema zu wechseln, allerdings machte ich William damit wohl nur noch neugieriger auf das Thema.

»Warum denn das?«, fragte William und ich sah wieder hilflos zu Sebastian. Sollte ich die Wahrheit erzählen, oder es verharmlosen? Er seufzte und nickte mir ganz kurz zu.

»Die Firma gehört ihm nach der Scheidung alleine, dafür übernimmt er die Schulden, die bisher für Paulas

Behandlung aufgelaufen sind«, erklärte ich und hoffte, dass William nicht weiter nachfragen würde.

Er schien zu merken, dass ich nervös auf meinem Stuhl herumrutschte und wechselte dann, zum Glück für mich, endlich das Thema. Bald danach verabschiedeten wir uns auch und ich lief zu meiner Pension, um zu schlafen. Sebastian wollte mit seinem Vater noch etwas trinken gehen und William wollte mich noch zu meiner Pension fahren, aber ich bestand darauf, das kurze Stück zu laufen. Ich brauchte etwas Ruhe und frische Luft.

Zum Abschied hatte Sebastian mich umarmt und mir einen flüchtigen Kuss auf die Wange gegeben. In New York musste ich ihn unbedingt fragen, wie wir unsere ›Beziehung‹ denn nun vor seinen Eltern spielen wollten. Mir lag so etwas ja gar nicht und gerade, weil William mir sympathisch war, fiel es mir schwer, ihn zu belügen. Wir hatten noch abgemacht, dass er mich morgens um sieben Uhr mit meinem Gepäck abholen und ich dann mit Paula und Sebastians Vater im Krankenwagen mit zum Flughafen fahren würde. Sebastian würde mit dem Leihwagen fahren und unser ganzes Gepäck mitnehmen.

Kapitel 10

In der Nacht schlief ich mal wieder sehr schlecht und bereits um sechs Uhr war ich fertig geduscht und angezogen. Im Bett hatte ich es einfach nicht mehr ausgehalten. Als Sebastian dann endlich pünktlich kam, ging alles ziemlich schnell. Wir luden mein Gepäck in seinen Leihwagen und fuhren zum Krankenhaus, dort wartete schon William und eine mir unbekannte Krankenschwester auf uns, die wir kurz begrüßten.

Zwei Krankenschwestern aus diesem Krankenhaus halfen dabei, Paula für den Transport fertigzumachen, und kurz danach saß ich mit William neben ihr im Krankenwagen auf dem Weg zum Flughafen. Ich war froh, dass er nicht versuchte, ein Gespräch mit mir zu führen, denn dafür war ich viel zu aufgeregt. Ich konnte nur daran denken, dass es nun losging. Ich hielt Paulas Hand und redete leise auf sie ein. Dass sie es wahrscheinlich nicht mitbekam, war mir egal, aber falls doch, musste sie wissen, was mit ihr geschah.

Am Flughafen fuhr der Krankenwagen direkt an ein Rollfeld und dort mussten wir einige Zeit warten. Ich sah, wie er mit einem Flughafenmitarbeiter das Gepäck ins Flugzeug lud. Dann kam er mit der Krankenschwester zum Wagen und gab mir die Anweisung, auszusteigen und schon zum Flugzeug zu gehen.

Ich kam mir völlig überflüssig und fehl am Platz vor, sozusagen aufs Abstellgleis geschoben. Ich konnte nur zuschauen, wie der Krankenwagen langsam rückwärts an das Flugzeug heranfuhr und wie Paula dann umgeladen wurde. Erst nach einer gefühlten Ewigkeit stiegen die Leute aus dem hiesigen Krankenhaus aus, verabschiedeten sich kurz von mir, bevor ich dann endlich einsteigen durfte.

Kurz darauf saß ich endlich am Kopfende von Paulas Liege und schon hob das Flugzeug ab, auf nach New York, wo meiner Tochter hoffentlich geholfen werden konnte. Zum Glück war der Flug sehr ruhig und irgendwann musste ich eingeschlafen sein, kein Wunder nach der fast schlaflosen Nacht. Ich wurde erst wach, als Sebastian mich weckte, weil ich mich anschnallen musste. Obwohl ich das Gefühl hatte, dass wir gerade erst losgeflogen waren, setzten wir bereits zum Landeanflug an.

Kaum stand das Flugzeug, fuhr sofort wieder ein Krankenwagen vor, zwei Sanitäter stiegen aus und kamen ins Flugzeug. Dann wurde Paula vorsichtig umgeladen. Wir stiegen auch aus und sein Vater und er begrüßten zwei Frauen, die neben dem Wagen standen und scheinbar schon auf uns gewartet hatten. Die eine schien Williams Frau zu sein, denn er begrüßte sie mit einem Kuss. Die andere Frau war in etwa in meinem Alter, blond und wunderschön. Als Sebastian sie zur Begrüßung umarmte, fühlte ich einen Stich im Herzen. War das etwa seine Freundin? Aber das konnte ja nicht sein, denn dann bräuchte er keine Alibifreundin.

Ich stand alleine etwas abseits, um niemandem im Weg zu sein, und fühlte mich völlig verloren. Vor allem, als er verkündete, dass er sich um unser Gepäck kümmern wollte und mit einem anderen Mann einfach verschwand. Dann stieg auch noch William in den Krankenwagen und ich fühlte mich völlig alleine in dieser fremden Stadt.

»Kann ich im Krankenwagen mitfahren?«, fragte ich den Fahrer, der auf seinen Sitz saß und aus dem weit offenen Fenster sah. Ich musste dafür allen Mut zusammen nehmen. Er nickte gnädig, wie es mir vorkam. Die zwei Frauen beobachteten mich, als ich den Fahrer ansprach. Die Ältere der beiden lächelte freundlich und ihr Blick war ganz warm, aber die Blicke der jüngeren Frau waren eiskalt und machten mir etwas Angst. Ich hatte das Gefühl, dass sie mich nicht mochte, aber warum? Sie kannte mich ja gar nicht.

Gedanklich schalt ich mich selber dafür, warum sollte ich Angst vor der Blondine haben? Zum Glück stieg in diesem Moment William wieder aus dem Krankenwagen aus.

»Paula scheint den Transport bisher gut überstanden zu haben«, stellte er fest.

»Darf ich euch nun erst einmal Madison Stone vorstellen, die Mutter der kleinen Patientin? Maddie, das sind meine Frau Olivia und meine Tochter Elizabeth. Die Beiden werden schon einmal dein Gepäck zu Sebastians Wohnung bringen.« Wir schüttelten uns kurz die Hände und murmelten ein paar nette Worte.

Ich atmete auf, denn jetzt fiel mir auch wieder ein, dass Sebastian mir gesagt hatte, dass ich bei ihm im Gästezimmer wohnen konnte. In meiner Aufregung und Panik hatte ich das völlig vergessen. Und die Blonde war seine Schwester, auch wenn die beiden sich gar nicht ähnlich sahen, wahrscheinlich kam sie eher nach William und er eher nach seiner Mutter.

»Wo ist eigentlich Alexander?«, fragte William da und zum ersten Mal sah ich Elizabeth herzlich lächeln.

»Alex ist auf der Aussichtsplattform, er wollte unbedingt die Flugzeuge anschauen. Ich hole ihn dort gleich ab«, erklärte sie. Ich stutzte. War Alexander nicht Sebastians Sohn? Ein Kind in dem Alter hätte ich nicht alleine auf diesem riesigen Flughafen herumlaufen lassen. Ich war entsetzt, sagte jedoch lieber nichts, es ging mich ja auch nichts an. Außerdem wollte ich mich nicht gleich bei den Bakers unbeliebt machen, immerhin war ich auf ihre Hilfe angewiesen.

Zum Glück kam dann Sebastian mit einem voll beladenen Gepäckwagen, auf dem sich unsere Sachen befanden.

»Könntet ihr die Taschen in meine Wohnung bringen und einfach in den Flur stellen? Und nachsehen, ob das vordere Gästezimmer gelüftet werden müsste?«, fragte er seine Mutter.

»Ich weiß nicht, wann ich das zuletzt getan habe.« Sebastians Mutter nickte.

»Ist Alex wieder mit Tim Flugzeuge schauen?«, fragte er dann. Ich atmete etwas auf, der Kleine war also nicht alleine unterwegs. Trotzdem fand ich es seltsam, dass der Junge seinen Vater nicht persönlich begrüßte, immerhin war er einige Zeit weg gewesen.

»Wo sonst«, sagte Olivia lächelnd. Keiner außer mir schien es seltsam zu finden, dass der Junge nicht hier war.

Sebastian und ich verabschiedeten uns von seiner Familie und stiegen in den Krankenwagen zu Paula. Die Fahrt vom Flughafen zum Krankenhaus erschien mir endlos zu sein, erst fünfundvierzig Minuten später waren wir endlich am Ziel. Eine Krankenschwester zeigte mir alles. Paula wurde in ein Zimmer gebracht und in ein Krankenhausbett umgelagert, dann wurde sie frisch gemacht, gewickelt, umgezogen und versorgt. Ich begann derweil ihre Sachen auszupacken. Er hatte sich, gleich nachdem wir im Zimmer waren, verabschiedet und versprochen, bald wiederzukommen.

Als die Krankenschwester fertig war, durfte ich zum ersten Mal an diesem Tag mit Paula allein sein und hatte etwas Ruhe. Ich setzte mich auf einen Stuhl neben sie und begann, ihr etwas aus ihrem Lieblingsbuch vorzulesen. Auch wenn sie nicht ansprechbar war, der Tag war für sie ebenfalls anstrengend gewesen. Ich jedenfalls war hundemüde und musste aufpassen, dass mir die Augen nicht zufielen beim Lesen. Wie immer hatte das Lesen eine beruhigende Wirkung auf mich.

Mir fiel ein, dass ich Landon versprochen hatte mich zu melden, sowie ich in New York angekommen war und holte das schnell nach. Er freute sich sehr, von mir zu hören und darüber, dass alles gut gelaufen war. Allerdings hatte er nicht viel Zeit und wollte sich am nächsten Tag wegen eines Treffens, wieder bei mir melden. Dann rief ich noch schnell meinen Vater an und teilte ihm mit, dass alles gut gelaufen war.

»Du solltest dich auch bei deiner Mutter melden«, verlangte er, als ich mich gerade verabschieden wollte. Ich seufzte. Seit dem Gespräch mit ihr, über meinen Bruder, hatten wir kein Wort mehr miteinander gewechselt.

Aber mein Vater hatte Recht, ich konnte ihr sowieso nicht ewig böse sein, also wählte ich brav ihre Nummer, nachdem ich das Gespräch mit meinem Vater beendet hatte.

»Maddie!«, meldete sie sich schon nach dem zweiten Klingeln.

»Endlich meldest du dich, ich habe mir solche Sorgen gemacht. Ist alles in Ordnung bei dir? Soll ich dich morgen besuchen …« Sie stellte pausenlos Fragen, wartete aber keine Antwort ab. Sie erinnerte mich an einen Wasserfall, der permanent rauschte. Was war nur mit ihr los?

»Mom?«, fragte ich seufzend.

»Ja, ja, ich komme einfach morgen vorbei, Kleines. Ich habe mich so gefreut, dass du angerufen hast. Nun muss ich los. Ciao« Als sie dann einfach auflegte, ohne mich auch nur zu Wort kommen zu lassen, starrte ich das Telefon fassungslos an. So kannte ich sie gar nicht. Drehten nun alle um mich herum durch?

Seufzend schrieb ich ihr eine SMS, dass Paula nicht mehr in Los Angeles im Krankenhaus lag, sondern in New York. Eigentlich rechnete ich damit, dass sie gleich wieder anrief, aber sie tat es nicht. Ich versuchte, den Ärger, der in mir hochkochte, zu verdrängen. Sie hatte mir nicht nur nicht zugehört, sondern auch kein Wort über Paula verloren und auch nicht nach ihr gefragt. Was war nur mit meiner Mutter plötzlich los?

Gerade hatte ich beschlossen, nicht länger auf einen Rückruf von ihr zu warten und Andy anzurufen, als es kurz klopfte und Sebastian wieder ins Zimmer kam.

»So, ich habe alles geklärt, aber du musst noch ein paar Papiere unterschreiben, das kennst du ja schon aus Los Angeles. Zum Glück hat dein Anwalt schon die Papiere wegen des medizinischen Sorgerechts hierher geschickt, so geht das alles ganz einfach«, erklärte er fröhlich.

»Morgen und übermorgen machen wir noch einige Untersuchungen, dann ist Wochenende, da passiert hier nicht viel und am Montag könnte ich sie operieren.«

Montag! Noch fünf schlaflose Nächte und vier ellenlange Tage warten, wie sollte ich die überstehen, ohne durchzudrehen? Egal wie, ich musste stark sein und durchhalten. Paula brauchte mich, denn wer, außer mir, wäre sonst für sie da? Also trat ich mir gedanklich selbst in den Hintern und nickte einfach.

Sebastian sagte nicht mehr viel und führte mich in ein Ärztezimmer, wo ich unzählige Papiere unterschrieb und mir ellenlange Aufklärungen anhören sollte. Als er bei den Komplikationen ankam, hielt ich es nicht mehr aus.

»Ich unterschreibe alles, aber bitte hör auf, ich kann das nicht mehr hören«, flehte ich ihn an. Er seufzte.

»Eigentlich ist das nicht erlaubt, aber ich verstehe dich«, sagte er und drückte mich kurz an seine Brust. Dann ließ er mich schnell wieder los, aber wenigstens zeigte er mir auf den restlichen Papieren nur noch, wo ich unterschreiben musste.

»So, das war es!«, sagte er, als ich endlich den letzten Zettel unterschrieben hatte.

»Lass uns fahren, damit ich dir dein Zimmer zeigen kann. Ich bin kaputt und dir wird es ja wohl ähnlich gehen.« Ich nickte, denn ich war sehr müde.

»Ich möchte nur noch kurz zu Paula«, antwortete ich. Auch wenn sie es vielleicht nicht mitbekam, ohne Abschied konnte ich nicht gehen und sie alleine im Krankenhaus lassen.

Also gab ich Paula noch schnell einen Kuss und sagte ihr gute Nacht, dann folgte ich Sebastian aus dem Krankenhaus. Wir stiegen in ein Taxi, er nannte dem Fahrer die Adresse und wir fuhren schweigend zu seiner Wohnung. Zum Glück war es keine weite Fahrt, denn trotz des unheimlichen Verkehrsaufkommens hier in New York, waren wir keine zehn Minuten später am Ziel.

Er bezahlte und führte mich dann in ein riesiges Hochhaus. Alleine der Eingangsbereich war schon unwahrscheinlich groß und in der Eingangshalle standen Bänke und Blumenkübel, es gab sogar eine Rezeption.

»Guten Abend, Ben. Das hier ist Madison Stone, sie wird einige Zeit bei mir im Gästezimmer wohnen und bekommt freien Zugang und einen eigenen Schlüssel für meine Wohnung«, erklärte er dem Mann hinter dem Tresen.

»Guten Abend, Miss Stone. Ben Bauers ist mein Name und ich bin einer von vier Portiers in diesem Haus. Ich bräuchte einmal Ihren Ausweis für die Unterlagen, damit auch meine Kollegen Bescheid wissen«, stellte er sich vor. Dann nahm er auch gleich meinen Ausweis, den ich ihm reichte und verschwand in einem Büro hinter der Rezeption. Er tat so, als wäre es das Normalste der Welt, dass ich nun bei Sebastian wohnte, obwohl er mich ja noch nie hier gesehen hatte. Ich fragte mich, ob Sebastian wohl öfter Frauen freien Zugang zum Haus erteilte oder ihn auch wieder strich? Und was dachte Mr. Bauers wohl von mir?

»Dies ist ein bewachtes Haus, in die Wohnungen kommen nur eingetragene Personen ohne Anmeldung. Jeder andere Besucher wird telefonisch angekündigt und es wird gefragt, ob die Person hoch in die Wohnung darf. Der Aufzug funktioniert nur mit Schlüssel und auch die Tür zum Treppenhaus lässt sich von unten aus nur mit einem Schlüssel öffnen. Du bekommst natürlich deinen eigenen Schlüssel und freien Zugang zum Haus, damit du dich frei bewegen kannst, wenn ich nicht da bin«, erklärte er mir. Für mich war das alles sehr verwirrend. So ein Haus hatte ich noch nie betreten und scheinbar war ich hier in einer völlig anderen Welt gelandet.

Wozu waren diese ganzen Sicherheitsmaßnahmen nur nötig? War Sebastian etwa ein Millionär oder so etwas? Arm konnte er jedenfalls nicht sein, sonst könnte er kaum die Behandlungskosten übernehmen. Nur bisher hatte ich mir darüber keine Gedanken gemacht und ehrlich gesagt, war es mir auch jetzt egal. Es war ja sowieso nur für eine begrenzte Zeit und danach würde ich mir ein neues Leben für Paula und mich aufbauen müssen. Denn so wenig wie dies hier meine Welt war, genau so wenig konnte ich in mein altes Leben zurück.

Der Aufzug brachte uns in die zwölfte Etage. Irgendwie war ich froh, dass er nicht auch noch im Penthouse wohnte. Sebastian zog mich zu einer der drei Wohnungstüren auf dieser Etage und schloss diese auf.

»Komm herein«, forderte er mich auf und führte mich in einen Flur. Mein Koffer, meine Reisetasche und meine Laptoptasche standen dort an der Wand, zwischen zwei Türen. Insgesamt gab es, mit der Eingangstür, sechs Türen, die von diesem Flur abgingen.

Er zeigte auf die Tür gegenüber der Eingangstür. »Dort geht es ins Wohnzimmer, von dort aus kommt man auch in die Küche und in mein Schlafzimmer«, erklärte er nüchtern. Irgendwie herrschte eine seltsam angespannte Stimmung zwischen uns.

Dann zeigte er auf die Türen rechts.

»Vorne ist das Badezimmer, daneben ist dein Zimmer. Es ist das Größere und ich hoffe, es wird dir gefallen, auch wenn es kein eigenes Bad hat«, erklärte er weiter.

»Fühl dich ganz wie zu Hause. Links sind ein weiteres Gästezimmer und ein Zimmer für meinen Sohn. Pack erst einmal in Ruhe aus und mach dich frisch. Handtücher findest du im Einbauschrank im Badezimmer. Wir treffen uns dann im Wohnzimmer, wenn du soweit bist.«

Sebastian öffnete die Tür zu ›meinem Zimmer‹, nachdem er mir die zum Wohnzimmer gezeigt hatte und stellte meinen Koffer sowie meine Tasche hinein. Dann ging er, ohne mich noch einmal anzusehen, durch die Tür und schloss diese gleich hinter sich.

Ich stand wie benommen im Flur und starrte auf die geschlossene Tür. Bereute er es, mich hierher geholt zu haben? Sein Verhalten war seltsam und ich fühlte mich sehr einsam. Was erwartete er jetzt von mir? Sollte ich mich in meinem Zimmer aufhalten, um ihn nicht zu stören? Seufzend drehte ich mich nach einiger Zeit um und ging in das Gästezimmer. Zum Reden war hoffentlich später noch Zeit.

Als ich den Raum betrat, sah ich mich erstaunt um. Das sollte ein Gästezimmer sein? Es war riesig und sehr modern eingerichtet, mir allerdings fast zu modern. Das Ganze sah aus, wie aus einem Möbelkatalog. Ein großes, weißes Metallbett mit zwei schwarzen Nachtkonsolen dominierte den Raum. Ein schwarzer viertüriger Kleiderschrank mit Spiegeltüren, ein kleiner weißer Tisch mit zwei schwarzen Sesseln und ein kleiner schwarzer Schreibtisch mit einem weißen Stuhl davor, standen ebenfalls im Zimmer. An der Wand hing ein riesiger Flachbildschirm und darunter stand eine weiße Kommode.

Selbst die Bettwäsche und die Vorhänge waren schwarz-weiß gemustert, genau wie das abstrakte Bild, das über dem Bett an der Wand hing. Viele Leute fanden dieses Zimmer bestimmt wunderschön, aber auf mich wirkte es kalt und steril, es hatte überhaupt keine eigene Persönlichkeit. Und ich passte hier absolut nicht her und bezweifelte sehr, dass ich mich hier jemals wohlfühlen konnte. War das Sebastian, oder hatte er die Wohnung von jemandem einrichten lassen?

Ich räumte schnell meine Sachen in den Schrank und in die Kommode, bevor ich ins Badezimmer ging, um mich, nach der langen Reise, etwas frisch zu machen. Auch das Badezimmer war sehr groß, modern und komplett in Weiß gehalten. Es gab zwei Waschbecken unter einem riesigen Spiegelschrank, eine Dusche und eine große Badewanne. Nur die Handtücher, die ich in dem großen, natürlich ebenfalls weißen Einbauschrank fand, waren dunkelblau und wunderschön flauschig. Am liebsten hätte ich mich zur Entspannung in die Badewanne gelegt, um alles um mich herum, zu vergessen. Aber dafür war jetzt keine Zeit, also machte ich mich nur kurz frisch, putzte meine Zähne und stand wenig später zögernd vor der Wohnzimmertür.

Sollte ich klopfen oder einfach hineingehen? Ich war mir nicht sicher, was er von mir erwartete, aber wenn ich mich wie zu Hause fühlen sollte, brauchte ich bestimmt nicht anklopfen. Vorsichtig öffnete ich also die Tür und stand kurz darauf in dem riesigen Wohnzimmer, oder sollte ich besser sagen in der Wohnhalle?

Zum Glück war der Wohnbereich nicht so kalt, wie das Gästezimmer. Es war zwar alles völlig überdimensioniert, aber gleichzeitig doch wohnlich. Von Sebastian war keine Spur zu sehen, auch nicht in der angrenzenden modernen Küche, die durch einen Tresen vom Wohnzimmer getrennt war. Und so sah ich mich in Ruhe um. Es gab zwei große rote Sofas mit einem kleinen Tisch, einen Esstisch für zehn Personen und eine Wand war völlig von einem Regal eingenommen, in dem Bücher und CDs standen …

Vor der Glasfront, die auf einen großen Balkon führte, stand sogar ein Klavier. Da ich nicht wusste, wo er war und auch nicht in seinen Sachen schnüffeln wollte, ging ich zur Balkontür und blickte auf das bunte Treiben draußen auf der Straße. Ob ich mich jemals an dieses

Verkehrschaos dort draußen gewöhnen würde? Von hier oben sahen die Autos fast wie Ameisen aus und die Scheinwerfer wie ihre Augen.

Ich war so in Gedanken versunken, dass ich Sebastian, der mittlerweile hinter mir stand, erst gar nicht bemerkte. Erst als er sich räusperte, wurde ich aufmerksam und drehte mich zu ihm um.

»Du bist schon fertig?«, fragte er erstaunt. Ich nickte nur, was sollte ich auch dazu sagen?

»Ich bin angenehm überrascht«, fuhr er fort. »Normalerweise lassen Frauen einen ja immer ewig warten.« Ich schnaubte.

»Ich weiß ja nicht, was für Frauen du kennst, aber ich bin eine berufstätige Mutter und daran gewöhnt, Termine pünktlich einzuhalten. Außerdem haben meine Eltern mir beigebracht, dass Unpünktlichkeit unhöflich ist«, fuhr ich ihn fast an. Kaum waren die Worte aus meinem Mund, taten sie mir auch schon wieder leid. Wie konnte ich nur so unhöflich sein? Irgendwie war ich einfach völlig überfordert mit der ganzen Situation, aber das gab mir nicht das Recht, mich so zu benehmen. Ich lief rot an.

»Tut mir leid, so war das nicht gemeint«, entschuldigte ich mich, als ich Sebastians verblüfftes Gesicht sah.

»Na, das kann ja noch heiter werden«, grinste er anzüglich.

»Aber ich mag kleine Wildkatzen.« Für diesen Spruch hätte ich ihn am liebsten geschüttelt, aber dann hätte er wahrscheinlich nur noch mehr gegrinst. Ich schloss kurz die Augen und atmete tief durch. Was war nur mit mir los? Ich war doch sonst nicht so aggressiv. Allerdings verkaufte ich mich normalerweise auch nicht an einen reichen Kerl. Wahrscheinlich lagen meine Reaktionen einfach daran, dass ich völlig verunsichert war.

»Nun lass uns erst einmal etwas essen und reden«, schlug er dann auch in einem normalen Ton vor.

»Ich hatte nicht mit meinem Vater gerechnet, sonst hätten wir das gestern schon alles besprechen können. Komm!«, forderte er mich auf und ging in Richtung der Küche.

»Meine Mutter hat uns etwas zu essen in den Kühlschrank gestellt. Ich hoffe, du magst Lasagne und Salat«, sagte er und nahm eine Glasauflaufform und eine große Salatschüssel aus dem Kühlschrank. Dann erwärmte er die Lasagne schnell in der Mikrowelle.

Wir setzten uns mit unserem Essen an die Theke und er öffnete eine Flasche Rotwein, ohne mich zu fragen, ob ich Wein trank. Das Essen war wirklich sehr gut und das sagte ich Sebastian auch.

»Ja, meine Mutter hat viele Talente und Kochen ist eines ihrer liebsten Hobbys«, erklärte er.

»Da sie ja nun schon wissen, dass du bei mir wohnst, musste ich meinen Plan etwas ändern. Wir werden Samstagabend bei ihnen zum Essen erwartet.«

Mein Herz schlug mir bis zum Hals. Ein Essen mit Sebastians Familie? Wie sollte ich mich da verhalten? Vor Schreck verschluckte ich mich an meinem Essen und fing furchtbar an zu husten und nach Luft zu schnappen. Er sprang sofort auf und klopfte mir auf den Rücken.

»So schlimm, dass du gleich ersticken musst, ist die Familie Baker nun auch nicht«, lachte er.

»Ich habe meinem Vater erzählt, dass wir uns im Krankenhaus kennengelernt haben und ich mich in dich verliebt habe. Deswegen helfe ich dir und deshalb wohnst du jetzt auch bei mir. Er findet zwar, dass das alles viel zu schnell geht, sieht aber ein, dass die Situation es erforderlich macht. Dass ich Paulas Behandlung bezahle, weiß er nicht und so soll beziehungsweise muss es auch bleiben. Die Geschichte mit der Krankenkasse verschweigen wir besser, denn die Stiftung lassen wir jetzt außen vor«, erklärte mir Sebastian seinen Plan. Ich keuchte auf, wollte er wirklich sämtliche Kosten tragen? Ich war ja bisher davon ausgegangen, dass die Stiftung einen Großteil übernehmen würde.

»Jeder wird verstehen, dass du die meiste Zeit im Krankenhaus verbringst, aber ab und zu wirst du dich mit mir bei ihnen sehen lassen müssen«, fuhr er fort.

»Auch zu manchen Wohltätigkeitsveranstaltungen wirst du mich, als meine Freundin begleiten.«

Er redete weiter, aber meine Gedanken schweiften ab. Bis vor ein paar Wochen war ich eine glücklich verheiratete Frau gewesen, na ja, zumindest habe ich das gedacht und jetzt war ich plötzlich offiziell die Freundin eines Mannes, den ich kaum kannte. Wie hatte das alles nur passieren können? Es war, als hätte Paulas Krankheit eine Lawine ausgelöst und mein ganzen altes Leben unter sich begraben. Den Gedanken an meine Ehe mit John, verdrängte ich aber lieber schnell, sonst würde ich nur noch wütender werden.

»Du bekommst selbstverständlich noch Schlüssel für die Wohnung, das Treppenhaus und den Aufzug, aber das habe ich dir ja vorhin schon gesagt. Da ich sowieso arbeiten muss, kannst du tagsüber natürlich so viel bei Paula sein, wie du möchtest. Wenn ich frei habe, können wir uns absprechen, welche Termine anliegen, zu denen du mich als meine Freundin begleitest. Ansonsten bist du völlig frei in deiner Zeiteinteilung«, erklärte er weiter.

Das alles schien so völlig normal für ihn zu sein, dass ich mich fragte, ob er das öfter tat.

Aber in Ordnung, damit konnte ich gut leben. Wie viele Termine konnten das schon sein, zu denen ich ihn begleiten musste? Sollte das wirklich alles sein, was ich für ihn tun musste? Nein, natürlich nicht. Ob er für den Sex auch einen Plan aufstellen würde? Ich hätte bei dem Gedanken beinahe angefangen zu lachen. Ob ich ihn einfach danach fragen sollte? Aber das brachte ich nicht fertig. Vielleicht traute ich mich das, wenn ich mehr Wein getrunken hatte. Normalerweise trank ich kaum etwas und vertrug dadurch auch nicht viel.

Mittlerweile waren wir fertig mit essen und Sebastian trug unsere Gläser zum Wohnzimmertisch.

»Nun noch ein paar Kleinigkeiten und dann können wir zum angenehmen Teil des Abends übergehen«, grinste er mich teuflisch an. Was würde wohl jetzt noch kommen? Doch noch ein Plan, wann ich mit ihm Sex haben musste?

»Wir müssen uns noch über die Verhütung unterhalten«, fing er an.

»Kondome sind mir nicht sicher genug. Wie sieht es mit hormoneller Verhütung bei dir aus? Verträgst du die? Die Dreimonatsspritze wäre mir die liebste Methode. Die könnte ich dir verabreichen und wenn du einverstanden bist, könnten wir nach einem Gesundheitscheck dann auf Kondome verzichten.«

Ich starrte ihn mit offenem Mund an. Er sprach darüber, als wäre es das Normalste der Welt, solche Gespräche zu führen. Hatte er solche Verträge etwa wirklich schon öfter geschlossen? Ich wusste nicht mehr, was ich von ihm halten sollte, aber egal, ich musste da jetzt durch.

»Nun schau nicht so, Maddie«, meinte er.

»Du hast meinem Angebot zugestimmt und das gehört nun einmal dazu. Schließlich bist du jetzt meine Freundin und ich muss monogam leben, sonst fliege ich aus der Klinik.« Ich wusste ja, dass er Recht hatte, aber trotzdem fiel es mir schwer, so offen darüber zu sprechen.

»Ich hatte noch nie Probleme mit hormoneller Verhütung, aber ich hasse Spritzen«, antwortete ich deshalb brav. Als Arzt lachte Sebastian darüber.

»Das ist doch nur ein kleiner Piks«, meinte er mitleidslos.

»Die Pille kann man zu leicht vergessen.« Er schien fast panische Angst davor zu haben, noch einmal Vater zu werden. Als würde ich es jetzt darauf anlegen wollen. Natürlich hatte ich mit John noch ein Kind gewollt, aber da dachte ich auch noch, dass wir eine intakte Ehe führten. Jetzt war es das Letzte, was ich brauchen konnte, ich brauchte alle Kraft für Paula.

»Kleiner Piks? Dann lass du dich doch spritzen, wenn du da so scharf drauf bist. Ich werde die Pille schon nicht vergessen. Paula war geplant und kein Unfall und denkst du wirklich, dass ich in meiner jetzigen Situation ein zweites Kind will und das auch noch ausgerechnet von dir?«, fragte ich ihn aufgebracht. Das konnte er doch nicht wirklich von mir denken. Ich konnte mir doch nun nicht alles von ihm gefallen lassen, nur weil er Paulas Behandlung bezahlte. Oder musste ich das etwa doch? Würde er die Behandlung abbrechen, wenn ich nicht nach seiner Pfeife tanzen würde?

»Ich bin eine gute Partie!«, sagte er herausfordernd und ich musste sehr an mich halten, um ihn nicht zu schlagen. Dabei war ich eigentlich ein friedlicher Mensch, aber er brachte mich heute wirklich auf die Palme. Als wäre die ganze Sache nicht schon unangenehm genug für mich. Ich fühlte mich so billig. ›*Billig bist du nicht. Er zahlt ja ganz ordentlich für dich*‹, flüsterte mir eine fiese innere Stimme zu. ›*Das kommt davon, wenn man sich selbst verkauft.*‹

Ich atmete tief durch, denn wenn ich jetzt sagen würde, was ich dachte, dann würde der Deal wohl platzen und was würde dann aus Paula? Also schluckte ich meine Wut mühsam herunter und warf ihm nur einen bösen Blick zu. Sebastian blickte scheinbar amüsiert zurück, was meine Wut noch höher kochen ließ. Ich musste hier kurz raus, ehe ich etwas tat, was mir hinterher leidtäte.

»Wenn du nichts dagegen hast, gehe ich jetzt duschen und dann ins Bett. Der Tag war lang und ich bin müde«, sagte ich deshalb und trotz aller Mühe, die ich mir gab, war die Wut in meiner Stimme deutlich zu hören. Fast erwartete ich, dass er mich auffordern würde erst mit ihm zu schlafen, aber das tat er nicht.

»Gute Nacht, Maddie«, sagte er nur und sah mir lächelnd nach, als ich aus dem Wohnzimmer ging. Was sollte das nun wieder bedeuten? Nur nicht darüber nachdenken, sonst würde ich noch durchdrehen bei Mr. Stimmungsschwankung. Ich widerstand dem Drang, die Tür zu knallen, und schloss sie betont leise hinter mir.

Kurz darauf lag ich frisch geduscht in dem großen Bett und konnte nicht einschlafen. Ständig kreisten die Gedanken in meinem Kopf, ob ich es jetzt versaut hatte und ob Sebastian nun vielleicht ablehnen würde, Paula weiter zu behandeln. Ich gab mir einen Ruck und beschloss, mir diese dämliche Dreimonatsspritze geben zu lassen. Was war schon der eine Piks, gegen eine Schwangerschaft? Wenn ich daran dachte, wie oft ich in der Schwangerschaft mit Paula zum Blutabnehmen gemusst hatte, wurde mir immer noch ganz flau im Magen.

Wenn ich Paula damit helfen könnte, dann dürfen sie mich gerne mit Nadeln durchlöchern. Ich würde sogar über glühende Kohlen laufen, wenn ich ihr damit helfen könnte. Aber es gab nichts, das ich tun konnte, ich musste mich völlig auf die Ärzte verlassen, auch wenn es mir schwerfiel. Ich machte mir große Sorgen darum, wie es ihr ging und ob ihr der Transport vielleicht geschadet hatte. Aber wenn das der Fall gewesen wäre, dann wäre es Sebastian und William bestimmt aufgefallen. Auch wenn er oft ein Arsch war, als Arzt erschien er mir sehr gewissenhaft.

Morgen früh würde ich mich bei ihm für mein zickiges Benehmen entschuldigen, nahm ich mir noch vor, dann muss ich doch ziemlich schnell eingeschlafen sein, obwohl ich ja gedacht hatte, dass ich in diesem furchtbaren Zimmer niemals zur Ruhe kommen könnte. Ich schlief sogar recht gut und hatte einen wunderschönen Traum, in dem ich mit Sebastian und Paula glücklich am Strand von Aptos spazieren ging. Wir lachten zusammen, spielten Fangen und als Paula müde wurde, nahm er sie auf die Schultern und trug sie.

Kapitel 11

Doch aus der Entschuldigung am nächsten Morgen wurde nichts, denn als ich aufwachte, war die Wohnung verlassen, obwohl es erst sieben Uhr früh war. Erst dachte ich, Sebastian würde noch schlafen, aber dann fand ich auf dem Küchentresen einen Schlüssel, zweihundert Dollar Bargeld und die Codes für die Alarmanlage und das W-Lan Netz. Dazu ein kurzer Brief.

Guten Morgen Maddie,
ich wurde schon sehr früh wegen eines Notfalls ins Kranken-
haus gerufen und wollte dich nicht wecken. Wir sehen uns
dann dort oder heute Abend zu Hause. Gegen zwölf Uhr
kommt die Putzfrau, also erschreck dich nicht, falls du dann
noch in der Wohnung bist.
Sebastian
PS: Trag die Codes bitte nicht mit dir herum.

Für wie blöd hielt er mich eigentlich? Weder würde ich die Codes mit mir rumschleppen, noch würde ich mich mittags noch in der Wohnung aufhalten. Ich wollte so schnell wie möglich zu Paula ins Krankenhaus. Immerhin war der Brief so formuliert, als sei es das Normalste der Welt, dass ich Sebastians Freundin war und hier bei ihm wohnte. Falls die Putzfrau ihn gefunden hätte, hätte sie wahrscheinlich keinen Verdacht geschöpft. Trotzdem warf ich den Brief weg, damit sie ihn nicht später finden konnte.

Ich machte mir einen Kaffee, nachdem ich heraus gefunden hatte, wie dieser futuristisch aussehende Vollautomat funktionierte, dann setzte ich mich mit meinem Laptop kurz an den Esstisch, um meine Mails zu checken. Es gab aber nichts Wichtiges. Schnell schrieb ich Guten-Morgen-Grüße an meine Eltern und Landon, ehe ich mich fertigmachte, um zum Krankenhaus zu fahren. Später wollte ich mir unbedingt den Weg einprägen, um zu schauen, dass ich zu Fuß gehen konnte.

Das Geld machte mir einige Sorgen. Ich wollte das nicht, schließlich trug Sebastian bereits die Behandlungskosten und das war schon schlimm genug für mich, aber es fühlte sich so falsch an, auch noch Bargeld von ihm zu nehmen. Ich wollte mich nicht aushalten lassen, denn genau das ging mir durch den Kopf, als ich die zweihundert Dollar gesehen hatte. Eigentlich wollte ich sie liegen lassen, aber dann schluckte ich meinen Stolz hinunter. Als Leihgabe würde ich das Geld annehmen müssen, denn ich besaß nur noch fünfundzwanzig Dollar, nachdem ich mein Pensionszimmer in Los Angeles bezahlt hatte. Sobald wie möglich, würde ich mir einen Job suchen, damit ich Sebastian das Geld zurückzahlen konnte.

Schon als Teenager hatte ich nebenbei gejobbt, um mein eigenes Geld zu verdienen. Während des Studiums sogar nebenbei in einem Supermarkt gearbeitet und jetzt mit sechsundzwanzig Jahren, wollte ich nicht anfangen, mich aushalten zu lassen. Schlimm genug, dass er die medizinische Versorgung für meine Tochter zahlte und ich bei ihm wohnte, noch abhängiger wollte ich mich nicht machen.

Kurz darauf war ich auf dem Weg ins Krankenhaus. Nachdem ich mir den Weg auf einer Karte im Internet angesehen hatte, hatte ich eingesehen, dass laufen keine Alternative war. Die U-Bahn allerdings wäre da viel praktischer und so stand ich nun auf dem Bahnsteig und wartete auf die richtige Bahn. Das war viel billiger, als ein Taxi zu nehmen.

Die U-Bahn war völlig überfüllt, scheinbar mussten sämtliche New Yorker genau jetzt zur Arbeit. Ich wurde hin und her geschoben und hatte das Gefühl, erdrückt zu werden oder an einer Gasvergiftung zu sterben. Manche Menschen schienen sich niemals zu waschen, so wie das roch. Als die Bahn am Krankenhaus hielt, versuchte ich, mich zur Tür durchzukämpfen, aber es gelang mir einfach nicht und so musste ich durch das Fenster mit ansehen, wie die Station verschwand.

Ich drängelte mich durch, bis ich an der Tür ankam, damit ich wenigstens an der nächsten Station aussteigen konnte. Ich bekam dabei mehrmals Ellenbogen von anderen U-Bahnfahrern in die Rippen.

Wahrscheinlich wäre es doch besser, zukünftig zu laufen, überlegte ich mir, so ein Wagen hatte wohl mehr Passagiere, als Aptos Einwohner. Ich war wirklich kein Stadtmensch, auch wenn ich während meines Studiums in Los Angeles gelebt hatte. Aber dort hatte ich die meiste Zeit sowieso auf dem Unigelände verbracht und man konnte LA auch überhaupt nicht mit New York vergleichen.

Endlich hielt der Zug an der nächsten Haltestelle und ich schaffte es, auszusteigen. Ich wartete kurz, bis der Menschenstrom etwas nachließ, und ging dann auch die Treppe nach oben. Allzu weit weg vom Krankenhaus konnte ich ja eigentlich nicht sein. Allerdings war ich mehr als nur ein bisschen froh, als gerade jetzt mein Handy klingelte und Landon anrief.

»Guten Morgen«, begrüßte ich ihn.

»Guten Morgen, Maddie«, erwiderte er.

»So früh schon unterwegs? Wo bist du?«

Ich nannte ihm den Namen der Station und gestand, dass ich nicht wusste, wie ich von hier aus zum Krankenhaus kommen konnte. Zum Glück konnte er mir da weiterhelfen.

»Können wir uns heute Mittag treffen?«, fragte er, nachdem er mir den Weg erklärt hatte.

»Ich könnte dich so gegen eins abholen.« Ich freute mich darauf, ihn wieder zu sehen, und stimmte begeistert zu. Da er auch Paula sehen wollte, nannte ich ihm die Station und ihre Zimmernummer.

Normalerweise liebte ich Spaziergänge an der frischen Luft, aber der Weg zum Krankenhaus war absolut grässlich. Die Leute hasteten an mir vorbei und die Luft war sowieso alles andere als frisch. Kein Wunder bei den Automassen, die an mir vorbei fuhren. Ich war froh, als ich endlich ankam.

Kurze Zeit später saß ich wieder an Paulas Bett. Es war fast wieder wie in LA, auch wenn es jetzt ein anderes Zimmer in einem anderen Krankenhaus war. Das Ganze war schon zur Normalität für mich geworden und auch wenn mir die Schwestern fremd waren, wusste ich genau, was sie taten. Und es fühlte sich alles vertraut und heimisch an.

Wurde ich langsam verrückt, dass sich ein fremdes Krankenhaus heimisch anfühlte? Seufzend dachte ich darüber nach, wie sehr sich mein ganzes Leben verändert hatte. Kurz schweiften meine Gedanken zu John und seiner Krankenhausphobie. Ich hatte sie immer verstanden und jetzt? Komisch war auch, dass der Gedanke an ihn kaum noch wehtat. Wie konnte mir der Mann, den ich für die Liebe meines Lebens gehalten hatte, so schnell egal werden? Ich empfand irgendwie nur noch Wut darüber, was er Paula als Vater antat, aber unsere Beziehung erschien mir schon Lichtjahre entfernt zu sein.

Kurz darauf hatte ich auch gar keine Zeit mehr, über ihn nachzudenken, denn eine Schwester betrat das Zimmer.

»Hallo, ich bin Schwester Lindsey«, stellte sie sich vor.

»Ich bringe Paula nun zu einer Untersuchung. Möchten Sie mitkommen?« Das war neu für mich. In LA hatte ich nie mitgehen dürfen. Lächelnd nickte ich und stand schnell auf, um Schwester Lindsey zu folgen. Keine zwei Minuten später waren wir in einem Untersuchungszimmer, in dem ein fremder Arzt und mein Mitbewohner uns schon erwarteten.

Ich warf Sebastian einen hilflosen Blick zu. Wie sollte ich mich nur verhalten? Sollte ich auch hier seine Freundin spielen?

»Guten Morgen, Mrs. Stone, ich bin Dr. Flenning und werde Ihre Tochter mit Dr. Baker zusammen operieren«, stellte er sich vor.

»Guten Morgen, Dr. Flenning«, sagte ich und überlegte noch, wie ich Sebastian begrüßen sollte, als er auf mich zukam.

»Guten Morgen, Maddie«, sagte er und gab mir einen Kuss auf die Wange.

»Michael, darf ich dir meine Freundin vorstellen?«, fragte er lächelnd und ich musste aufpassen, dass mir meine Gesichtszüge nicht entglitten. Hoffentlich gelang es mir besser als Dr. Flenning, der starrte mich nämlich mit weit offenem Mund an.

»Freundin? Sebastian, seit wann hast du eine feste Freundin?«, fragte Doktor Flenning erstaunt. Scheinbar war er mit Sebastian sehr vertraut.

»Tja, Menschen ändern sich«, antwortete er lächelnd und zog mich kurz in seinen Arm, um mich demonstrativ auf die Wange zu küssen. Mir fiel es schwer da mit zu spielen, aber ich musste es lernen. Also lächelte ich zurück und warf ihm einen Blick zu, der hoffentlich verliebt wirkte.

Zum Glück ließ er mich sofort los, als sich die Türklinke bewegte. Herein kamen William und zwei Schwestern.

»Guten Morgen, Maddie, Michael, Sebastian. Wollen wir anfangen?«, fragte er. Ich war froh über diese kurze Begrüßung und dass es nun um Paula ging, denn deshalb war ich schließlich hier.

Von der Untersuchung verstand ich nicht viel, aber die drei Ärzte schienen sehr zufrieden zu sein.

»Sieht alles sehr gut aus für die OP, Maddie«, lächelte William mir zu.

»Wir können zwar keine Garantien geben, aber ich bin mir fast sicher, dass Paula bald wieder wach sein wird.« Für diese Worte hätte ich ihn am liebsten umarmt, aber ich traute mich nicht, also strahlte ich ihn nur an.

»Es gibt nichts, was ich mir mehr wünsche!«, sagte ich hoffnungsvoll.

»Nach der Operation müssen wir dann weitersehen. Prognosen darüber, wie Paula dann reagieren wird, kann ich nicht abgeben«, versuchte Sebastian, mich etwas zu bremsen. Das hatte er mir ja schon alles erklärt, deshalb nickte ich nur.

»Ich weiß, aber auch wenn sie nicht wieder ganz die Alte werden sollte, wäre das ja ein riesiger Fortschritt zu jetzt«, meinte ich. Ich versuchte, meine Ängste zu verdrängen. Dass Paula mich nach der OP vielleicht nicht mehr erkennen würde oder gar geistig behindert sein könnte, war leider nicht auszuschließen. Aber daran durfte ich jetzt nicht denken, immer einen Schritt nach dem anderen.

Er sah kurz seinen Vater an, nahm mich dann in den Arm und hielt mich fest.

»Egal was passiert, wir schaffen das!«, sagte er mit fester Stimme und als wäre es das Normalste der Welt, dass ›wir‹ das zusammen meistern würden. Ich war verwirrt. War er ein so guter Schauspieler oder hatte er eine gespaltene Persönlichkeit? Gestern Abend war er so völlig anders gewesen als jetzt. So wie hier im Krankenhaus gefiel er mir viel besser, den mochte ich und in seiner Umarmung fühlte ich mich geborgen. Den Sebastian von gestern Abend hätte ich am liebsten auf den Mond geschossen. Ich lehnte meinen Kopf an seine Brust und atmete tief ein. Sein ganz eigener Geruch beruhigte mich etwas.

Er ließ mich aus seinen Armen, hielt aber meine Hand noch fest, als sich Doktor Flenning von uns verabschiedete.

»So, ich muss auch weiter, wir sehen uns ja spätestens Samstagabend zum Essen, Maddie. Lass dich von meinem Sohn nicht ärgern«, verabschiedete sich dann auch William und lächelte mir noch einmal aufmunternd zu.

Sebastian übernahm es, Paula und mich zurück zum Zimmer zu begleiten.

»Ich hoffe, du hast heute Morgen meinen Brief und die anderen Sachen gefunden und schnell ein Taxi bekommen«, meinte er beiläufig.

»Ja, danke. Den Brief und die anderen Sachen habe ich gefunden«, antwortete ich, dass ich kein Taxi gerufen hatte, erzählte ich ihm nicht. Er musste ja nicht wissen, wie dämlich ich mich in der U-Bahn angestellt hatte.

Als wir im Flur ankamen, auf dem Paulas Zimmer lag, sah ich schon Landon vor der Tür warten.

»Maddie!«, rief er begeistert.

»Mann, Kleines, ich freue mich so, dich zu sehen!« Er kam schnell auf uns zu und nahm mich einfach in den Arm. Ich schmiegte mich an ihn und obwohl wir uns ewig nicht gesehen hatten, fühlte es sich prima an, endlich einen Freund und Vertrauten hier bei mir zu haben.

Erst als wir alle wieder in Paulas Zimmer waren und er mich losließ, fiel mir Sebastians Gesicht auf. Er sah verdammt sauer aus, sodass ich schlucken musste. Was hatte er nur? Landon begrüßte derweil Paula, als wäre sie wach und würde ihn genau verstehen. Er hatte ihr ein Plüschtier mitgebracht und scherzte sogar etwas mit ihr, als würde sie auf ihn reagieren. Damit brachte er mich zum Lächeln.

»Landon, darf ich dir Sebastian Baker vorstellen? Er ist Paula behandelnder Arzt und ein Freund. Sebastian, darf ich dir Landon Scott vorstellen? Er ist mein Anwalt und ein alter Freund von mir«, stellte ich die beiden einander vor, als Landon sich wieder von Paula ab und sich uns zuwandte.

»Freut mich«, grinste Landon ihn an. Wenn Blicke töten könnten, wäre er wohl schon umgefallen, so wie Sebastian ihn anstarrte.

»Mich auch«, knurrte dieser fast und ich war mir nicht sicher, was er danach noch murmelte.

Verwirrt sah ich ihn an. Was hatte er denn jetzt wieder? Landon warf mir auch einen fragenden Blick zu, aber ich konnte nur mit den Schultern zucken. Ich wusste ja selber nicht, was mit Sebastian los war.

»Können wir dann essen gehen, Maddie?«, fragte Landon.

»Ich dachte, du isst mit mir«, mischte Sebastian sich ein. Hilflos zuckte ich mit den Schultern.

»Du hattest nichts gesagt und deshalb habe ich mich mit ihm zum Mittagessen verabredet«, antwortete ich und blickte zwischen den beiden hin und her.

»Wir können ja auch zu dritt ins Restaurant gehen«, schlug Landon diplomatisch vor, scheinbar merkte er, dass ich Sebastian nicht verstimmen wollte. Dafür lächelte ich ihn dankbar an. Ich wusste zwar nicht, was mit ihm los war, aber ich war nun mal auf ihn angewiesen. Er sagte erst nichts und ich musste ein Seufzen unterdrücken.

»Bitte, Sebastian, lass uns zu dritt gehen«, bat ich ihn.

»Nein, geht ihr mal. Ich muss auch noch etwas erledigen. Aber heute Abend gehörst du mir!«, sagte er und als ich mich gerade fragte, was genau er damit meinte, küsste er mich einmal fest auf den Mund.

»Bis später, Maddie. Auf Wiedersehen, Mr. Scott«, sagte er, drehte sich um und ging aus dem Zimmer.

Als die Tür hinter ihm zugefallen war, grinste Landon mich an.

»Hast du mir etwas zu sagen, Maddie?«, grinste er anzüglich.

»Dein Doktor scheint ganz schön eifersüchtig zu sein. Warum hast du mir nicht erzählt, dass du einen Freund hast?« Ich zögerte, was sollte ich ihm nur sagen? Mir war zwar klar gewesen, dass ich vor Sebastians Familie und vor Fremden schauspielern musste, aber vor meinen

Freunden? Aber die Wahrheit konnte ich ihm ja auch nicht erzählen.

»Nun hör auf, herumzuzappeln, Maddie«, lachte er.

»Das hast du schon immer gemacht, wenn du ein Geheimnis hattest oder versucht hast zu lügen. Du musst mir ja nicht sagen, was zwischen dir und dem Doktor läuft. Und egal was da läuft, genieß es einfach. Du kannst etwas Aufmunterung gebrauchen, nachdem was John, das Arschloch euch angetan hat und brauchst dich nicht zu rechtfertigen.«

Wenn Landon wüsste ... Wahrscheinlich würde er auf Sebastian losgehen, wenn er erfuhr, wie dieser meine Situation ausnutzte. Deshalb hielt ich erst einmal lieber meinen Mund, sollte er sich lieber etwas Falsches zusammenreimen. Bis zum Restaurant lief das auch gut, wir redeten über alles Mögliche. Über die Vergangenheit, Paula, Andrew und sogar etwas über John, wobei er sich darüber auch ganz schön aufregte.

Als wir das Restaurant in der Nähe des Krankenhauses betraten, sah ich dort schon Sebastians Schwester, mit einer anderen Frau an einem Tisch sitzen. Sie sah mich natürlich auch sofort und diesmal war ich es, die mit Blicken erdolcht wurde. Dabei tuschelte sie aufgeregt mit der Frau, die mit ihr am Tisch saß. Ich fragte mich, ob ich sie begrüßen sollte, aber ihre Blicke hielten mich davon ab.

»Kennst du die?«, fragte er, während wir uns setzten, als er sah, wie Elizabeth und ich uns Blicke zuwarfen. Seufzend nickte ich.

»Das ist Sebastians Schwester«, erklärte ich ihm.

»Ich glaube, sie kann mich nicht leiden. Dabei kennen wir uns gar nicht, ich habe sie erst einmal kurz getroffen.« Landon sah noch einmal zu Lizzys Tisch hinüber.

»Schade, weißt du, ob sie Single ist? Die Frau ist heiß. Kannst du uns trotzdem vorstellen?«, grinste er und brachte mich damit zum Lachen. Das war mal wieder so typisch für ihn. Ich boxte ihn leicht gegen den Oberarm, musste dabei aber immer noch lachen.

Es tat so gut, ihn wieder zu sehen. So viel wie heute hatte ich ewig nicht gelacht und so entspannt hatte ich mich auch lange nicht gefühlt. Am liebsten hätte ich die Situation genutzt, um ihm alles zu erzählen, aber ich konnte es einfach nicht. Landon hätte mich wahrscheinlich nicht gleich verurteilt, aber verstanden hätte er es bestimmt nicht und wenn er Sebastian deshalb zur Rede stellen würde, wäre wahrscheinlich alles aus. Ich durfte es einfach niemandem erzählen und das bedrückte mich.

Er hatte meinen Stimmungsumschwung natürlich gleich bemerkt.

»Komm, Maddie, nun wird nicht Trübsal geblasen. Dein Doktor hilft Paula und dann wird alles wieder gut«, versprach er mir. Ich lächelte ihn dankbar an. Gut, dass er nicht wusste, warum ich wirklich traurig war.

»Wann ist die Operation?«, fragte er.

»Wahrscheinlich Montag«, seufzte ich.

»Und ich habe riesige Angst, dass sie danach immer noch nicht wach wird, dass alles umsonst war.« Nun kämpfte ich wirklich mit den Tränen.

»Und die Wartezeit alleine vor dem OP macht mich jetzt schon wahnsinnig.«

Landon hielt einfach meine Hand und streichelte sanft darüber.

»Ich habe Montag keinen wichtigen Termin«, meinte er plötzlich.

»Weißt du was? Ich nehme mir einfach Montag frei und stehe dir bei, damit du nicht alleine warten musst.

Dein Doktor wird ja nicht bei dir sein können, sondern sich um Paula kümmern.«

Ich vergaß völlig, wo wir waren und wer uns sah, stand von meinem Stuhl auf und fiel ihm um den Hals.

»Danke!«, flüsterte ich mit tränenerstickter Stimme. Landon rieb mir sanft über den Rücken.

»Kein Problem, Kleines, wofür hat man Freunde«, sagte er grinsend und schob mich etwas von sich weg, da die Kellnerin in unsere Richtung kam.

»So, und nun lass uns bestellen, ich sterbe vor Hunger.« Das brachte mich dann schon wieder zum Lachen, in Landons Gegenwart konnte man einfach nicht lange traurig sein.

Während wir auf unser Essen warteten, redeten wir über die Scheidung. Da wir uns durch die Anwälte geeinigt hatten, ging nun alles sehr schnell. John hatte die Papiere schon unterschrieben und das musste ich in den nächsten Tagen auch tun. Wenn das erledigt war, würde es nicht lange dauern, bis wir einen Termin vor Gericht hier in New York haben würden. Da ich wegen Paula nicht hier wegkonnte, hatten sich die Anwälte darauf geeinigt, dass alles hier geregelt werden konnte. Landon teilte mir dann auch noch mit, dass John mir Unterhalt für Paula zahlen müsste und er darauf auch bestehen würde, schließlich stand ihr das Geld zu. Bei dieser Nachricht fiel mir ein riesen Stein von der Seele, so hätte ich wenigstens etwas eigenes Geld, bis ich wieder arbeiten konnte.

»Landon, weißt du nicht etwas, wo ich arbeiten könnte? Nur ein paar Stunden und möglichst viel von zu Hause beziehungsweise vom Krankenhaus am Computer aus?«, fragte ich ihn.

»Ich will mich nicht von Sebastian abhängig machen.«
So viel konnte ich ja wohl sagen. Landon wusste leider
nichts, aber er versprach sich umzuhören.

»Was läuft da eigentlich zwischen dir und dem Doktor?«, fragte er daraufhin natürlich prompt. Ich ver-
wünschte mich, dass ich das Thema überhaupt angespro-
chen hatte.

»Das Ganze ging doch jetzt echt schnell bei euch, so
kenne ich dich ja gar nicht.« Was sollte ich darauf nur
antworten?

Ich versuchte, so nah es ging, an der Wahrheit zu bleiben.

»Wir haben uns in Los Angeles im Krankenhaus kennengelernt, als ich in ihn hinein gelaufen bin«, fing ich an
zu erzählen und Landon lachte laut.

»Na, das ist doch mal wieder typisch für dich«, meinte
er. Er kannte mich schließlich, in der Highschool war ich
ständig gestolpert oder hatte andere Leute versehentlich
angerempelt.

»Und weiter?«

»Na ja, wir haben uns öfter getroffen, schließlich kümmerte er sich auch um Paulas Fall und er war immer sehr
nett zu mir   …«, ich rang nach Worten, was nur sollte ich
ihm erzählen? Er lachte schon wieder.

»Lass gut sein, Kleines, ich kann es mir vorstellen. Aber
was mich wundert, ist, dass du bei ihm lebst. Wie kommt
es denn dazu?«, bohrte er weiter. Ich stammelte irgendetwas von, kein Geld für ein Hotel und Gästezimmer.
Zum Glück gab er sich damit ziemlich schnell zufrieden,
sodass ich etwas aufatmen konnte.

»Auf jeden Fall scheint dein Doktor ganz schön eifersüchtig zu sein«, meinte Landon gerade, als Elizabeth
zu uns herüber kam. Daran, dass sie auch hier im

Restaurant war, hatte ich schon gar nicht mehr gedacht. Sie blieb an unserem Tisch stehen und sah mich böse an.

»Dass eine Frau, die mein Bruder anschleppt, nicht besonders verantwortungsbewusst sein kann, dachte ich mir ja schon. Aber dass Sie bei ihm leben und dann hier mit fremden Männern flirten und lachen, das hätte ich nicht gedacht. Was sind Sie überhaupt für eine Mutter? Sie sollten bei Ihrem Kind sein und sich nicht fremden Männern an den Hals werfen«, warf sie mir in einem eiskalten Tonfall vor. Ich sah rot und sprang auf. Am liebsten wäre ich ihr an die Gurgel gesprungen. Wie konnte sie es wagen?

»Sie kennen mich gar nicht, also hören Sie auf, über mich zu urteilen…«, schrie ich sie nahezu an und wollte gerade fast hinzufügen, dass sie ja gar nicht wusste, was ich alles für mein Kind tat, konnte es aber gerade noch herunter schlucken. Gerade das durfte sie ja nicht wissen. Ich bebte vor Wut, aber zum Glück unterbrach Landon mich, denn die Leute starrten uns schon alle an.

»Nett, Sie kennenzulernen, Miss Baker. Ich bin Landon Scott«, sagte er höflich.

»Ich weiß ja nicht, wo Sie fremde Männer sehen, aber Maddie und ich kennen uns schon ewig, wir sind zusammen zur Highschool gegangen. Ach übrigens, ich bin ihr Anwalt und Rufschädigung kann teuer werden.« Er streckte ihr wirklich die Hand hin und grinste dabei frech, als hätte er ihr nicht gerade indirekt gedroht, sie zu verklagen.

Elizabeth schaute ihn erst an, als ob er giftig wäre, griff dann aber doch nach seiner Hand.

»Freut mich«, murmelte sie, allerdings klang ihre Stimme dabei gar nicht erfreut. Was hatte diese Frau nur für ein Problem?

»Setzen Sie sich doch noch auf einen Kaffee zu uns«, forderte er sie auf einmal sehr höflich auf. Sie zierte sich und ehe sich das ewig hinziehen würde, kam mir eine Idee.

»Ich muss jetzt schnell wieder zu Paula, Landon. Es war schön, dich zu treffen. Trink doch noch einen Kaffee alleine mit Miss Baker, wenn sie mag«, schlug ich vor und erhob mich.

»Ok, Maddie, wir sehen uns dann Montag, teilst du mir die Uhrzeit der OP mit?«, fragte er und ich nickte. Elizabeth zögerte zwar noch etwas, sich zu setzen, sagte dann aber zu und ich verabschiedete mich von den beiden, nachdem ich es aufgegeben hatte, mein Essen bezahlen zu wollen. Landon bestand darauf, mich einzuladen.

Ich lief zum Krankenhaus zurück und wenig später saß ich wieder an Paulas Bett und las ihr aus einem Buch vor, das ich unterwegs gekauft hatte. An Buchhandlungen konnte ich schon immer schlecht vorbeigehen. Dort hatte ich auch eines von Paulas Lieblingsbüchern gekauft, das ich ihr nach der Operation vorlesen wollte, in der Hoffnung, dass ich ihr damit vielleicht eine Freude machen könnte. Meine Hoffnung war immer noch, dass sie nach der OP ganz die Alte sein würde, aber die Angst war groß, dass sie es nicht mehr sein würde.

Der Nachmittag verging schnell, ich telefonierte kurz mit meinem Vater und versuchte meine Mutter zu erreichen, leider erfolglos. Ansonsten kam nur ab und zu eine Schwester vorbei, den Rest der Zeit waren wir ganz alleine. Es war, als lebten wir in einer völlig fremden Welt, die mit der lauten und hektischen Stadt New York, nichts zu tun hatte. Irgendwann ging die Zimmertür auf und Sebastian kam herein.

»Ich habe Feierabend, wollen wir nach Hause gehen?«, fragte er kurz angebunden und nicht gerade freundlich. Kurz bekam ich Panik, wollte er mich nach Aptos zurückschicken? Dann ging mir ein Licht auf. Er meinte wohl einfach seine Wohnung. Wie Zuhause fühlte die sich bestimmt nicht an, dafür war mir die Wohnung viel zu kalt und steril, aber das sagte ich ihm lieber nicht. Stattdessen packte ich meine Sachen zusammen und verabschiedete mich von Paula. Auch Sebastian strich ihr kurz über die Hand und sagte »Tschüss«, damit überraschte er mich mal wieder.

Kaum hatten wir den Flur betreten, legte er seinen Arm um mich und setzte ein Lächeln auf. Mr. Stimmungsschwankung wollte wohl allen zeigen, was wir für ein glückliches Paar waren. Wir begegneten auch einigen Leuten, bis wir das Krankenhaus verlassen hatten und viele grüßten Sebastian und er grüßte zurück. Ich lächelte einfach artig und sagte nichts, dabei überlegte ich, warum er nicht einfach eine Schaufensterpuppe spazieren führte, der er ein nettes Lächeln aufgemalt hatte.

Wir stiegen in ein Taxi und fuhren zu Sebastians Wohnung, dabei sprachen wir kaum miteinander. Das Schweigen war unangenehm, aber ich wusste auch nicht, worüber ich mit ihm hätte reden sollen. Bisher kannte ich ihn ja kaum, allerdings bemerkte ich, dass er erschöpft wirkte.

»Ich gehe erst einmal duschen, danach können wir uns etwas zu Essen bestellen«, sagte Sebastian, kaum dass wir die Wohnung betreten hatten.

»Fühl dich ganz wie zu Hause.« Er zeigte dabei auf den Fernseher und das Bücherregal, dann verschwand er einfach in seinem Zimmer und ließ mich allein. Schon wieder Essen bestellen? Ich bekam große Lust, endlich mal wieder etwas Normales zu tun und selber zu kochen. Ob Sebastian wohl etwas dagegen hätte? Aber er hatte ja gesagt, dass ich mich wie zu Hause fühlen sollte, also sah ich mich einfach in der Küche um. Frisches Obst oder Gemüse gab es nicht, aber im Tiefkühler fand ich Steaks und Kartoffelspalten. Kochen war das zwar nicht wirklich, aber wenigstens beschäftigte mich das ein wenig. Ich beschloss, am nächsten Morgen erst einmal einige Lebensmittel einkaufen zu gehen, während ich die Sachen in der Mikrowelle auftaute. So würde ich in Zukunft abends kochen können, schließlich konnte ich mich ja nicht jeden Tag zum Essen einladen lassen. Die gewohnten Handgriffe machten mit Spaß, ich hatte schon immer gerne gekocht, allerdings waren Sebastians Küchenschränke teilweise etwas seltsam eingeräumt, sodass ich viel suchen musste. Ich wollte ihn später fragen, ob ich sie umräumen durfte, ansonsten würde ich mich mit der Zeit schon daran gewöhnen.

Als er aus der Dusche kam, war das Essen fast fertig. Er trug nur eine Jogginghose, die tief auf seinen Hüften saß und war ansonsten nackt. Seine Haare waren noch feucht und standen nach oben ab, ein paar Tropfen fielen auf seinen nackten Oberkörper und liefen langsam über seine Brust hinunter. Mir lief das Wasser im Mund zusammen und meine innere Stimme mahnte mich, nun nicht auch noch zu sabbern. Fast hätte ich sogar das Essen über seinen Anblick vergessen.

»Du kochst?«, fragte er verwundert und brachte mich damit zurück in die Realität.

»Ähm … Ich hoffe, du hast nichts dagegen?«, fragte ich unsicher, doch er schüttelte nur lachend den Kopf.

»Was sollte ich dagegen haben?«, fragte er und mopste eine Kartoffelspalte aus der Pfanne.

»Als ich sagte, fühl dich wie zu Hause, meinte ich aber nicht, dass du das tun müsstest. Aber ich freue mich darüber.« Ich richtete das Essen an und er schnappte unsere Teller und trug sie zum Esstisch.

»Außer meiner Mutter hat noch nie eine Frau für mich gekocht«, sagte er mit einem seltsamen Unterton, als er sich setzte.

»Ich hoffe, dass du mich nun nicht ›Mom‹ nennen möchtest«, zog ich ihn auf.

»Garantiert nicht«, sagte er mit einem verheißungsvollen Lächeln auf dem Gesicht. Oh Mann, dieser Kerl hatte wirklich viele Gesichter, aber das, welches er im Moment zeigte, mochte ich, denn ich wusste, dass er jetzt nicht nur zur Show für andere, nett zu mir war. Während des Essens redeten wir über alles Mögliche und lernten uns dadurch etwas besser kennen. Wir hatten überraschenderweise in vielen Dingen den gleichen Geschmack.

Allerdings sprachen wir kaum über unsere jetzige Situation und genau das war es, worüber ich mit ihm reden wollte.

»Du hättest mich heute im Krankenhaus ruhig vorwarnen können, dass du mich gleich allen als deine Freundin vorstellst«, fing ich das Gespräch an und sofort verdüsterte sich seine Miene.

»Wolltest du das deinem Freund etwa verschweigen?«, fragte er mich gereizt. Ich seufzte.

»Ich meinte ja nicht nur vor Landon, obwohl das für mich nicht einfach war. Schließlich   …« Doch Sebastian ließ mich gar nicht aussprechen.

»Schließlich was?«, schrie er fast und sprang dabei auf.

»Schließlich willst du was von ihm? Das kannst du dir abschminken, solange du meine Freundin spielst!«

Ich sprang ebenfalls auf und funkelte ihn böse an.

»So ein Schwachsinn …« Doch wieder ließ Sebastian mich meinen Satz nicht zu Ende bringen.

»Schwachsinn? Ich geb dir gleich Schwachsinn. Solange du meine Freundin spielst, vögelst du keinen Anderen!«

Konnte dieser Idiot nicht einmal zwei Minuten den Mund halten und mich aussprechen lassen?

»Dürfte ich jetzt wenigstens einmal einen Satz zu Ende sprechen?«, motzte ich ihn an.

»Das hast du ja gerade!«, fauchte er zurück und fuhr sich mit der Hand durch seine Haare, die dadurch noch verstrubbelter aussahen als zuvor. Der Kerl war so was von frustrierend. Ich stellte mich nun dicht vor ihn und legte ihm einen Finger auf den Mund.

»Nun lass mich doch bitte erklären!«, forderte ich mit etwas ruhigerer Stimme.

»Was gibt es da noch zu erklären?«, fragte er und biss mir doch tatsächlich leicht in den Finger. Sofort prickelte mein ganzer Körper.

»Bitte«, versuchte ich es noch einmal, doch Sebastian ließ mich nicht erklären, sondern küsste mich einfach leicht auf den Mund. So würden wir das Thema nie geklärt kriegen. Frustriert stöhnte ich auf, doch er interpretierte das Stöhnen wohl anders, denn er fing an, an meiner Unterlippe zu knabbern. Ein wonniger Schauer nach dem anderen lief mir über den Körper. Ach scheiß drauf! Warum sollten wir uns auch mit Reden aufhalten? Ich öffnete meinen Mund und ließ seine Zunge hinein, unser Kuss wurde immer wilder und kurz darauf lagen wir auf dem roten Sofa. Ich wusste gar nicht, wie wir dorthin gekommen waren, aber das war mir auch egal, als Sebastians Hand unter mein Shirt wanderte. Reden konnten wir auch später noch.

Sebastians Küsse wurden immer drängender und seine Finger, die mittlerweile an meinen Brüsten angekommen waren, wurden immer fordernder. Kurz zog er sich etwas von mir zurück und riss mir fast das Shirt vom Leib, dann öffnete er gekonnt den BH und streifte ihn mir ab.

»Darauf habe ich mich schon den ganzen Tag gefreut«, flüsterte er und drückte dann sein Gesicht in meine Halsbeuge und atmete tief meinen Geruch ein. Meine Hände wanderten wie von selbst in seine Haare und zogen leicht daran. Sebastian knurrte fast an meinem Hals und biss mir zur Antwort leicht in die Schulter. Das brachte mich zum Kichern und ich ließ den Kopf in den Nacken fallen. Er nutzte diese Gelegenheit und küsste sich von meiner einen Schulter, über den Hals zur anderen. Mir lief eine Gänsehaut über den Rücken, vor allem, als er meine Kehle küsste.

Ich ließ seine Haare los und meine Finger wanderten über seinen Hinterkopf und Nacken, soweit ich nach unten kam. Da er aber tiefer rutschte und sich nun zu meinen Brüsten vortastete, kam ich nicht weit, sondern krallte meine Finger wieder in seine Haare, um leicht daran zu ziehen. Er zwirbelte meinen linken Nippel mit den Fingern, während er den rechten in den Mund nahm und fest daran saugte. Ich bog meinen Rücken durch, als das Gefühl von meinen Brüsten in meinen Unterleib schoss. Unsere Kleider flogen durch den Raum und dann trug Sebastian mich in sein Bett.

Kapitel 12

Als mich etwas weckte, war es schon hell im Zimmer. Ich wollte mich aufrichten, um nachzusehen, warum ich aufgewacht war, aber das ging nicht. Sebastian, der tief und fest schlief, hatte seine Beine auf meine gelegt und seine Arme um mich geschlungen, mein Kopf lag dabei auf seiner Brust. Wie war ich denn hier her gekommen? Ich wusste es wirklich nicht mehr. Warum lag ich in seinem Bett und nicht im Gästezimmer?

Während ich noch darüber nachdachte, fing das Telefon auf Sebastians Nachttisch an zu klingeln. Scheinbar nicht zum ersten Mal, denn ich glaubte, dass dies Geräusch mich auch geweckt hatte. Nun wurde auch Sebastian munter und schaute mich erstaunt an. Augenblicklich ließ er mich los und rollte sich weg, sowie ich meinen Kopf von seiner Brust genommen hatte.

»Baker!«, brummelte er verschlafen ins Telefon und saß gleich darauf aufrecht im Bett.

»Was? … Mist! … Notfall? … Ja, schon in Ordnung. Sie können nichts dafür«, fluchte er ins Telefon, dann sah er mich an.

»Mein Vater ist auf dem Weg nach oben«, grummelte er und stand auf. Dann ging er zu einer Kommode und zog eine Unterhose heraus, die er sich schnell überzog.

»Zieh dir was von mir über!«, befahl er.

»Mein Vater hat einen Schlüssel und wird wohl gleich da sein, denn das war schon der zweite Versuch des Pförtners, mich anzurufen.« Während er sprach, lief er hektisch durchs Zimmer und zog sich schnell an. Dann warf er mir ein Shirt, eine Jogginghose und eine Unterhose zu.

»Zieh das an«, sagte er kalt. »Ich versuche, schnell unsere Sachen aus dem Wohnzimmer zu räumen, ehe mein Vater darüber stolpert.«

Er verließ das Zimmer und schloss die Tür schnell hinter sich. Ich saß immer noch wie betäubt in seinem Bett. Warum kam William so früh am Morgen hierher? Ich warf einen Blick auf Sebastians Wecker und erschrak. Erst sechs Uhr dreißig und dann bekam ich einen Schock, als mir bewusst wurde, was Sebastian am Telefon gesagt hatte. Notfall! Er hatte etwas von einem Notfall gesagt und William war hier. Ob etwas mit Paula war? Ich sprang geradezu aus dem Bett.

Schnell lief ich ins Bad, machte mich in Blitzgeschwindigkeit frisch und sprang regelrecht in die Klamotten, natürlich waren mir Sebastians Sachen viel zu groß. Ich musste die Hosenbeine und die Ärmel mehrmals umkrempeln und das Band der Hose sehr fest ziehen, damit ich sie nicht verlieren würde, aber es würde schon gehen. So schnell ich konnte, lief ich aus dem Zimmer, hinaus ins Wohnzimmer.

»Guten Morgen, Maddie. Entschuldige bitte, dass ich euch geweckt habe. Ich dachte ja, du würdest im Gästezimmer schlafen«, begrüßte William mich und grinste wissend. Ich lief knallrot an. Na super! Natürlich wusste er jetzt, dass ich bei und mit seinem Sohn geschlafen hatte, schließlich kam ich in Sebastians Sachen aus seinem Schlafzimmer.

»Guten Morgen, William«, flüsterte ich beschämt.

»Ist etwas mit Paula?« Das war nun erst einmal das Wichtigste für mich. Sollte William doch denken, was er wollte, schließlich war er Sebastians Vater und nicht meiner.

»Nein, wie kommst du darauf?«, fragte er mich verdutzt.

»Ihr Zustand ist stabil, so viel ich weiß.« Das ließ mich aufatmen.

»Sebastian sagte am Telefon etwas von einem Notfall und da bekam ich Angst«, erklärte ich. William lächelte mich väterlich an.

»Der Notfall ist ein Wasserrohrbruch in Alexanders Schule. Der Unterricht fällt überraschend aus und jemand muss auf ihn aufpassen. Olivia hat um acht Uhr einen Kundentermin, Lizzy ist nicht da und ich muss jetzt ins Krankenhaus«, erklärte er.

»Deshalb habe ich Alex hierher gebracht, Sebastian hat ja heute Spätdienst.«

Ach ja, Alexander! An Sebastians Sohn hatte ich gar nicht mehr gedacht, da der ja nicht bei ihm lebte. Suchend sah ich mich um, wo war der Junge denn? Er saß irgendwie verloren wirkend auf dem riesigen Sofa und spielte ruhig mit einem Spielzeugauto. Wahrscheinlich wusste er nicht, was er hier sonst machen sollte, denn kindgerecht war Sebastians Wohnung nun wirklich nicht. Ich fragte mich, ob er oft hier war? Es sah nicht danach aus. Er war ein niedlicher kleiner Blondschopf und sah seinem Vater sonst nicht wirklich ähnlich, er kam wohl eher nach seiner Tante und seinem Großvater.

Ich wollte gerade hingehen, um den Jungen zu begrüßen, als sein Auto an etwas hängen blieb. Er zog kräftig daran und hielt plötzlich meinen BH vom Vortag in die Luft.

»Dad, dein BH hängt an meinem Auto fest«, jammerte er und hielt das Auto hoch. Mein BH-Träger hatte sich um ein Hinterrad gewickelt. Wo war das Loch im Boden, in dem ich verschwinden konnte? Leider tat sich keines auf, sodass ich nicht verschwinden konnte. Ich lief noch roter an als zuvor.

»Alexander, wir müssen dringend mal ein Gespräch unter Männern führen«, meinte Sebastian lachend und strubbelte seinem Sohn dabei etwas durch die Haare. Ihm war das Ganze scheinbar gar nicht peinlich. William wandte das Gesicht ab, wahrscheinlich musste er ein Lachen unterdrücken.

Alexander strahlte seinen Vater an, scheinbar sonnte er sich regelrecht in Sebastians Aufmerksamkeit, die er viel zu selten von ihm bekam. Mir wurde das Herz schwer, als ich die beiden so sah. Ich musste an Paula denken, wie sie da so leblos im Krankenhaus in ihrem Bett lag. Warum nur kümmerte Sebastian sich so wenig um seinen Sohn? Was würde er tun, wenn der Kleine so krank wäre? Würde er auch Tag für Tag an seinem Bett sitzen oder ihn abschreiben, so wie John es mit Paula tat? Ob Paula, wenn sie wieder gesund war, sich genauso nach Johns Aufmerksamkeit sehnen würde, wie Alexander sich nach Sebastians sehnte? Mir schossen die Tränen in die Augen, auch wenn ich krampfhaft versuchte, sie zurück zu drängen. Ich musste hier raus!

»Ich gehe duschen und mich umziehen«, sagte ich leise und war froh, dass meine Stimme normal klang. Ich ging aus dem Zimmer, ohne dabei jemanden anzusehen.

Lange konnte ich die Tränen nicht zurückhalten und im Flur liefen sie mir schon über die Wangen. Ich beeilte mich, in mein Zimmer zu kommen, ließ mich dort erst einmal aufs Bett fallen und versteckte mein Gesicht im Kopfkissen. Ich wollte nicht, dass einer der Baker-Männer mein Schluchzen hörte, das ich nun nicht mehr unterdrücken konnte. Ich hätte nicht die Kraft, mich ihren Fragen zu stellen. Warum wusste ich selber nicht wirklich, aber ich war auf einmal so stinkwütend auf Sebastian. Er hatte einen gesunden Sohn und kümmerte sich kaum um den armen Jungen und meine Tochter lag schwer krank im Krankenhaus. Das Leben war so ungerecht. Wahrscheinlich kümmerte er sich sogar mehr um sie, als um Alexander. Aber auch wenn das sein Beruf war, sein eigenes Kind durfte er deshalb nicht so vernachlässigen. Am liebsten hätte ich ihm das sofort an den Kopf geworfen, aber ich traute mich nicht. Zu groß war meine Angst, ihn so zu verärgern, dass er Paulas Behandlung abbrechen würde.

Deshalb ließ ich mir so viel von ihm gefallen, obwohl das eigentlich gar nicht meine Art war. Allerdings musste ich, so schwer es mir auch fiel, ehrlich vor mir selbst zugeben, dass Sebastian trotz seiner oft ekelhaften Art, sexuell eine unheimliche Anziehungskraft auf mich besaß. Das verwirrte mich völlig. Auch seine ständigen Stimmungsschwankungen sorgten dafür, dass ich bei ihm nie wusste, woran ich war.

Es dauerte einige Zeit, bis ich mich soweit beruhigt hatte, dass ich duschen gehen konnte. Im Badezimmer erschrak ich dann erst einmal vor meinem eigenen Spiegelbild. Oh Mann, sah ich verheult aus, meine Augen waren rot und ich hatte dunkle Augenringe. Auch nach der Dusche sah ich nicht viel besser aus. Ich versuchte es etwas zu überschminken, aber wirklich zufrieden war ich nicht. Seufzend gab ich auf und zog mich schnell an. Ein Blick auf die Uhr zeigte mir, dass ich schon fast vierzig Minuten in meinem Zimmer war, langsam wurde es Zeit, dass ich zu Paula ins Krankenhaus ging.

Als ich wieder ins Wohnzimmer kam, war William nicht mehr da, wahrscheinlich war er schon im Krankenhaus. Auch Sebastian war nirgendwo zu sehen, nur Alexander saß auf dem Sofa und schaute gelangweilt in den Fernseher, in dem eine furchtbare Trickserie lief, in der nur gekämpft wurde.

»Magst du so etwas?«, fragte ich ihn, auch wenn mir bewusst war, dass es mich eigentlich gar nichts anging, ich konnte es nicht lassen. Er zuckte nur mit den Schultern.

»Mir ist langweilig«, erklärte er. Na, dagegen konnten wir ja etwas tun. Ich überlegte kurz, was wir tun konnten.

»Hast du schon gefrühstückt?«, fragte ich ihn.

»Nö, hatte keinen Hunger«, meinte er.

»Wollen wir deinen Vater mit einem Frühstück überraschen?«, fragte ich ihn. Er zuckte wieder gelangweilt mit den Schultern.

»Dad ist duschen und danach gehen wir frühstücken. Er hat mal wieder nichts da«, erklärte er emotionslos.

Ich musste schlucken, scheinbar war das für Alexander völlig normal. Ich überlegte kurz, dann kam mir die Idee.

»Wollen wir schnell etwas einkaufen gehen und dann selber Frühstück machen?«, fragte ich ihn.

»Wir könnten deinen Vater damit überraschen.« Er sah unschlüssig aus, schüttelte dann aber leider den Kopf.

»Ich darf nicht mit Fremden weggehen und dich kenne ich nicht«, erklärte er wie selbstverständlich und eigentlich sollte es das ja auch sein. Wer weiß, wie viele Freundinnen seines Vaters er schon hatte kommen und gehen sehen.

»Okay, da hast du Recht. Ich bin übrigens Maddie«, meinte ich in einem möglichst lockeren Tonfall. Auch wenn es unsinnig war, hatte mich Alexanders Ablehnung doch etwas verletzt.

»Ich lauf dann schnell alleine zum Supermarkt. Was magst du denn am liebsten zum Frühstück?«, fragte ich ihn.

»Pancakes«, kam es wie aus der Pistole geschossen.

»Aber die gibt es nur am Sonntag und an besonderen Tagen bei Granny.«

»Heute ist doch ein besonderer Tag, die Schule fällt schließlich aus, das muss gefeiert werden«, erklärte ich und zwinkerte ihm zu. Ich schnappte mir meine Handtasche und die Schlüssel und machte mich auf den Weg. In der Empfangshalle grüßte mich der Pförtner freundlich. Da ich mich hier noch gar nicht auskannte, ließ ich mir von ihm den Weg zum nächsten Supermarkt erklären.

Zum Glück war es nicht allzu weit und keine halbe Stunde später, war ich mit meinen Einkäufen zurück. In der Eingangshalle stellte sich mir eine wunderschöne Blondine in den Weg, als ich gerade den Schlüssel für den Aufzug ins Schloss stecken wollte.

»Entschuldigen Sie bitte«, sprach sie mich lächelnd an.

»Könnten Sie mich vielleicht mit in den Aufzug nehmen? Ich möchte meinen Freund überraschen.« Sie sah wirklich nett aus, aber durfte ich das? Die Sicherheitsvorkehrungen hier im Haus waren ja nicht zum Spaß da. Während ich noch überlegte, kam der Pförtner aus seinem Büro auf uns zu.

»Miss Fisher, würden Sie mich bitte kurz begleiten?«, fragte er die Frau höflich. Sie zuckte mit den Schultern, lächelte mir noch einmal zu und ging mit ihm in sein Büro. So blieb mir die Entscheidung erspart, ob ich sie mit in den Aufzug nehmen sollte. Ich musste unbedingt Sebastian fragen, ob ich das überhaupt durfte.

Wieder in der Wohnung saß Alex immer noch vorm Fernseher und Sebastian stand an der Küchentheke und trank einen Kaffee.

»Wo warst du?«, fragte er mich und als Antwort hielt ich die Tüten hoch.

»Einkaufen, damit ich uns Frühstück machen kann«, erklärte ich ihm. Verwundert sah er mich an.

»Du willst schon wieder für uns kochen?«, fragte er und ich hätte fast über seinen Gesichtsausdruck gelacht. Was war daran so Besonderes?

»Ich hoffe, du magst Pancakes. Alexander hat sich welche gewünscht und ich wollte schnell welche machen.«

»Du musst das nicht tun«, meinte Sebastian. Seine Stimme hörte sich an, als wollte ich eine Strafarbeit machen und das brachte mich zum Lachen.

»Ich mache das gerne!«, versicherte ich ihm.

»Aber du musst es nicht essen, wenn du nicht willst. Alex, magst du mir helfen?«, fragte ich den Jungen vorsichtig. Ich wollte mich ihm nicht aufzwingen, aber die Befürchtung war wohl unbegründet, denn er sprang sofort begeistert auf und lief in die Küche.

Während der Junge und ich den Teig fertigmachten, deckte Sebastian den Tisch. Es war fast, als wären wir eine ganz normale Familie, die Hand in Hand arbeitete. Bei diesen Gedanken überkam mich ein furchtbar schlechtes Gewissen, Paula gegenüber. Sie lag alleine im Krankenhaus und ich spielte hier Familie mit Sebastian und seinem Sohn. Ich sollte jetzt bei ihr sein. Zum zweiten Mal an diesem Tag, kämpfte ich mit den Tränen, aber diesmal gelang es mir, zum Glück, sie zurückzudrängen. Ich machte schnell die Pancakes fertig und setzte mich dann zu den Beiden an den Tisch. Hunger hatte ich nicht mehr wirklich, aber ich zwang mich zumindest, einen der kleinen Pfannkuchen und etwas Obst zu essen.

»Magst du die nicht?«, fragte Alexander und schaute begehrlich auf den Teller mit den Pancakes.

»Doch, aber ich habe keinen Hunger«, antwortete ich.

»Möchtest du noch einen?« Er nickte begeistert.

»Warum hast du keinen Hunger? Du bist so dünn und musst essen«, erklärte er mir ganz ernst.

»Grandpa schimpft sonst mit dir. Oder bist du krank und deshalb so dünn?«

»Alexander!«, unterbrach Sebastian ihn.

»Das ist Maddies Sache, ob sie isst oder nicht, krank ist sie zum Glück nicht. Aber natürlich hast du nicht ganz Unrecht, sie ist wirklich zu dünn.« Dabei grinste er seinen Sohn an und zwinkerte ihm auch noch verschwörerisch zu. Super, nun hatten die beiden sich auch noch gegen mich verschworen.

Aber sie hatten ja wirklich Recht und ich wusste es auch. Seit Paula krank war, aß ich kaum noch und wenn doch, dann nicht viel, aber ich hatte einfach keinen Appetit mehr. Oft trank ich morgens nur einen Kaffee und aß mittags nur einen Snack in der Krankenhauskantine. Seit ich in New York war, wurde ich zwar ständig zum Essen eingeladen, aber viel bekam ich einfach nicht mehr herunter. Zum Glück wurde das Thema Essen nun von Sebastians Handy unterbrochen. Sebastian ging in sein Schlafzimmer zum Telefonieren und ließ Alex und mich alleine.

»Ich bin satt, darf ich aufstehen?«, fragte der Junge mich. Ich nickte, gut erzogen war er ja, aber das war sicher nicht Sebastians Verdienst.

Während ich den Tisch abräumte und die Küche etwas aufräumte, leistete er mir Gesellschaft und half mir auch bei der Arbeit. Wir waren gerade fertig, als Sebastian den Kopf aus der Tür streckte.

»Ein Notfall im Krankenhaus, ich muss schnellstmöglich weg. Könntest du für mich auf Alexander aufpassen?«, fragte er.

»Lizzy holt ihn nachher dann hier ab.« Eigentlich wollte ich ja selber auch so bald wie möglich dorthin, aber ein Notfall ging natürlich vor.

»Natürlich, wann kommt deine Schwester denn?«, fragte ich ihn etwas beklommen, auf ein erneutes Treffen mit ihr legte ich wirklich keinen großen Wert. Aber das würde sich sowieso nicht lange vermeiden lassen.

»Wenn sie im Krankenhaus fertig ist, Lizzy arbeitet dort im Stiftungsrat«, erklärte er mir. Nun war ich fast froh, dass Sebastian alles zahlte und ich meine Finanzen nicht vor dem Stiftungsrat hatte offenlegen müssen.

»Ich will auch ins Krankenhaus, hier ist es langweilig«, motzte Alex. Sein Vater seufzte.

»Alexander wird dort von allen ziemlich verwöhnt, er ist der Liebling aller Schwestern im Krankenhaus«, erklärte Sebastian. Da kam mir die Idee.

»Ich könnte doch zusammen mit ihm zu Paula gehen und Lizzy holt ihn dann dort ab«, schlug ich vor.

»Was hältst du davon, Alex? Allerdings fürchte ich, dass dir im Krankenhaus auch langweilig sein wird.«

Alexander war sofort Feuer und Flamme von der Idee, also war es abgemacht. Sebastian fuhr schon einmal voraus zu seinem Notfall, er hatte es sehr eilig und Wir machten uns etwas später auf den Weg. Mit dem Jungen nahm ich doch lieber ein Taxi, als die U-Bahn.

»Du, Maddie? Wer ist eigentlich Paula?«, fragte er mich im Auto. Ich erzählte ihm, dass sie meine Tochter und schwer krank war.

»Daddy macht sie bestimmt gesund oder Grandpa«, meinte Alexander zuversichtlich. Ich lächelte traurig, wenn ich doch auch nur seine Zuversicht hätte.

Kapitel 13

Als wir am Krankenhaus aus dem Taxi gestiegen waren, lief Alexander zielstrebig voraus.

»Auf welcher Station liegt Paula?«, fragte er und drehte den Kopf leicht in meine Richtung. Ich nannte ihm die Station und die Zimmernummer und er lief gleich zum richtigen Fahrstuhl.

»Na, du kennst dich hier ja gut aus«, meinte ich und er grinste mich glücklich an.

»Klar!«, erklärte er mir, als wäre es das Selbstverständlichste der Welt.

»Wenn ich groß bin, dann werde ich auch Arzt und mache die Leute gesund, so wie Grandpa und Daddy.«

Alex war so süß, am liebsten hätte ich ihn gedrückt, aber dazu hatte ich kein Recht. Wir kannten uns nun einmal noch kaum und außerdem wäre das nicht fair von mir, ihn emotional an mich zu binden. Schließlich spielte ich nur die Freundin seines Vaters und würde ihn irgendwann wieder verlassen, da wäre es besser, dem Jungen nicht zu nahe zu kommen, um ihn dann später nicht zu verletzen. Das tat sein Vater schon genug, indem er sich viel zu wenig um ihn kümmerte. Ich überlegte, ob ich vielleicht Sebastian dazu bringen könnte, sich mehr um Alex zu kümmern, denn auch, wenn er ständig erzählte, was für ein mieser Vater er war, so hatte ich doch heute Morgen gesehen, dass er auch ganz anders sein könnte. Irgendwie hatte Sebastian Probleme damit, Nähe wirklich zuzulassen.

Plötzlich standen wir schon vor Paulas Zimmertür. Ich hatte gar nicht bemerkt, dass wir schon da waren. Alex musste wirklich das ganze Krankenhaus wie seine Westentasche kennen, denn ich war ihm einfach gefolgt und er war ohne zu zögern hierher gelaufen.

»Na, Alexander, was machst du denn hier?«, fragte eine Schwester im Vorbeigehen.

»Bist du deiner Tante abgehauen?« Alex schüttelte grinsend den Kopf.

»Ich bin mit Maddie hier, wir wollen Paula besuchen. Lizzy holt mich dann später ab«, erklärte er und ging einfach ins Zimmer. Für ihn war das scheinbar völlig selbstverständlich.

»Hi, Paula, ich bin Alexander«, begrüßte er sie und stellte sich neben das Kopfteil des Bettes.

»Sie kann dir im Moment nicht antworten, sie schläft«, versuchte ich, ihm Paulas Zustand zu erklären, aber er winkte nur locker ab.

»Ich weiß, aber Daddy sagt immer, dass man trotzdem ganz normal mit den Patienten reden soll«, sagte er selbstbewusst. Beinahe hätte ich laut gelacht, das klang so altklug, war aber gleichzeitig total niedlich. Dieser Junge war wirklich einmalig. Er erzählte Paula von unserem Morgen und dass er sich darauf freute, wenn er erst mit ihr spielen könnte.

»Mein Zimmer in Daddys Wohnung wird dir bestimmt gefallen«, erzählte er ihr.

»Da sind viele Spielzeuge, die du haben kannst. Ich bin schon zu groß dafür.«

Der Vormittag verging wie im Flug. Wir spielten ein Kartenspiel, das Alex dabei hatte und da er für Paulas Bilderbuch schon zu groß war, erfand ich einfach eine Geschichte, die ich ihm erzählte. Der Held der Geschichte hieß natürlich Ritter Alexander und er rettete ganz alleine Prinzessin Paula und ihre Mutter Königin Maddie, vor der bösen Königin, die Alexander Nicole getauft hatte.

»Maddie, die Geschichte war toll! Erzählst du mir noch eine?«, fragte er und setzte dabei einen Bettelblick auf, dem ich kaum widerstehen konnte.

»Biiiiiiiiiiiiiiiiiitte!« Wir hatten beide gar nicht bemerkt, dass wir nicht mehr alleine waren, ohne zu Klopfen war Elizabeth Baker eingetreten und beobachtete uns aufmerksam.

»Hallo Mrs. Stone. Hallo Alex, mein Schatz«, begrüßte sie uns. Mich eher steif, aber zu Alexander war sie sehr liebevoll.

»Komm, wir können gehen, Alexander.« Der Junge schmollte und wollte noch eine Geschichte von mir hören und Lizzy sah bei seiner Weigerung aus, als hätte sie in eine Zitrone gebissen.

»Weißt du was, Alex?«, versuchte ich, ihn zu beschwichtigen.

»Ich denke mir einfach noch eine aus und schreibe sie dir auf, dann kann ich sie dir morgen mitbringen, wenn ich zum Essen zu deinen Großeltern komme. Ist das in Ordnung für dich?« Damit war er einverstanden und Lizzy schien auch zufrieden, dass er nun brav mit ihr mit ging.

»Bis Morgen, Maddie, ich freue mich schon«, verabschiedete er sich. Elizabeth sah nicht aus, als würde sie sich darauf freuen. Ich winkte ihm noch hinterher und setzte mich wieder an Paulas Bett. Da ich meinen Laptop heute nicht mitgenommen hatte, schnappte ich mir Papier und einen Kugelschreiber und fing an, mir eine neue Geschichte für Alexander auszudenken und alles aufzuschreiben.

Ich hatte schon immer gerne Geschichten geschrieben. Früher hatte ich davon geträumt, später einmal Schriftstellerin zu werden, aber da wohl jeder zweite Amerikaner einen Roman im Schrank liegen hatte, war ich dann lieber in die Werbebranche gegangen, dort verdiente man besser. In meiner Freizeit hatte ich dann Geschichten für Paula erfunden. Einige davon hatte ich sogar illustriert und einbinden lassen. Das war zwar teuer und John fand es immer raus geworfenes Geld und verschwendete Zeit, aber sie liebte ihre eigenen Bücher.

Die Zeit verging und ich bemerkte es kaum, das Mittagessen hatte ich auch völlig vergessen und plötzlich klopfte es kurz und William betrat das Zimmer.

»Hallo«, begrüßte er mich lächelnd.

»Ich nehme Paula gleich noch einmal mit zu einer Untersuchung. Du solltest in der Zeit etwas essen.« Ich verdrehte die Augen. Was hatten die Bakers nur alle mit dem Essen heute? William lachte.

»Das ist wohl nicht dein Lieblingsthema?«, fragte er. Ich zuckte mit den Schultern, vor der Erkrankung hatte ich gerne gekocht und gegessen, aber im Moment bekam ich einfach nicht viel hinunter. Der ganze Stress schlug mir halt auf den Magen.

»Im Moment nicht«, antwortete ich also nur.

»Okay, ich lasse dich erst einmal damit in Ruhe, aber wenn deine Tochter wieder wach ist, dann erwarte ich, dass du vernünftig isst. Sonst habe ich bald noch eine Patientin und das wollen wir ja nicht.« Dem konnte ich nur zustimmen, krank werden konnte ich mir nun wirklich absolut nicht erlauben. Wer sollte sich dann um meine Tochter kümmern?

»Und ich verspreche dir, dass ich etwas essen werde. Ich will ja wirklich nicht zusammenklappen, aber seit Paula krank ist, fehlt mir oft der Appetit«, erklärte ich ihm.

»Das verstehe ich ja, aber du musst auch etwas an dich denken«, sagte er lächelnd.

»Morgen kommst du ja zu uns zum Essen, Olivia wird dich schon etwas aufpäppeln.«

Als würde ich in Elizabeths Gegenwart viel herunter bekommen können, aber das konnte ich ihrem Vater schlecht sagen. Vielleicht benahm sie sich in Gegenwart ihrer Eltern ja auch anders. Und so liebevoll, wie sie mit Alexander umgegangen war, konnte sie kein schlechter Mensch sein. Mich schüchterte sie allerdings etwas ein. Eine Schwester kam und William verschwand mit ihr und Paula aus dem Zimmer. Seufzend machte ich mich auf den Weg in die Krankenhauskantine. Die Mittagszeit war zwar längst vorbei, aber irgendetwas zu Essen gab es dort immer. Das Krankenhauspersonal hatte ja auch nicht immer geregelte Pausen.

Da ich keinen großen Hunger hatte, holte ich mir einfach einen kleinen Salat und setzte mich an einen der leeren Vierer-Tische, um zu essen. Viele Ärzte und Schwestern gingen hier ein und aus, aber keiner beachtete mich, bis Doktor Flenning plötzlich auf mich zukam.

»Darf ich mich zu Ihnen setzen?«, fragte er mich. Ich nickte höflich, warum auch nicht? Nachdem er sein Essen geholt hatte, setzte er sich mir gegenüber auf den Stuhl. Gleich darauf folgte ihm eine junge Krankenschwester.

»Darf ich mich dazu setzen?«, fragte sie.

»Ich esse nicht gerne allein.« Doktor Flenning stimmte sofort lächelnd zu, also was sollte ich noch dagegen sagen?

146

»Ich bin Viviane Smith«, stellte sie sich vor.

»Michael kenne ich ja, aber Sie nicht, dabei habe ich Sie hier schon ein paar Mal gesehen. Heute Morgen zum Beispiel, mit dem widerlich altklugen Baker-Bengel.«

»Madison Stone«, antwortete ich kalt und stand auf.

»Und ich glaube, ich habe doch etwas dagegen mit Ihnen zu essen! Wie können Sie nur so gemein über ein Kind sprechen? Alexander ist ein wundervoller Junge.« Ich nahm mein Tablett und stellte es in den dafür vorgesehen Wagen.

Der Appetit war mir mit einem Mal vergangen. Wie konnte diese Ziege nur Alexander als widerlichen Bengel bezeichnen? Okay, etwas altklug war er, aber ich fand das eher niedlich. Ich sah, dass Doktor Flenning und dieses Viviane aufgeregt tuschelten, aber sollten sie doch. Mir war auch völlig egal, was sie nun über mich dachten. Wütend stampfte ich aus der Kantine und zurück zu Paulas Zimmer. Ich hatte mich immer noch nicht beruhigt, als ich dort ankam und rannte direkt in Sebastian hinein. Der sah mich erstaunt an und nahm mich dann in den Arm.

»Was ist los?«, fragte er einfühlsam und ich fragte mich, was mit ihm nun wieder los war. Sollte ich ihm erzählen, was diese Zicke gesagt hatte? Ich konnte absolut nicht einschätzen, wie er darauf reagieren würde, vielleicht wäre es ihm sogar egal?

»Ach, ich … ich habe mich nur … geärgert, oder so …«, stammelte ich mir zurecht.

»Über wen denn?«, bohrte er aber weiter und ich rollte mit den Augen.

»Ach, eine Schwester war in der Kantine etwas taktlos und deshalb bin ich gegangen«, versuchte ich zu erklären. Scheinbar hatte ich damit aber gerade das Falsche gesagt, denn nun wollte er das Thema gar nicht mehr fallen lassen.

»Wer hat was in der Kantine gesagt?«, fragte er weiter.

»Bestimmt wieder eins dieser widerlichen Klatschweiber. Haben sie etwas Schlechtes über dich gesagt?« Ich senkte den Blick und schüttelte den Kopf. Sollte ich es ihm wirklich sagen? Sanft griff er mir unters Kinn und hob meinen Kopf etwas an.

»Sag es mir, bitte!«, forderte er eindringlich und ich versank in seinen Augen. Da ich immer noch nichts sagte, kam Sebastian immer näher und küsste mich schließlich ganz zart auf die Lippen.

»Bitte, sag mir, was dich bedrückt«, bat er noch einmal. Dem Blick, den er mir dabei zuwarf, konnte ich dann nicht mehr widerstehen und ich erzählte ihm alles.

Sebastian wurde nicht wütend, wie ich erwartet hatte, sondern sah mich nur erstaunt an.

»Du hast Alexander verteidigt?«, fragte er.

»Ja, das habe ich dir doch gerade erzählt«, erklärte ich und verstand seine Nachfrage absolut nicht. Dachte er etwa auch so, wie diese Viviane Smith, über seinen Sohn?

»Danke. Danke. Danke«, flüsterte er und gab mir nach jedem ›Danke‹ einen Kuss.

»Außer meiner Familie hat sich noch nie jemand für ihn eingesetzt. Einige Ärzte mögen es nicht, dass er ab und zu mit hier ist.« Dann senkte er seine Lippen wieder auf meine und küsste mich ganz zärtlich.

Scheinbar war ihm der Kleine doch wichtiger, als ich gedacht hatte und das freute mich für Alex. Sebastians Hände wanderten über meinen Rücken, während der Kuss immer intensiver wurde. Ich genoss seine Streicheleinheiten und blendete alles um mich herum aus, bis die Tür aufging und eine Schwester meine Tochter in ihrem

Bett zurück ins Zimmer schob. Die Schwester starrte uns mit großen Augen und offenem Mund an. Mit dem Anblick hatte sie wohl nicht gerechnet.

»Nun sind wir wohl Krankenhausklatsch Nummer eins«, stöhnte Sebastian.

»Eigentlich hatte ich das noch etwas verhindern wollen, aber jetzt ist es nicht mehr zu ändern.« Was das wohl nun für Konsequenzen für mich haben würde?

Kapitel 14

E's war nach acht Uhr abends und ich saß an Sebastians Esstisch und bastelte an der Geschichte für Alexander. Wenn ich an den Jungen dachte, musste ich lächeln, er war so ein lieber Kerl. Diese dämliche Viviane hatte ja gar keine Ahnung. Sebastian war noch im Krankenhaus, er war vorhin eigentlich nur zu mir gekommen, um mir mitzuteilen, dass er bis Mitternacht dortbleiben würde, um für einen erkrankten Kollegen einzuspringen. Ich würde mich wohl daran gewöhnen müssen, abends oder nachts öfter mal alleine in der Wohnung zu sein. Bei den Sicherheitsstandards hier im Haus, brauchte ich mir wenigstens keine Sorgen wegen Einbrecher zu machen.

Alleine fühlte ich mich trotzdem ziemlich unwohl in Sebastians Wohnung und in mein Zimmer mochte ich schon gar nicht gehen. Essen wollte ich alleine auch nicht wirklich. Ich hatte zwar etwas vorbereitet, aber nur ein paar Bissen gegessen und den Rest dann im Kühlschrank verstaut, falls Sebastian heute Nacht noch Hunger haben würde. Ansonsten könnte ich die Reste ja morgen früh einfrieren.

Gegen halb zehn war ich mit Alexanders Geschichte fertig und klappte den Laptop zu. Ich war sehr zufrieden damit und hoffte, dass sie ihm gefallen würde. Ich hatte auch ein Deckblatt dazu entworfen. Morgen würde ich Sebastian bitten müssen, mir die Geschichte auszudrucken, damit ich sie Alexander mitbringen könnte. Auf ihn freute ich mich schon sehr, vor dem Essen mit

Sebastians Familie hatte ich aber doch etwas Angst. Bei Sebastian wusste ich nie, woran ich war und wie er sich als Nächstes verhalten würde. Manchmal kam es mir vor, als würde er wirklich etwas für mich empfinden und dann war er wieder so eiskalt und abweisend. Wenn er sich so benahm, erinnerte er mich an seine Schwester, die war auch immer so kalt. Ich fragte mich, wie so ein netter und warmherziger Mann wie William Baker zu solchen Kindern kam? Aber vielleicht täuschte ich mich ja auch in ihm und er war gar nicht so nett? Seine Frau konnte ich noch gar nicht einschätzen, ich hatte sie ja nur einmal kurz am Flughafen gesehen.

Da ich noch nicht schlafen wollte, schaltete ich mir die Musikanlage ein und machte es mir dann mit einem Buch auf dem Sofa gemütlich. Ob Sebastian sich freuen würde, wenn ich auf ihn warten würde? Doch daraus wurde nichts, irgendwann musste ich wohl beim Lesen eingeschlafen sein, denn als ich am nächsten Morgen wach wurde, lag ich an ihn gekuschelt in seinem Bett. Ich hatte absolut keine Ahnung, wie ich dorthin gekommen war. Er hatte mich in seine Arme gezogen und ich fühlte mich dort sicher und geborgen. Für einen Augenblick schloss ich einfach noch einmal die Augen und genoss Sebastians Nähe. Am liebsten wäre ich einfach den ganzen Tag hier liegen geblieben, aber da spielte mein Körper nicht mit. Ich musste dringend ins Bad, allerdings war es gar nicht so einfach, mich aus seinen Armen zu befreien, Sebastian hielt mich im Schlaf fest und wollte mich nicht loslassen.

Als ich es dann endlich geschafft hatte, war ich ziemlich erstaunt über mein Outfit. Gestern Abend auf dem Sofa hatte ich eine Jeans und einen Pulli an, nun trug ich nur noch meinen Slip und ein Shirt, das eindeutig

Sebastian gehörte. Hatte ich wirklich so fest geschlafen, dass er mich umgezogen und in sein Bett gebracht hatte, ohne dass ich es bemerkt hatte?

Ich zog mich in mein Zimmer zurück, um zu duschen, dabei fragte ich mich, warum er mich nicht hierher gebracht hatte, sondern in sein Bett? Ob er sich noch etwas mehr von mir erhofft hatte gestern Abend? Wenn ja, war es wohl eine ziemliche Enttäuschung für ihn gewesen.

Eine halbe Stunde später stand ich geduscht und angezogen in der Küche und sah erstaunt auf die Uhr. Es war schon fast elf, so lange hatte ich schon seit Ewigkeiten nicht mehr geschlafen. Ich beschloss, erst einmal zu frühstücken und Sebastian weiterschlafen zu lassen. Wer wusste schon, wann er in der Nacht zu Hause gewesen war. Nachdem ich mein Müsli mit Früchten gegessen hatte, beschloss ich, Landon anzurufen, um diese Zeit würde ich ihn ja wohl schon stören können. Sebastian hatte mir gestern mitgeteilt, dass Paulas Operation gleich Montagmorgen um acht Uhr, als erste, auf dem OP-Plan stand. Ich hoffte, dass Landon sein Versprechen einlösen und mir beistehen würde.

Nach dem dritten Klingeln ging jemand an Landons Telefon, doch mit der Stimme, die sich dort meldete, hatte ich nun wirklich nicht gerechnet.

»Bei Scott«, meldete sich Elizabeth Baker. Ich war so perplex, dass ich einfach auflegte. Aus dem Kaffee, den die beiden miteinander trinken wollten, war scheinbar sehr schnell mehr geworden, aber das ging mich ja nichts an.

Ich hielt noch immer mein Handy in der Hand, als Sebastian nur mit Boxershorts bekleidet aus seinem Zimmer kam.

»Guten Morgen, Maddie«, begrüßte er mich verschlafen.

»Guten Morgen, ich hoffe, ich habe dich nicht geweckt«, erwiderte ich. Er schüttelte nur gähnend den Kopf.

»Das blöde Handy war es«, brummelte er. Scheinbar hatte er absolut noch nicht ausgeschlafen.

»Ich mache dir erst einmal einen Kaffee, damit du wach wirst«, schlug ich ihm lächelnd vor.

»Danke, ich weiß gar nicht, womit ich dich verdient habe«, antwortete er. So kannte ich ihn noch gar nicht. Gestern im Krankenhaus war er schon so einfühlsam gewesen, dann hatte er mich schlafend in sein Bett gebracht und nun sagte er so etwas.

Ich ging schnell in die Küche und kümmerte mich um seinen Kaffee. Fast wünschte ich mir den kalten und abweisenden Sebastian herbei, der verletzte mich zwar oft, aber wenn er so bleiben würde, dann wäre mein Herz in Gefahr. Auf keinen Fall durfte ich mich in ihn verlieben, denn das würde früher oder später mit einem gebrochenen Herzen enden. Spätestens, wenn Paula wieder ganz gesund wäre, müsste ich ihn sowieso verlassen und nach Aptos zurückgehen.

Ich brachte ihm seinen Kaffee und er bedankte sich mit einem zärtlichen Kuss. Meine innere Stimme schrie laut, dass ich ganz schnell weglaufen sollte, doch ich ignorierte sie. Der Kuss war einfach zu schön. Aber das Ganze verwirrte mich sehr. Warum tat er das? Manchmal behandelte er mich, als wäre ich wirklich seine Freundin und nicht, als würde ich es nicht nur spielen.

»Hast du eigentlich einen Drucker hier in der Wohnung?«, fragte ich ihn, während er seinen Kaffee trank.

»Ja, im anderen Gästezimmer, das ist gleichzeitig eine Art kleines Büro«, erklärte er.

»Hast du ihn nicht gesehen?« Ich schüttelte den Kopf.

»Natürlich nicht!«, erwiderte ich.

»Ich schnüffele doch nicht in deiner Wohnung herum. Ohne dich war ich nur in meinem Zimmer, im Badezimmer, im Wohnzimmer und in der Küche.«

Sebastian lachte.

»Du bist schon eine ungewöhnliche Frau, Maddie. Du kannst dich hier wie zu Hause fühlen und dazu gehört auch, dass du überall rein darfst. Jede Andere hätte sich schon längst alles angesehen«, behauptete er. Jede andere seiner bisherigen Frauen vielleicht, aber meine Art war das ganz und gar nicht.

»Na komm, ich zeig dir die anderen Zimmer«, sagte er und zog mich mit sich. Zuerst öffnete er die Tür eines Kinderzimmers. Wobei Kinderzimmer traf es nicht wirklich, es sah eher aus, wie eine Spielzeugausstellung, so sauber und aufgeräumt, wie hier alles war. Wobei das ganze Spielzeug eher etwas für ein Kleinkind war und nicht passend für einen siebenjährigen Jungen. Nun verstand ich auch, warum Alexander gestern Paula sein Spielzeug angeboten hatte. Er fühlte sich bestimmt viel zu groß für Teddybären, andere Plüschtiere, Holzbausteine und Co.

»Das ist Alexanders Zimmer, wie man sieht. Allerdings hält er sich hier nicht gerne auf und hat auch noch nie hier geschlafen«, erklärte er und sah dabei irgendwie traurig aus. Ich seufzte. Hatte ich ein Recht, mich hierbei einzumischen?

›Ach, was soll's?‹, dachte ich und nahm meinen Mut zusammen.

»Was mag Alex denn gerne?«, fragte ich ihn und Sebastian sah mich hilflos an. Hatte ich es mir doch gedacht, er hatte keine Ahnung, was sein Sohn mochte.

»Sebastian, ich weiß, es geht mich nichts an«, fing ich an, mich in Rage zu reden, »aber daran solltest du wirklich etwas ändern. Alexander liebt dich, er schaut zu dir auf und lechzt nach jedem bisschen Aufmerksamkeit, dass er bekommen kann. Unternimm etwas mit ihm, lern ihn kennen und dann mach aus diesem Kleinkindzimmer ein richtiges Kinderzimmer für einen Siebenjährigen. Du musst keinen Spielzeugladen leer kaufen, wenn du weißt, was er mag. Schenk ihm weniger und dafür Dinge, die er wirklich mag und schenk ihm vor allem deine Zeit und dein Interesse an seinem Leben.«

Sebastian starrte mich wortlos an und auch ich hielt nach meinem Ausbruch lieber den Mund. Bisher hatte ich ja jeden Mist von ihm geschluckt, aber wie er seinen Sohn vernachlässigte, konnte ich einfach nicht stillschweigend hinnehmen, denn dabei ging es nicht um mich, sondern um Alexanders Seelenwohl.

»Würdest du mich bitte einen Moment entschuldigen?«, fragte er gepresst, verließ das Kinderzimmer und ging in sein Schlafzimmer. War ich zu weit gegangen? Würde er jetzt vielleicht sogar Paulas Behandlung abbrechen? Warum hatte ich mit meinem Ausbruch nur nicht bis nach der Operation gewartet?

Ich bekam fast eine Panikattacke und wollte nur noch eines, und zwar zu Paula. Leise schlich ich ins Wohnzimmer und schrieb ihm einen Zettel.

Bin bei Paula.
Komme rechtzeitig zum Essen bei deinen Eltern zurück.
Maddie

Den Zettel legte ich auf den Küchentresen, wo er mir am ersten Morgen das Geld und den Brief hingelegt hatte, dann nahm ich meine Tasche und meine Jacke und verließ fast fluchtartig die Wohnung.

Ich nahm wieder die U-Bahn zum Krankenhaus und mittlerweile schüchterte sie mich nicht mehr ganz so sehr ein, auch wenn ich das Gedränge immer noch furchtbar fand. Ob ich mich daran jemals gewöhnen würde? Allerdings war ich viel zu aufgewühlt, um großartig auf die anderen Menschen in der Bahn zu achten. Erst als ich endlich im Krankenhaus an Paulas Bett saß, wurde ich etwas ruhiger und auch ein wenig zuversichtlicher. Sebastian würde die Operation bestimmt nicht absagen, so grausam war er nicht und wenn er wollte, würde ich alles daran setzen, um ihm die Behandlungskosten zurückzuzahlen.

Die nächsten Stunden verbrachte ich die meiste Zeit allein in Paulas Zimmer. Ab und zu kam eine Schwester herein, um sich um Paula zu kümmern. Die eine junge Schwester blieb etwas länger als nötig im Zimmer und musterte mich herablassend.

»Ich möchte ja mal wissen, was Doktor Baker an Ihnen findet«, bemerkte sie in einem missbilligenden Tonfall, ehe sie ging. Der Krankenhausklatsch schien also hervorragend zu funktionieren. Aber mir war egal, was sie über mich dachte, ich hatte genug echte Probleme und keine Zeit mir über solche Leute den Kopf zu zerbrechen. Gegen sechzehn Uhr machte ich mich auf den Weg zurück zu Sebastians Wohnung. Ich wusste zwar nicht, was mich dort erwarten würde, aber weglaufen kam nun einmal nicht in Frage. Ich musste mich ihm stellen.

Als ich die Wohnung betrat, hörte ich leise Klaviermusik aus dem Wohnzimmer. Ich kannte das Stück nicht, aber es klang furchtbar traurig. Vor der Wohnzimmertür blieb ich kurz stehen, dann atmete ich zweimal tief ein und aus und öffnete langsam die Tür. Sebastian saß nur in Boxershorts bekleidet, am Klavier und spielte, seine Haare waren noch feucht, scheinbar hatte er erst vor Kurzem geduscht. Er bemerkte mich gar nicht, sondern war völlig in seinem Spiel versunken. Einerseits wollte ich ihn nicht stören, aber gleichzeitig hatte ich das dringende Bedürfnis zu ihm zu gehen und ihn einfach in den Arm zu nehmen.

Während ich noch still im Raum stand, ihn ansah und mich nicht entscheiden konnte, was ich nun tun sollte, hörte er plötzlich auf zu spielen und drehte sich um.

»Hallo, Maddie, schön, dass du pünktlich bist«, sagte er und sein Tonfall war ganz normal, als wäre gar nichts gewesen.

»Würdest du dich bitte fertigmachen? Wir müssen in dreißig Minuten los.« Dann stand er auf und ging in sein Schlafzimmer, ehe ich auch nur ein Wort sagen konnte.

Kurz starrte ich noch seine geschlossene Tür an, die Launen dieses Mannes glichen wirklich einer Achterbahnfahrt, dann zuckte ich seufzend mit den Schultern und ging in mein Zimmer, um mich umzuziehen. Ich kannte den Dresscode bei den Bakers zwar nicht, aber etwas wirklich Feierliches hatte ich sowieso nicht dabei. Als ich fertig war, schnappte ich mir mein Laptop und ging schnell ins andere Gästezimmer, um endlich Alexanders Geschichte auszudrucken, schließlich hatte ich sie ihm versprochen.

Auf dem Weg zu Sebastians Wohnung hatte ich noch einen dünnen Aktenordner besorgt, in dem ich die Geschichte einheften wollte. Falls ihm meine Geschichte gefiel, könnte ich weitere für ihn schreiben und er könnte diese dann dort mit einheften. Das Gästezimmer war fast genauso schrecklich eingerichtet wie meines, nur dass es noch einen sehr aufgeräumten Schreibtisch mit Computer und Drucker und zwei Regale mit Aktenordnern gab.

Schnell druckte ich alles aus und heftete es ab. Ich war noch nicht ganz fertig, da stand Sebastian hinter mir.

»Können wir los?«, fragte er emotionslos. Ich heftete die letzten Blätter ab, nickte und folgte ihm wortlos zu seinem Auto. War er mir noch böse? Oder hatte ich ihn gar verletzt? Er hielt mir höflich die Tür seines Sportwagens auf und setzte sich dann auf den Fahrersitz.

»Sebastian, es tut mir leid«, versuchte ich, mich während der Fahrt bei ihm zu entschuldigen.

»Was tut dir leid?«, fragte er.

»Du hast ja Recht und meine Familie hat mir das alles auch schon, öfter als mir lieb ist, erzählt. Ich bin halt einfach ein Scheiß-Vater, besser ich halte mich von Alexander fern.« Seine Stimme klang dabei unendlich traurig. Warum dachte er so von sich, änderte aber gleichzeitig nichts? Er war doch selbst nicht glücklich mit der Situation.

»Das glaube ich nicht, Sebastian«, antwortete ich ihm.

»Du musst ihm einfach nur zeigen, dass du dich für ihn interessierst und statt Geld Zeit für ihn investieren.«

»Lass es gut sein, Maddie. Ich bin als Vater nicht geeignet und werde es auch nie sein. Das hat Charlotte mir schon ganz am Anfang gesagt.« Sein Gesicht war bei diesen Worten völlig ausdruckslos.

»Weil sie ja auch die Supermutter ist«, widersprach ich ihm heftig. Er seufzte und hielt vor einem großen Haus.

»Vergiss es, Maddie. Wir sind jetzt sowieso da.« Damit war das Thema für ihn wohl beendet, aber so schnell würde ich nicht aufgeben, allerdings musste ich jetzt erst einmal dieses Familienessen als seine Freundin hinter mich bringen.

Er kam wieder ums Auto herum und hielt mir die Tür auf, dann nahm er meine Hand und ließ sie bis zur Tür auch nicht los. Er drückte den Klingelknopf und fast augenblicklich wurde die Tür geöffnet.

»Guten Abend, Amy!«, begrüßte Sebastian das Hausmädchen, das uns die Tür öffnete. Oh Gott, ich hatte noch nie ein Haus betreten, in dem es ein Hausmädchen gab. Familie Baker spielte in einer völlig anderen Liga als ich und ich kam mir völlig fehl am Platz vor.

»Das ist meine Freundin Madison Stone«, stellte er mich vor. Amy lächelte mich wenig begeistert an, aber er beachtete sie gar nicht weiter, sondern zog mich mit sich. Wir betraten ein riesiges Wohnzimmer und Olivia kam gleich auf mich zu, um mich zu begrüßen. William folgte ihr fast augenblicklich.

»Wo sind Alexander und Lizzy?«, fragte Sebastian seine Eltern nach der Begrüßung.

»Lizzy zieht sich noch um und Alex …« Weiter kam Olivia nicht, denn Alexander kam laut schreiend ins Wohnzimmer gestürmt.

»Daddy! Maddie! Endlich!«

Er freute sich riesig, uns zu sehen und Sebastian strubbelte ihm durchs Haar, dann wurde er blass.

»Alex, ähm ich … ich hab dir heute nichts mitgebracht«, stammelte er, scheinbar war ihm das noch nie passiert. Alexander zuckte nur mit seinen schmächtigen Schultern.

»Macht nichts, Daddy«, sagte er und erzählte seinem Vater dann von seinem Tag. Ich lächelte, irgendwann würde er hoffentlich verstehen, dass sein Sohn ihn brauchte und keine Geschenke. Ich versuchte, den

Ordner unauffällig hinter meinem Rücken zu verstecken, den könnte ich dem Jungen auch später noch geben. Jetzt wollte ich das Vater-Sohn-Gespräch nicht damit stören, allerdings übernahm das dafür Elizabeth, die ins Wohnzimmer stolzierte. Sie sah eher aus, als wollte sie zu einer Galaveranstaltung, als zum Familienessen, neben ihr kam ich mir wirklich klein und underdressed vor.

»Hallo, Sebastian, guten Abend Mrs. Stone«, begrüßte sie uns.

»Alexander, könntest du bitte etwas spielen gehen bis zum Essen? Wir müssen etwas unter Erwachsenen besprechen.« Ich ärgerte mich furchtbar über sie. Musste sie die beiden unterbrechen? Erwachsenengespräche könnte man auch später am Abend noch führen, wenn Alexander im Bett wäre. Ehe der Junge das Zimmer verließ, steckte ich ihm noch schnell den Ordner zu.

»Vielleicht magst du da reinschauen, während du in deinem Zimmer bist«, flüsterte ich ihm zu. Er strahlte mich an.

»Ist das meine Geschichte?« Ich nickte und Alex verließ lächelnd den Raum.

»Was möchtest du besprechen, Lizzy?«, fragte William, also wussten Sebastians Eltern auch nicht, was sie wollte.

»Ich wollte fragen, was das hier alles soll? Wir hatten nach der Geschichte mit Nicole doch die Abmachung, dass Sebastians Gespielinnen von Alexander ferngehalten werden und nun ladet ihr sie zum Familienessen ein und was noch schlimmer ist, ihr lasst sie alleine mit ihm. Sie soll sich doch um ihr eigenes Gör kümmern«, wetterte sie. Gör? Wie konnte sie es wagen, Paula als Gör zu bezeichnen? Wenn sie nur mich beschimpft hätte, hätte ich es wohl stillschweigend geschluckt, aber kein Mensch durfte so über meinen Engel reden! Ich kochte vor Wut.

Gerade wollte ich losschreien, als Sebastian mich vorsichtig in seinen Arm zog und Olivia sich gleichzeitig vor Lizzy aufbaute.

»Elizabeth Baker!«, schimpfte sie los.

»Wie kannst du es wagen, so über unseren Gast zu sprechen? Madison ist nicht Nicole und ich verbitte mir solche Anschuldigungen.«

Lizzy sah mich hochmütig an, was ihre Mutter sagte, interessierte sie wohl nicht wirklich.

»Ich glaube ihr einfach nicht. Landon, ihr Freund seit Schultagen, wundert sich sehr über Maddie …«

»Elizabeth, es reicht«, unterbrach diesmal William sie, aber Elizabeth ließ sich nicht beirren.

»Sie war doch angeblich bis vor Kurzem so glücklich verheiratet und kaum verlässt ihr Mann sie, hängt sie sich an Sebastian. Wahrscheinlich will sie sowieso nur sein Geld, ihr Kind interessiert sie doch gar nicht.«

»Elizabeth! Schluss jetzt!« Auch er war nun sauer und funkelte seine Schwester böse an.

»Ja, gleich und gleich gesellt sich gern. Leute wie ihr sollten halt keine Kinder haben …« Nun konnte ich mich nicht länger zurückhalten.

»Wie können Sie es wagen? Paula ist der wichtigste Mensch in meinem Leben und für sie habe ich alles aufgegeben. Meine Ehe, meine Firma, mein ganzes Leben. Und ich habe es gerne getan, denn sie ist es mir wert!« Dann drehte ich mich um und wollte aus dem Haus flüchten, weil ich die Tränen nicht länger zurückhalten konnte, aber Sebastian ließ es nicht zu. Er hielt mich fest und drückte meinen Kopf vorsichtig an seine Brust.

»Elizabeth, du bist zu weit gegangen. Viel zu weit!«, schrie Olivia nun fast.

»Entschuldige dich sofort bei unserem Gast!« Plötzlich hörte ich ein ersticktes Weinen und drehte mich um. Im Türrahmen stand Alexander und schaute verschreckt von einem zum andern, während ihm die Tränen über das Gesicht liefen.

»Alex«, flüsterte ich und auch Sebastian drehte sich erschrocken zu seinem Sohn um.

»Alexander, komm zu mir«, forderte Lizzy ihn liebevoll auf.

»Du hättest das nicht hören sollen, Kurzer.«

»Du hättest nichts davon sagen sollen!«, erwiderte Sebastian und ich hörte ihm an, dass er immer noch sauer war. Dann verhielt er sich zum ersten Mal, seit ich ihn kannte, wie ein richtiger Vater. Er ließ mich los und ging zu seinem Sohn, der mit gesenktem Kopf immer noch an der Tür stand. Er nahm den Jungen auf den Arm und hielt ihn fest, während der weiter weinte.

»Elizabeth, da siehst du, was du angerichtet hast«, sagte Olivia.

»Alexander sollte nichts davon mitbekommen«, verteidigte sie sich und rauschte dann wütend aus dem Zimmer. Kurz darauf war in der oberen Etage das Knallen einer Tür zu hören.

»Warum sind alle böse aufeinander?«, fragte Alexander und sah Sebastian an.

»Tante Lizzy und ich haben gestritten, das machen Geschwister manchmal«, erklärte sein Vater ihm.

»Möchtest du heute bei mir in der Wohnung schlafen? Dann können wir morgen den ganzen Tag etwas zusammen machen.« Er klang unsicher, wahrscheinlich weil er nicht sicher war, ob Alex das wollen würde.

»Mit Maddie?«, fragte Alexander.

»Nur, wenn du es möchtest«, mischte ich mich ein, ich wollte ihn zu nichts drängen.

»Oh ja!«, schrie er und zappelte aufgeregt auf dem Arm seines Vaters. Für ihn war die Welt schon fast wieder in Ordnung.

Auf das Familienessen hatte niemand mehr Lust. Olivia entschuldigte sich für das Benehmen ihrer Tochter und ging nach oben, um mit Alex ein paar Sachen einzupacken. Auch William entschuldigte sich bei mir. Als würden die beiden etwas dafür können. Kurz darauf saßen wir zu dritt in Sebastians Auto und fuhren zu McDonalds zum Abendessen. So hatte ich mir den Abend wirklich nicht vorgestellt, aber zumindest Alexander schien nun zufrieden zu sein.

Kapitel 15

Als ich am Sonntagmorgen wach wurde, war es draußen noch dunkel. Irgendetwas fehlte und ich kam nicht darauf, was es war. Ein Blick auf mein Handy zeigte mir, dass es erst fünf Uhr dreißig war, aber nachdem ich einige Zeit lang vergeblich versucht hatte, wieder einzuschlafen, gab ich es auf.

Vielleicht war es auch die Angst vor der Operation am nächsten Tag, oder der Stress vom Vorabend, der mich nicht schlafen ließ. Wobei der Abend ja noch ganz schön gewesen war, nachdem wir in Sebastians Wohnung angekommen waren. Wir hatten zu dritt auf Sebastians riesiger Sofalandschlaft gelegen, einen Kinderfilm angesehen und Mikrowellenpopcorn gegessen. Alexander hatte es sichtlich gefallen. Er hatte sich an seinen Vater gekuschelt und war irgendwann in seinen Armen eingeschlafen.

Sebastian hatte seinen Sohn in dessen Zimmer getragen und wollte sich dann für das Verhalten seiner Schwester bei mir entschuldigen, aber das wollte ich gar nicht. Er konnte ja gar nichts dafür und außerdem hatte Lizzy ja nicht völlig Unrecht, wie meine innere Stimme mir immer wieder zuflüsterte. Wäre Paula nicht so krank und ich auf Sebastians Hilfe angewiesen, dann wäre ich jetzt nicht hier.

Da er nichts sagte, zog ich mich irgendwann in mein Zimmer zurück. Aber ohne ihn hatte ich lange nicht so gut geschlafen, wie in den Nächten zuvor mit ihm. Ich ermahnte mich selber, dass ich mich gar nicht daran gewöhnen sollte, in Sebastians Armen zu liegen, schließlich war ich nicht wirklich Sebastians Freundin, sondern spielte diese Rolle nur.

Da ich sowieso nicht mehr schlafen konnte, stand ich auf, duschte und machte mich fertig. Morgen früh um diese Zeit würde ich wahrscheinlich fast durchdrehen vor Angst, denn da war der Tag der OP. Ich musste mich unbedingt bis dahin beschäftigen, um heute nicht verrückt zu werden.

Ich beschloss Alex eine Freude zu machen und wieder Pancakes zum Frühstück vorzubereiten, dazu machte ich einen Obstsalat und presste Orangen aus. Weit vor sieben hatte ich schon alles fertig. Sebastian und Alexander schliefen natürlich noch, also holte ich mir mein Laptop und schrieb Mails an meine Eltern. Ich hatte schon ein schlechtes Gewissen, weil ich mich so lange nicht bei ihnen gemeldet hatte, allerdings hatten sie auch nicht einmal versucht, mich zu erreichen.

Auch Landon schrieb ich eine Mail, in der ich ihm vom gestrigen Abend berichtete und ihn fragte, was er Lizzy erzählt hatte, schließlich musste sie ihre Anschuldigungen ja irgendwo her haben. Dann klappte ich den Laptop zu und wollte mir gerade ein Buch holen, als Alex ins Wohnzimmer kam. Mein Herz ging sofort auf, als ich ihn so in der Tür stehen sah. Er war barfuß und seine Haare waren ähnlich verstrubbelt, wie die seines Vaters oftmals waren. Auch wenn er Sebastian sonst nicht so ähnlich war, seine Bewegungen und die Art, wie er sich gerade mit der Hand durchs Haar fuhr, waren ganz der Papa.

»Guten Morgen«, begrüßte ich ihn lächelnd.

»Morgen, Maddie«, strahlte er zurück. »Wo ist Daddy?«

Ich wollte antworten, dass der noch schlief, als die Tür hinter mir auf ging.

»Na, ihr Frühaufsteher«, begrüßte Sebastian uns. Alex rannte zu ihm und hüpfte ihm regelrecht in die Arme.

Wir frühstückten gemeinsam und dann überließ ich die beiden für einige Stunden sich selbst, um Paula zu besuchen. Alexander wollte erst mit, aber Sebastian konnte ihn dazu überreden mit ihm solange in den Park zu gehen. Später wollten wir uns dort treffen und ich hoffte sehr, dass Alex einen richtig schönen Vormittag mit seinem Vater haben würde.

Im Krankenhaus war am Sonntagvormittag nicht viel los. Ich saß fast drei Stunden am Bett meiner Tochter, las ihr vor und erzählte ihr alles Mögliche. Ich versuchte, nicht an den nächsten Tag zu denken, aber natürlich war das nicht wirklich möglich. In meinem Magen schien ein riesiger Eisklotz zu liegen, der immer größer und größer wurde. Was sollte ich nur tun, wenn auch diese OP keinen Erfolg zeigen würde? Die ältere Schwester, die heute Dienst hatte, lächelte mich immer aufmunternd an, sagte aber nicht viel.

Immer mehr Erinnerungen an glückliche Zeiten kamen mir in den Sinn: Paulas erste Schritte, ihre ersten Worte, ihr ansteckendes Lachen … Ich vermisste mein kleines Mädchen so sehr. Was sollte ich tun, wenn sie nie mehr wieder wie früher werden würde? Mühsam unterdrückte ich die Tränen, die sich in meinen Augen sammelten. Ich wollte jetzt nicht weinen, sondern auf den nächsten Tag hoffen, Paula musste einfach wieder gesund werden.

Gegen ein Uhr verabschiedete ich mich von meiner Kleinen und ging, um Sebastian und Alexander zu suchen. Zum Glück trafen wir uns nicht im Central Park, sondern in einem kleineren, übersichtlicheren Park in der

Nähe des Krankenhauses. Ich entdeckte die zwei relativ schnell, sie waren auf einer Wiese und übten Baseball. Alex sah unheimlich niedlich aus, wie er da hoch konzentriert mit seinem Schläger stand und versuchte, die Bälle zu treffen, die Sebastian ihm zuwarf. Ich hielt mich noch einige Zeit abseits und beobachtete, wie Sebastian seinem Sohn zwischendurch immer wieder etwas erklärte und geduldig seine Schlägerhaltung korrigierte.

Dann entdeckte Alexander mich doch und winkte mir fröhlich zu, ich winkte zurück und ging langsam auf die beiden zu. Sebastian schnappte sich Alex und kitzelte ihn, beide lachten dabei lauthals. Bei diesem Anblick ging mir das Herz auf. Wieso war er nur der Meinung, dass er kein guter Vater wäre? Wenn er sich immer so wie jetzt um den Jungen kümmern würde, wäre dieser ein sehr glückliches Kind. Auch wenn unsere Beziehung nur ein Geschäft war, vielleicht konnte ich wenigstens in dieser Zeit dafür sorgen, dass Sebastian eine richtige Vater-Sohn-Beziehung zu Alexander aufbauen könnte.

Wenn ich ehrlich zu mir selbst war, war unsere Beziehung für mich sowieso schon lange viel mehr geworden, aber das durfte nicht sein. Wenn Paula wieder gesund sein würde, dann würde Sebastian uns wieder wegschicken und deshalb sollte ich mein Herz eigentlich fest verschließen. Aber es gelang mir nicht wirklich, mittlerweile hatte nicht nur Sebastian einen Platz darin, sondern auch Alex hatte sich sofort hinein geschlichen.

Ich schüttelte den Kopf, um die Gedanken aus meinem Kopf zu vertreiben. Wahrscheinlich sollte ich den heutigen Tag einfach noch einmal genießen, ehe sich morgen vielleicht alles ändern würde. Ich durfte gar nicht daran denken, was passieren würde, wenn Paula trotzdem nicht wieder aufwachen würde. Wie sollte ich es dann schaffen, weiterzuleben? Mittlerweile war ich bei den Beiden angekommen.

»Was ist los, Maddie?«, fragte Alexander sofort.

»Du siehst so traurig aus.« Der Junge war so aufmerksam, aber ich konnte und wollte ihn nicht belasten.

»Ich bin nicht traurig, Alex«, log ich deshalb.

»Was habt ihr denn für den Rest des Tages geplant?« Ein Themenwechsel schien mir angebracht und es half auch.

Der Junge fing gleich an, von seinen Plänen zu erzählen. Wir wollten zusammen essen gehen und danach wollten sie mit mir eine Hafenrundfahrt machen und die Freiheitsstatue ansehen. Schließlich war ich kein New Yorker und das war ein Pflichtprogramm für Besucher, erklärte Alexander mir.

»Und es hat auch gar nichts damit zu tun, dass Alexander Schifffahrten liebt«, lachte Sebastian.

»Ich fahre auch gerne Schiff«, zwinkerte ich Alex zu.

»Meinen Geschmack hast du also voll getroffen.« Auch Paula wäre begeistert davon gewesen, sie liebte Wasser und Schiffe. Stundenlang konnte sie im Sand buddeln oder im flachen Wasser spielen, die Tage am Strand waren ihr nie lang genug gewesen.

Wieder versuchte ich, die Melancholie, die mich ergriff, zu vertreiben. Ich konzentrierte mich völlig auf Alex und seine Begeisterung und schaffte es langsam, nicht mehr so viel zu grübeln. Auch er hatte so eine Art sich zu freuen, dass man sich einfach mitfreuen musste.

Es wurde ein wunderschöner Nachmittag, die Sonne schien und die Fahrt durch den Hafen war sehr ruhig, auch wenn das Schiff sehr voll war. Kein Wunder an einem Sonntag. Wir besichtigten das Museum, sahen durch eine Glasscheibe ins Innere der Statue und genossen den Ausblick von der Aussichtsplattform. Alexanders Begeisterung war ansteckend und ich war nur etwas traurig, dass wir keinen Fotoapparat dabei hatten. Ein paar Fotos wären eine schöne Erinnerung an diesen Tag gewesen. Als wir an der Brüstung der Aussichtsplattform standen, hielten Sebastian und ich Alexander links und rechts an den Händen fest.

Neben uns stand ein älteres Ehepaar, die Frau lächelte uns an.

»Was für eine süße, glückliche Familie«, sagte sie zu ihrem Mann und Alex strahlte darüber und drückte meine Hand. Mir wurde wieder schwer ums Herz, weil ich an Paula denken musste, aber ich lächelte ihn an und versuchte mir nichts anmerken zu lassen. Ich wollte ihm den Tag nicht versauen, indem ich Trübsal blies.

Am späten Nachmittag waren wir restlos kaputt wieder in der Wohnung und Sebastian telefonierte mit Olivia. Alexander wäre gerne noch geblieben, aber er hatte ja am nächsten Morgen Schule und wir mussten früh im Krankenhaus sein. Damit Alexander nicht allzu traurig war, versprachen wir ihm, dass er an Sebastians nächsten freien Tag wieder bei uns sein würde. Ich fragte mich, wie das mit Paula gehen würde, sagte aber nichts dazu. Ob sie dann schon wieder wach wäre? Wenn ja, würde ich so viel Zeit, wie nur möglich bei ihr verbringen. Ob die Kinder sich mögen würden? Sie waren alle beide so süße und liebe Kinder.

Wir aßen noch gemeinsam eine Familienpizza und dann kam auch schon Olivia, um den Jungen abzuholen. Zum Abschied umarmte Alexander seinen Vater stürmisch.

»Danke, Daddy! Das war ein wunderschöner Tag!« Dann kam er zu mir.

»Danke, Maddie.« Er zögerte kurz, ehe er auch mich kräftig drückte.

Olivia lächelte, als sie uns so sah.

»Komm, Alex, wir müssen los, du musst ins Bett«, forderte sie ihn dann auf. Er winkte uns noch einmal zu und dann verließen sie gemeinsam die Wohnung. Es war, trotz aller Sorgen um Paula, doch ein schöner Tag gewesen.

Kapitel 16

Nachdem Alexander am Abend abgeholt worden war, kochte meine Angst vor dem nächsten Tag erst richtig hoch. Ich löcherte Sebastian mit Fragen über Details der Operation, bis dieser mich einfach fest in den Arm nahm und mit einem zärtlichen Kuss zum Schweigen brachte.

»Maddie, es ist spät und wir brauchen morgen beide unsere Kräfte«, sagte er.

»Lass uns ins Bett gehen und einfach schlafen.« Als ob ich das jetzt könnte, auch wenn es schon fast Mitternacht war, ich war viel zu nervös, um nur an Schlaf denken zu können. Deshalb wollte ich eigentlich, dass Sebastian alleine ins Bett ging, aber darauf ließ er sich nicht ein. Kurzerhand zog er mich einfach in sein Schlafzimmer und gab mir einen leichten Schubs, als ich vorm Bett stand, sodass ich darauf landete.

»Und nun darfst du dich gerne noch ausziehen und deine Zähne putzen, aber ansonsten tust du nun nichts mehr, sondern legst dich hin«, befahl er mir.

»Ich habe keine Lust, dass du mir morgen zusammenklappst.« Ich wusste ja, dass er Recht hatte und ich wirklich schlafen sollte, aber im Moment würde ich lieber mit ihm schlafen und alle Gedanken an den morgigen Tag verdrängen. Ich zog mich bewusst provokativ vor ihm aus. Allerdings schien er sich nicht darauf einlassen zu wollen, als ich versuchte, seinen Penis zu berühren, hielt er meine Hand fest.

»Schlafen, nicht vögeln!«, knurrte er mich an.

Doch bevor ich noch überlegen konnte, ob er mich nicht mehr wollte, nahm er mich in den Arm und zog mich an seine Brust.

»Wir brauchen den Schlaf, Maddie«, erklärte er ernsthaft und ließ sich dann mit mir im Arm zur Seite fallen. Er schaltete das Licht aus und nahm mich dann wieder in den Arm. Ich versteckte mein Gesicht in seiner Armbeuge und schämte mich furchtbar. Was war nur in mich gefahren? Ich dachte, ich würde in dieser Nacht gar nicht schlafen können, aber Sebastians Arme, die mich festhielten, gaben mir so viel Halt, dass ich dann doch relativ schnell einschlief.

Um fünf Uhr dreißig klingelte der Wecker und ich war wirklich erstaunt, dass ich keine schlechten Träume gehabt hatte und einigermaßen erholt war. Doch nun kochte die Angst in mir wieder hoch. Heute war der entscheidende Tag, heute würde Sebastian Paula operieren. Was sollte ich tun, wenn sie trotz allem weiterhin im Koma liegen würde? Ob ich ihm das verzeihen könnte? Klar wusste ich, dass er dann nichts dafür konnte, aber er hatte mir solche Hoffnungen gemacht. Würde ich es verkraften, wenn diese sich nicht erfüllen würden?

Ich versuchte, die Gedanken ganz weit wegzuschieben. Die Operation durfte einfach nicht erfolglos bleiben, Paula musste wieder wach werden. Sebastian und ich machten uns schweigend für diesen schwierigen Tag fertig. Um halb sieben stiegen wir in ein Taxi, das uns zum Krankenhaus fuhr. Sebastian hielt meine Hand fest und versuchte, mir Halt zu geben, aber ich zitterte schon jetzt am ganzen Körper. Ich wusste nicht, wie ich diesen Tag überstehen sollte.

Sebastian ließ meine Hand auch auf den Weg zu Paulas Station nicht los und ich versuchte, mich nicht wie eine

Ertrinkende an ihn zu klammern. Wie sollte ich diesen Tag überstehen, wenn ich jetzt schon fast zusammenklappte? Ich riss mich mühsam zusammen und ließ Sebastians Hand los, als dieser mich vor Paulas Zimmer alleine lassen musste, damit er sich für die Operation vorbereiten konnte.

»Keine Angst, Maddie. Es wird alles gut«, versprach er mir und gab mir noch einen Kuss, ehe er verschwand. Ich ging zu Paula und begrüßte sie, so wie jeden Morgen, auch wenn dieser Morgen ganz anders war, als jeder andere.

Es klopfte an der Tür und Landon kam vorsichtig herein.

»Guten Morgen, Maddie«, begrüßte er mich ganz kleinlaut.

»Morgen, Lan«, antwortete ich und benutzte absichtlich seinen Spitznamen. Ich hatte heute nicht die Kraft, mit ihm zu streiten.

»Ich weiß nicht, was in Lizzy gefahren ist   …«, versuchte er zu erklären, aber ich ließ ihn nicht aussprechen.

»Landon, lass uns später darüber sprechen. Jetzt brauche ich alle Kraft, um diesen Tag zu überstehen.« Er nickte, anscheinend hatte er verstanden, dass ich am Ende meiner Kräfte war und das schon, bevor Paula überhaupt im OP war.

Kurz darauf kam auch schon eine Schwester, die Paula für den OP fertigmachte. Einerseits war ich froh, dass ich dabei bleiben durfte, aber gleichzeitig war es unheimlich schwer. Sie rasierte ihr den Schädel, was ich kaum ertragen konnte, Paulas Haare waren doch gerade erst wieder etwas nachgewachsen und nun fiel die rote Narbe so sehr auf. Natürlich war mir klar, dass es nicht anders ging, aber der Anblick war einfach erschreckend. Anschließend zog sie Paula noch ein OP-Hemdchen an.

»Wir holen Paula dann gleich und bringen sie in den OP. Bis zur Schleuse dürfen Sie bei ihr bleiben, danach können Sie hier oder im Warteraum warten.«

Ich glaubte nicht, dass ich es ohne Paula lange hier im Zimmer ausgehalten hätte, also ging ich in den Warteraum, als sie weggebracht wurde. Landon folgte mir und ich wünschte, Sebastian wäre jetzt bei mir gewesen, aber das konnte er natürlich nicht sein, schließlich musste er sie operieren.

Hier im Krankenhaus war der Warteraum auch nicht gemütlicher, als der in Aptos oder Los Angeles. Landon sah sich um und nahm dann auf einem der grünen Plastikstühle Platz. Ob die grüne Farbe Hoffnung symbolisieren sollte? Wenn ja, wirkte es bei mir nicht. Ich setzte mich neben ihn und ließ den Kopf hängen, nur mühsam konnte ich die aufsteigenden Tränen zurückdrängen.

Dieser Tag würde mein ganzes Leben bestimmen, das wusste ich. Was sollte ich nur tun, wenn Paula nie wieder aufwachen würde?

»Maddie, komm, lass den Kopf nicht hängen«, versuchte er, mich aufzumuntern, aber es half nichts. Ein Blick auf die Uhr zeigte mir, dass Paula gerade einmal zehn Minuten im OP war. Wie sollte ich die Stunden nur überstehen?

Sebastian hatte mir erklärt, dass die Operation mindestens vier Stunden dauern würde, aber es konnten auch leicht mehr werden, so genau konnte er das nicht voraussagen. Landon fing an, mir alte Geschichten aus unserer Schulzeit zu erzählen, um mich abzulenken, aber es klappte nicht wirklich. Ich behielt die ganze Zeit die Uhr im Auge, auch wenn die Zeit dadurch scheinbar noch langsamer verging.

Nach einer Stunde hielt ich das Stillsitzen nicht mehr aus und fing an, im Warteraum hin und her zu laufen. Landon sah mir hilflos zu, er wusste scheinbar nicht, wie er mir helfen konnte, aber das konnte er ja auch gar nicht. Allerdings war ich trotzdem froh, dass er bei mir war und ich nicht alleine warten musste.

Nachdem ich einige Zeit nervös hin und her gelaufen war, wurde es Landon wohl zu viel.

»Hast du heute schon etwas gegessen?«, fragte er mich. Ich schüttelte nur den Kopf, wie sollte ich etwas herunter bekommen? Ich hatte bisher nur Kaffee getrunken, denn auch hier gab es einen Kaffeeautomaten im Warteraum.

»Die Operation dauert sicher noch einige Zeit, lass uns in die Cafeteria gehen und eine Kleinigkeit essen«, schlug er vor.

»Wir können ja einer Schwester Bescheid sagen, wo wir sind.« Ich schüttelte wieder den Kopf, aber er ging gar nicht darauf ein.

»Maddie, bitte!« Seinem Bettelblick, den er mir zuwarf, hatte ich früher nie widerstehen können, aber jetzt würden mich keine zehn Pferde hier wegbekommen. Plötzlich klingelte mein Handy und mein Herz blieb fast stehen. Dann atmete ich aber gleich wieder auf, wenn irgendetwas nicht in Ordnung wäre, dann würde man mir das persönlich mitteilen und nicht anrufen. Auf dem Display sah ich, dass es mein Vater war.

»Hi, Dad«, meldete ich mich. Er wollte Paula nur alles Gute für die Operation wünschen und immerhin lenkte er mich kurzfristig etwas ab. Paula war mittlerweile schon über zwei Stunden im OP. Hoffentlich lief alles glatt. Ich hatte solche Angst und nachdem ich aufgelegt hatte, fing ich wieder an, auf und ab zu laufen.

Die Zeit verging quälend langsam. Landon versuchte wieder, mich dazu zu überreden, etwas Essen zu gehen, aber ich verweigerte es. Ich konnte hier einfach nicht weg. Schließlich gab er es auf und ging alleine, um etwas zu holen. Als er weg war, fühlte ich mich völlig alleine, seine Anwesenheit hatte mir mehr geholfen, als ich gedacht hatte.

Zum Glück war er nicht lange weg, er kam kurz darauf mit belegten Brötchen für uns beide zurück. Ich war ihm dankbar dafür, dass er so an mich gedacht hatte, aber ich konnte einfach nichts essen. Mein Magen war wie zugeschnürt und eine leichte Übelkeit erfasste mich. Wir waren zwar immer noch alleine in dem Warteraum, aber trotzdem kam mir die Luft stickig vor. Ich hätte gern ein Fenster geöffnet, aber das war nicht möglich, denn die Fenstergriffe waren alle abgeschlossen.

Als irgendwann eine Schwester kam, bat ich sie, ein Fenster zu öffnen und sie tat es zum Glück auch. Allerdings hatte ich trotzdem nicht wirklich das Gefühl, dass die Luft besser wurde, dabei war draußen herrlichstes Wetter. Die Sonne schien und es war warm, aber nicht stickig. Paula hätte dieses Wetter geliebt, wenn sie wach gewesen wäre.

Plötzlich kamen mir die Tränen, die ich den ganzen Tag schon mühsam verdrängt hatte. Würde Paula jemals wieder einen Frühsommertag genießen können? Ich wollte mein kleines, wildes Mädchen zurück. Landon war plötzlich bei mir und nahm mich einfach in den Arm. Nun brachen alle Dämme und ich weinte völlig verzweifelt. Ich drängte mich an seine Brust und ließ mich einfach von ihm halten. Was war nur mit mir los?

Gab ich Paula etwa auf und trauerte schon? Das durfte ich nicht tun! Ich musste stark bleiben und kämpfen! Ich versuchte, die Tränen zurückzudrängen, und langsam beruhigte ich mich auch wieder, während er mich sanft hin und her wiegte und meinen Rücken streichelte.

Als ich mich endlich wieder beruhigt hatte, warf ich einen Blick auf die Uhr. Es war bereits kurz vor elf Uhr, Paula war also schon fast drei Stunden im OP, aber das hieß leider auch, dass ich noch mindestens eine weitere Stunde warten musste. Lan versuchte wieder, mich abzulenken, indem er mir von seinem Job und dem Leben in New York erzählte. Als er allerdings anfangen wollte, mir von Elizabeth Baker zu erzählen, unterbrach ich ihn.

»Landon, lass es bitte. Ich möchte nichts über Elizabeth hören. Sie hasst mich.«

»Das tue ich gar nicht«, hörte ich plötzlich ihre Stimme hinter mir. Blieb mir denn heute gar nichts erspart?

»Madison, es tut mir leid, wie ich Sie vorgestern angegriffen habe.« Mit allem hatte ich gerechnet, aber sicher nicht mit einer Entschuldigung von ihr.

Allerdings blieb mir eine Antwort darauf jetzt erspart, denn eine Schwester kam in den Warteraum.

»Mrs. Stone?«, fragte sie. Ich musste kämpfen, um nicht zusammen zu brechen, aber ich schaffte es zu nicken und auf sie zuzugehen.

»Ihre Tochter ist nun im Aufwachraum. Dr. Baker wird Ihnen gleich alles Weitere erklären.« Während sie das sagte, lächelte sie mich an. Die Erleichterung war riesig, zumindest lebte Paula noch und nun konnte ich auf gute Nachrichten hoffen.

Diese paar Minuten Wartezeit waren nun noch einmal ganz schrecklich für mich, ich wollte wissen, wie es Paula ging und wie sie die Operation überstanden hatte.

Würde ich mein kleines Mädchen bald wieder haben? Würde sie wieder gesund werden, oder war nun alles zu Ende?

Kapitel 17

Endlich kam Sebastian aus dem OP-Bereich und sein Lächeln gab mir sofort Zuversicht. Ich atmete erst einmal tief ein, dabei hatte ich gar nicht bemerkt, dass ich die Luft angehalten hatte, als die Tür aufging.

»Die Operation ist besser verlaufen, als wir gehofft hatten«, erklärte er sofort.

»Paula ist jetzt im Aufwachraum und wenn du willst, darfst du gleich zu ihr.« Vor Freude fiel ich ihm einfach um den Hals und gab ihm einen Kuss. Er erwiderte diesen und unser Zungenspiel wurde immer heftiger, bis uns Elizabeths Räuspern zurück in die Wirklichkeit brachte.

Ich war so erleichtert, dass ich nur blöd grinsen konnte.

»Komm, ich bringe dich zu ihr«, sagte er und zog mich an der Hand mit sich. Landon und Elizabeth lachten über uns, aber das war mir nun egal. Ich war einfach nur froh, dass alles gut gegangen war und dass Sebastian so zuversichtlich klang, nun musste einfach alles gut werden. Er führte mich zu einer Tür und in dem Raum dahinter lag Paula. Sie war noch immer an sämtlichen medizinischen Geräten angeschlossen, die ihren Puls, die Sauerstoffsättigung und so weiter überwachten. In regelmäßigen Zeitabständen blies sich auch eine Blutdruckmanschette auf und überprüfte diesen.

Neben ihrem Bett saß ein Pfleger, der aber gleich lächelnd aufstand, als ich kam und mir andeutete, dass ich mich auf den Stuhl setzen sollte. Er selbst setzte sich an einen Schreibtisch in der Ecke und beobachtete einige

Monitore, die dort standen. Langsam näherte ich mich dem Bett. Sie sah noch blasser aus, als vor der Operation, ein riesiger Verband bedeckte ihren Kopf und etliche Kabel schauten darunter hervor, die auch zu den Überwachungsmonitoren führten. Allerdings sah sie wenigstens nicht schlimmer aus, als nach der ersten OP, oder aber ich hatte mich bereits an den Anblick gewöhnt.

Ich trat näher an sie heran und griff vorsichtig nach ihrer Hand, während Sebastian die Geräte überprüfte.

»Hi, Kleines«, flüsterte ich. Er starrte wie gebannt auf einen der vielen Monitore.

»Sprich weiter mit ihr«, forderte er mich auf. Natürlich tat ich, was er verlangte. Ich erzählte Paula, dass sie nun schnell wieder aufwachen müsse und was wir dann für viele tolle Sachen zusammen hier in New York machen könnten. Dabei sah ich erwartungsvoll zu Sebastian, der über das ganze Gesicht grinste.

»Sie hört dich«, erklärte er. »Ihre Hirnströme verändern sich sofort, wenn du mit ihr sprichst.«

Vor Erleichterung brach ich in Tränen aus. Natürlich war mir klar, dass das noch nicht hieß, dass sie wieder ganz die Alte werden würde, aber immerhin schien die Operation, etwas gebracht zu haben. Ich hatte zwar schon vorher immer mit ihr gesprochen, aber darauf hatte es bislang nie eine messbare Reaktion gegeben.

Sebastian trat neben mich und umarmte mich. Er hielt mich, während ich noch immer vor Erleichterung weinte und Paulas Hand dabei festhielt. Plötzlich fühlte ich, wie sie meine Hand ganz leicht zurückdrückte. Ich sah sofort auf und starrte wie gebannt auf ihre Hand. Konnte es wahr sein? Hatte sie ihre Hand bewegt, oder hatte ich es mir nur eingebildet?

»Was ist?«, fragte er mich.

»Ich … ich glaube … Paula hat meine Hand gedrückt«, stotterte ich. Er ließ mich los und ging wieder zu den Monitoren, um etwas zu überprüfen.

»Sprich mit ihr«, forderte er mich erneut auf.

»Paula, Engelchen, bist du da?«, fragte ich leise.

»Kannst du mich hören, mein Schatz?« Diesmal drückte sie zwar nicht meine Hand, aber ich bildete mir ein, dass ihr Augenlid zuckte und sich ihr Mundwinkel etwas verzog.

»Rede weiter mit ihr«, forderte er und das tat ich und so langsam war ich mir wirklich sicher; sie musste mich hören, denn sie reagierte immer mehr. Sie drückte wieder meine Hand und dann nach einer guten halben Stunde, öffnete sie tatsächlich zum ersten Mal seit der Operation in Los Angeles ihre Augen.

Verwirrt sah sie sich um und mir liefen wieder die Tränen über das Gesicht, aber das war mir völlig egal.

»Paula, mein Schatz«, flüsterte ich und sofort richtete sie ihren Blick auf mich und verzog ihren Mund zu einem kleinen Lächeln.

»Ich bin so froh, dass du wieder wach bist.«

Sebastian trat zu ihr heran und sie sah ihn verwirrt an.

»Das ist Sebastian«, erklärte ich ihr.

»Er ist dein Arzt und macht dich wieder gesund.« Paula sah wieder zu mir, ich merkte, dass sie müde und verwirrt war.

»Wenn du müde bist, mach ruhig wieder die Augen zu. Ich bin bei dir, wenn du aufwachst«, versprach ich ihr.

»Mo..y«, flüsterte sie heiser und ich merkte, dass es ihr sehr schwerfiel zu sprechen. Aber immerhin hatte sie mich erkannt.

»Sie wird Durst haben«, meinte Sebastian zu mir und wandte sich dann an Paula.

»Ich hole dir erst einmal ein paar Erfrischungsstäbchen und dann kannst du bald versuchen, ob du etwas trinken magst.«

Er ging, aber schon ehe er die Tür hinter sich geschlossen hatte, fielen ihr bereits die Augen zu. Sie musste noch völlig erschlagen sein, aber ich war so froh, dass sie aufgewacht war und mich erkannt hatte. Er hatte mich vorgewarnt, dass es sein könnte, dass Paula alles wieder von vorne lernen müsste. Essen, trinken, sprechen, laufen … Und davor hatte ich große Angst gehabt, aber nun schien es ja nicht ganz so schlimm zu sein. Natürlich würde sie noch einige Reha-Maßnahmen brauchen, aber das Wichtigste war, dass sie wieder wach und ansprechbar war. Alles andere würde sich dann schon im Laufe der Zeit ergeben.

Sebastian kam kurz darauf mit den Erfrischungsstäbchen zurück.

»Ich habe Landon draußen Bescheid gesagt, dass sie wach ist«, sagte er.

»Er will deine Eltern anrufen und sich später noch einmal bei dir melden. Jetzt ist er erst einmal nach Hause gegangen.« Gut, wenn Landon das übernahm, musste ich nicht von Paulas Bett weg. Das wäre mir auch sehr schwer gefallen, sie jetzt zu verlassen, zumal ich ihr ja versprochen hatte, dass ich bei ihr sein würde, wenn sie wieder aufwachen würde.

»Danke!«, sagte ich und stand auf.

»Danke, für alles. Ich werde das nie wieder gut machen können.« Bei den letzten Worten liefen mir wieder Tränen übers Gesicht. Sonst war ich eigentlich nicht so eine Heulsuse, aber dieser Tag hatte einiges an Nerven gekostet und jetzt war ich einfach nur erleichtert. Sebastian legte die Erfrischungsstäbchen an das Fußende des Bettes und nahm mich einfach wieder in den Arm.

»Alles etwas viel heute?«, fragte er einfühlsam und ich konnte nur noch nicken. Jetzt wo die Anspannung weg war, liefen und liefen die Tränen und ich konnte mich kaum wieder beruhigen.

Er musste dann ziemlich schnell wieder weg, da sein Pieper losging und er im OP erwartet wurde. Vorher sorgte er noch dafür, dass Paula wieder auf ihr Zimmer verlegt wurde. Eigentlich hätte sie nach dieser OP auf die Intensivstation gemusst, aber Sebastian hatte eine Schwester eingeteilt, die erst einmal nur für sie da sein würde. Ich wollte mir gar nicht ausmalen, was das kosten würde, aber die Schulden bei ihm abzuzahlen würde wahrscheinlich sowieso den Rest meines Lebens dauern.

Der Rest des Tages verging wie im Flug. Paula war einige Male kurz wach, zwar nie sehr lange, aber auch wenn sie schlief, lag sie nicht mehr so völlig ruhig da, wie während der Zeit, als sie im Koma lag. Sie bewegte sich immer wieder und das beruhigte mich sehr. Außer Mommy hatte sie zwar noch kein Wort gesagt, aber das machte nichts.

Ich telefonierte lange mit meinem Vater und berichtete ihm alles haarklein und dann rief ich meine Mutter an. Sie weinte vor Freude, auch wenn Landon ihr schon Bescheid gesagt hatte. Anschließend rief ich noch Andrew an.

»Hi, Maddie«, meldete er sich.

»Alles okay bei euch?« Seine Stimme klang angespannt, wahrscheinlich hatte er Angst vor schlechten Nachrichten.

»Hi, Andy! Paula wurde heute zum zweiten Mal operiert und sie ist aus dem Koma erwacht«, teilte ich ihm halb lachend halb weinend mit.

Er freute sich riesig und fragte, ob er das bei Facebook posten dürfte, schließlich hatten sie dort eine Gruppe, um das Spendenfest zu organisieren. Ich hatte nichts dagegen.

»Du solltest dich dort auch anmelden, Maddie. Jetzt wo du so weit weg bist, wäre es leichter, darüber Kontakt zu halten.« Ich versprach Andrew, darüber nachzudenken. Bisher hatte ich das immer abgelehnt, schließlich wohnten alle meine Freunde und meine Familie vor Ort, aber vielleicht war das jetzt doch gar keine so schlechte Idee.

»Weiß John schon Bescheid?«, fragte Andy noch und brachte mich damit aus der Fassung. Er hatte ja Recht, John war der Vater und er hatte trotz allem ein Recht darauf, vom Ergebnis der OP zu erfahren.

»Nein, aber ich werde ihn gleich anrufen«, versprach ich. Andy bot mir an, dass er das für mich übernehmen könnte, aber das wollte ich dann doch nicht. Wir waren schließlich immer noch Eltern und Paula würde immer seine Tochter bleiben, da musste ich es schaffen, ab und zu mit ihm zu reden.

Nachdem ich mich also von Andrew verabschiedet hatte, wählte ich die mir so vertraute Handynummer meines Noch-Ehemannes. Scheinbar hatte er aber eine Rufumleitung drin, denn es meldete sich eine mir unbekannte Frauenstimme.

»Stark Marketing, was kann ich für Sie tun?«

»Ich hätte gerne John Stark gesprochen«, sagte ich.

»Worum geht es, bitte?«, fragte die Frau und ich war schon furchtbar genervt.

»Es geht um seine Tochter«, erklärte ich und versuchte, dabei nicht verärgert zu klingen.

»Einen Moment, bitte«, sagte sie noch und schon hing ich in der Warteschleife.

Nach einer gefühlten Ewigkeit klingelte es endlich einmal und John meldete sich.

»Hallo, Maddie, was willst du?«, fragte er unfreundlich. Ich schluckte meine Wut über seine Art herunter.

»Paula wurde heute operiert und ist wieder aufgewacht«, teilte ich ihm in möglichst neutralen Ton mit.

»Ich wollte dir das persönlich mitteilen.«

Ich wusste nicht, womit ich gerechnet hatte, aber mit Johns Antwort sicher nicht.

»Schön, grüß sie von mir. Ich muss jetzt was tun«, sagte er und legte einfach auf. Ich starrte fassungslos auf das Telefon in meiner Hand. Was ging nur in ihm vor? Früher war sie seine kleine Prinzessin gewesen und nun war seine einzige Reaktion, auf die Nachricht, dass sie aus dem Koma erwacht war, dieser dämliche Satz? Sein ›schön‹ konnte er sich auch in die Haare schmieren! Wie konnte ihm sein eigenes Kind so egal sein? Am liebsten hätte ich ihn geschüttelt und gefragt, ob er noch ganz richtig ticken würde. Und was sollte ich nur Paula erzählen, wenn sie nach ihm fragen würde? Und ich war mir sicher, dass sie das früher oder später auch tun würde.

Ich hatte absolut keine Ahnung, wie ich ihr die Sache mit Sebastian erklären sollte, zumal ja jetzt abzusehen war, dass unsere Scheinbeziehung in naher Zukunft enden würde.

Zumindest dachte ich das zu diesem Zeitpunkt noch.

Kapitel 18

Ich grübelte immer noch darüber nach, wie ich Paula die ganze neue Lebenssituation erklären sollte, in der wir jetzt steckten, als Sebastian später wieder ins Zimmer kam.

»In einer halben Stunde habe ich Feierabend, dann können wir nach Hause gehen«, sagte er und ich schaute ihn erschrocken an. Er konnte doch nicht wirklich glauben, dass ich jetzt, da meine Tochter wieder wach war, am frühen Abend in seine Wohnung gehen und sie hier alleine lassen würde.

»Sebastian, ich bleibe hier«, erklärte ich ihm nachdrücklich.

»Paula weiß doch gar nicht, wo sie jetzt ist. Ich muss bei ihr sein, wenn sie aufwacht.« Er sah mich etwas erstaunt an.

»Willst du etwa auch hier schlafen?«, fragte er und ich hörte genau, dass er von der Idee gar nicht begeistert war, aber das war mir egal.

»Ja, ich werde hier schlafen«, erwiderte ich mit fester Stimme.

»Sie braucht mich jetzt.« In diesem Moment, begann sie auch wieder, sich zu regen, und wenige Augenblicke später öffnete sie ihre Augen wieder.

»Mommy«, hauchte sie.

»Ja, mein Schatz, ich bin hier«, antwortete ich ihr und beugte mich dabei zu ihr herunter.

»Durst«, flüsterte sie und ich hielt ihr schnell die Schnabeltasse hin und stütze ihren Kopf, damit sie trinken konnte. Durch die lange Zeit im Koma fehlte ihr selbst dafür noch die Kraft, dabei hatte die Physiotherapeutin täglich Übungen mit ihr gemacht.

Nachdem sie ein paar Schlucke getrunken hatte, legte ich sie vorsichtig wieder hin und sah ihn an.

»Siehst du? Ich kann sie nicht alleine lassen, sie könnte ja nicht einmal klingeln, wenn ihr etwas fehlt.«

Sebastian sagte nichts, sondern sah mich nur traurig an und nickte dann.

»Ich werde dir nachher ein paar Sachen für die Nacht zusammenpacken«, versprach er widerwillig. Aber das war mir egal, keine zehn Pferde würden mich jetzt hier von meiner Tochter wegbekommen. Deshalb bedankte ich mich nur und sagte sonst nichts weiter.

Kurz nachdem Sebastian das Zimmer verlassen hatte, klopfte es leise an die Tür. Auf mein »Herein« öffnete sich die Tür langsam und Olivia schaute vorsichtig um die Ecke.

»Dürfen wir stören?«, fragte sie. Ich nickte und als Olivia zur Seite trat, kam Alexander auf Zehenspitzen ins Zimmer geschlichen.

»Ich darf nur mit, wenn ich ganz leise bin, hat Granny gesagt«, flüsterte er lächelnd und ich musste einfach zurücklächeln.

»Sebastian hat mir erst nichts erzählt und sich auf seine Schweigepflicht berufen wollen, aber ich habe ihm das nicht durchgehen lassen. Schließlich bist du seine Freundin und damit gehört ihr beiden doch zur Familie. Ich freue mich so, dass Paula wieder wach ist und ich sie bald kennenlernen kann   …« Olivia plapperte wie ein Wasserfall, so kannte ich sie gar nicht. Aber, wenn ich ehrlich war, musste ich ja auch zugeben, dass ich Olivia sowieso noch nicht wirklich gut kannte. Wir hatten uns ja bisher kaum getroffen und nun zählte sie mich zur Familie. Hatte ich etwas verpasst? Aber ich widersprach ihr lieber nicht.

Außerdem lenkte Alexander mich nun ab. Der trat ganz vorsichtig an Paulas Seite und streichelte über ihre Hand.

»Paula«, flüsterte er.

»Wach auf. Ich möchte dir etwas schenken.« Dann kramte er in seinem Rucksack herum und holte ein kleines Päckchen heraus. Sie schlief zwar noch immer, aber das schien ihn nicht wirklich zu stören.

»Na komm schon, Paula«, redete er weiter auf sie ein und legte ihr das Päckchen auf den Bauch.

»Ich glaube, du wirst dich freuen.« Als sie sich immer noch nicht regte, war Alex sichtlich enttäuscht. Ich ging schnell zu ihm und streichelte ihm vorsichtig über den Oberarm, lieber hätte ich ihn in den Arm genommen, aber das stand mir nicht zu.

»Weißt du, Paula ist noch sehr müde. Aber sie war schon wach und wenn sie das nächste Mal aufwacht, dann freut sie sich sicher über dein Geschenk. Du kannst es einfach hier lassen«, erklärte ich ihm.

»Oder möchtest du es ihr nächstes Mal geben?«

»Ich packe es für sie aus«, meinte er nach kurzem Überlegen. Er riss auch gleich das Geschenkpapier auf und heraus kam ein kleiner kuscheliger Plüschwaschbär.

»Das ist ein Glücksbringer für dich, damit du schnell gesund wirst«, erklärte er ihr, als wäre sie wach.

»Wenn du gesund bist, dann gehen wir in den Zoo und schauen uns echte Waschbären an, das hat Granny mir versprochen.«

»Paula wird sich bestimmt darüber freuen, wenn sie aufwacht. Danke, Alex«, sagte ich und konnte gar nicht anders, als ihn kurz in den Arm zu nehmen. Die Umarmung schien ihm gut zu gefallen, denn er strahlte über das ganze Gesicht und drückte sich enger an mich. Auch Olivia sah uns lächelnd an, ihr schien es zu gefallen, dass wir uns so gut verstanden.

Kurz darauf schickte sie Alexander zu seinem Großvater.

»Maddie, ich möchte mich noch einmal für Elizabeths Benehmen am Samstag entschuldigen«, sagte sie, kaum dass sich die Tür hinter Alexander geschlossen hatte.

»Ich weiß wirklich nicht, was in sie gefahren ist, so habe ich meine Kinder nun wirklich nicht erzogen.« Ich fragte mich ernsthaft, ob sie das überhaupt getan hatte, so wie Sebastian und Elizabeth manchmal waren, aber das sagte ich natürlich nicht.

»Ist schon in Ordnung«, antwortete ich stattdessen. Was sollte ich auch sonst sagen? Und wenn sich eine entschuldigen musste, dann sowieso Elizabeth und nicht Olivia. Aber das hatte sie ja vorhin sogar getan, fiel mir jetzt wieder ein.

»Elizabeth hat sich vorhin auch schon bei mir entschuldigt«, erklärte ich deshalb.

Kurz darauf kam Sebastian mit meinen Sachen für die Nacht und die beiden gingen dann gemeinsam. Eine Schwester rollte kurz darauf ein Bett für mich herein und wünschte mir eine angenehme Nacht. Wenn etwas wäre, sollte ich klingeln. Die Nacht war dann ziemlich unruhig und ich war froh, dass ich geblieben war. Paula wachte immer wieder weinend auf und außer Mommy und Durst sagte sie noch kein Wort. Allerdings beruhigte sie sich immer sehr schnell, wenn ich mit ihr sprach und darüber freute ich mich. Ich gab ihr den kleinen Waschbären und erzählte ihr von Alexander, der ihr den geschenkt hatte. Sie sagte nichts dazu, drückte ihn aber fest an sich und hielt ihn auch die ganze Nacht im Arm.

Morgens holte uns dann die Krankenhausroutine ein. Um halb sieben Uhr kam eine Schwester zum Fiebermessen, Blutdruck kontrollieren und so weiter. Ich stand schnell auf und machte mich etwas frisch, ehe ich dann Paula wusch und vorsichtig anzog. Ich hatte extra ein paar Sweatjacken gekauft, die ich ihr statt Pullover anziehen konnte, damit ich ihr nichts über den Kopf ziehen musste.

Sie ließ alles widerspruchslos mit sich geschehen, hatte aber noch nicht die Kraft, wirklich mitzuarbeiten, auch wenn ich versuchte, sie dazu zu ermuntern.

»Nein«, war ihre einzige Reaktion, nachdem sie erst den Kopf schütteln wollte, aber das wohl wehtat. Aber noch war ich viel zu froh, dass sie überhaupt wach und ansprechbar war, um mir darüber viele Gedanken zu machen. Auch wenn sie nie wieder so werden würde, wie vor der schrecklichen Diagnose, ich war einfach froh, sie wieder zu haben.

Das Frühstück wurde gebracht und ich schnitt Paula ungetoastetes Weißbrot, das ich mit etwas Marmelade bestrichen hatte, in Häppchen und fütterte sie. Die Schwester hatte mir erklärt, dass auch Paulas Kiefermuskeln durch das wochenlange Koma geschwächt seien und erst wieder etwas trainiert werden müssten, ehe sie etwas Härteres kauen konnte. Immerhin aß sie langsam und trank auch ein wenig, worüber ich sehr froh war. Vor der Operation war sie ja über eine Magensonde ernährt worden und nun ging wenigstens das Essen wieder normal. Es dauerte zwar länger als üblich, aber sie kaute und schluckte brav, bis sie irgendwann nicht mehr mochte.

»Nein«, sagte sie, als ich ihr das nächste Stückchen geben wollte und ich drängte sie auch nicht, mehr zu essen.

Nach dem Frühstück erschien Sebastian, gefolgt von einigen Kollegen zur Visite. Er war sehr erfreut darüber, dass sie wach war und gegessen hatte.

»Hallo, Paula«, begrüßte er sie und hockte sich dabei so neben ihr Bett, dass er auf Augenhöhe mit ihr war.

»Ich bin Doktor Sebastian und würde gerne ein paar Untersuchungen mit dir machen. Ich hoffe, du hast nichts dagegen.« Sie lächelte ihn an und er gab ihr die Hand.

»Tut dir etwas weh?«, fragte er und Paula zeigte auf ihren Kopf, dort wo die Narbe war. Er ordnete an, die Dosierung ihres Schmerzmittels etwas zu erhöhen, und untersuchte sie weiter vorsichtig. Ich war erstaunt, wie einfühlsam er dabei war. So wie er mit ihr umging, hätte man nie vermuten können, dass er sich um seinen eigenen Sohn kaum kümmerte und sich für einen schlechten Vater hielt.

Noch ehe er mit der Untersuchung fertig war, schlief sie aber auch schon wieder ein, für sie war das alles noch sehr anstrengend.

»Wir werden in den nächsten Tagen noch einige Tests mit ihr machen müssen, aber ich bin zuversichtlich. Die Physiotherapeuten werden mit ihr nun auch mehr arbeiten, damit ihre Muskeln wieder gestärkt werden«, erklärte Sebastian mir ganz professionell, um mir dann, ganz unprofessionell, einen Kuss zu geben.

»Sehen wir uns zum Mittagessen in der Kantine?«, fragte er und ich nickte, ehe er mit seinen Kollegen verschwand. Immerhin spielten wir ja immer noch ein Paar, auch wenn ich das, nun wo Paula wach war, fast vergessen hätte. Wahrscheinlich würden wir sowieso noch länger hierbleiben müssen, als ich gedacht hatte. Denn auch, wenn sie nun nicht mehr im Koma lag, die ganzen Therapien würden jetzt wahrscheinlich erst so richtig losgehen.

Kapitel 19

Schwanger!

Das war das einzige Wort, das mir gerade noch durch den Kopf ging und ich wäre am liebsten nach Aptos geflogen und hätte meinen *lieben* Ehemann erwürgt. Wobei, mein Ehemann war er sowieso nur noch ein paar Stunden. Paulas Operation war heute zwei Wochen her und jetzt saß ich in Sebastians Wohnung und versuchte mich darauf vorzubereiten, bald zum Gericht zu fahren, um geschieden zu werden. Eine Scheidung in Abwesenheit des Ehemannes. Nachdem der Antrag die Scheidung nach Aptos oder Los Angeles zu verlegen, abgelehnt wurde, hatte er das beantragt und damit begründet, dass er seine schwangere Freundin nicht alleine lassen konnte.

Aber sein Kind, das konnte er alleine lassen und ich stand da und musste es ihr erklären. Sie sprach zwar immer noch nur einzelne Wörter, aber ›Daddy‹ hatte sie schon oft im fragenden Tonfall gefragt. Ich hatte ihr erklärt, dass wir in New York waren, weit weg von Aptos und Daddy deshalb gerade nicht kommen konnte. Aber wie sollte ich ihr erklären, dass ihm seine neue Familie scheinbar wichtiger war und wir ihn nicht mehr interessierten? Sie war doch erst drei, wie sollte sie es verstehen, wo ich es doch selbst nicht verstehen konnte? Damit, dass er mich so einfach gegen Jeany austauschte, konnte ich ja noch leben, auch wenn es wehtat. Mittlerweile wollte ich ihn sowieso nicht mehr zurück. Aber, dass er Paula einfach so zu vergessen schien, obwohl sie jetzt wieder bei Bewusstsein war, das konnte und wollte ich nicht akzeptieren. Sie hatte doch ein Recht auf ihren Vater.

Er könnte ja wenigstens mal am Telefon mit ihr sprechen, aber angeblich hatte er dafür keine Zeit. Und so stand ich da und erfand irgendwelche dämlichen Ausreden für sie, warum Daddy nicht kam. Ich brachte es einfach nicht übers Herz, ihr zu sagen, dass sie ihrem Vater scheinbar egal geworden war. So etwas konnte ich doch einem Kind nicht sagen.

Sebastian und ich hatten deswegen schon einen riesigen Streit, er verstand nicht, warum ich John Paula gegenüber auch noch in Schutz nahm. Dass ich das nur tat, um sie zu schützen, verstand er einfach nicht. Er war der Meinung, dass ich es aus Liebe zu John täte und das schien ihn zu verletzen.

Überhaupt war die letzte Woche schwierig mit ihm. Ich schlief immer noch jede Nacht im Krankenhaus und das passte ihm nicht wirklich, obwohl ich es irgendwie schaffte, fast jeden Tag ein oder zwei Stunden für ihn abzuzweigen. In dieser Zeit blieben dann Lizzy oder Olivia bei Paula. Für die Bakers gehörten wir mittlerweile zur Familie und vor allem ihren Alex, wie Paula Alexander nannte, vergötterte sie regelrecht.

Solange wir in Gesellschaft waren, hatte ich manchmal sogar selber das Gefühl, dass Sebastian mich lieben würde, doch wenn wir alleine waren, war er zickig und launisch und wir stritten ständig. Seit sie wach war, war meine Angst, dass er ihre Behandlung abbrechen könnte nicht mehr so groß und so ließ ich mir auch weniger von ihm gefallen. Zum Glück schafften wir es trotzdem immer wieder, uns zu versöhnen, ehe ich zu Paula ins Krankenhaus zurückfuhr. Nur Sex hatten wir noch nicht wieder gehabt und wenn ich ehrlich war, fehlte mir der auch. Wahrscheinlich wäre er auch nicht mehr so launisch, wenn wir endlich wieder dazu kommen würden.

Dafür hatte ich mich mit Elizabeth angefreundet und dass das möglich war, hätte ich nie gedacht. Elizabeth und ich hatten uns am Tag nach Paulas Operation ausgesprochen. Sie hatte sich noch einmal für ihr Verhalten bei mir entschuldigt und mir erklärt, warum sie so ausgerastet war.

»Weißt du, Maddie«, hatte sie gesagt und sich einfach zu mir auf das Fußende von Paulas Bett gesetzt.

»Meine Familie bedeutet mir alles auf dieser Welt und auch wenn mein Bruder oft ein hirnloser Idiot ist, ich liebe ihn. Er hat bisher bei Frauen immer direkt ins Klo gegriffen. Alexanders Mutter hat ihn ausgenommen und gleichzeitig den Wurm verwahrlosen lassen. Erst bei meinen Eltern ging es ihm endlich gut. Nachdem Nicole dann richtig fies zu Alexander gewesen war, hatte Sebastian mir versprochen, dass er in Zukunft seine Frauen von ihm fernhält.«

Ich hatte gerade nachfragen wollen, als Elizabeth es mir erzählte und danach hatte ich auch verstanden, warum sie in Alexanders Geschichte die böse Königin war.

»Sie war eine von Sebastians längeren Freundinnen, wobei länger etwa sechs Wochen bedeutete. Nach etwa fünf Wochen ›Beziehung‹ mit Nicole, in denen er Alexander nicht einmal gesehen hatte, hatte Alexander ihn telefonisch dazu überreden können, wenigstens einen Tag etwas mit ihm zu unternehmen. Nicole hatte darauf bestanden, die beiden zu begleiten, und so waren die drei gemeinsam ins Aquarium gegangen. Als Sebastian dann etwas zu Trinken besorgt hatte, hatte Nicole Alexander gedroht ihn ins Haifischbecken zu werfen. Alexander hatte hinterher panische Angst, dass er von den Haien gefressen werden würde, und hatte monatelang Albträume. Nicole meinte, es wäre ja nur ein Witz gewesen, aber solche Witze macht man nicht mit einem sechsjährigen Kind.«

Da konnte ich Lizzy nur zustimmen, das war absolut geschmacklos. Aber Elizabeth war sowieso der Meinung, dass Nicole absichtlich versucht hatte, Alexander Angst zu machen, damit er nicht mehr zu seinem Vater wollte und Sebastian mehr Zeit mit ihr verbrachte. Zum Glück hatte er diese Beziehung dann bald beendet, allerdings behauptete Nicole anschließend, dass sie von ihm schwanger sei.

Der Vaterschaftstest nach der Geburt hatte zwar eindeutig bewiesen, dass Sebastian nicht der Vater des Babys war, aber das hatte Nicole nicht davon abgehalten weiter Theater zu machen. Sie hatte sogar behauptet, dass das Krankenhaus den Test gefälscht hätte. Elizabeth hatte mich ernst angesehen.

»Ich weiß nun, dass du völlig anders bist als Nicole und ich hätte euch nicht über einen Kamm scheren dürfen. Ich hoffe, du kannst mir verzeihen.« Natürlich hatte ich ihr verziehen. Seit diesem Gespräch verstanden wir uns wirklich gut, auch wenn sie nicht verstand, was ich an ihrem Bruder fand und erklären konnte ich ihr das auch nicht.

Mittlerweile wusste ich sowieso selbst nicht mehr, was für eine Art Beziehung wir führten. Wenn ich doch nur seine Alibifreundin war, warum ließ er dann unsere Streitereien zu? Empfand er vielleicht mittlerweile doch etwas für mich? Ich jedenfalls konnte mir langsam nicht mehr einreden, dass ich nur wegen Paula mit ihm zusammen war. Ich hatte mein Herz verloren, und zwar nicht nur an ihn, sondern an seinen Sohn gleich noch dazu.

Mein Handy klingelte und riss mich damit aus meinen Gedanken.

»Stone?«, meldete ich mich.

»Maddie, hier ist Landon. Wenn es dir Recht ist, bin ich in zehn Minuten an Sebastians Wohnung und hole dich ab, dann können wir zusammen zum Gericht fahren.« Natürlich war ich damit einverstanden, so musste ich wenigstens nicht alleine dorthin fahren. Irgendwie fühlte es sich komisch an, bald eine geschiedene Frau zu sein, auch wenn es mir so vorkam, als wäre die Beziehung zu John mittlerweile schon ewig vorbei, dabei waren es nur ein paar Wochen. Vor drei Monaten hatten wir noch versucht, ein zweites Kind zu bekommen, und nun war die Ehe vorbei, er kümmerte sich nicht mehr um Paula und hatte eine andere geschwängert.

Ich fragte mich, wie sich so viel in so kurzer Zeit verändern konnte. Auch die Beziehung zu meinen Eltern hatte sich gewandelt. Vor allem meiner Mutter konnte ich immer noch nicht ganz verzeihen, was sie in Los Angeles zu mir gesagt hatte und dass sie mich jahrelang belogen hatte, war auch schwierig zu verstehen. Es war fast so, als wäre mein ganzes altes Leben eine Lüge gewesen und das war noch viel schlimmer, als meine Scheinbeziehung zu Sebastian. Da wusste ich wenigstens von Anfang an, woran ich bei ihm war. Außerdem hatte er es geschafft, dass Paula aus dem Koma erwacht war und dafür würde ich ihm ewig dankbar sein. Zumal die Prognose sehr positiv war, wenn sie weiter so artig ihre Therapien machen würde, dann könnte sie bald wieder eine völlig normale Kindheit haben.

Keine Stunde nachdem Landon mich abgeholt hatte, war ich eine rechtskräftig geschiedene Frau. John hatte in Los Angeles schon alles soweit fertiggemacht, und sogar gänzlich auf das Sorgerecht für Paula verzichtet. Zukünftig würde er mir monatlichen Unterhalt für sie zahlen und ansonsten hatten wir nichts mehr miteinander zu tun. Auf sein Besuchsrecht wollte er auch verzichten, nur damit ich schnell alles unterschrieb und er so schnell wie möglich Jeany heiraten konnte. Aber den Punkt hatte ich streichen lassen, schließlich hatte Paula ein Recht darauf, ihren Vater zu sehen, und das würde ich niemals verhindern.

Sieben Jahre Beziehung waren mit einer letzten Unterschrift von mir nun offiziell beendet. John bekam die Firma, das Haus und die Schulden und ich bekam unsere Tochter. So einfach war es scheinbar für ihn, aber für mich war Paula im Moment das einzig Positive, das ich aus der Beziehung mit John mitnahm. Ich hatte zwar viel Kraft in die Firma gesteckt, aber deshalb würde ich mein Kind trotzdem immer vorziehen.

Als ich das Gerichtsgebäude mit Landon zusammen verließ, kämpfte ich mit den Tränen. Nicht weil ich John zurückhaben wollte, denn das wollte ich sicher nicht, aber weil mir bewusst wurde, dass nun ein völlig neues Leben begann. Noch dazu ein Leben als arbeitslose, alleinerziehende Mutter.

»Komm, Maddie, ich lade dich noch zum Essen ein, eine glückliche Scheidung muss man feiern«, sagte Landon, als ich mich eigentlich von ihm verabschieden wollte.

»Lizzy bleibt solange bei Paula, das ist alles schon geklärt.« Landon kannte mich einfach zu gut. Gerade hatte ich sagen wollen, dass ich zurück zu meiner Tochter musste.

»Eine Scheidung ist kein Grund zu feiern, Landon«, versuchte ich noch, zu widersprechen, aber er ließ meinen Einwand nicht gelten und meinte, dass es doch ein Grund wäre, wenn man so einen Idioten endlich los sei. Was sollte ich dagegen noch sagen? Außerdem war ich eigentlich froh, dass ich nun nicht alleine sein musste. Wahrscheinlich hätte ich sonst noch angefangen zu heulen, denn die Scheidung fühlte sich für mich an, als hätte ich versagt. Warum hätte John sonst einfach alles so hinwerfen sollen?

Durch Landon kam ich aber gar nicht dazu, noch länger darüber nachzugrübeln und als ich eine Stunde später endlich im Krankenhaus und bei meiner Tochter war, ging es mir schon viel besser. Vielleicht sollte man eine Stunde Landon ärztlich verordnet bekommen, wenn es einem schlecht ging, er war so ein fröhlicher Mensch, in seiner Gegenwart konnte man gar nicht Trübsal blasen.

Kapitel 20

Kaum betrat ich das Krankenzimmer, wurde ich von meiner fröhlich lachenden Tochter begrüßt. Olivia saß neben ihr und hielt eines der Bücher in der Hand, die ich für Paula hatte machen lassen.

»Buch…lieb.« Sie suchte noch immer oft nach Worten, aber langsam wurde es besser und die Ärzte waren zuversichtlich, dass sie alle Defizite, die sie jetzt hatte, aufholen würde.

»Ja, das Buch mochtest du schon immer«, antwortete ich ihr und ein Lächeln schlich sich auf mein Gesicht. Mein Vater hatte mir ein paar Kisten mit Sachen zugeschickt, die er aus meinem, beziehungsweise jetzt nur noch, Johns Haus geholt hatte und die Bücher waren dabei gewesen.

»Das ist ein sehr schönes Buch, Maddie, von wem ist es?«, fragte Olivia.

»Es steht gar kein Autor auf dem Buch.«

»Das Buch habe ich für sie drucken lassen«, erklärte ich ihr.

»Die Story und die Zeichnungen sind von mir.«

»Wow«, sagte Olivia fast ehrfürchtig und sah mich bewundernd an, was mich dazu brachte, rot anzulaufen. Mir war dieser Blick unangenehm, das war doch nichts Besonderes, einfach eine Geschichte und ein paar Bilder.

Zum Glück klopfte es nun, Sebastian trat ein und lächelte mich beinahe liebevoll an. Sein Anblick brachte mein Herz dazu, schneller zu schlagen und mein Lächeln verstärkte sich noch. Ich sagte mir, dass das gar nicht gut war, aber das interessierte mein Herz nicht wirklich. Ich wünschte mir mittlerweile immer öfter, dass ich wirklich seine Freundin sein könnte und diese Rolle nicht nur spielen müsste.

»Ich habe gute Nachrichten«, erklärte er.

»Paula ist nun so weit, dass sie ihre Reha ambulant weiter machen kann. Morgen wird sie entlassen und muss dann ab Montag täglich morgens ins Rehazentrum und kann nachmittags mit zu uns nach Hause. Die Wochenenden gehören dann uns, zumindest wenn ich nicht arbeiten muss.« Ich war sprachlos. Erst hatte ich gedacht, dass nun alles vorbei wäre zwischen uns, aber dann … Hatte er wirklich gesagt, dass Paula mit zu uns nach Hause konnte?

»Wie…? Wo…?« Ich brachte keinen vernünftigen Satz zu Ende und Olivia lachte schon. Na super, lachte sie mich etwa aus?

»Morgen Nachmittag wird sie offiziell aus der Klinik entlassen«, erklärte Sebastian nun ausführlicher.

»Dann nehmen wir sie mit zu uns in die Wohnung und ab Montag geht sie dann täglich, außer am Wochenende, von neun bis sechzehn Uhr hier ins Rehazentrum der Klinik. Sie wird morgens abgeholt und nachmittags zurückgebracht und bekommt hier ihre verschiedenen Therapien. Nach und nach werden es dann weniger, bis sie völlig gesund ist.« Das klang ja schon beinahe wieder wie Normalität, aber wie sollte ich Paula nur erklären, dass wir nun bei ihm wohnen würden?

»Hause?«, fragte sie nun natürlich auch noch. Was sollte ich ihr nur sagen? Und wo sollte sie überhaupt in Sebastians Wohnung schlafen? Etwa in der schwarz-weißen Hölle? Kindgerecht war seine Wohnung nun einmal wirklich nicht. Ich war völlig überfordert mit dieser Situation, aber irgendetwas musste ich Paula ja antworten.

»Daddy?«, fragte Paula nun wieder und sofort verdunkelte sich Sebastians Gesichtsausdruck merklich, wie jedes Mal, wenn von John die Rede war. Ich verstand ihn nicht, war er etwa eifersüchtig? Ich wollte ja sicherlich nicht zu John zurück, aber er war und blieb nun einmal Paulas Vater, auch wenn er sich zurzeit nicht so benahm.

»Nein, Schatz«, versuchte ich, ihr möglichst vorsichtig die Situation zu erklären, »zu Daddy können wir nicht zurück.« Zum ersten Mal ließ ich das ›noch‹ weg, irgendwann musste ich ihr ja wohl oder übel sagen, dass wir nie wieder alle zusammenleben würden. Allerdings würde ich das lieber mit ihr alleine besprechen, aber Sebastian dachte gar nicht daran, uns alleine zu lassen, und auch Olivia blieb einfach sitzen.

»Weißt du, Paula, Granny und Grandpa sind doch meine Mommy und mein Daddy, auch wenn sie nicht zusammen wohnen und so wird es bei uns nun leider in Zukunft auch sein. Wir wohnen jetzt erst einmal hier, bis du wieder ganz gesund bist und dann kannst du Daddy bestimmt mal besuchen.« Zumindest hoffte ich, dass John dann wieder zur Vernunft kommen würde, denn auch wenn er mit Jeany nun eine neue Familie gründete, sie war doch noch immer seine Tochter.

Paula schaute mich traurig an.

»Wo Hause?«, fragte sie verwirrt. Wahrscheinlich fragte sie sich, wo wir jetzt wohnten.

»Weißt du, im Moment wohne ich bei Sebastian«, gab ich nun zu. Paula überlegte kurz und ich hatte schon Angst vor ihrer Reaktion, aber mit dem, was nun kam, hatte ich wirklich nicht gerechnet.

»Alex!«, rief sie erfreut aus. Wahrscheinlich dachte sie, dass er auch dort wohnte. Hilflos sah ich von Sebastian zu Olivia.

»Alex, wohnt eigentlich bei William und mir, Schätzchen«, erklärte Olivia ihr.

»Aber morgen ist Freitag, vielleicht könnte Alexander das Wochenende bei euch verbringen, damit sie sich leichter eingewöhnt.« Olivias Vorschlag gefiel mir, aber was würde Sebastian dazu sagen?

»Klar, Alexander freut sich bestimmt. Mom, könntest du noch etwas bei Paula bleiben? Dann könnten wir in der Wohnung alles für ihre Ankunft vorbereiten.« Ich sah ihn erstaunt an, aber ich war froh, dass Olivia sofort zustimmte, bis zum Abend bei ihr zu bleiben. Sebastians Gästezimmer waren nun wirklich nicht kindertauglich, da musste einiges geändert werden.

Sebastian hatte ausnahmsweise einmal bessere Laune, als in den letzten Tagen, als wir kurz darauf loszogen.

»Weißt du, eigentlich ist Alexander ja aus seinem Zimmer herausgewachsen. Was hältst du davon, wenn wir heute nur ein Bett für Paula kaufen und das erst einmal mit in Alexanders Zimmer stellen? So wäre sie nicht alleine und dann renovieren wir demnächst das Gästezimmer und richten es so ein, wie er es haben möchte?«, fragte er mich. Ich war erstaunt, zum einen über seine gute Laune und darüber, dass er mich fragte, wie er seine Wohnung einrichten sollte, aber natürlich fand ich die Idee gut. Im Möbelgeschäft kauften wir ein einfaches Bett aus Kieferholz für Paula, das wir gleich am nächsten Tag geliefert bekommen konnten. Dann sah er ein komplettes Kinderzimmer, das er gleich für Alexander bestellen wollte. Mühsam hielt ich ihn davon ab und überzeugte ihn davon, dass er das lieber mit Alexander zusammen aussuchen sollte, schließlich war es sein Zimmer und er sollte sich dort wohlfühlen.

Hinterher fuhren wir noch kurz zu seiner Wohnung, um Alexanders Zimmer schon einmal so umzuräumen, dass Paulas Bett dort morgen aufgebaut werden konnte. Das Ganze hatte weniger Zeit in Anspruch genommen, als wir gedacht hatten und scheinbar hatte Sebastian auch schon Pläne, wie wir die restliche Zeit sinnvoll nutzen könnten.

»Was hältst du davon, wenn wir jetzt gemeinsam baden gehen?«, fragte er und ich konnte an seinem Tonfall schon hören, dass er nicht nur baden wollte. Aber auch ich sehnte mich nach seiner Nähe und nach Zärtlichkeiten, also stimmte ich lächelnd zu. Irgendwie hatte die Scheidung mir das Gefühl gegeben, nicht mehr begehrenswert zu sein, aber er zeigte mir nun, dass ich es doch noch war. Er ließ das Badewasser in die riesige Wanne ein und gab einen nach Orange riechenden Badezusatz dazu, der stark schäumte. Dann stellte er sich vor mich und küsste mich zärtlich, ich erwiderte den Kuss sofort heftiger, so ausgehungert, wie ich war.

Während wir uns immer wieder küssten, zogen wir uns gegenseitig aus. Mittlerweile war auch die Badewanne gut gefüllt und Sebastian überprüfte noch einmal die Temperatur, ehe er mir hinein half. Anschließend stieg er selbst hinein und setzte sich hinter mich. Manchmal war er überaus fürsorglich und das genoss ich gerade sehr.

Nachdem ich von Jeanys Schwangerschaft erfahren hatte, hatte ich mich doch dazu durchgerungen, mir die Dreimonatsspritze geben zu lassen. Kondome allein waren mir einfach zu unsicher, denn das Letzte, was ich jetzt gebrauchen konnte, war, ein Kind von ihm zu erwarten. Wahrscheinlich würde er unsere Vereinbarung dann schneller lösen, als ich schauen konnte und alleinerziehend mit einem Kind würde schon schwierig genug für mich werden. Wenn Paula erst wieder gesund war und wir Sebastian verlassen mussten, würde ich alles alleine regeln müssen. Davor hatte ich jetzt schon Angst.

Aber jetzt freute ich mich erst einmal darauf, dass wir nun auf die nervigen Kondome verzichten konnten, denn worauf dieses Bad hinauslaufen würde, war mir natürlich klar. Wir hatten einfach zu lange keinen Sex gehabt. Ich kuschelte mich an ihn und genoss die Wärme und seine Nähe.

»Hmmm schön«, seufzte er wohlig und schmiegte seine Wange an meinen Kopf. Manchmal keimte die Hoffnung in mir auf, dass unsere Beziehung auch für ihn mittlerweile mehr war, als nur eine Scheinbeziehung. Da er nun aber anfing, zärtlich meine Brüste zu kneten, dachte ich nicht länger darüber nach, sondern gab mich voll und ganz den Empfindungen hin.

Meinen Kopf drückte ich fest an seine Brust, schloss die Augen und fühlte einfach nur noch. Seine Berührungen wurden schnell intensiver und ich bemerkte, wie nicht nur ich immer erregter wurde. Sebastians Penis war eindeutig hart und drängte sich an meinen Rücken. Irgendwie war das eine blöde Position, in der ich hier lag, weil ich ihn kaum berühren konnte, aber Sebastian schien das nicht weiter zu stören und als ich mich umdrehen wollte, hielt er mich einfach fest.

»Lass dich mal verwöhnen«, flüsterte er mir ins Ohr und genau das tat er dann auch ausführlich.

Kapitel 21

In der Nacht darauf schlich ich in Sebastians Schlafzimmer, um mir ein neues Nachthemd aus Sebastians Schrank zu holen. Mittlerweile hatte er meine Sachen alle hier eingeräumt, da das Gästezimmer renoviert werden sollte, damit daraus Alexanders Kinderzimmer werden konnte. Obwohl ich eigentlich durch den Schlafmangel und wegen meines nassen Nachthemds genervt sein müsste, lächelte ich dann trotzdem über das Bild, das sich mir hier bot.

Sebastian lag in seinem breiten Bett ganz am äußeren Rand, sodass ich fast Angst davor hatte, dass er herausfallen könnte. Neben ihm lag sein Sohn quer im Bett, den Kopf in Sebastians Nierengegend gedrückt und schlief tief und fest. Beide hatten die Decke auf die gleiche Art zwischen ihre Beine geklemmt. Wen interessierte da schon etwas Wasser, das ich aus Versehen verschüttet hatte? Das war kein Grund sich aufzuregen.

Eigentlich war das ja ganz anders geplant gewesen und Sebastian war sicherlich nicht begeistert davon, wie es gerade lief. Die Kinder sollten in Alexanders Zimmer schlafen und wir in Sebastians Zimmer, aber die neue Umgebung war wohl zu viel für Paula. Sie hatte abends schon ständig geweint, wenn ich versucht hatte, das Zimmer zu verlassen, deshalb hatte ich irgendwann beschlossen, auf einer Matratze im Kinderzimmer auf dem Boden zu schlafen, da ich nicht auf Alexanders Hochbett klettern wollte. Alexander hatte daraufhin darauf bestanden, dass er bei seinem Vater schlafen würde. Er mochte die Gästezimmer nicht.

Die Nacht war unruhig und Paula wachte immer wieder auf, ließ sich aber durch mich zum Glück immer wieder schnell beruhigen. Ich hoffte darauf, dass es besser werden würde, wenn sie sich erst an die neue Umgebung gewöhnt hatte.

Ich schlich wieder ins Kinderzimmer. Mein Engel schlief jetzt tief und fest, deshalb legte ich mich auf meine Matratze und dachte über die letzten Tage nach. Nach dem Sex in der Badewanne hatten wir einen Riesenstreit gehabt, weil er nicht verstand, warum ich gleich wieder in die Klinik wollte, doch zum Glück hatte er sich dann schnell wieder beruhigt. Heute hatte er mich und Paula dann zusammen mit Alex abgeholt. Ich hoffte nun sehr, dass sich der Alltag bald einspielen würde und die Nächte dann ruhiger würden. Allerdings wusste ich gar nicht, was ich in Zukunft tagsüber tun sollte. In die Reha konnte ich Paula nicht begleiten und so hatte ich zum ersten Mal seit Monaten wirklich Freizeit. Am besten wäre es wohl, wenn ich mir so schnell wie möglich einen Job suchen würde, um in der Zeit etwas Sinnvolles zu tun. Mit diesen Gedanken schlief ich kurz danach ein.

Am nächsten Morgen war meine Kleine früh wach und ich damit natürlich auch. Ich wechselte ihre Windel und setzte sie auf die Toilette, auch wenn sie ein Gesicht zog, als ich ihr eine Neue anzog, aber solange sie sich nicht bewegen konnte, musste die Windel halt einfach sein. Anschließend wusch ich sie und zog ihr frische Sachen an.

Dann startete der erste Tag, seitdem sie in Aptos ins Krankenhaus gekommen war, ohne Ärzte und Therapien. Allerdings war es auch der erste Tag ohne

Krankenschwestern, die sich um Paulas Pflege kümmerten, aber ich war zuversichtlich, dass wir das schaffen würden.

Ich setzte sie in ihren Rollstuhl und schob sie ins Wohnzimmer, wo uns zu meiner Freude, schon der gedeckte Frühstückstisch erwartete. Unsere Männer hatten schon alles vorbereitet. Sogar den Stuhl neben meinem Platz hatten sie weggeräumt, damit ich Paulas Rollstuhl dorthin schieben konnte.

Als ich Alex dann sah, musste ich lachen. Er hatte eine schwarze Hose und ein weißes Oberhemd an und hatte sich ein Küchentuch über den rechten Unterarm gehängt.

»Hallo, ich bin euer Kellner, kommt ihr zum Tisch?«, fragte er uns. Paula klatschte begeistert in die Hände und lachte. Dieses Geräusch war Musik in meinen Ohren. Seit sie wieder wach war, hatte sie nur sehr wenig gelacht und meistens war es Alex, der sie dazu brachte. Dafür liebte ich ihn langsam immer mehr, obwohl ich mir immer wieder sagte, dass ich mich gefühlsmäßig nicht so sehr auf ihn einlassen sollte. Aber mein Herz hörte einfach nicht auf meinen Verstand, diesen Jungen konnte man einfach nur lieben.

Ich schob sie an ihren Platz und setzte mich neben sie, Alexander rückte mir den Stuhl zurecht und brachte mir dann eine selbst gemalte Karte.

»Was möchtet ihr bestellen?«, fragte unser junger Kellner und versuchte dabei einen hochnäsigen Blick aufzusetzen, wie ihn viele Servicekräfte in teuren Restaurants hatten. Mühsam unterdrückte ich ein Lachen und las ihr die Karte vor. Wir entschieden uns beide für Rührei und gaben bei Alexander die Bestellung auf, die er an seinen Vater weiter gab. Während sein Vater das Essen zubereitete, goss er uns Orangensaft ein und brachte mir meinen

Kaffee. Kurze Zeit später saßen wir alle vier am Tisch und aßen. Ich war froh, dass Paula langsam schon wieder alleine essen konnte. Trinken ging zwar nur mit Strohhalm, da sie das Glas noch nicht heben konnte, aber es war ein Fortschritt.

Nach dem Frühstück gingen Sebastian und Alex los, um Möbel für sein neues Zimmer auszusuchen. Sie wollten eigentlich, dass ich mitkam, aber das traute ich mir mit Paula noch nicht zu. Erst einmal musste sich alles zu Hause für uns einspielen, ehe wir Ausflüge machen konnten. Ich stutzte kurz, als mir auffiel, dass ich Sebastians Wohnung als Zuhause ansah, aber dann sagte ich mir, dass ich ja im Moment hier lebte, also war es völlig normal, es als Zuhause zu bezeichnen. Es war kein Anzeichen dafür, dass ich uns schon als Familie sah. Ich war froh, etwas Zeit alleine mit meiner Tochter verbringen zu können, und sie verlangte mal wieder eine neue Geschichte von mir.

Diesmal mussten sie und Alexander die Helden sein und die beiden lösten die wildesten Abenteuer in einem Märchenwald voller Gefahren, Räuber und Hexen.

»Schreiben, Mommy!«, bestimmte Paula mir am Ende.

»Ich soll die Geschichte für dich aufschreiben?«, fragte ich nach und sie nickte heftig. Gut, das war kein Problem. Ich stellte ihr einen Korb mit Holzbausteinen auf den Tisch, denn sie sollte viel greifen und stapeln üben, um ihre Feinmotorik zu schulen, dann setzte ich mich mit meinem Laptop neben sie, um die Geschichte aufzuschreiben. Wie immer verfeinerte ich dabei noch einiges und schmückte die Geschichte noch etwas weiter aus. Das Erzählen war immer nur so etwas wie eine grobe Fassung und der Feinschliff kam dann erst später, deshalb bastelte ich oft noch tagelang an den Geschichten, wenn ich sie denn aufschrieb, denn nicht jede Geschichte gefiel mir so gut, dass ich mir die Mühe damit machte.

Der Vormittag verging so in aller Ruhe. Paula stapelte Bausteine und malte später mit Fingermalfarben. Ich hoffte im Stillen, dass sie damit fertig sein würde, ehe Sebastian wieder kommen würde. Ich hatte zwar den Tisch mit Zeitungspapier abgedeckt, aber trotzdem wusste ich nicht, wie er damit umgehen würde, wenn sie seine Designermöbel etwa mit Farbe beschmieren könnte. Allerdings hinderte mich die Angst vor seiner Reaktion nicht daran, sie malen zu lassen. Sie musste ihre Motorik schulen und gerade das Malen half dabei sehr, auch wenn ihre Bewegungen noch ziemlich eckig waren, aber das würde sich mit der Zeit schon geben.

Paula ermüdete noch sehr schnell, und als sie schlief, räumte ich auf. Danach begann ich , Essen für uns vier zu kochen. Ich entschied mich für etwas Kinderfreundliches und machte einfach Maccheroni mit Käse. Das war eins von Paulas Lieblingsgerichten und dazu sollte es einen Salat geben, auch wenn sie den nicht gerade liebte.

Als ob sie es gerochen hätten, kamen Sebastian und sein Sohn, kurz bevor das Essen fertig war, wieder zurück. Alex war ganz aufgeregt und erzählte von den tollen Möbeln, die sie für sein Zimmer ausgesucht hatten und dass er auch für meine Tochter etwas Tolles gefunden hatte. Er war kaum zu bremsen und redete auch beim Essen ununterbrochen und sein Vater war nicht viel besser. Die beiden ließen mich gar nicht zu Wort kommen, aber das störte mich nicht. Eher im Gegenteil, ich genoss die gute Stimmung, die die Beiden verbreiteten und Paula lauschte sowieso jedem Wort, das Alex sagte. Sie vergötterte ihn regelrecht.

»Solche Vater-Sohn-Tage solltet ihr von nun an regelmäßig machen«, schlug ich vor. Der Vorschlag begeisterte Alex sogleich, und auch Sebastian schien nicht abgeneigt zu sein. Nach dem Essen räumten wir Erwachsenen die Küche auf, während die Kinder einen Disneyfilm ansehen durften, den Sebastian ihnen gekauft hatte.

»Du verwöhnst sie ganz schön«, meinte ich beiläufig, aber er schien es gleich als Angriff zu sehen.

»Na und?«, fragte er grimmig zurück.

»Ist doch mein Geld! Was ich damit mache, ist einzig und allein meine Sache.« Ich zog nur die Augenbrauen hoch, weil ich wirklich nicht verstand, was er auf einmal hatte, aber noch ehe ich etwas sagen konnte, verschwand er sauer im Büro und knallte die Tür zu.

Da war er wieder, Mr. Stimmungsschwankung. Am liebsten wäre ich ihm nachgegangen und hätte ihn zur Rede gestellt, was dieses Theater sollte, aber ich wollte das nicht vor den Kindern austragen, die sich gerade so gut amüsierten und scheinbar nichts von Sebastians Abgang mitbekommen hatten. Der Tag war bisher so schön gewesen, warum musste er ihn nun verderben?

Sebastian ließ sich den ganzen Rest des Nachmittags nicht sehen, kam erst zum Abendessen wieder aus seinem Büro und tat dann so, als wäre nichts gewesen. Wer sollte diesen Mann nur verstehen? Aber das konnte er knicken, auf solche Spielchen hatte ich nun wirklich keine Lust.

Nachdem die Kinder schliefen, heute beide in Alexanders Zimmer, schnappte ich mir meinen Laptop und wollte ins Gästezimmer gehen.

»Was soll das?«, fragte Sebastian und stellte sich mir in den Weg.

»Du fragst mich, was das soll? Wer ist denn hier derjenige, der den ganzen Nachmittag grundlos schmollend in seinem Büro saß?«, fragte ich zurück. So brauchte er mir nun wirklich nicht kommen.

»Du hast mir doch Vorwürfe gemacht, nur weil ich den Kindern den Film gekauft habe. Als würden die paar Dollar eine Rolle spielen, ich kann mit meinem Geld machen, was ich will!«, schrie er mich nun an und ich fragte mich wirklich, ob er nun völlig den Verstand verloren hatte.

»Dein Geld interessiert mich nicht die Bohne!«, erklärte ich ihm betont leise, da ich keine Lust hatte, zurück zu schreien, denn ich fand sein Verhalten heute kindisch und wollte mich nicht auf sein Niveau herunter begeben.

»Ach, nein?«, fragte er gehässig.

»Dafür lebst du im Moment aber ganz gut auf meine Kosten.«

Ich zuckte zurück, als hätte er mich geschlagen. Dachte er wirklich so von mir? Dann wäre es wohl das Beste, unsere Vereinbarung aufzulösen und ein anderes Reha-Zentrum für Paula zu suchen. Eines in der Nähe von Aptos, sodass ich mir dort einen neuen Job suchen konnte, um alles zu finanzieren. Irgendwie würde das schon gehen mit Hilfe meiner Eltern und dem Unterhalt, den ich für meine Kleine bekommen würde.

Ich drehte mich wortlos um, ging ins Gästezimmer und schloss die Tür hinter mir ab. Dann warf ich mich aufs Bett und ließ den Tränen freien Lauf. So verletzt hatte ich mich schon lange nicht mehr gefühlt, es tat fast mehr weh, wie damals, als ich von Johns Betrug erfahren hatte.

Es dauerte lange, bis ich mich wieder beruhigen konnte, Sebastian hatte meine Gefühle wirklich tief verletzt. Was bildete er sich eigentlich ein, schließlich hatte er mir dieses Angebot unterbreitet! Aber damit musste nun Schluss sein, sollte er sich doch eine andere Alibifreundin suchen! Da Paula ab Montag tagsüber in der Reha gut aufgehoben war, konnte ich mir auch einen Job suchen und dann eine Wohnung. Den Unterhalt von John hatte ich ja auch noch, bisher hatte ich davon noch kaum etwas ausgegeben.

Ich beschloss, gleich am Morgen Landon anzurufen und ihn zu fragen, ob wir in seinem Gästezimmer wohnen konnten, bis ich etwas Eigenes gefunden hätte oder wieder nach Aptos konnte. Für meine Tochter wäre es zwar nicht so schön, schon wieder umziehen zu müssen, aber es ging nun einmal nicht anders. An Alexander wollte ich dabei gar nicht denken, er wäre wahrscheinlich mindestens ebenso traurig wie Paula. Leider waren es wohl immer die Kinder, die unter den Streitigkeiten der Erwachsenen leiden mussten.

Ich seufzte tief und versuchte die Tränen, die sich schon wieder in meinen Augen sammeln wollten, zurückzudrängen. Am liebsten hätte ich mich einfach hier im Gästezimmer eingeschlossen und das Zimmer erst wieder verlassen, wenn er weg wäre, aber meine Sachen waren in seinem Schlafzimmer und das Babyfon, dass ich benutzte, um sie zu hören, wenn etwas war, lag im Wohnzimmer.

Also würde ich das Zimmer wohl oder übel noch einmal verlassen müssen. Deshalb erhob ich mich und ging ins Badezimmer, um mich frisch zu machen. Ich wollte nicht, dass Sebastian sah, wie sehr er mich verletzt hatte, allerdings zeigte mir ein Blick in den Spiegel, dass das kaum möglich sein würde. Meine Augen waren rot und geschwollen vom Weinen, mein Gesicht war fleckig und meine Nase leuchtete auch rot.

Ich kühlte mein Gesicht mit kaltem Wasser, aber viel half es nicht, also beschloss ich, mein Aussehen zu ignorieren und einfach das Babyfon und ein paar Sachen für mich zu schnappen und wieder ins Gästezimmer zu gehen. Vielleicht hätte ich ja Glück und würde ihm gar nicht begegnen oder er schlief vielleicht sogar schon, mittlerweile war es nämlich ganz schön spät geworden.

Ich schlich aus dem Bad, um gleich im Flur in Sebastian hineinzulaufen.

»Maddie … ich … wir … wir sollten reden«, stammelte er und sah mich an. Er sah zerknirscht aus, aber heute war mir wirklich nicht mehr nach reden.

»Es ist spät und ich bin müde«, antwortete ich also abweisend und ging einfach an ihm vorbei.

»Ich hole mir nur ein paar Sachen und das Babyfon, dann lege ich mich hin.« Ich hatte jetzt wirklich keine Lust zum Reden, sondern war völlig erschöpft und wollte nur noch schlafen.

Als ich zurückkam, stand Sebastian noch immer im Flur und ließ den Kopf hängen.

»Bitte, Maddie, lass mich erklären!« Er versuchte, mich am Arm fest zu halten, aber ich wich ihm aus.

»Nein, ich gehe jetzt schlafen, gute Nacht!« Verstand er das Wort ›Nein!‹ heute nicht? Ich schaute noch kurz ins Kinderzimmer und war froh, dass er wenigstens jetzt Ruhe gab. Nachdem ich den Sender des Babyfons kontrolliert hatte, ging ich wieder an ihm vorbei und schloss die Tür des Gästezimmers nachdrücklich hinter mir. Dann zog ich mich schnell um, stöpselte den Empfänger ein und ließ mich kraftlos auf das Bett fallen.

Obwohl ich total erschöpft war, dauerte es ziemlich lange, bis ich endlich schlief. Paula schien dafür glücklicherweise besser zu schlafen, denn im Kinderzimmer blieb alles ruhig und so wachte ich am Morgen einigermaßen ausgeruht auf, als sie sich dann doch meldete. Ich lief schnell ins Kinderzimmer und fand Alexander auf ihrer Bettkante sitzen. Er hatte sich ein Buch gegriffen und las ihr daraus vor.

Die beiden bemerkten mich gar nicht und so zog ich mich leise wieder zurück und zog mir etwas über, dann wollte ich in die Küche gehen, um das Frühstück vorzubereiten. Ich dachte eigentlich, dass Sebastian noch in seinem Zimmer wäre und ich Zeit hätte, bis wir miteinander reden mussten, aber da hatte ich mich geirrt, er saß schon im Wohnzimmer am Klavier und spielte. Dass ich den Raum betreten hatte, hatte er scheinbar gar nicht bemerkt, denn er saß mit dem Rücken zu mir und spielte einfach weiter. Die Musik war so traurig, dass sich mein Herz noch etwas mehr zusammen zog, dabei war es vorher schon schwer.

Ich hätte zu gern gewusst, an was er beim Spielen wohl dachte, aber ich hütete mich, ein Geräusch zu machen. Solange er mich nicht bemerkte, würde er hoffentlich weiter spielen. Allerdings hörte er auf zu spielen, als das Lied zu Ende war und ließ den Kopf hängen. Warum tat er mir plötzlich leid? Eigentlich sollte ich doch zumindest wütend auf ihn sein, nach seinem Spruch gestern, aber ich war es nicht. Ich war verletzt, traurig und erschöpft und trotzdem hätte ich ihn jetzt am liebsten in den Arm genommen, um ihn zu trösten. Irgendwie war ich doch nicht ganz richtig im Kopf. Warum tat er mir leid, schließlich hatte er mich verletzt. Allerdings sah er nicht besser aus heute Morgen, als ich mich fühlte, wahrscheinlich hatte er ein schlechtes Gewissen.

Sebastian saß noch immer mit gesenktem Kopf am Klavier und ich stand noch immer bewegungslos an der

Tür, als Alex kurz darauf auch ins Wohnzimmer kam. Er sah von seinem Vater zu mir und wieder zurück.

»Wir haben Hunger«, sagte er dann leise und Sebastian drehte sich sofort um. Er sah zwischen Alexander und mir hin und her und erhob sich schnell. Er sah noch müder aus, als ich mich fühlte. Hatte er überhaupt geschlafen? Vielleicht hätte ich gestern doch noch mit ihm reden sollen. Aber nun war es zu spät.

»Ich hole eben Paula und dann mache ich euch Pancakes zum Frühstück. Was hältst du davon?«, fragte ich den Jungen, der sofort begeistert nickte und mich anlächelte. Allerdings wurde sein Gesichtsausdruck danach gleich wieder ernst, als Sebastian nach einem gemurmelten Guten-Morgen-Gruß in seinem Zimmer verschwand.

Ich hoffte sehr, dass er sich nur umziehen und dann zum Frühstücken kommen würde. Wie sollte ich das sonst Alexander erklären? Der Junge bekam sowieso schon zu viel von der angespannten Stimmung zwischen uns mit. Wir mussten uns dringend aussprechen, daran führte kein Weg vorbei.

Wenig später saßen wir zu viert am Frühstückstisch, aber heute war die Stimmung völlig anders wie am Vortag. Gestern waren wir fröhlich und hatten gescherzt, heute schien eine dunkle Wolke über uns zu schweben, die sich auch auf die Kinder übertrug und die Stimmung drückte.

»Was machen wir heute?«, fragte Alex, als wir fast fertig waren mit dem Essen und alle stumm am Tisch saßen. Sein Vater zuckte mit den Schultern.

»Was möchtest du denn machen?«, fragte er dann aber doch wenig später.

»Können wir ins Aquarium gehen? Paula mag Meerestiere«, antwortete sein Sohn, wie aus der Pistole geschossen. Ich lächelte ihn an, wie er an sie mit dachte, war total süß. Er verstand sie so gut, obwohl sie zurzeit ja nur wenige Worte sprechen konnte. Allerdings traute ich mir so einen Ausflug mit ihr und dem Rollstuhl noch immer nicht zu und ich hatte auch keine Ahnung, wie rollstuhltauglich das Aquarium war.

Ich überlegte noch, wie ich das Alexander erklären sollte, als Sebastian das Wort ergriff.

»Lass uns das für ein anderes Wochenende aufheben, Alex. Paula muss sich erst einmal an das Leben außerhalb des Krankenhauses gewöhnen und wir wollen sie nicht gleich überfordern.« Alexander sah ihn traurig an und Sebastian ging zu ihm und strubbelte ihm durchs Haar.

»Aufgeschoben ist ja nicht aufgehoben. Wir gehen sicherlich noch dorthin, nur halt nicht gleich heute.«

Ich warf ihm einen dankbaren Blick zu. Alexander sah auch fast sofort ein, dass so ein Ausflug noch zu früh war, für seine sieben Jahre war er ein wirklich verständnisvolles Kind. Wir beschlossen, dann einen faulen Tag in Sebastians Wohnung und am Nachmittag einen Spaziergang im Park zu machen. Alexander hatte begeistert gefragt, ob Sebastian dann wieder mit ihm Baseball üben würde und schon war der Tag gerettet.

Auch zwischen uns beiden verbesserte sich die Stimmung unmerklich. Meinen Plan, zu Landon zu ziehen, gab ich vorübergehend auf, Paula und Alexander mochten sich so gern und ich wollte sie nicht trennen im Moment. Außerdem würde morgen die Reha losgehen, das würde auch schon wieder eine neue Umgebung sein, da wollte ich nicht schon nach zwei Tagen in Sebastians Wohnung mit ihr wieder umziehen. Vor allem, da wir ja auch nicht ewig bei Landon bleiben könnten, sondern dann bald eine eigene Wohnung finden müssten.

Wahrscheinlich war es sinnvoller, mir erst einen Job und eine Wohnung zu suchen und dann mit ihr umzuziehen. Deshalb beschloss ich gleich morgen Vormittag, wenn meine Kleine in der Reha und Sebastian im Krankenhaus sein würde, mit der Jobsuche zu beginnen. Außerdem wollte ich mein Konto plündern, auf dem der Unterhalt von John lag und Sebastian zumindest alles Bargeld wieder geben, das er mir gegeben hatte und außerdem noch etwas Wohngeld dazu.

Viel lieber würde ich ihm auch noch die Behandlungskosten zurückzahlen und die Reha selbst finanzieren, aber das konnte ich mir derzeit einfach nicht leisten. Allerdings führte ich genau Buch darüber und schwor mir, dass ich ihm jeden Cent zurückzahlen würde, Sebastian Baker sollte sehen, dass nicht jede Frau nur sein Geld von ihm wollte.

Kapitel 22

Wider Erwarten wurde der Sonntag doch noch ein ganz schöner Tag. Ich saß mit den Kindern auf dem Sofa, sodass Paula nicht den ganzen Tag im Rollstuhl verbringen musste. Ich erzählte ihnen eine Geschichte, Alexander las ihr vor und Sebastian spielte uns etwas auf dem Klavier. Diesmal spielte er keine der traurigen Lieder vom Morgen, sondern fröhliche Kinderlieder mit eingängigen Melodien. Paula klatschte begeistert in die Hände, wenn sie ein Lied erkannte und sie versuchte sogar, mitzusingen. Es klappte noch nicht so gut, aber nach einigen Versuchen sang sie immerhin

»Twinkle twinkle … Star« und war unheimlich stolz darauf, dass sie das schon wieder schaffte. Dieses Lied hatte sie schon immer geliebt und die Melodie stimmte auch. Ich hoffte so sehr, dass sie bald wieder völlig normal sprechen und singen können würde. Vor der Operation hatte sie so viel gesungen und das fehlte mir.

Mittags kochte ich uns etwas und legte sie danach zum Mittagsschlaf im Kinderzimmer hin. Innerhalb von weniger als einer Minute war sie auch schon eingeschlafen. Vor ihrer Erkrankung hatte sie den Mittagsschlaf zwar schon nicht mehr gebraucht, aber jetzt war sie noch sehr schnell müde. Alexander holte sich ein paar Autos und spielte damit, aber er langweilte sich schon nach kurzer Zeit, er hatte einfach noch zu wenig altersgerechtes Spielzeug hier. Im Moment traute ich mich aber auch nicht, Sebastian darauf anzusprechen, denn wer wusste schon, wie er darauf wieder reagieren würde? Deshalb beschloss ich, die Tage einmal loszugehen und ein paar Spiele zu besorgen, die ich mit ihm spielen könnte. Diese Woche durfte ich zwar noch mit in die Rehaklinik, damit Paula sich dort eingewöhnen konnte, aber danach musste sie dort alleine hin. Der Gedanke bedrückte mich jetzt schon, in den letzten Wochen hatte ich schließlich fast jede Minute bei ihr verbracht und nun musste ich anfangen, sie wieder loszulassen. Aber auch das gehörte wahrscheinlich zu ihrem Genesungsprozess, wir mussten beide erst wieder zur Normalität finden und lernen, den Alltag zu meistern.

Er erlaubte Alexander, noch einen Film zu sehen, und sah erst mich an und dann zur Tür. Ich seufzte, denn mir war klar, dass wir nun reden mussten. Es war wirklich höchste Zeit, aber ich hatte Angst vor diesem Gespräch. Die Rehamaßnahmen waren auch nicht billig und wie sollte ich es schaffen, wenn er die nicht bezahlen würde? Ich brauchte wirklich dringend einen Job. Die Angst, dass er irgendwann einfach nicht mehr zahlen wollte, war einfach zu groß. Was sollte ich dann nur tun?

»Alex, wenn etwas ist, wir sind kurz im Büro«, erklärte Sebastian und der Junge nickte nur kurz. Er sah nicht einmal auf, der Film schien ihn völlig zu fesseln. Fast hatte ich gehofft, dass er mit wollte oder protestieren würde, aber das tat er nicht und so musste ich wohl oder übel mit Sebastian reden. Würde er mich jetzt rauswerfen, weil er dachte, dass ich nur sein Geld wollte? Am besten wäre es wahrscheinlich, ihm gleich anzubieten, das Geld zurückzuzahlen, also ging ich, so ruhig es ging, hinter Sebastian her. Als wir im Büro waren und die Tür geschlossen war, fing ich einfach an, fast ohne Punkt und Komma zu reden. Sebastian versuchte, mich zu unterbrechen, aber ich hob die Hand und schüttelte den Kopf, nun war ich erst einmal dran, rauswerfen konnte er mich hinterher immer noch.

»Ab morgen zahle ich meinen Anteil zum Haushaltsgeld dazu und für die Zeit, die ich schon hier bei dir wohne, zahle ich dir das Geld nach. Natürlich bekommst du auch jeden Cent zurück, den du mir gegeben hast, zum Glück habe ich alles notiert.« Hier wollte Sebastian mich unterbrechen, aber ich ließ ihn gar nicht erst zu Wort kommen.

»Mit dem Geld für Paulas Behandlung wird es etwas länger dauern, fürchte ich, aber du wirst jeden Cent von mir zurückbekommen und wenn es Jahre dauert. Ich bin dir wirklich dankbar für alles, was du für uns getan hast und hoffe sehr, dass du unsere Vereinbarung nun nicht beenden willst.« Ich war mehr als froh, dass nun alles raus war, hatte aber gleichzeitig große Angst, was er nun sagen würde. Vielleicht brauchte er ja gar keine Alibifreundin mehr? Oder ahnte er gerade, dass er mir mittlerweile mehr bedeutete, als er sollte? War das der Grund, warum er am Vortag so fies geworden war? Hatte ich ihn unabsichtlich bedrängt?

Warum sagte er nur nichts, eben wollte er doch auch noch ständig reden? Da ich mich nicht traute, ihn anzusehen, konnte ich nicht erahnen, was er nun dachte und er blieb einfach stumm. Mich machte das wahnsinnig und ich fing an, leicht herumzuzappeln. Warum sagte er nichts? Langsam wurde ich immer unruhiger, starrte aber immer noch lieber auf den Boden, als ihn anzusehen.

Endlich räusperte er sich. Mein ganzer Körper spannte sich an, als er begann zu reden.

»Wovon redest du da?« Mit dieser Frage hatte ich nun wirklich nicht gerechnet. Was für eine Antwort erwartete er?

»Ich zahle es so schnell zurück, wie ich   …« Doch Sebastian unterbrach mich.

»Ich denke, wir haben eine Abmachung?«, fragte er und er klang verwirrt und auch sauer.

»Du musst mir gar nichts zurückzahlen, Maddie. Wie kommst du darauf? Ich weiß, der Spruch von mir war fies und ich hätte das nicht sagen dürfen   …« Erstaunt hob ich nun doch den Blick, seine Stimme klang ähnlich traurig, wie ich mich fühlte. Aber wenn er das gar nicht so gemeint hatte, warum hatte er es dann gesagt?

Sebastian kam auf mich zu und blieb nun direkt vor mir stehen, unsere Gesichter waren nur noch wenige Zentimeter voneinander entfernt.

»Kannst du mir verzeihen?«, fragte er leise und sah mich bittend an.

»Ich weiß, dass du nicht so bist und der Spruch war absolut unpassend. Bitte, Maddie, verzeih mir!« Seine Stimme klang besorgt. Hatte er etwa Angst, dass ich ihm nicht verzeihen könnte?

»Ich verzeihe dir«, flüsterte ich fast, da ich nun einen Kloß im Hals hatte und gar nicht wusste, warum. Warum hatte ich gerade das Gefühl, als ob ich gleich anfangen würde zu weinen? Wahrscheinlich weil zu viel Unausgesprochenes zwischen uns stand. Sollte ich ihm von meinen Gefühlen für ihn erzählen? Aber vielleicht würde ich damit auch alles kaputt machen. Ich war hin und her gerissen, besser wäre es sicher, wenn ich meinen Mund halten würde.

»Nicole hat angerufen und versucht, mich zu einem Treffen zu überreden und ich habe mich so aufgeregt, aber das hätte ich nicht an dir auslassen dürfen. Du bist nicht wie sie, das weiß ich ja.« Diese Nicole schon wieder. Hoffentlich würde sie bald aus seinem Leben verschwinden.

»Ist schon in Ordnung, sag so etwas nur nie wieder zu mir. Wenn Paula nicht wäre, hätte ich gestern noch meine Sachen gepackt und wäre gegangen. Du hast meine Gefühle verletzt.« Mist! Hatte ich das gerade wirklich gesagt? Wie würde er darauf reagieren? Ahnte er etwa was von meinen Gefühlen? Sebastian beugte sich leicht vor und sah mir dabei ganz tief in die Augen. Das funkelnde Grün faszinierte mich immer wieder und sein Blick wirkte beinahe liebevoll. Fühlte er es etwa auch? Konnte es sein, dass diese Beziehung auch für ihn keine reine Zweckgemeinschaft mehr war? Statt etwas zu sagen, küsste er ganz sanft meine Lippen.

Sebastians Hände wanderten langsam an meinen Seiten auf und ab, während er den Kuss vertiefte. Schnell war er nicht mehr sanft und vorsichtig, sondern leidenschaftlich. Ich passte mich ihm an und schloss genussvoll die Augen, während Sebastian mich durch den Raum bis zum Bett dirigierte. Er schaffte es, dass wir dort unfallfrei ankamen, ohne den Kuss auch nur für eine Sekunde zu unterbrechen. Als ich das Bett in den Kniekehlen spürte, setzte ich mich automatisch darauf. Er nutzte die Gelegenheit sofort und zog mir mein Oberteil mit einer fließenden Bewegung aus und warf es zur Seite. Ich hinderte ihn allerdings auch nicht daran, denn ich wollte ihn ebenso sehr, wie er mich. Schnell streifte ich noch meine Schuhe ab.

Er drängte mich weiter nach hinten, sodass ich kurz darauf auf dem Rücken im Bett lag und küsste mich wieder leidenschaftlich. Dann löste er sich von meinem Mund und knabberte und küsste sich von meinem Kinn an meinem Hals entlang, als wir plötzlich ein Geräusch aus dem Flur hörten.

Oh mein Gott, wir waren ja nicht allein in der Wohnung! Wie hatte ich die Kinder nur vergessen können? Sebastian schaffte es irgendwie, dass mein Hirn manchmal völlig abschaltete. Er selbst schien wie erstarrt, deshalb drückte ich ihn zur Seite, erhob mich schnell und suchte nach meinem Shirt. Es lag auf seinem Schreibtischstuhl und ich beeilte mich, es wieder über zu ziehen.

Auch Sebastian schien nun wieder klar denken zu können und erhob sich endlich vom Bett. Ich schlüpfte wieder in meine Schuhe und in diesem Moment klopfte es auch schon an die Tür.

»Herein!«, antwortete er mit etwas heiserer Stimme und sofort bewegte sich der Türgriff. Ich musste ein Aufkeuchen unterdrücken, es war nicht einmal abgeschlossen gewesen. Wie hatten wir das nur vergessen können? Schließlich war Alexander im Wohnzimmer.

Lizzy kam herein und warf uns einen seltsamen Blick zu. Ahnte sie etwa, wobei sie uns gerade unterbrochen hatte?

»Hallo, Alexander sagte mir, dass ihr hier seid«, meinte sie lächelnd.

»Ja, wir mussten etwas besprechen«, antwortete Sebastian. Lizzy grinste uns frech an.

»Ach? So nennt man das jetzt?« Ich lief fast sofort rot an. Gab es etwas Peinlicheres als das?

»Ich war gerade in der Nähe und dachte, dass ich Alexander dann gleich mitnehmen könnte«, erklärte sie dann ruhig.

»Jetzt schon?«, fragte er erstaunt.

»Wir wollten nach Paulas Mittagsschlaf noch in den Park. Ich habe Alexander versprochen, mit ihm Baseball zu spielen.« Lizzy sah ihn erstaunt an, scheinbar war sie es nicht gewohnt, dass ihr Bruder protestierte, wenn sie seinen Sohn eher abholte.

»Wir können Alexander ja fragen, was er will«, schlug sie dann schulterzuckend vor.

Gemeinsam gingen die beiden ins Wohnzimmer, nachdem ich noch kurz einen Blick ins Kinderzimmer geworfen hatte. Paula schlief zum Glück noch tief und fest und nachdem ich nur etwas die Decke höher gezogen hatte, die sie weggestrampelt hatte, folgte ich den Geschwistern ins Wohnzimmer.

Allerdings blieb ich sprachlos in der offenen Tür stehen. Alexander hatte sich vor seinem Vater aufgebaut und funkelte ihn mit Tränen in den Augen böse an.

»Warum willst du mich nicht hier haben?«, fragte er mit bebender Stimme. Sebastian sah ihn hilflos an. Am liebsten wäre ich sofort zu Alexander gelaufen und hätte ihn in den Arm genommen. Was war nur in den paar Minuten passiert, in denen ich bei meiner Tochter gewesen war, dass er das dachte?

»Ich will dich doch hier haben, Alex«, antwortete Sebastian. Seine Stimme klang hilflos.

»Und warum will Lizzy mich dann abholen? Du hast mir versprochen, dass wir in den Park gehen. Nie hältst du deine Versprechen! Warum darf Paula hier wohnen und ich nicht?« Alexander kämpfte sichtlich mit den Tränen. Nun war mir klar, was los war, er fühlte sich abgeschoben und unerwünscht. Hilflos sah ich von einem zum anderen. Alexander tat mir so leid und von mir aus, konnte er gerne hier wohnen, aber ich hatte kein Recht, ihm das anzubieten, schließlich war ich hier selbst nur Gast. Leider bekam Sebastian den Mund nicht auf und sah mich ebenso hilflos an, wie ich ihn. Ich versuchte, ihm mit Blicken deutlich zu machen, dass er etwas sagen musste. Aber dazu kam er gar nicht.

»Gut!«, schrie Alexander nämlich. »Ich gehe mit Lizzy mit, aber dann kommt Paula auch mit. Dad muss schließlich arbeiten und kann sich nicht um mich kümmern also hat er auch für sie keine Zeit. Entweder können wir beide hierbleiben, oder wir gehen beide zu Granny.« Alexander verschränkte schmollend die Arme vor der Brust und seine Unterlippe schob er trotzig vor. Er sah so süß aus, dass ich am liebsten zu ihm gegangen wäre und ihn umarmt hätte.

»Alexander«, sagte Sebastian hilflos und blickte wieder zu mir. Ich nickte ihm aufmunternd zu und hoffte, dass er die richtigen Worte finden würde. Von mir aus konnte Alexander nur zu gerne auch hier wohnen. Tagsüber war er ja sowieso in der Schule, also würde das auch funktionieren, wenn ich einen Job finden würde.

»Du weißt ja, dass ich arbeiten muss und nicht jeden Tag pünktlich Feierabend habe …« Ich rollte mit den Augen. Warum konnte er nicht einfach auf den Punkt kommen, anstatt nun ewig, um das Thema herum zu reden?

»Also, ich hätte gern, dass du hier wohnst, aber ich weiß nicht, wie das gehen sollte«, versuchte er, sich heraus zu reden. Aber da hatte er wohl nicht mit dem Ideenreichtum eines Siebenjährigen gerechnet.

»Dann passt halt Maddie auf mich auf. Paula kommt doch nicht viel später aus der Reha, als ich aus der Schule. Meine Schule ist ja sowieso in der Nähe vom Krankenhaus, also könnte ich doch hinterher einfach zu ihr, bis wir abgeholt werden.« Einfach? Ja, für Alexander war es das wohl und für mich wäre das auch nicht wirklich ein Problem. Sebastian sah mich fragend an, als wollte er mein Einverständnis holen und ich nickte schnell.

»Also, wenn Maddie nichts dagegen hat, kannst du gern hier wohnen, solange du möchtest. Wenn es dir doch nicht gefällt, kannst du ja wieder zu Granny ziehen.« Lizzy zog die Augenbrauen hoch und sah ihren Bruder skeptisch an, als wollte sie ihm zu verstehen geben, dass er dem keinesfalls zustimmen könnte. Aber warum eigentlich nicht? Schließlich war er Alexanders Vater und sie nur die Tante.

»Für mich ist es kein Problem, Alexander nach der Schule mit zu betreuen«, erklärte ich und wurde mit einem strahlenden Lächeln von Alexander, der aufgeregt auf und ab hüpfte, belohnt. Paula hatte das vor ihrer Erkrankung auch oft gemacht, wenn sie sich über etwas gefreut hatte. Lizzy schnaufte laut, sagte aber nichts dazu. Allerdings war ihr deutlich anzusehen, dass sie nicht begeistert war von der Idee. Sie musste lernen, Alexander loszulassen, schließlich war er nur ihr Neffe und nicht ihr Sohn. Ich hoffte nur, dass Sebastian, wenn ich irgendwann nicht mehr da sein würde, nicht auf die Idee kommen würde, Alexander einfach wieder abzuschieben.

Aber er hatte sich schon sehr gewandelt im Umgang mit seinem Sohn und ich hoffte, dass dies nun dauerhaft anhalten würde, schließlich war er gar kein so schlechter

Vater, wie er dachte. Im Gegensatz zu John, der seine Tochter einfach abgeschrieben hatte, war er sogar ein richtig guter Vater, auch wenn er manchmal Fehler machte, beziehungsweise in der Vergangenheit viele Fehler gemacht hatte. Aber wer machte die nicht? Wir waren schließlich alle nur Menschen.

»Also ich fahre dann jetzt. Wenn Alexander nicht mit möchte, kann er ja hierbleiben. Aber du erklärst das Mom und Dad und wehe du enttäuschst ihn wieder, dann mach ich dir die Hölle heiß!« Bei diesen Worten warf Lizzy ihrem Bruder einen wütenden Blick zu. Sie vertraute eindeutig nicht darauf, dass Sebastian sich geändert hatte.

Alexander sah seine Tante verwirrt an und als sie seinen Blick bemerkte, lächelte sie ihm zu.

»Wir sehen uns, Cowboy, ich muss jetzt los«, sagte sie, dann rauschte sie aus der Wohnung und schloss die Tür lauter als nötig hinter sich. Sebastian sah ihr hinterher und schüttelte den Kopf.

»Ich rufe mal meine Eltern an und bespreche alles mit ihnen«, sagte er und ging wieder ins Büro. Da Paula nun nach mir rief, ging ich in Alexanders Zimmer, um sie zu wickeln und wieder anzuziehen. Alexander war mir gefolgt und redete dabei aufgeregt auf sie ein.

»Wir können ja ganz viel zusammen machen. Wenn wir beide hier wohnen und deine Mom und mein Dad dazu, sind wir fast eine richtige Familie. Granny und Grandpa sind zwar toll und Lizzy auch, aber ich hab mir immer eine kleine Schwester gewünscht und jetzt habe ich dich …« Paula nickte begeistert.

»Alex Ali Bruder!«, sagte sie dann bestimmt und nun nickte Alexander fröhlich.

»Genau! Und ich werde immer für dich da sein und dich beschützen«, versprach er ihr. Die beiden waren so süß zusammen, aber ich bekam bei diesen Sätzen einen Kloß im Hals. Wie sollten sie damit klar kommen, wenn Paula gesund sein würde und Sebastian uns wegschicken würde?

Dass ich mich in ihn verliebt hatte, war meine eigene Schuld und mir war klar, dass mein Herz brechen würde, wenn der Tag des Abschieds kommen würde, aber nun waren die Kinder auch noch davon betroffen. Auch ihre Herzen waren in Gefahr gebrochen zu werden. Mein Gewissen lastete schwer auf mir, aber was sollte ich nur tun? Ich hatte gerade erst zugestimmt, mich um Alexander zu kümmern, wenn Sebastian arbeiten musste, ich konnte nun nicht plötzlich einfach sagen, dass ich es mir anders überlegt hatte.

Also schluckte ich alle Bedenken hinunter und hörte Alexander einfach weiter dabei zu, wie er Pläne schmiedete, dabei zogen wir ins Wohnzimmer um, wo die beiden malen wollten. Paula hatte zwar noch Probleme damit, den Stift zu halten, aber als ich ihr einen extra dicken Buntstift gab, ging es besser, auch wenn sie ihn in die Faust nahm. Die Feinmotorik musste halt erst wieder trainiert werden und in ihrem Alter hatten sowieso viele Kinder noch keine korrekte Stifthaltung.

Auf Paulas Bildern war auch noch nicht viel zu erkennen, es waren eher Kritzeleien, aber ich war trotzdem stolz darauf, dass sie das schon wieder konnte. Alexander dagegen war ein richtiger kleiner Künstler. Er malte ein Bild mit einem Wal für Paula und ich dachte mir eine passende Geschichte dazu aus. Sebastian kam ins Zimmer, setzte sich daneben und sofort kam ich mit meiner Geschichte ins Stocken. »Erzähl weiter!«, forderte er mich auf.

»Ich kann das nicht, wenn du mir zuhörst«, versuchte ich, ihm zu erklären. Vor den Kindern hatte ich kein Problem damit, mir etwas auszudenken, aber vor ihm war es mir peinlich. John hatte zwar auch öfter zugehört, wenn ich unserer Tochter eine Geschichte erzählt hatte, aber er hatte das Ganze eher belächelt. Ich hatte Angst, dass Sebastian mich vielleicht sogar auslachen würde.

»Schade, ich höre dir gern zu«, meinte er dann.

»Aber wir müssen jetzt sowieso gleich los. Alexander, wir müssen zu Grandpa und Granny fahren und ein paar Sachen einpacken sowie dein Schulzeug holen, schließlich ist morgen früh Schule.« Alexander nickte begeistert und sprang sofort auf.

»In den Park gehen wir dann halt an einem anderen Tag, allerdings habe ich nächstes Wochenende Dienst«, erklärte er seinem Sohn, als die beiden den Raum verließen.

Nachdem die beiden weg waren, bereitete ich das Abendessen vor und Paula spielte derweil mit ein paar Bausteinen. Obwohl es ihr noch sehr schwerfiel, die Steine zu stapeln, und der Turm mehrmals einfach umkippte, gab sie nicht auf und versuchte es immer wieder. Dafür bewunderte ich sie, andere Kinder hätten längst sauer die Steine durch die Gegend geworfen. Ich war stolz auf meine kleine Maus und hoffte so sehr, dass sie mit diesem Durchhaltewillen in der Reha schnell wieder alles lernen würde, was sie vor der Erkrankung konnte. Die Ärzte waren da aber sehr zuversichtlich und so verdrängte ich die Angst, dass sie vielleicht nicht wieder alles lernen könnte, schnell wieder.

Manchmal überfielen mich diese Ängste, auch wenn ich sie nicht weniger lieben würde, wenn sie eine Behinderung zurückbehalten würde, so hoffte ich doch sehr, dass die Ärzte Recht behalten würden und Paula bald wieder ein völlig normales Leben würde führen können.

Mein Handy klingelte und ich sah an der Nummer, dass es Andrew war. Da ich schon einige Tage nichts aus der Heimat gehört hatte, ging ich freudig ans Telefon. Das Essen war sowieso so gut wie fertig und den Rest konnte ich erst machen, wenn Sebastian und Alexander wieder da waren, also hatte ich Zeit für ein ausgiebiges Gespräch mit Andy.

»Hallo, Andrew, wie geht es dir?« Andy druckste erst komisch herum. Irgendwas stimmte da nicht, das spürte ich sofort, aber er rückte nicht gleich mit der Sprache heraus. Ich wusste, dass es nichts bringen würde, ihn zu drängen, dann würde es nur noch länger dauern, bis er mit der Sache herausrücken würde. Ich kannte ihn schon lange genug, um zu wissen, dass ich nur abwarten konnte, bis er so weit war, aber das schlechte Gefühl wurde immer stärker.

»Maddie, ich weiß gar nicht, wie ich es dir sagen soll«, meinte er dann plötzlich. Was er mir dann erzählte, riss mir einmal mehr den Boden unter den Füßen weg. Ich wünschte, Sebastian wäre jetzt hier, aber ich war ganz alleine mit meiner Tochter und ich unterdrückte die Tränen, da ich nicht wusste, wie ich ihr erklären sollte, was passiert war.

Nachdem Andrew aufgelegt hatte, saß ich wie versteinert auf dem Sofa. Paula war ganz ruhig, sie hatte aufgehört mit ihren Steinen zu spielen und saß nur noch in ihrem Rollstuhl und sah mich hilflos an. Sie spürte scheinbar, dass mit mir etwas nicht stimmte. Da ich sie nicht beunruhigen wollte, riss ich mich aus meiner Starre und versuchte, sie anzulächeln, allerdings war ich mir nicht wirklich sicher, wie überzeugend dieses Lächeln war.

»Mommy?«, fragte sie und irgendwie klang es kläglich. Schnell ging ich zu ihr und nahm sie vorsichtig aus dem Rollstuhl und auf den Arm. Ihre Nähe tat mir gut und so konnte ich die Tränen, die sich schon in meinen Augen sammelten, zurückdrängen. Ich musste stark sein vor Paula, vor allem, da ich keine Ahnung hatte, wie ich ihr erklären sollte, was passiert war.

Ich setzte mich mit Paula auf dem Schoß aufs Sofa und fing an, ihr eine meiner älteren Geschichten zu erzählen, um mich abzulenken. Für etwas Neues hatte ich jetzt den Kopf nicht frei, aber sie ließ sich so zumindest ablenken und manchmal ergänzte sie sogar ein Wort. Sie kannte die Geschichte also noch, obwohl ich sie ihr nach der Operation noch nicht wieder erzählt hatte. Das gab mir Mut, dass sie bald alles wieder aufholen würde, was sie vor der Erkrankung konnte.

Ich konzentrierte mich völlig auf meine Tochter und die Geschichte, damit meine Gedanken nicht nach Aptos wandern konnten, aber ganz ließ es sich natürlich nicht vermeiden. Was hatte sie sich nur dabei gedacht? Ich hatte mich ja schon mehrmals gefragt, was mit meiner Mutter los war. Entweder ging sie gar nicht ans Telefon oder sie redete wirres Zeug, aber niemals hätte ich damit gerechnet, dass sie tablettenabhängig sein könnte. Wäre es nicht Andrew gewesen, der mir davon erzählt hatte, würde ich es kaum glauben können.

Und nun hatte sie einen Medikamentencocktail eingenommen und war bewusstlos geworden. Zum Glück hatte mein Vater sie gefunden, er kümmerte sich wohl ziemlich viel um sie, da es ihr, seit Paula krank geworden war, nicht gut ging. Paulas Koma hatte alte Wunden bei ihr wieder aufgerissen und verdrängte Ereignisse wieder in ihr Bewusstsein zurückgebracht. Sie hatte den Tod meines Bruders scheinbar nie verarbeitet, sondern nur verdrängt, dass es ihn gegeben hatte.

Sie war bei mehreren verschiedenen Ärzten gewesen und alle hatten ihr Tabletten verschrieben. Umbringen wollte sie sich wohl gar nicht, sondern nur den Schmerz betäuben und alles wieder verdrängen, aber es waren zu viele unterschiedliche Medikamente gewesen und ihr musste der Magen ausgepumpt werden. Nun war sie außer Lebensgefahr und deshalb hatte mein Vater Andrew gebeten, mir die Neuigkeit schonend beizubringen.

Fast musste ich darüber schmunzeln, aber auch nur fast, das Ganze war viel zu schrecklich, um darüber zu lachen. Das war so typisch mein Dad, er konnte mir solche schlechten Nachrichten einfach nicht selber überbringen. Das konnte er noch nie, für so etwas war immer Mom verantwortlich gewesen.

Am liebsten hätte ich alles stehen und liegen gelassen und wäre mit dem nächsten Flieger nach Hause geflogen, um mich selbst davon zu überzeugen, dass es meiner Mutter gut ging, aber leider ging das nicht. Paula brauchte ihre Reha und wenn sie dort morgen nicht erscheinen würde, dann wäre der Platz weg. Und alleine fliegen ging natürlich auch nicht, ich konnte sie nicht alleine lassen. Außerdem hatte ich ja auch noch versprochen, Alexander nach der Schule zu betreuen.

Wenn Sebastian mit Alexander wieder da war, wollte ich unbedingt noch mit meinem Dad telefonieren. Vor meiner Tochter wollte ich das aber nicht tun, also hoffte ich, dass die beiden bald wieder da sein würden, damit ich mich kurz zurückziehen könnte. Allerdings war mir klar, dass es noch etwas dauern würde, bis die beiden wieder hier sein würden. Als die Geschichte zu Ende war, setzte ich Paula wieder in den Rollstuhl und ging daran, die Essensvorbereitungen abzuschließen.

Irgendwie musste ich mich beschäftigen. Wenn ich einfach still herumsitzen würde, würde ich wahrscheinlich in Tränen ausbrechen und das wollte ich keinesfalls. Deshalb fing ich an aufzuräumen und sogar unsere und Sebastians Wäsche zu waschen, als ich mit dem Essen fertig war. Dafür hatte er zwar eigentlich seine Haushaltshilfe, aber ich konnte einfach nicht untätig herumsitzen.

Nach einer gefühlten Ewigkeit kamen die beiden zurück. Sie waren bester Laune und trugen zwei Reisetaschen, einen prall gefüllten Rucksack, Alexanders Schultasche und einen Karton herein.

»Morgen bringt Granny mir noch ein paar Sachen«, erzählte Alexander Paula gleich begeistert und schob sie ungefragt ins Kinderzimmer, um ihr seine mitgebrachten Sachen zu zeigen.

Sebastian ging noch einmal zum Auto, um weitere Sachen zu holen, also nutzte ich die Zeit, um kurz in seinem Schlafzimmer zu verschwinden. Im Moment waren ja alle beschäftigt und ich wollte unbedingt meinen Dad sprechen, um von ihm zu hören, wie es meiner Mutter ging. Schon nach dem zweiten Klingeln ging mein Vater an sein Telefon.

»Stone?«

»Dad, wie geht es Mom? Warum hast du dich nicht selbst bei mir gemeldet und warum hast du so lange gewartet, um mir Bescheid zu geben?« Ich überhäufte ihn mit Fragen, ohne ihm Zeit zum Antworten zu lassen. Aber ich war so aufgebracht, dass er mich nicht sofort informiert hatte, schließlich war sie meine Mutter und ich hatte ein Recht darauf zu wissen, wie es ihr ging.

»Maddie, nun lass mich doch erst einmal zu Wort kommen!«, meinte Dad und klang dabei niedergeschlagen. Sofort bekam ich ein schlechtes Gewissen, weil ich ihn am liebsten mit Vorwürfen überhäuft hätte, dabei war das Ganze ja auch für ihn keine einfache Situation.

»Deiner Mutter geht es besser, aber leider noch nicht gut. Sie ist jetzt in einer psychiatrischen Klinik und wird dort gut betreut. Die Ärzte sagen, dass es kein Selbstmordversuch war, sondern einfach unglückliche Umstände. Sie hat nicht nur einen Arzt aufgesucht, sondern vier verschiedene und jeder hat ihr etwas anderes verschrieben. Zwar hat sie alles nach Vorschrift genommen, aber der Cocktail war einfach zu viel für ihren Körper. Ich wollte dich vorher nicht informieren, weil du sowieso nichts hättest tun können. Du kannst ja nicht Paulas Behandlung abbrechen, um nach Hause zu kommen«, erklärte er mir noch einmal alles ausführlich, dann gab er mir noch die Nummer der Klinik, unter der ich meine Mutter erreichen konnte.

Anschließend erkundigte er sich noch nach Paulas Fortschritten und ich bemerkte, wie die Anspannung von mir abfiel. Es tat gut, mal wieder die Stimme meines Dads zu hören, wir redeten viel zu wenig miteinander in letzter Zeit. Durch Paulas Erkrankung hatte ich nur noch Zeit für sie gehabt und erst jetzt bemerkte ich, wie sehr mir meine Familie fehlte. Dad war zwar nur noch selten in Aptos gewesen, aber wir hatten oft miteinander telefoniert. Ich hoffte, sobald sich Paula erst an ihre Reha gewöhnt hatte, ich hoffentlich auch wieder etwas Zeit für mich, meine Familie und meine Freunde haben würde.

Eine Welle der Sehnsucht überrollte mich. Warum musste mir das alles passieren? Ich sehnte mich so nach der sorgenfreien Zeit zurück. Warum konnte nicht alles wie früher sein und ich mit meiner Kleinen, meinen Eltern, Andy und allen anderen Freunden am Strand ein Lagerfeuer machen, grillen und alte Geschichten hören?

Tränen liefen mir über die Wangen und ich wischte sie sauer weg. Zum Trauern hatte ich keine Zeit, ich sollte einfach froh sein, dass meine Mutter außer Lebensgefahr und Paula auf dem Wege der Besserung war. Allerdings hätte ich mich davon gern persönlich überzeugt.

Ich seufzte und spürte plötzlich Sebastians Arme, die sich von hinten um mich legten und mich hielten. Dann drehte er mich um und sah mir eindringlich ins Gesicht.

»Was ist passiert?« Schon wieder liefen ein paar Tränen und Sebastian wischte sie zärtlich weg. Dann zog er meinen Kopf an seine Brust und hielt mich ganz fest, während ich den Kampf aufgab und hemmungslos zu schluchzen begann.

Es war, als würde er mir den Halt geben, den ich brauchte, um mich endlich fallen zu lassen. Es fühlte sich so gut an in seinen Armen. Langsam beruhigte ich mich wieder und er fragte noch einmal nach, was passiert war. Ehe es mir richtig bewusst war, erzählte ich ihm alles, von den Problemen meiner Mutter und meiner Sehnsucht nach ihr und allen anderen mir wichtigen Menschen.

»Warum fliegst du nicht für ein paar Tage rüber und überzeugst dich selbst davon, dass es ihr gut geht?«, fragte er mich plötzlich. Ich starrte ihn nur sprachlos an. Wie sollte das funktionieren? Ich musste mich um meine Tochter kümmern und nun hatte ich auch noch versprochen, Alexander zu betreuen.

»Wie stellst du dir das vor? Ich kann hier doch nicht weg im Moment. Paula muss zur Reha!«, erwiderte ich.

»Ich nehme mir ein paar Tage frei und kümmere mich um die Kinder. Paula kennt mich doch mittlerweile und Essen gibt es halt vom Lieferdienst, dann kannst du deine Mutter besuchen«, erklärte mir Sebastian seinen Plan. Meinte er das etwa ernst? Bisher hatte er sich nicht einmal alleine um seinen Sohn gekümmert und jetzt wollte er einige Tagen mit den Kindern alleine bleiben? So gern ich geflogen wäre, aber das traute ich ihm einfach nicht zu.

»Hast du schon einmal selbst Windeln gewechselt?«, fragte ich das Erste, was mir in den Sinn kam. Er sah mich überrascht an, dann schien ihm ein Licht aufzugeben und er verzog das Gesicht und schüttelte dabei den Kopf. Hatte ich es mir doch gedacht.

»Danke für das liebe Angebot«, sagte ich und drückte ihm einen Kuss auf die Lippen, »aber ich glaube, ich warte besser, bis Paula mit kann.« Sebastian küsste mich wieder.

»Das ist wohl besser so, aber vielleicht können wir bald alle vier fliegen, dann musst du nicht so lange warten.« Mit diesen Worten überraschte er mich einmal mehr heute Abend und ich küsste ihn wieder zärtlich, diesmal aber mit Zunge. Ich vergaß alles andere um mich herum und bildete mir ein, dass Sebastian mich lieben würde, so wie ich ihn liebte.

Die reale Welt blendete ich völlig aus, bis es plötzlich hinter mir kicherte. Erschrocken beendete ich den Kuss und drehte mich um. Dort stand Alexander und strahlte über das ganze Gesicht, neben ihm saß Paula in ihrem Rollstuhl und kicherte. Ich fragte mich, was sie nun von mir dachte, weil ich einen anderen Mann als ihren Daddy

küsste. Aber scheinbar fand sie das völlig in Ordnung,
denn sie kicherte wieder und sah sehr zufrieden aus.

Kapitel 23

Ich sah auf die Uhr und dann Elizabeth böse an. »Lizzy, wenn du jetzt nicht endlich in die Gänge kommst, fahre ich alleine nach Hause! Die Kinder kommen in einer Stunde.« Elizabeth lachte nur und wühlte unberührt weiter durch die Kleiderständer. Sie hatte mich dazu überredet, mit ihr shoppen zu gehen, und ich war mir nach drei Stunden absolut sicher, dass ich das nie wieder machen würde. Mir taten die Füße weh und ich wollte nicht hunderte von Sachen anprobieren, die ich doch nicht kaufen konnte, denn ich weigerte mich, einen Cent mehr als nötig von Sebastians Geld auszugeben. So kaufte ich mir nur das benötigte Kleid, passende Schuhe und eine Handtasche. Doch so nervig ihre Anprobiererei sowieso schon gewesen war, nun wurde es wirklich Zeit für mich zu gehen und sie hatte die Ruhe weg. Das machte mich wahnsinnig.

Ich wollte keinesfalls, dass die Kinder vor mir zu Hause ankamen. Es lief zwar ganz gut, aber wir würden wahrscheinlich noch einige Zeit brauchen, bis sich der Alltag zu viert eingependelt hätte. Paula ging nun seit drei Tagen alleine zur Reha, nachdem ich sie in der ersten Woche noch begleiten durfte. Wenn sie nach Hause kam, war sie immer so geschafft, dass sie erst einmal ein Nickerchen machen musste.

Die Zeit nutzte ich dann, um mit Alexander Hausaufgaben zu machen, auch wenn das nicht wirklich nötig war. Er war ein wirklich kluges Kind und brauchte kaum Hilfe. Ab und zu musste ich allerdings aufpassen, dass er seine Aufgaben nicht zu sehr hinschmierte, sonst konnte er es nämlich eine Stunde später schon selbst nicht mehr lesen.

Zwischen Sebastian und mir war die Stimmung seltsam, was zum Teil wahrscheinlich auch daran lag, dass wir noch keinen Sex gehabt hatten, seit die Kinder bei uns lebten. Andererseits lag es auch daran, dass er immer noch böse war, weil ich darauf bestand, meinen Teil zum Haushaltsgeld beizutragen. Nach vielen Diskussionen hatte er sich zwar darauf eingelassen, aber es gefiel ihm wohl nicht, doch ich wollte mir nie wieder vorwerfen lassen, dass ich nur sein Geld wollte.

Allerdings lehnte er es noch immer vollständig ab, sich von mir auch Paulas Behandlungskosten zurückzahlen zu lassen. Wir hatten einen heftigen Streit deswegen gehabt und er war der Meinung, dass ich gegen unsere Abmachung verstoßen würde, wenn ich ihm das Geld zurückzahlen würde. Ich sollte lieber Geld für Paulas Collegeausbildung anlegen, wenn ich denn zu viel davon hätte. Das Thema war aber für mich noch nicht völlig abgeschlossen, auch wenn ich es im Moment ruhen ließ.

Ein Blick auf die Uhr sagte mir, dass ich nun wirklich losmusste, wenn ich vor den Kindern zu Hause sein wollte. Lizzy war derweil immer noch mit zwei Shirts beschäftigt und verglich sie ausgiebig miteinander.

»Ich gehe! Jetzt!«, betonte ich noch einmal und endlich sah wohl auch Miss Baker ein, dass meine Geduld zu Ende war. Sie ließ die Shirts da, wo sie waren, und folgte mir zum Ausgang.

»Mach doch nicht so einen Stress, Maddie«, lachte sie.

»Wir haben noch so viel Zeit, bis die Kinder kommen und noch viel mehr, bis ihr heute Abend losmüsst.« Ich stöhnte. An die Veranstaltung heute Abend wollte ich gar nicht denken, aber als Sebastians Freundin musste ich mit zu einem Galadinner für das Krankenhaus und deshalb waren wir auch einkaufen gewesen. Lizzy hatte darauf bestanden, mich für diesen Anlass einkleiden zu dürfen, im Gegenzug würde sie heute Abend dem Dinner fernbleiben und auf die Kinder aufpassen.

Begeistert war sie zwar immer noch nicht davon, dass Alexander nun bei Sebastian lebte, aber sie hatte vorhin sogar zugegeben, dass es viel besser lief, als sie gedacht hätte. Auch wenn sie der Meinung war, dass es sicherlich nicht an ihrem Bruder lag, dass der Junge so glücklich war. Dabei tat sie ihrem Bruder damit wirklich Unrecht, er beschäftigte sich täglich sehr intensiv mit seinem Sohn und die beiden kamen sich immer näher. Und mit jedem Schritt, den die beiden aufeinander zu machten, verliebte ich mich mehr in Sebastian, egal was wir sonst für Probleme hatten.

Zum Glück bekamen wir schnell ein Taxi und waren bald darauf daheim. Wenig später kamen auch die Kinder an, wie immer hatte ich die beiden persönlich vom Wagen abgeholt.

»Du kannst doch auch oben warten«, murrte Alexander nicht zum ersten Mal.

»Ich kann Paula doch auch schieben.« Aber das lehnte ich strikt ab. Es gab so viele Idioten in New York und ich wollte mir nicht ausmalen, was den Kindern alles zustoßen könnte. Sebastian fand das Ganze übertrieben und meinte, dass wir Alex auch Verantwortung übernehmen lassen sollten.

Elizabeth stimmte da zum Glück aber völlig mit mir überein und streichelte ihm einmal durchs Haar.

»Wenn du größer bist, Champ«, sagte sie lächelnd. Aber da hatte sie genau das Falsche gesagt.

»Ich bin groß. Ich bin sieben und gehe zur Schule. Muss ich etwa bis zur Highschool warten, bevor ich drei Schritte allein gehen darf?«, motzte er lautstark. Einige Leute blieben stehen und lächelten uns an.

»Nicht traurig sein, junger Mann«, meinte eine ältere Frau lächelnd.

»Deine Mutter wird dir sicher schon bald mehr zutrauen.« Die Frau warf ihm noch einen lächelnden Blick zu und ging dann davon. Dass sich Alexanders Miene auf einmal deutlich verdunkelt hatte, bemerkte sie gar nicht mehr. Als ich die Tränen in seinen Augen sah, die er scheinbar mühsam zurückzudrängen versuchte, konnte ich nicht mehr anders, ich kniete mich hin, nahm ihn einfach in den Arm und drückte ihm einen Kuss auf die Stirn.

Alexander schmiegte sich kurz in meine Arme, machte sich dann aber schnell wieder von mir los. Er lächelte mich einmal kurz an, ehe er sich wieder die Griffe von Paulas Rollstuhl schnappte und mit ihr im Hauseingang verschwand. Als ich mich wieder aufrichtete, fiel mir Lizzys Gesichtsausdruck auf. Sie lächelte irgendwie traurig und am liebsten hätte ich auch sie einfach mal in den Arm genommen und gedrückt, aber das ließ ich dann doch lieber sein. Sie liebte den Jungen, wie ihr eigenes Kind und ich hoffte sehr, dass sie es mir nicht übel nahm, dass ich nun sozusagen die Mutterrolle bei ihm einnahm, solange ich bei Sebastian lebte.

Mein schlechtes Gewissen meldete sich auch schon wieder. Nicht nur mein Herz würde brechen, wenn er unser Arrangement beenden würde, auch die Kinder würden darunter leiden. Wahrscheinlich wäre es besser für unser aller Seelenheil gewesen, wenn ich doch gleich zu Beginn der Reha mit Paula ausgezogen wäre und wir nun nicht zu viert zusammen leben würden, aber dafür war es nun zu spät.

Immer öfter kam mir die Idee, auch nach Paulas Genesung in New York zu bleiben und hier ein neues Leben für uns aufzubauen. Vielleicht könnten wir Alexander dann wenigstens regelmäßig sehen. Ob Sebastian das wohl erlauben würde? Irgendwann musste ich endlich den Mut fassen und mit ihm über solche Dinge sprechen, bisher hatte sich aber noch nie die Gelegenheit dazu ergeben.

In der Wohnung angekommen, zeigte ich Lizzy schnell alles, was sie für Paulas Versorgung brauchen könnte.

»Und wenn sonst etwas ist, rufst du einfach an, dann komme ich so schnell wie möglich nach Hause«, meinte ich, aber Lizzy lachte nur.

»Was soll schon passieren? Außerdem kennt Alexander sich doch bestens aus und hilft mir sicher, oder, Alex?«, fragte sie ihn und er nickte begeistert.

»Klar helfe ich dir, Lizzy und ich kann heute ja auch bei Paula schlafen, wenn sie möchte.«

Am Montag waren seine neuen Möbel geliefert worden und seitdem war der ehemals schwarz-weiße Albtraum sein neues Kinderzimmer und Paula hatte sein altes Zimmer bekommen. Wir hatten beide Zimmer mit hübschen Wandtattoos dekoriert, sodass bei Alexander nun Sportler und bei Paula Feen die Wände schmückten.

»Du schläfst in deinem Zimmer, Alex«, mischte Sebastian sich ein, der gerade die Wohnung betreten hatte und Alexanders letzten Satz gehört hatte.

»Morgen ist Schule und soviel ich weiß, schreibt ihr einen Rechentest, da solltest du ausgeruht sein.« Alex zog eine Schnute, nickte aber brav.

»Hi, Dad«, begrüßte er seinen Vater und drückte ihn kurz. Sebastian lachte. So gelöst war er die letzten Tage nicht gewesen, ob es einen Grund für seine gute Laune gab?

»Sorry. Natürlich erst einmal Hallo miteinander und danke, dass du dich bereit erklärt hast aufzupassen, Lizzy.« Er klang wie ein engagierter Familienvater und ich schmunzelte über diese Veränderung. Noch vor ein paar Wochen hatte er sich kaum um seinen Sohn gekümmert und nun war es schon völlig selbstverständlich, dass er es tat, mit ihm Spaß hatte, aber ihm auch Grenzen aufzeigte. Lizzy konnte es scheinbar kaum fassen, wie er sich verändert hatte. Sie sah ihm erstaunt nach, als Sebastian mit Alexander in dessen Zimmer ging, um sich etwas zeigen zu lassen.

»Er weiß sogar, wann Alexander Tests in der Schule schreibt?«, fragte sie völlig geplättet und ich nickte.

»Er weiß auch, wann Elternabend ist, und war gestern Abend ganz alleine dort. Allerdings meinte er hinterher, dass er dieses Vergnügen nicht so oft bräuchte.« Lizzy lachte laut.

»Das kann ich mir gut vorstellen. Und wie läuft es zwischen euch?«, fragte sie plötzlich. Unsicher sah ich sie an, was meinte sie? Wurde es etwa langsam deutlich, dass wir unsere Beziehung nur spielten?

»Gut«, antwortete ich, allerdings bemerkte ich selbst, dass es nicht wirklich überzeugend klang.

»Wir müssten mehr reden und bräuchten Zeit zu zweit, das ist mit den Kindern halt nicht immer ganz einfach«, fügte ich deshalb noch hinzu.

»Aber das wird schon werden, wir müssen uns halt alle erst an die neue Situation gewöhnen.«

Lizzy lächelte aufmunternd.

»Das ist doch völlig normal, ihr schafft das sicher. Ich muss ja sagen, dass mein Bruder mich immer mehr überrascht. Er lebt völlig monogam und das schon eine für ihn sehr lange Zeit und er kümmert sich wirklich um Alexander. Danke, Maddie! Du tust ihm so gut und machst wirklich einen völlig anderen Mann aus ihm. So schwer es mir fällt, ich muss zugeben, dass es für den Jungen das Beste ist, wie es jetzt läuft. Ich hoffe, ihr werdet glücklich miteinander. Herzlich willkommen in der Familie.«

Mit dieser Ansprache hatte ich nun wirklich nicht gerechnet.

»Danke, Lizzy«, antwortete ich daher nur verdutzt und erwiderte die Umarmung, in die sie mich gezogen hatte.

»So, und nun mach dich fertig, du musst heute Abend allen anderen Frauen die Show stehlen, um ihnen zu zeigen, dass Doktor Sebastian Baker vom Markt ist.«

Kapitel 24

Sebastian und ich saßen in einem Taxi und fuhren zum Four Seasons. Ich kannte das Gebäude von außen zwar schon, aber noch nie hatte ich so ein vornehmes Hotel betreten. Das war so gar nicht meine Welt und ich hatte große Angst davor, mich und somit auch ihn zu blamieren. Diese Galaveranstaltung war unheimlich wichtig und als Sebastians Freundin würde ich wahrscheinlich mehr im Mittelpunkt des Interesses stehen als mir lieb war.

Dass diese Gala heute war, wusste ich zwar schon seit einer Woche, aber Sebastian hatte nur gesagt, dass wir etwas essen würden und dass es darum ging, Spenden für das Krankenhaus zu sammeln. Erst Lizzy hatte mir erklärt, welch große Rolle die Bakers dabei spielten und, dass ihr Bruder als einer der begehrtesten Junggesellen der Stadt, immer ganz besonders im Rampenlicht stand. Es war das erste Mal, dass wir offiziell als Paar bei einer Veranstaltung auftraten und dadurch waren mir die Neugier der Leute und die Eifersucht vieler Frauen gewiss.

»Sebastian hat diese Veranstaltungen bisher gern zum Frauen-Aufreißen genutzt und ist dort noch nie mit einer Frau an seiner Seite aufgetaucht. Das wird eine absolute Premiere werden. Und wenn du nicht willst, dass dich diese Weiber in der Luft zerreißen, musst du sie einfach alle in den Schatten stellen«, hatte Lizzy mir erklärt und mich dann erst ins Spa, dann

zum Friseur und anschließend zu dieser furchtbaren Shopping-
tour geschleppt.

Der Festsaal, in dem das Galadinner stattfand, war absolut beeindruckend. Es waren lauter runde Tische aufgestellt worden, an denen immer acht Personen sitzen konnten. Die Tischdekoration war komplett in weiß und rot gehalten und neben den asymmetrischen Tellern standen mehrere verschiedene Gläser und Besteck für mindestens fünf Gänge. Er führte mich zielstrebig zu einem Tisch, an dem Olivia und William mit einem anderen Paar standen und sich unterhielten.

Am liebsten wäre ich umgedreht und davon gelaufen! Was tat ich hier eigentlich? Ich gehörte nicht in diese Welt und kam mir völlig fehl am Platz vor. Panik machte sich in mir breit. Sicherlich würde ich mich beim Essen schrecklich blamieren, weil ich keine Ahnung hatte, wozu man so viel Besteck brauchte oder mich von oben bis unten bekleckern oder etwas völlig Unpassendes sagen … Die Möglichkeiten waren endlos und ich bemerkte schon jetzt, dass viele Blicke auf uns lagen. Wie sollte ich diesen Abend nur überstehen?

Sebastian schien meine Unsicherheit zu spüren und drehte mich leicht zu sich, sodass ich ihm direkt ins Gesicht sehen musste.

»Alles in Ordnung?«, fragte er leise und griff nach meiner Hand. Ich nickte leicht und drückte seine Hand, was sollte ich auch sagen? Dass mich hier alles furchtbar einschüchterte, würde er sicher nicht verstehen.

»Ganz ruhig, ich bin bei dir und wir werden neben meinen Eltern sitzen.« Na super, so konnte ich mich nicht nur vor ihm lächerlich machen, sondern auch gleich noch vor seinen Eltern.

Seit Paula nicht mehr in der Klinik war und Alexander bei uns lebte, hatte ich William gar nicht gesehen und Olivia nur einige Male kurz. Da war sie zwar immer sehr freundlich gewesen, aber ich hatte immer noch keine Ahnung, wie sie Alexanders Auszug fanden und ob sie mich vielleicht dafür verantwortlich machten.

Sebastian beugte sich leicht vor und hauchte mir einen Kuss auf die Lippen.

»Du bist nicht alleine«, sagte er mit ernster Stimme und lächelte mir noch einmal zu, ehe er mich weiter führte, direkt zu seinen Eltern und dem anderen Paar. Die vielen Blicke, die auf uns gerichtet waren, ignorierte er einfach. Oder bemerkte er sie gar nicht? Mir waren sie sehr wohl bewusst und ich griff Halt suchend fester nach Sebastians Hand.

»Guten Abend, Edith, Walter, Mom, Dad«, begrüßte er die vier und nickte jedem einzelnen lächelnd zu.

»Maddie, darf ich dir Mrs. Edith und Mr. Walter Baumgarden vorstellen? Edith ist ein wichtiges Mitglieder des Stiftungsrates.«

»Guten Abend, Sebastian«, begrüßte die Frau, die Edith hieß, ihn und wandte sich dann mir zu.

»Und Sie müssen Madison sein. Herzlich willkommen in New York. Ich habe schon so viel von Ihnen gehört.« Sie drückte mich einfach kurz an sich und ich wusste erst gar nicht, was ich sagen sollte, sondern lächelte einfach höflich.

»Vielen Dank, Mrs. Baumgarden«, brachte ich dann doch über die Lippen.

»Ach, Kindchen, nennen Sie mich ruhig Edith und am besten duzen wir uns auch gleich. Walter und ich haben schon so viel Gutes über dich gehört, da ist es, als würden wir dich schon ewig kennen.« Sie sprach so schnell, dass ich ihr kaum folgen konnte. Allerdings fragte ich mich, was sie denn über mich gehört hatte, so lange war ich ja noch gar nicht in New York und bisher kannte ich hier auch kaum jemanden, außer Sebastian und seiner Familie.

Mr. Baumgarden, oder Walter, wie ich ihn ja auf Wunsch seiner Frau nennen sollte, war gegen seine Frau fast stumm. Er gab mir nur die Hand und lächelte, als er mir ›Guten Tag‹ sagte. Aber auch, wenn Edith etwas zu herzlich war, so wurde mir doch schon kurz darauf klar, dass sie mir wirklich wohlgesonnen war. Ganz im Gegensatz zu unseren anderen Tischgenossen.

Mr. Cooper und seine Tochter Danielle, schienen nämlich nicht begeistert von meinem Erscheinen zu sein. Auch wenn sie uns höflich begrüßten, so sprachen die Blicke doch Bände.

»Danielle hatte gehofft, dass du dich heute Abend um sie kümmern würdest«, sagte Mr. Cooper zu Sebastian, als wäre ich gar nicht da.

»Du weißt ja, dass ich nicht gern tanze. Mit deiner Begleitung hatten wir nicht gerechnet, du kommst doch sonst immer allein.«

Danielle selbst, die mir gegenüber saß, sagte nichts, sondern schmachtete Sebastian an und beachtete mich dabei absolut nicht. Für sie schien ich gar nicht da zu sein. Er sah mich an und verdrehte leicht die Augen, was mich zum Lächeln brachte. Er schien absolut kein Interesse an ihr zu haben, was mich sehr beruhigte.

Während des Essens drehten sich die Gespräche hauptsächlich um das Krankenhaus. Dabei achtete ich einfach darauf, welches Besteck die Anderen benutzen, um nur nichts falsch zu machen. Mr. Cooper war

Chefarzt der Orthopädie und der festen Überzeugung, dass es nichts Wichtigeres geben würde als seine Station.

»Außerdem ist die Orthopädie viel profitabler. Bei euch liegen die Patienten nach einer Operation viel zu lange auf der Station und blockieren die Betten, meine Patienten können viel schneller nach Hause oder in die Rehaklinik.«

»Und ich dachte immer, dass es darum geht, den Patienten zu helfen und ihnen den Aufenthalt in der Klinik so angenehm wie möglich zu machen und nicht darum, wer am meisten verdient. Sonst bräuchte man die Stiftung ja nicht«, bemerkte Edith spitz und ich musste ihr da völlig Recht geben. Schließlich war es ein Galadinner der Stiftung und mit dem Erlös sollte ein Kinderspielplatz im Klinikpark für die kleinen Patienten erbaut werden.

»Wenn es Ihnen nur ums Geld verdienen geht, dann sollten Sie vielleicht zu einer Privatklinik wechseln«, mischte sich nun Walter ein, der bisher geschwiegen hatte.

»Das sage ich Daddy schon lange!«, ereiferte Danielle sich gleich.

»Dann müsste er auch nicht mehr so viele Überstunden machen. Meine Mutter ist schon ganz traurig, dass sie ihn nie sieht.« William blickte ihren Dad verwundert an, sagte aber nichts. Ich fragte mich, ob das mit den vielen Überstunden stimmte, aber eigentlich ging es mich ja nichts an. Allerdings fragte ich mich, wo Danielles Mutter denn war, wenn sie ihren Mann so selten sah, dann hätte sie ja mit ihm zu diesem Dinner gehen können.

Edith schien nun bestrebt zu sein, das Thema zu wechseln.

»Was machen Sie eigentlich beruflich, Danielle?«, fragte sie.

»Ich studiere Modedesign«, antwortete sie wie aus der Pistole geschossen.

»Ich werde sicher einmal mein eigenes Label haben.« Eigentlich sah sie gar nicht mehr wie eine Studentin aus, sondern eher, als wäre sie schon mindestens Anfang dreißig, aber da irrte ich mich wohl.

»Und du, Madison?«, fragte sie mich gehässig.

»Du bist Hausfrau, habe ich gehört, wovon lebst du dann?« Ich überlegte noch, was ich sagen sollte, da mischte Sebastian sich ein.

»Geht dich das etwas an?«, fragte er und ich merkte genau, dass er sauer war.

»Dich fragen wir ja auch nicht, wer dir dein fünftes Studium zahlt oder ist es schon das sechste?«

Nun war sie still und ich sah, dass nicht nur Sebastians Eltern lächelten, sondern auch Ediths Gesicht ein Lächeln zierte.

»Sie hatten eine eigene Werbefirma, habe ich gehört?«, mischte sich nun Walter ein.

»Ja, mein Exmann und ich hatten die Firma schon kurz nach unserem Studium gegründet. Nun führt er sie allein, da ich mich um unsere Tochter kümmere, solange sie krank ist. Allerdings bin ich jetzt auf der Suche nach Arbeit, ich fürchte nur, dass das hier in New York nicht so einfach werden wird.«

»Du willst wieder arbeiten, Liebes?«, fragte Olivia erstaunt.

»Ich dachte, du kümmerst dich um die Kinder!« Wahrscheinlich machte sie sich Sorgen um Alexander.

»Deshalb wird es auch schwierig werden, etwas zu finden«, erklärte ich.

»Ich möchte nur in den Zeiten arbeiten, in denen Paula in der Reha und Alexander in der Schule ist. Vielleicht finde ich zumindest eine Anstellung als Sekretärin oder so. Ich habe bei uns ja alles gemacht: Büro, Buchführung, Kampagnenplanung, Texten und Zeichnen.«

»Und nebenbei hast du noch die wundervollen Kinderbücher geschrieben und die Zeichnungen dazu gemacht«, meinte Olivia plötzlich und ich lief rot an.

»Das ist nur ein Hobby von mir und ich habe sie ja nur für Paula binden lassen.« Alexander hatte Olivia ganz begeistert die Geschichten gezeigt, die ich für ihn geschrieben hatte. Außerdem hatte er auch Paulas Bücher vorgeführt, da ich ihm versprochen hatte, dass ich seine Geschichten auch so illustrieren und binden lassen würde.

»Die Geschichten sind wunderbar, Maddie«, mischte sich nun auch noch Sebastian ein.

»Du musst sie unbedingt mal Walter zeigen.« Erstaunt sah ich ihn an. Warum sollte Walter sich für Kindergeschichten interessieren?

»Komm doch am Montag mal mit deinen Entwürfen in Walters Büro«, rief Edith begeistert.

»Du musst wissen, dass er einen eigenen Verlag hat, der auch Kinderbücher verlegt.« Entgeistert sagte ich zu und sah verwirrt zu Sebastian und Olivia, die sehr zufrieden aussahen. War es kein Zufall, dass wir an einem Tisch saßen und das Gespräch auf meine Geschichten kam? Mir kam das Ganze wie eine abgekartete Sache vor.

Nach dem Essen hatte ich es geschafft einen festen Termin für Montagmittag bei Walter im Büro auszumachen und eine Feindin zu gewinnen. Danielle hatte das Interesse der Baumgardens an mir überhaupt nicht gefallen und sie hatte alles versucht, um die Aufmerksamkeit auf sich zu ziehen. Sie räusperte sich ständig, fiel allen ins Wort, versuchte ständig das Thema zu wechseln und führte sich wirklich unmöglich auf. Sodass alle sehr schnell von ihr genervt waren.

»Na endlich«, murmelte Sebastian, als das Essen vorbei war und die Reden begannen. Wahrscheinlich dachte er, dass sie sich nun zusammenreißen würde, aber weit gefehlt. Sie versuchte weiter, alle Aufmerksamkeit auf sich zu ziehen. Der Einzige, der sich nicht von ihr gestört zu fühlen schien, war ihr Vater. Der sah sie aber auch kaum an, sondern schien in Gedanken meilenweit weg zu sein.

Edith sah immer genervter aus. Als Danielle dann auch noch anfing, sich über das Aussehen der Rednerin lustig zu machen, weil diese, ihrer Meinung nach, mal einen Besuch auf der Sonnenbank nötig hätte, wurde Edith richtig wütend.

»Miss Cooper!«, zischte sie leise.

»Könnten Sie sich jetzt endlich mit Ihren Bemerkungen zurückhalten? Die Frau hat eine schwere Erkrankung und wahrscheinlich völlig andere Sorgen, als ihr Aussehen.«

Danach gab Danielle endlich Ruhe, zumindest verbal. Dafür versuchte sie nun, mit Blicken und Gesten Sebastians Aufmerksamkeit zu erregen, doch dieser beachtete sie weiterhin nicht. Alle waren froh, als der offizielle Teil des Abends endlich vorbei war und der Tanz eröffnet wurde. Schnell verstreuten sich alle Anwesenden und ich fand mich plötzlich mit Sebastian auf der Tanzfläche wieder. Ob das wohl gut gehen würde? Ich konnte doch gar nicht richtig tanzen. John hatte das nie gestört. Für ihn war in der Disco herum zappeln, der einzig akzeptable Tanz gewesen, aber Sebastian war natürlich auch hier Experte, das merkte ich sofort.

»Tut mir leid, ich kann nicht tanzen«, sagte ich, nachdem ich ihm auf den Fuß getreten war. Er lächelte mich nur an.

»Du denkst zu viel«, meinte er.

»Versuch den Kopf auszuschalten und überlass mir die Führung.« Das war leichter gesagt als getan. Vor allem, als ich die Blicke einiger junger Frauen um uns herum wahrnahm. Fast fühlte ich mich wie ein Fisch, der versehentlich in einem Haifischbecken gelandet war. Wäre Sebastian nicht an meiner Seite gewesen, hätten sie mich wahrscheinlich längst aufgefressen.

Nach einiger Zeit klappte es immer besser mit dem Tanzen und ich entspannte mich wirklich, während er mir leise Geschichten über die Leute rund um uns herum erzählte. Plötzlich stöhnte er auf und ich sah ihn erstaunt an.

»Komm, wir verschwinden schnell. Mr. Cooper kommt direkt auf uns zu und will sicher abklatschen, damit ich mit seiner Tochter tanzen kann.« Er zog mich regelrecht von der Tanzfläche. Ich lachte laut.

»Du magst Danielle wohl nicht?« Er sagte nichts dazu, sondern verdrehte nur leicht die Augen. Arm in Arm gingen wir zu einer der aufgebauten Bars und Sebastian besorgte uns je ein Glas Champagner.

»Prost«, sagte er und lächelte mir zu, als wir anstießen. Sein Blick war so liebevoll, dass mir richtig heiß wurde. Mein Herz wurde schwer und ich wusste gar nicht, warum meine Stimmung plötzlich umschwang. Ich musste ihm endlich sagen, was ich für ihn empfand, aber hier, inmitten dieser vielen fremden Leute, war wohl kaum der richtige Ort für eine Liebeserklärung.

Wenig später war ich auch froh, dass ich nicht angefangen hatte, Sebastian meine Gefühle zu erklären, denn eine wunderschöne Frau kam lächelnd direkt auf uns, beziehungsweise eigentlich nur auf ihn zu, drängelte sich zwischen uns und umarmte ihn einfach.

»Sebastian, wie schön dich hier zu sehen, komm, lass uns tanzen«, forderte sie ihn auf. Mich behandelte sie dabei wie Luft. Er schien zuerst völlig verwirrt zu sein, dann jedoch befreite er sich aus ihrer Umarmung.

»Claire!«, begrüßte er sie kurz angebunden.

»Du siehst doch, dass ich nicht allein bin. Darf ich dir meine Freundin vorstellen?« Bei dieser Frage ging er um sie herum, bis er neben mir stand, griff nach meiner Hand und hauchte mir einen Kuss darauf. Sofort schlug mein Herz schneller. Manchmal konnte er so aufmerksam und liebevoll sein und damit wuchsen meine Gefühle für ihn immer mehr.

»Maddie, das ist Claire Meyers. Claire, das ist Madison Stone«, stellte er uns einander vor und ich sah mit Vergnügen, wie ihr ihre Gesichtszüge entglitten.

»Freu … Freundin?«, stotterte sie und schien ehrlich erstaunt, meine angebotene Hand ignorierte sie dabei völlig.

»Ich dachte, Sebastian Baker hat und will keine Freundinnen?« Ihre Stimme klang nun richtig zickig und ich musste mir ein Lachen verkneifen. Sebastian setzte dann sogar noch einen drauf, griff nach meiner ignorierten Hand und drückte sie leicht.

»Stimmt, ich habe keine Freundinnen. Ich habe nämlich nur eine Freundin. Maddie.« Dabei lächelte er mich wieder an. Wenn Blicke töten könnten, wäre ich in dem Moment wahrscheinlich umgefallen, denn Claire starrte mich mehr als nur etwas böse an.

»Wenn du es dir anders überlegen solltest, du hast ja meine Nummer«, sagte sie und zwinkerte ihm noch einmal zu, ehe sie endlich davon ging.

Wir tanzten noch einige Zeit ungestört, aber ich bemerkte immer wieder, dass uns einige Frauen mit Argusaugen beobachteten und mir immer wieder böse Blicke zuwarfen. Dafür schienen die Mitglieder des Stiftungsrates sehr zufrieden zu sein, dass Sebastian so eindeutig zeigte, dass ich zu ihm gehörte. Genau das hatten sie ja gewollt.

»Wollen wir gehen, oder möchtest du noch weiter tanzen?«, fragte er nach einiger Zeit.

»Ich habe ja frei, aber die Kinder werden um halb acht morgen früh abgeholt. Es wird niemanden stören, wenn wir uns jetzt zurückziehen, aber ich überlasse es ganz dir, wann wir gehen.« Da ich das Tanzen in den Pumps absolut nicht gewöhnt war und mir schon die Füße wehtaten, war ich ganz froh darüber, dass wir langsam gehen konnten. Wir verabschiedeten uns nur noch von Sebastians Eltern und dem Leiter der Klinik, bevor wir dann nach Hause fuhren. Mittlerweile fühlte sich Sebastians Wohnung wirklich wie mein Zuhause an und ich verdrängte jeden Gedanken daran, dass ich irgendwann wieder zurück nach Aptos gehen musste.

Überhaupt verdrängte ich meistens die Gedanken an die Zukunft und lebte völlig im Hier und Jetzt, denn zurzeit gab es einfach genug aktuelle Probleme, über die ich nachdenken musste. Ich war nur froh, dass Paula sich so gut in der Reha eingelebt hatte und gern dorthin ging. Sie war das jüngste Kind in der Rehaklinik und wurde von vielen Mitpatienten bemuttert. Ihr gefiel das natürlich sehr und Zuhause waren Alexander und sie eine unzertrennliche Einheit. Niemals hätte ich damit bei dem Altersabstand gerechnet.

Eifersucht gab es komischerweise gar nicht zwischen den beiden, eher im Gegenteil. Sie hielten schon jetzt fest zusammen, und Alexander schien immer genau zu verstehen, was Paula sagen wollte, obwohl es ja noch oft unverständlich war, was sie sagte. Aber der Logopäde der Rehaklinik machte mir Mut, dass sie schon noch alles wieder aufholen würde. Sie war mit Begeisterung bei der Sache und machte schon Fortschritte, aber es würde halt alles seine Zeit brauchen.

In der Wohnung angekommen, ging ich zuerst in Paulas Zimmer, während Sebastian schon ins Wohnzimmer vorausging. Ich erschrak ziemlich, als ich Paulas Bett leer vorfand, obwohl ihr Rollstuhl daneben stand. Aber dann sagte ich mir, dass Elizabeth ja da war, um auf sie aufzupassen, also würde ihr sicherlich nichts passiert sein.

Im Flur erwartete mich dann auch schon Sebastian an der geöffneten Wohnzimmertür, schmunzelte und legte den Finger auf die Lippen, um mir zu anzudeuten, ruhig zu bleiben. Er zog mich leise ins Wohnzimmer und das Bild, das sich uns dort bot, brachte auch mich zum Lächeln. Auf dem riesigen Sofa lagen Paula und Alexander Arm in Arm und schliefen und auf dem anderen lag Elizabeth und schlief ebenfalls. Scheinbar hatten die drei einen Film geschaut, doch dieser war längst vorbei und das Bild auf dem Fernseher nur noch blau.

»Lassen wir sie einfach hier schlafen?«, fragte Sebastian flüsternd. Ich überlegte kurz, ob Paula vielleicht runter fallen könnte, da aber Alexander vor ihr lag, bestand da eigentlich keine Gefahr. Also nickte ich lächelnd.

»Lass sie schlafen«, flüsterte ich zurück und griff nach der Wolldecke, die an den Füßen der Kinder lag, um sie damit zuzudecken. Sebastian schlich zu Lizzy und weckte sie vorsichtig. Zum Glück schien sie nicht sonderlich tief zu schlafen.

»Oh, ihr seid schon zurück?«, wunderte sie sich. Er erklärte ihr, dass unser Tag durch die Kinder ja früh begann, und sie lächelte, weil er unser sagte und nicht meiner. Mir wurde dabei auch wieder ganz warm ums Herz. Die ganze kurze Unterhaltung wurde im Flüsterton gehalten, damit die Kinder nicht aufwachten. Kurz darauf verabschiedete sie sich und verließ die Wohnung.

Sebastian zog mich leise durchs Wohnzimmer und in sein Schlafzimmer.

»Endlich allein«, flüsterte er und küsste mich dann leidenschaftlich.

»Darauf habe ich schon den ganzen Abend gewartet!«, sagte er in einer Kusspause und sah mich verlangend an. Für uns war der Abend noch nicht zu Ende. Während unserem Liebesspiel war jeder Gedanke an die Kinder wie weggeblasen, erst als er hinterher meinte, dass die beiden zum Glück einen tiefen Schlaf hatten, wurde mir bewusst, dass sie direkt nebenan waren.

Ich lief rot an und sah verstohlen zur Tür. Am liebsten wollte ich aufstehen und nachsehen, ob sie noch schliefen, doch Sebastian ließ mich nicht weg.

»Sie schlafen sicherlich tief und fest«, beruhigte er mich.

»Wenn sie aufgewacht wären, hätten sie sich sicher gleich gemeldet.«

Dann küsste er mich so zärtlich, dass ich jeden Gedanken an die Kinder wieder vergaß. Fast war es, als wollte er mir mit dem Kuss zeigen, dass er mich liebte, aber das war sicherlich nur Wunschdenken von mir, denn nur weil ich mich mittlerweile verliebt hatte, musste es ihm ja nicht genauso gehen. Kurz überlegte ich es ihm einfach zu sagen, doch dann spürte ich, wie Sebastians Penis wieder hart wurde und er erneut anfing, sich zu bewegen. Beim Sex wollte ich es ihm auch nicht sagen, sonst würde er noch denken, ich würde es nur deswegen sagen.

Nach der zweiten Runde war ich so müde, dass ich nicht einmal mehr aufstand, um mich etwas frisch zu machen. Ich kuschelte mich einfach nur zufrieden an Sebastian und dämmerte langsam weg.

»Ich liebe dich«, hörte ich seine Stimme noch flüstern, aber wahrscheinlich gehörte das schon zu meinem Traum. Ich träumte nämlich davon, wie wir Hand in Hand am Strand spazieren gingen und uns immer wieder küssten. Derweil liefen Alexander und Paula fröhlich vor uns her und tollten im Sand herum. Paula war wieder völlig gesund und wir waren alle vier sehr glücklich.

Am Morgen riss der Wecker mich gnadenlos aus diesem wunderschönen Traum und ich wollte am liebsten gar nicht aufstehen. Die Nacht war einfach zu kurz gewesen, trotzdem schaltete ich den Wecker schnell aus, um Sebastian nicht zu wecken. Allerdings bemerkte ich dann, dass er schon gar nicht mehr im Bett war. ›Wann war er wohl aufgestanden?‹, fragte ich mich erstaunt.

Ich machte mich schnell frisch und zog mich an, um dann die Kinder zu wecken, schließlich mussten sie heute pünktlich zur Reha, beziehungsweise zur Schule. Statt der schlafenden Kinder auf dem Sofa, fand ich allerdings Alexander und seinen Vater schon fleißig in der Küche am Werkeln und auch Paula saß schon angezogen in ihrem Rollstuhl am Frühstückstisch. Alle drei lachten gerade über irgendetwas und hatten mich scheinbar noch gar nicht bemerkt. An diese Situation könnte ich mich wirklich gewöhnen. Meine drei liebsten Menschen lachten gemeinsam. Der Tag konnte ja nur gut werden, wenn er so anfing.

Kapitel 25

Aufgeregt lief ich durch die Wohnung. Heute war Montag und in weniger als einer Stunde hatte ich meinen Termin bei Walter. Was hatte ich mir nur dabei gedacht, diesen Termin auszumachen? Meine Geschichten waren Spielerei. Natürlich, Paula und Alexander gefielen sie, aber ich war doch keine Autorin, die damit Geld verdienen konnte. Warum hatte ich mich nur darauf eingelassen? Ich musste verrückt geworden sein. Nein größenwahnsinnig!

»Maddie, beruhige dich. Ich glaube fest an dich!«, versuchte Olivia, mir Mut zu machen. Sie hatte leicht reden, sie konnte ja nicht wissen, dass es schon immer mein heimlicher Traum gewesen war, Autorin zu werden und plötzlich war dieser Traum zum Greifen nah. Aber noch näher war die Angst, dass er platzen könnte. Wenn Walter mir sagte, dass meine Geschichten Mist waren, dann würde dieser Traum platzen. John hatte meine Erzählungen schließlich auch immer nur belächelt.

Fast war ich froh, dass Sebastian nicht hier war, um mir beizustehen. Er hatte überraschend für einen erkrankten Kollegen einspringen müssen und war nun zwei Wochen in San Francisco, um ein Seminar über Neurochirurgie zu halten. Das war eine große Ehre für einen Arzt in Sebastians Alter und als er am Morgen nach dem Galadinner davon erfahren hatte, war er sofort Feuer und Flamme gewesen. Keine Sekunde hatte er gezögert zuzusagen oder mich auch nur gefragt, ob das in Ordnung wäre, dass ich mich um Alexander kümmerte.

Nicht, dass ich damit ein Problem gehabt hätte, aber diese Selbstverständlichkeit, mit welcher Sebastian das voraussetzte, hatte mich schon gestört. Aber so war er eben, an eine plötzliche Änderung seines Verhaltens hatte ich sowieso nicht wirklich geglaubt. Und so war ich am Wochenende mit den Kindern alleine im Park gewesen, während er seine Unterlagen durchgegangen war und alles vorbereitet hatte. Das alles störte mich auch gar nicht wirklich, dafür aber, dass ihn Schwester Vivianne aus dem Krankenhaus begleitete und auch noch im gleichen Hotel wie er wohnen würde.

Gesagt hatte ich deshalb natürlich nichts. Ich war nur froh, dass ich ihm meine Gefühle nicht gestanden hatte, nachher hätte er sonst nur zum Trotz gleich etwas mit dieser Schwester angefangen. Aber die Eifersucht fraß schon sehr an mir und am liebsten hätte ich ihn angefleht, nicht zu fliegen.

Doch jetzt hatte ich keine Zeit mehr, über Sebastian nachzudenken.

»Hast du alles?«, fragte Olivia mich und ich schluckte trocken vor Aufregung, nickte aber nur kurz, sprechen konnte ich gerade nicht. Meine Tasche mit meinen Ordnern hatte ich wie früher in der Werbeagentur fünf Mal überprüft. Ja, ich hatte alles, nur die Angst, dass Walter meine Bücher lächerlich finden könnte, nagte gewaltig an mir.

Ich war nur froh, dass Olivia sich angeboten hatte, mich zu fahren als sie von Sebastians Abwesenheit erfahren hatte. Auch Lizzy hätte mich gern begleitet, aber sie musste arbeiten und konnte nicht. Dafür hatte ich neben ihren Eltern auch sie und Landon, die beiden waren inzwischen ein Paar geworden, zum Abendessen eingeladen. Entweder um meinen Erfolg zu feiern oder mich über meinen Misserfolg hinwegzutrösten. Alexander freute sich schon sehr auf diesen Familienabend, auch wenn er etwas traurig war, weil sein Vater fehlte.

Wie Olivia sich durch den New Yorker Verkehr schlängelte, war wirklich bewundernswert. Ich hätte mich gar nicht getraut, hier selbst zu fahren, sondern hätte ein Taxi genommen. Aptos war halt schon etwas anderes als New York und auch Los Angeles war lange nicht so chaotisch und hektisch. Innerhalb von zwanzig Minuten waren wir am Verlagsgebäude von ›Kids Fantasy‹, Walters Kinderbuchverlag. Zitternd stieg ich aus und bedankte mich bei Olivia fürs Fahren. Sie wollte in einem Café auf der anderen Straßenseite auf mich warten.

Zwei Stunden später saß ich noch immer in Walters Büro. Allerdings hatte Olivia sich inzwischen zu uns gesellt und wir stießen mit Champagner an. Ja, Walter hatte wirklich Champagner aufgefahren, zur Feier des Tages. So wirklich konnte ich es immer noch nicht fassen, aber er würde nicht nur meine Geschichten veröffentlichen, sondern er war so begeistert von meinen Illustrationen, dass ich noch für andere Autoren die Bilder zu ihren Geschichten machen sollte. Reich würde ich dadurch nicht werden, aber ich würde genug Geld verdienen, um für mich und Paula zu sorgen.

»Herzlichen Glückwunsch, Madison«, gratulierte mir Edith, die auch hinzugekommen war.

»Du hast meinen Mann wirklich verzaubert mit deinen Zeichnungen. Das hat lange niemand mehr geschafft.« Ich strahlte sie an und hielt den kleinen Ordner wie einen Schatz an mich gedrückt. Neben dem Vertrag für meine fertigen Geschichten, in denen nur einige kleine

Änderungen vorgenommen werden würden, hatte ich auch eine Festanstellung als Zeichnerin für den Verlag.

Ich konnte dabei arbeiten, wo ich wollte, und meine Arbeiten sogar schicken, falls ich New York irgendwann verlassen würde. Das beruhigte mich ungemein, denn gerade im Moment, da Sebastian nicht da war, zweifelte ich wieder stark daran, dass er nach Beendigung unserer Abmachung noch etwas von mir wissen wollte. Dass ich mein dummes Herz nicht unter Kontrolle hatte, dafür konnte er ja nichts. Aber jetzt war nicht die Zeit, Trübsal zu blasen, sondern um zu feiern, deshalb verdrängte ich den Gedanken an Sebastians und meine Scheinbeziehung schnell wieder.

Wir verabschiedeten uns kurz darauf von Walter und Edith und Olivia fuhr mich wieder zu Sebastians Wohnung. Unterwegs hielten wir noch kurz an einem Supermarkt an, um einige frische Lebensmittel für den Abend einzukaufen. Ich plante Steaks, Salat und Ofenkartoffeln mit Sourcreme zu machen. Landon war, wie ich wusste, einer der Männer, für die ein Essen ohne ein großes Stück Fleisch kein richtiges Essen war.

Zu Hause angekommen, verabschiedete Olivia sich gleich. Sie wollte am Abend mit William wieder kommen, hatte jetzt aber noch einiges zu tun.

»Ich danke dir noch einmal fürs Fahren und für den Beistand«, sagte ich zum Abschied und überlegte dabei, ob ich sie umarmen könnte oder ob das zu weit ging. Olivia nahm mir dann diese Entscheidung ab, indem sie mich einfach fest an sich drückte.

Kurz darauf stand ich in der Küche und bereitete alles für das Abendessen vor. Dabei telefonierte ich mit meinem Vater, der zu meiner Überraschung noch immer in Aptos war und nicht schon wieder durch die Gegend fuhr. Er wollte meiner Mutter während ihrer Therapie beistehen, erklärte er mir. Darüber war ich sehr erleichtert, denn mein schlechtes Gewissen meldete sich öfter, weil ich sie noch nicht besucht hatte in der Klinik.

»Maddie, du bist in erster Linie für Paula verantwortlich und nicht für uns. Wage es ja nicht, dir Vorwürfe zu machen, weil du dich um dein Kind kümmerst«, meinte er, als ich ihm von meinem schlechten Gewissen erzählte.

»Wir sind alt genug, um unser Leben selbst zu leben. Ich stehe deiner Mutter bei, weil ich das schon viel früher hätte tun sollen. Ich hätte sie zwingen müssen, sich mit der Vergangenheit auseinanderzusetzen, anstatt sie zu verdrängen. Das ist nun die Quittung dafür. Einmal pro Woche haben wir auch eine gemeinsame Sitzung. Hätten wir das damals gleich getan, wärst du vielleicht kein Scheidungskind geworden.«

Erstaunt lauschte ich den Worten meines Vaters. Das klang ja fast so, als würden sie sich einander wieder annähern. Auch wenn ich nie unter der Scheidung meiner Eltern gelitten hatte, weil ja immer beide für mich da waren, freute ich mich darüber. Ich wünschte meinen Eltern einfach, dass sie glücklich waren und vielleicht half ihnen diese Therapie dabei.

»Deine Mutter wird in zwei Wochen aus der Klinik entlassen und geht dann anfangs zweimal wöchentlich zu einem Psychologen. Vielleicht können wir euch dann bald mal für ein verlängertes Wochenende in New York besuchen«, erklärte Matthew noch, bevor er das Gespräch beendete.

Einerseits war der Gedanke an einen Besuch meiner Eltern wunderschön, doch dann hatte ich auch wieder Bedenken, dass sie merken könnten, dass Sebastian gar nicht wirklich in mich verliebt war. Mittlerweile war ich mir nämlich sicher, dass ich seine Liebeserklärung wirklich nur geträumt hatte, ansonsten hätte er doch sicherlich vor seiner Abreise noch einmal etwas gesagt.

Aber vielleicht war Paula auch schon wieder soweit gesund, bis meine Mutter so weit war, dass sich ein Besuch meiner Eltern erübrigen würde. Im Moment machte sie richtig gute Fortschritte und war richtig stolz, dass sie schon wieder stehen und erste Schritte mit einer Gehhilfe machen konnte. Den Rollstuhl würde sie somit hoffentlich bald los sein. Auch feinmotorisch und sprachlich ging es langsam aufwärts.

In der Rehaeinrichtung war Paula noch immer das mit Abstand jüngste Kind und der Liebling aller Ärzte, Therapeuten und Patienten. Diese Aufmerksamkeit genoss sie sehr und zu Hause musste ich Alexander manchmal bremsen. Paula fing nämlich an, ihre Stellung als kranker Liebling aller Leute auszunutzen. Sie musste lernen, dass sie auch, trotz Erkrankung, manchmal warten musste und nicht immer alles bekommen konnte, auch wenn das im Moment oft zu Trotzanfällen von ihr führte, bei denen sie dann schmollend schrie, dass sie ja krank sei.

Allerdings gab mir auch gerade dieses Verhalten von ihr Mut, dass sie wieder völlig gesund werden würde. Die Trotzphase war in diesem Alter ja völlig normal. Sie wurde wieder immer mehr zu einem ganz normalen dreijährigen Mädchen.

Der Nachmittag verlief ruhig und schon bald kamen die Kinder nach Hause. Ich holte Paula und Alex unten am Taxi ab und traf im Foyer des Hauses einmal mehr auf die Frau, die schon einmal mit mir nach oben fahren wollte. Alexander, der gerade noch fröhlich gewesen war, sah sie ängstlich an und klammerte sich an meiner

Hand fest. So hatte ich ihn noch nie erlebt. Wer war diese Frau, dass er solche Angst vor ihr hatte?

»Alexander, mein Schatz, was machst du denn hier? Besuchst du deinen Daddy?«, fragte sie mit einer absolut gekünstelten Freundlichkeit. Sie sah ihn an, wie eine Schlange, die versuchte, ihr Opfer zu hypnotisieren. Alex verstärkte den Griff um meine Hand noch, während Paula verwirrt zwischen ihm und der Frau hin und her blickte.

»Alexander!«, herrschte sie ihn nun an.

»Antworte gefälligst, wenn man mit dir spricht. Aber wie der Vater, so der Sohn. Sebastian lässt sich ja auch vom Pförtner verleugnen.«

Das ging zu weit. Niemand hatte das Recht, so mit ihm zu sprechen!

»Was fällt Ihnen eigentlich ein?«, mischte ich mich aufgebracht ein.

»Lassen Sie das Kind in Ruhe!« Ich stellte mich demonstrativ zwischen sie und die Kinder.

»Was geht Sie das an? Ich will zu Sebastian und der lässt sich feige verleugnen. Wenn der Bengel hier ist, muss er doch da sein. Ich muss ihn dringend sprechen«, erklärte sie mir von oben herab.

»Sebastian ist die nächsten zwei Wochen nicht in der Stadt und Alexander wohnt jetzt bei uns, also lassen Sie das Kind in Ruhe!«, forderte ich sie erneut auf.

»Das kann doch nicht wahr sein!«, keifte sie nun los.

»Warum halst er sich gerade jetzt diesen Bengel ganz auf? Ich habe meins extra bei meinen Eltern untergebracht, um wieder ganz für ihn da sein zu können.«

»Nicole!«, hörte ich plötzlich Elizabeths Stimme hinter mir und nun war mir auch klar, warum der Junge so auf sie reagiert hatte.

»Was hast du hier zu suchen? Sebastian ist nun mit Maddie zusammen und legt keinen Wert mehr auf deine Gesellschaft.« Nicole warf mir einen Blick zu, als wollte sie mich bei lebendigem Leibe häuten, dann drehte sie sich aber zum Glück um und verließ das Haus. Erleichtert atmete ich auf und auch Alexander löste den Klammergriff um meine Hand.

Kapitel 26

Tag Drei nach Sebastians Abreise war der aufregendste, den ich seit Langem erlebt hatte. Ich bekam meinen ersten Auftrag für ein Kinderbuch, das ich illustrieren sollte und dazu gleich einen Scheck. Kleiner Vorschuss hatte Walter ihn genannt, aber für mich waren diese Zweitausend Dollar ein kleines Vermögen. Als ich den Brief mit dem Manuskript, dem Auftrag und dem Scheck geöffnet hatte, rief ich als erstes Walter an und erkundigte mich, ob da ein Fehler unterlaufen war. Aber er bestätigte mir, dass das die ganz normale Bezahlung war für die Anzahl der Bilder, die ich zu zeichnen hätte. Dazu würde ich auch noch, je nachdem wie die Bücher sich verkaufen ließen, eine Umsatzbeteiligung erhalten.

Wenn ich, wie versprochen, ein bis zwei solcher Aufträge im Monat bekommen würde, hätte ich keine Geldprobleme mehr. Außerdem konnte ich überall arbeiten, wo ich wollte, falls ich New York eines Tages verlassen musste, aber das wollte ich mir im Moment gar nicht vorstellen. Ich vermisste zwar die Natur und konnte mich mit dem Smog und dem ständigen Lärm in der Stadt so gar nicht anfreunden, aber damit würde ich leben können. Wenn ich nur bei Sebastian und Alexander bleiben könnte, war alles andere nicht so wichtig. Es gab ja zum Glück genug Parks, in denen man wenigstens etwas Natur genießen konnte.

Ich hatte mir vorgenommen, nach seiner Rückkehr mit ihm über meine Gefühle zu sprechen. Falls er sie nicht erwidern würde, dann würde ich unsere Scheinbeziehung beenden und mit Paula wieder nach Aptos gehen. Über Rehaeinrichtungen hatte ich mich schon informiert und in Port Angeles eine gefunden, in der Paula die Reha dann fortsetzen könnte. Durch meine Einnahmen aus Walters Verlag konnte ich mir das jetzt notfalls leisten. Eine Krankenversicherung war zwar das Erste, was ich abgeschlossen hatte, aber die würden keine bereits laufende Behandlung übernehmen. Allerdings hoffte ich sowieso darauf, dass Sebastian doch auch Gefühle für mich entwickelt haben könnte. Wir telefonierten jeden Abend miteinander und auch wenn es dabei meistens nur um unseren Alltag ging, so waren diese Gespräche für uns beide sehr wichtig geworden. Auch, wenn keiner von uns es aussprach, hatte ich doch das Gefühl, dass ich ihm auch nicht gleichgültig war.

Da die Kinder sowieso noch einige Stunden in der Schule, beziehungsweise Reha sein würden, setzte ich mich gleich an die Arbeit. Ich las die Geschichte mehrmals, um ein Gefühl für sie zu bekommen, und fing an, erste Skizzen zu zeichnen. Noch ehe die Kinder kamen, konnte ich der Autorin erste Entwürfe mailen. Das hatte ich mit Walter so abgesprochen, da sie sehr genaue Vorstellungen hatte, was sie sich für ihr Buch wünschte, deshalb war es einfacher, gleich mit ihr zu kommunizieren. So konnte ich eventuelle Änderungen gleich vornehmen, statt damit bis zum fertigen Bild zu warten, um dann vielleicht noch einmal von vorn anfangen zu müssen. Ich zeichnete zwar per Hand, aber dank Scanner war es gar kein Problem, die Bilder auf den Rechner zu bekommen.

Ich war noch dabei die Mail zu tippen, als mein Handy klingelte. Die angezeigte Nummer erstaunte mich sehr. Seit Paula ins Krankenhaus gekommen war, hatte ich von den Starks nichts gehört und nun riefen meine

270

Schwiegereltern plötzlich an? Hatten sie sich etwa daran erinnert, dass sie da noch ein Enkelkind hatten? Kurz überlegte ich, ob ich überhaupt abheben sollte. Das Verhalten der Beiden hatte mich ziemlich verletzt, schließlich war Paula vor der Erkrankung ihr Ein und Alles gewesen. Dann sagte ich mir aber, dass ich nicht besser wäre als sie, wenn ich ihren Anruf einfach ignorieren würde.

»Stone?«, meldete ich mich und versuchte, dabei möglichst neutral zu klingen.

»Hallo, Maddie«, hörte ich die Stimme meiner Schwiegermutter. Sie klang verlegen.

»Hallo, Louise«, antwortete ich.

»Ich hoffe, du kannst uns verzeihen, dass wir uns so lange nicht gemeldet haben. Erst war Herbert so krank und dann hat John uns von vorn bis hinten belogen und wir waren so blöd und haben ihm geglaubt …«

Was sie mir dann erzählte, konnte ich kaum glauben. Wie hatte ich mich nur all die Jahre so in John täuschen können? Ich hatte ihn aufrichtig geliebt und ihm völlig vertraut, doch scheinbar war ich ja nicht die Einzige, die seine Lügengeschichten geglaubt hatte, auch seine Eltern waren auf ihn hereingefallen. Louise war es mehr als peinlich, das zugeben zu müssen. Aber ich rechnete ihr ihre Ehrlichkeit hoch an, nicht jeder hätte die Größe gehabt zuzugeben, dass sie einen großen Fehler gemacht hatten, indem sie ihrem Sohn blind alles geglaubt hatten.

John war so ein Arschloch, er hatte allen Ernstes behauptet, dass ich Sebastian schon ewig kennen würde und nicht John Paulas Vater wäre, sondern eben Sebastian. Wie konnte er so etwas nur erzählen? Nur um vor seinen Eltern gut da zu stehen? Ich konnte ihn wirklich nicht mehr verstehen, doch ich wollte nicht mit ihr darüber reden, sondern erzählte lieber von Paulas

Fortschritten, über die sie sich sehr freute. In Zukunft wollten wir regelmäßig miteinander telefonieren und ich versprach, sie mit Paula zu besuchen, wenn ich wieder einmal in Aptos sein würde.

Als Louise mir dann erzählte, dass sie ihren Sohn enterbt hätten und Paula später alles bekommen würde, versuchte ich zu protestieren, aber sie unterbrach mich sofort.

»Maddie, es ist schon alles geregelt«, erklärte sie mir.

»Was wir getan haben, ist nicht wieder gut zu machen und mit Geld sowieso nicht zu bezahlen, aber so habt ihr ein Polster für die Zukunft. Ich weiß, dass die Behandlungen Unsummen verschlungen haben müssen und dank unseres Sohnes hast du ja auch noch die Firma verloren. So kann sie vielleicht später auf ein College gehen, wenn sie möchte.«

Da konnte ich das einfach nicht mehr ablehnen. Denn auch, wenn ich jetzt verdiente, so waren ja sämtliche Ersparnisse weg und wenn Paulas Zukunft abgesichert war, so hatte ich eine große Sorge weniger. Ich wusste ja nicht, was die Zukunft bringen würde und ich hatte im Moment weder ein eigenes Zuhause noch ein Möbelstück. Falls Sebastian mich nicht wollte, würde ich ohne Reserven bei Null starten müssen.

Dann erzählte sie mir noch, dass sie völlig entsetzt über Jeany war, die Zwillinge erwartete und fleißig weiter rauchte und reichlich Alkohol trank.

»Ich hoffe so, dass die Kinder nicht geschädigt werden«, seufzte Louise.

»Ich will zwar keinen Kontakt zu John, aber die beiden werden ja auch unsere Enkel sein. Zumindest falls sie von John sind, Jeany ist da ja nun wirklich nicht zu trauen.«

Eine Bemerkung dazu unterließ ich, denn auch mir hatten sie ja scheinbar zugetraut, dass ich ihren Sohn betrogen hatte, dabei hatte ich ihnen nie einen Anlass zum Zweifeln gegeben. Okay, ich traute Jeany auch vieles zu, aber sie war schon so lange hinter John her, dass sie nun wohl froh sein müsste, ihn bekommen zu haben. Von mir aus konnte sie ihn auch gern behalten. Mich hatte er viel zu sehr verletzt, als dass es mich stören würde.

Was mich allerdings selber wunderte, war, dass ich kein bisschen eifersüchtig auf die Schwangerschaft war. Ich hatte selbst so lange gehofft, dass wir ein zweites Kind haben würden, und war so oft enttäuscht worden, aber jetzt war ich gerade froh, nur für Paula und Alexander verantwortlich zu sein. Im Grunde genommen hatte ich im Moment ja auch schon zwei Kinder, denn Alexander hatte mein Herz sowieso völlig für sich eingenommen.

Kurz bevor Paula und Alex kamen, konnte ich das Gespräch dann endlich beenden. Meine Schwiegermutter war schon immer vom Hundertsten ins Tausendste gekommen und ein Telefonat mit ihr zu beenden, war gar nicht so einfach. Der Klatsch aus Aptos interessierte mich zurzeit herzlich wenig, das war im Moment einfach alles viel zu weit weg von mir. Mit Andy telefonierte ich zwar auch ab und zu, aber lange nicht so oft und lang wie normalerweise. Aber seit Paula krank war, war ja auch nichts mehr in meinem Leben wie zuvor.

Der Nachmittag mit den Kindern verlief ganz ruhig. Alexander machte seine Hausaufgaben und Paula malte in der Zeit. Mittlerweile konnte sie den Stift schon wieder ganz gut halten, auch wenn auf ihren Bildern noch nichts zu erkennen war, aber Hauptsache sie hatte Spaß an der Sache, das Ergebnis war zweitrangig. Zwischendurch kam noch eine begeisterte Email von der Autorin, die schrieb, dass die Skizzen ihre Erwartungen bei Weitem übertreffen würden. Mit so einem schnellen und vor allem so positiven Feedback hatte ich gar nicht gerechnet.

Endlich wurde es Abend. Der Tag war nervenaufreibend gewesen, auch wenn es keine schlechten Nachrichten gegeben hatte und ich freute mich darauf, endlich mit Sebastian reden zu können. Die Kinder waren im Bett und jetzt müsste er eigentlich auch auf seinem Zimmer sein. Die letzten Abende hatten wir immer um diese Zeit telefoniert, dann waren die Kinder im Bett und wir hatten Ruhe, um über alles Mögliche zu reden. Heute wollte ich ihm unbedingt von meinem Tag erzählen.

Ich versuchte es zuerst auf dem Handy, doch er hob nicht ab. War er heute später dran als sonst? Auch beim zweiten Versuch ging er nicht dran. Enttäuscht wollte ich schon aufgeben, da kam mir die Idee, wie ich ihn doch erreichen könnte und ich ließ mich von der Rezeption direkt auf sein Zimmer durchstellen. Vielleicht hatte er ja einfach vergessen, den Handyton wieder anzustellen. Hätte ich gewusst, wen ich ans Telefon kriegen würde, hätte ich es gelassen. Schwester Vivianne meldete sich nach dem dritten Klingeln:

»Smith und Baker?«

Ich legte einfach auf. Das konnte doch nur ein riesiger Irrtum sein. Was machte diese Frau in seinem Zimmer und warum ging Sebastian nicht ans Telefon?

Erst eine unendlich lange Stunde später rief Sebastian mich an. Er sagte allerdings keinen Ton von Schwester Vivianne und ich traute mich nicht, ihn danach zu fragen. Welches Recht hätte ich auch dazu? Immerhin führten wir keine echte Beziehung. Aber lange konnte ich

274

nicht so tun, als ob alles in Ordnung wäre und wimmelte ihn ab.

Kapitel 27

Ich saß mit den Kindern am Frühstückstisch und war ziemlich genervt. Paula hatte sich selbst anziehen wollen, aber dabei so lange gebraucht, dass ich eingreifen und ihr helfen musste, damit sie noch genügend Zeit zum Frühstücken hatte, ehe sie losmusste. Das hat ihr aber gar nicht gefallen und sie hatte einen furchtbaren Wutanfall gehabt. Das war in den letzten Tagen öfter vorgekommen, wenn sie etwas tun wollte, aber es einfach noch nicht schaffte. Ihre Therapeuten hatten mir zwar erklärt, dass das gerade in diesem Alter völlig normal war, aber trotzdem schlauchten mich solche Momente enorm.

Dann war Alexander beim Essen eingefallen, dass er neue Sportschuhe brauchte, weil seine zu klein wurden und die sollte ich ihm am besten sofort besorgen. Bis ich ihm endlich erfolgreich davon überzeugt hatte, dass ich heute Morgen keine herbeizaubern konnte, hatte es etwas gedauert. Nun saßen beide Kinder schmollend am Tisch und zickten herum. Ich war sowieso heute nicht so gut drauf, weil ich genau wusste, dass heute der Tag war, an dem Sebastian wieder zurückkam.

Die letzten Tage hatten wir zwar immer telefoniert, aber meistens hatte ich ihn nur etwas von den Kindern erzählt und ihn dann schnell abgewimmelt. Ich hatte zwar bemerkt, dass ich ihn damit verletzte, aber das hatte er sich selbst zuzuschreiben. Dass Schwester Vivianne in seinem Zimmer ans Telefon gegangen war, hatte mich auch verletzt.

Aber nun würde er bald wieder hier sein und ich wusste einfach nicht, wie ich mich ihm gegenüber verhalten sollte. Mein erster Impuls war es gewesen, sofort meine Sachen zu packen und mit Paula abzuhauen, aber das konnte ich nicht so einfach tun. Erstens konnte ich Alexander nicht im Stich lassen und außerdem würde es dauern, bis ich für Paula einen Platz in einer anderen Rehaklinik gefunden hätte.

Außerdem war weglaufen auch keine Lösung. Ich musste mich ihm stellen und tief in mir war auch noch immer die Hoffnung, dass es für alles eine harmlose Erklärung geben würde. Auch, wenn das unwahrscheinlich war, ich wollte einfach nicht glauben, dass Sebastian genau so ein Lügner war wie John. Es konnte doch nicht sein, dass ich immer wieder auf solche Männer hereinfiel. Ich musste ihm zumindest die Chance geben, alles zu erklären. Würde es dann keine vernünftige Erklärung geben, konnte ich immer noch packen und vielleicht erst einmal einige Tage zu Landon ins Gästezimmer ziehen, bis alles geregelt wäre.

Ich setzte die Kinder in ihr Taxi und ging dann wieder nach oben, um etwas zu arbeiten. Allerdings konnte ich mich kaum konzentrieren und alles, was ich anfing, verwarf ich wieder. Nachdem ich das zehnte Blatt Zeichenpapier weggeworfen hatte, gab ich es auf und setzte mich an den Laptop, um etwas zu schreiben, aber auch das wollte mir heute nicht so recht gelingen. Immer wieder lauschte ich mit einem Ohr, ob Sebastian schon da wäre.

Als ich endlich den Wohnungsschlüssel im Schloss hörte, war mein erster Impuls aufzuspringen und zu ihm zu eilen, aber dann ließ ich es doch. Nachher brachte er Schwester Vivianne noch mit hierher und dann wollte ich mich nicht blamieren. Schließlich hatte ich nicht das

Recht, irgendetwas von ihm zu erwarten, auch wenn ich seine Freundin spielte, war ich es ja nicht wirklich und konnte ihm nicht verbieten, sich eine echte Freundin zu suchen.

Er konnte ja nicht ahnen, dass ich mich in ihn verliebt hatte und ich Trottel hatte ja meinen Mund nicht aufgemacht. Allerdings musste es doch nicht ausgerechnet Schwester Vivianne sein, die sein Herz erobern konnte, gerade die Frau, die so mies über Alexander geredet hatte. Vielleicht war es ja auch nur eine Affäre, schließlich hatte er ja nie ernsthafte Beziehungen geführt. Vielleicht fehlte ihm jetzt diese Abwechslung und er hatte die Gunst der Stunde genutzt, in der er weit weg von allen Klinikchefs war. Es wäre sehr unklug von ihm, dann gerade jemanden aus seiner Klinik dafür zu nehmen.

Meine innere Stimme meinte, dass sicher alles nur ein Missverständnis war, das Sebastian aufklären würde. Nur zu gern wollte ich auf sie hören, schließlich war er bisher immer schonungslos ehrlich zu mir gewesen. Aber eine andere Stimme sagte mir, dass ich auch von John gedacht hatte, dass er ehrlich wäre. Ich musste ihn unbedingt zur Rede stellen, um zu wissen, was mit Viviane vorgefallen war.

»Maddie?«, hörte ich Sebastian rufen.

»Maddie, bist du da?« Seufzend erhob ich mich, es hatte ja keinen Sinn unser Wiedersehen hinaus zu zögern.

»Ich bin hier«, antwortete ich leise, nachdem ich die Tür des Büros geöffnet hatte. Er strahlte über das ganze Gesicht, als er mich sah und zog mich einfach in seine Arme. Er sah übernächtigt aus und schien Nähe zu brauchen. Ich schmiegte mich an ihn und atmete den schon so vertrauten und geliebten Duft ein. Innerlich verfluchte ich mich aber selbst für diese Schwäche. Zur Rede stellen sah irgendwie anders aus.

Sebastian vergrub sein Gesicht in meinen Haaren und schien auch erst einmal meinen Geruch zu inhalieren.

»Ist das schön nach Hause zu kommen, wenn du hier bist«, flüsterte er an meinem Ohr und hauchte mir dann einen Kuss aufs Ohrläppchen.

»Und, wie war es?«, fragte ich, als er mich losließ und wir gemeinsam ins Wohnzimmer gingen.

»Ungewohnt und anstrengend, aber auch sehr interessant. Allerdings muss ich so etwas wirklich nicht öfter machen«, erklärte er.

»Ich brauche jetzt erst einmal eine Dusche und eine Mütze voll Schlaf. Ich erzähle dir dann später mehr und muss auch noch einmal ins Krankenhaus, um etwas zu klären. Kommst du mit?«

Ich schüttelte den Kopf, ich würde sicherlich jetzt nicht mit ihm ins Bett gehen, aber der richtige Moment für eine Aussprache schien es trotzdem nicht zu sein. Wenn Sebastian sich erst einmal ausgeschlafen hätte, wäre ja auch noch Zeit dafür, sagte ich mir. Die Stimme, die mir sagte, dass ich nur Zeit schinden wollte, ignorierte ich gekonnt.

Ich setzte mich wieder ins Büro und starrte auf den Bildschirm meines Laptops, ohne wirklich etwas zu tun. Nach einiger Zeit ploppte plötzlich eine Meldung auf, dass ich eine neue Mail hätte. Als ich den Absender sah, musste ich lächeln. Die Mail war von Andrew. Von dem hatte ich ja ewig nichts gehört. Wieder einmal wurde mir bewusst, wie sehr ich meine alten Freunde vernachlässigt hatte, seit Paula krank geworden war. Jetzt, da es ihr so viel besser ging, musste ich das dringend ändern.

Hallo, du treulose Tomate!

Da du dich gar nicht mehr bei uns meldest, gehen wir mal davon aus, dass es weiter bergauf geht mit unserer Prinzessin. Matthew hält mich ja wenigstens etwas auf dem Laufenden. Da ich zu einer Motorradmesse nach New York fliege, werde ich mich davon allerdings persönlich überzeugen. Landon hat mir schon sein Gästezimmer angeboten und ich bin sehr gespannt darauf, seine Elizabeth und deinen Sebastian kennenzulernen. Ist dir eigentlich klar, dass ihr fast verwandt wärt, wenn ihr eure neuen Partner heiraten würdet?

Überleg dir das lieber ganz genau. ; -)

Aber an Heirat denkst du im Moment wahrscheinlich sowieso nicht.

Die ganze Reise ist sehr spontan, deshalb werde ich den Nachtflug nehmen und morgen früh in New York landen. Nessie kann leider nicht mitkommen, aber wir werden auch ohne sie eine schöne Zeit haben. Die Messe geht nur drei Tage und ich werde sieben Tage bleiben.

Ich freue mich schon sehr auf dich.

Dein Andrew

Ich freute mich riesig darauf, ihn wiederzusehen. Allerdings hatte ich auch Angst davor, dass er bemerken würde, dass meine Beziehung zu Sebastian nicht echt war. Landon hatte ich täuschen können, aber Andrew kannte mich so viel besser als er. Dass er auch gerade jetzt kommen musste, da wir uns doch unbedingt aussprechen mussten. Ein Blick auf die Uhr sagte mir allerdings, dass die Kinder gleich zurückkommen würden. Da Sebastian noch immer schlief, würden wir das Gespräch allerdings auf den Abend verlegen müssen, wenn die Kinder im Bett wären.

Wenn ich ehrlich zu mir selber war, musste ich zugeben, dass mir dieser Aufschub ganz recht war. Ich wollte ihn nicht verlassen und wusste genau, dass ich es tun müsste, falls er etwas mit Viviane gehabt haben sollte. Ich wollte und konnte nicht schon wieder die Betrogene sein. John hatte mich über so viele Jahre belogen und betrogen, das konnte ich mir nicht noch einmal antun.

Als es an der Zeit war, holte ich die Kinder vom Taxi ab. Alexander war ganz aufgeregt, dass sein Vater wieder da war. Ich versuchte noch, ihn daran zu hindern, seinen Vater zu wecken, aber als ich mit Paula kurz im Bad war, nutzte er die Gunst der Stunde und lief ins Schlafzimmer.

Als Paula und ich ins Wohnzimmer kamen, stand die Schlafzimmertür weit offen und ich hörte Sebastian und Alexander lachen. Der Junge hatte sich scheinbar einfach auf seinen Vater geschmissen und dieser kitzelte ihn nun durch, bis er sich ergab. Mein Herz ging auf, als ich meine beiden Männer so fröhlich zusammen sah. Egal wie es mit uns weiter ging, die beiden waren sich so viel näher gekommen, dass es alleine deswegen und natürlich wegen Paula Wert gewesen war.

Sebastian schmiss Alexander mit dem Versprechen aus dem Schlafzimmer, dass es gleich Geschenke für alle geben würde, wenn er ihn kurz in Ruhe lassen würde. Alexander stürmte also wieder ins Wohnzimmer und drehte Paulas Rollstuhl übermütig im Kreis.

»Geschenke!«, rief er, als sein Vater, der sich schnell angezogen hatte, mit drei kleinen Päckchen ins Wohnzimmer kam.

»Ich hatte leider nicht viel Zeit, aber ganz ohne etwas wollte ich dann doch nicht zurückkommen«, erklärte Sebastian mit einem entschuldigenden Lächeln im

Gesicht. Die Kinder rissen das Geschenkpapier gleich auf und waren restlos begeistert von den T-Shirts auf denen ›I LOVE San Francisco‹ stand. In meinem Päckchen befand sich das gleiche T-Shirt.

»Keine Angst, ich habe auch eins«, meinte er und lächelte schief.

»Dann können wir alle im Partnerlook herum laufen.« Ich sagte mir, dass die Geste zählte, und bedankte mich artig.

»Bekomme ich keinen Kuss zum Dank?«, fragte er und grinste schelmisch. Ich wollte ihm eigentlich nur einen Kuss auf die Wange hauchen, aber Sebastian drehte den Kopf und kurz darauf küssten wir uns richtig. Erst nur ohne Zunge, doch Sebastian wurde immer leidenschaftlicher und da schaltete mein Kopf dann langsam ab. Wir hatten zwar noch immer nicht geredet, aber Vivianne und alles andere waren erst einmal vergessen. Jetzt zählten nur wir. In der Realität landete ich erst wieder, als Paula kicherte und Alexander würgende Geräusche von sich gab.

Kapitel 28

Am Morgen wachte ich mit Kopfschmerzen auf. Sebastian lag noch neben mir und schnarchte leise, wahrscheinlich würde es ihm heute Morgen auch nicht besser gehen als mir. Landon und Elizabeth hatten uns gestern Abend überfallen und es war feuchtfröhlich und spät geworden. Die beiden planten zusammenzuziehen, denn Lizzy war schwanger. Damit hatte ich nun wirklich nicht gerechnet, aber ich freute mich sehr für die beiden.

Lizzy hatte gestern natürlich nichts getrunken, Landon dafür umso mehr und deshalb schliefen die beiden jetzt im Büro. Eine Aussprache zwischen uns war dadurch gestern natürlich nicht mehr möglich gewesen und auch heute blieb uns keine Zeit dazu.

Ich ging ins Bad, um mich frisch zu machen, denn auch Andy würde bald hier sein. Ich freute mich sehr auf ihn, auch wenn es besser gewesen wäre, wenn ich erst mit Sebastian hätte sprechen können. Während ich mir die Zähne putzte, klingelte das Telefon im Schlafzimmer, ich überlegte schon, hinüber zu gehen und das Gespräch anzunehmen, als er das selbst erledigte. Deshalb sprang ich lieber schnell unter die Dusche, da ich mir vorstellen konnte, dass das der Portier war, der Andys Besuch ankündigte.

Zwanzig Minuten später saßen wir zu siebt am Frühstückstisch. Landon und Lizzy waren mittlerweile auch fertig und Sebastian hatte die Kinder fertiggemacht, worüber ich sehr dankbar war. Mir ging es zwar langsam besser, aber wirklich fit war ich heute Morgen nicht.

»Maddie, so wie gestern habe ich dich lange nicht gesehen«, neckte Landon mich.

»Oh, was habt ihr gemacht?«, fragte Andrew neugierig.

»Wir haben es richtig krachen lassen, ganz wie in alten Highschoolzeiten«, antwortete Landon grinsend.

»Und verträgst du jetzt mehr, Maddie?«, neckte Andy mich nun auch und blickte dann Sebastian an.

»Du musst wissen, dass Maddie sich früher am nächsten Morgen immer an nichts erinnern konnte, selbst wenn es nur ein paar Gläser Sekt waren. Eine Zeit lang hat sie sich deshalb geweigert überhaupt etwas zu trinken.«

Nun fing Landon lautstark an zu lachen.

»War das nicht, nachdem du ihr weisgemacht hast, sie hätte betrunken etwas mit Jimmy Johnson gehabt?«, fragte er nach. Daran wollte ich nun wirklich nicht erinnert werden. Jimmy Johnson war der schmierigste Typ unserer Schule gewesen und die beiden hatten mich wirklich glauben lassen, dass ich mit ihm etwas gehabt hatte.

»Reicht es jetzt?«, fragte ich gespielt ruhig, funkelte die beiden aber böse an. Sie wussten genau, dass ich das nicht witzig fand.

»Ich möchte euch nicht vor den Kindern sagen, was ich von eurem albernen Gerede halte, aber wenn ihr euch jetzt nicht benehmt, werfe ich euch raus!«

»Also erinnerst du dich an gestern?«, fragte Elizabeth nach. Ich wusste natürlich noch, dass Lizzy schwanger war und wir deshalb gefeiert hatten, aber irgendwann später hörten meine Erinnerungen auf. Zumindest konnte ich jetzt nicht mehr sagen, wie ich ins Bett gekommen war.

Ich sah Sebastian an, ob noch irgendetwas Wichtiges gewesen war, doch der schien in Gedanken ganz weit weg zu sein. Ich hoffte nur, dass es nicht Vivianne war, die in beschäftigte, denn allein der Gedanke an sie reichte aus, dass die Eifersucht wieder hochkochte.

»Was habt ihr heute eigentlich vor?«, fragte Andrew. Ich zuckte mit den Schultern, denn eigentlich hatte ich nichts geplant. Mich mit den Kindern beschäftigen und zwischendurch hoffentlich Zeit finden, um mit Sebastian reden, so sah mein Plan aus.

»Vielleicht wollt ihr ja mal mit auf die Messe? Landon, Maddie? Ihr seid doch früher auch so gern gefahren. Ihr könnt natürlich auch gerne mitkommen, Lizzy und Sebastian.« Ich schüttelte gleich den Kopf, auch wenn ich große Lust hatte.

»Ich glaube nicht, dass das mit dem Rollstuhl eine gute Idee wäre. Auf solchen Messen ist es doch immer sehr voll und gerade am Samstag wird das Gedränge dort groß sein.« Sebastian lehnte auch ab, mit der Begründung, dass er noch ins Krankenhaus müsse. Lizzy schlug vor, dass sie und Landon doch die Kinder hüten könnten.

»Einen freien Tag hast du mehr als verdient, Maddie. Und ihr habt so die Gelegenheit, über alte Zeiten zu sprechen. Wir schaffen das schon mit den Rackern«, ermunterte auch Landon mich.

»Ich weiß nicht«, meinte ich und sah von einem zum anderen.

»Lust hätte ich ja schon, aber …« Doch Andrew unterbrach mich.

»Ach komm schon, Maddie! Das wird wieder wie in alten Zeiten, nur du und ich«, lockte er mich und so stimmte ich lächelnd zu. Wenn Sebastian eh nicht da war, konnte ich so wenigstens etwas Spaß haben, auch wenn ich Angst davor hatte, dass Andrew merken könnte, dass etwas zwischen uns nicht stimmte.

»So in Gedanken?«, fragte Andy mich zwei Stunden später auf der Messe und legte seinen Arm um mich.

»Du bist doch bald wieder bei deinem Freund und dann könnt ihr euch weiter gegenseitig anhimmeln. Ich dachte ja eigentlich, dass diese Phase vor einer Beziehung käme, aber ihr könnt wohl nicht damit aufhören.« Erstaunt sah ich ihn an. Konnte es wirklich sein, dass Sebastian sich auch in mich verliebt haben könnte und ich es nur nicht bemerkt hatte? Doch das wäre zu schön, um wahr zu sein. Wenn die Geschichte mit Schwester Vivianne nicht gewesen wäre, dann hätte ich vielleicht daran glauben können, aber so sicher nicht. Wenn Sebastian nichts getan haben sollte, warum hatte er sie dann nicht mit einem Wort erwähnt?

»Ich himmle ihn nicht an, ich liebe ihn«, antwortete ich mit einem falschen Lachen. Andy sah mich irgendwie seltsam an, sagte aber nichts dazu. Stattdessen fing er an, sich mit mir über die ausgestellten Motorräder zu unterhalten und wie schwierig es für uns damals gewesen war, die Ersatzteile für unsere Maschinen zu bekommen.

»So eine Messe hätten wir damals mal besuchen müssen«, stellte ich, dankbar über diesen Themenwechsel, fest. Nach und nach kamen immer wieder alte Geschichten auf den Tisch und so wurde es doch noch ein richtig witziger Tag mit Andy. Heute war er noch privat hier, um sich ein Bild von der Ausstellung zu machen, denn ab morgen hatte er dann einige Termine mit neuen Lieferanten von Ersatzteilen für seine Werkstatt. Er hatte vor, den Motorradsektor erheblich auszubauen und dafür brauchte er das nötige Equipment. Aber erst einmal wollten wir einfach etwas Spaß haben.

»Und, Maddie, bist du glücklich?«, fragte Andy mich am Nachmittag unvermittelt und brachte mich damit völlig aus dem Konzept.

»Ähm … ja … natürlich«, stotterte ich herum, was mir einen seltsamen Blick von Andrew einbrachte.

»Warum fragst du?«, wollte ich wissen. Andy zuckte mit den Schultern.

»Du bist manchmal so anders«, meinte er.

»So kenne ich dich gar nicht. Mit John warst du völlig anders, wie mit Sebastian. Hattet ihr einen Streit oder so und müsst euch mal aussprechen? Irgendetwas scheint zwischen euch zu stehen, auch wenn ich eure Liebe zueinander spüre. Manchmal antwortest du auch so ausweichend.«

Andrew kannte mich einfach zu gut. Was sollte ich ihm nur sagen? Lügen war schließlich noch nie meine Stärke gewesen und das wusste er auch.

»Nun spuck schon aus, was dich so belastet!«, forderte er mich auf und sah mich dabei streng an.

»Ich merke doch, dass du mir nicht alles sagst und oft hilft es doch schon, wenn man sich einfach mal alles von der Seele reden kann. Ich werde dir schon nicht den Kopf abreißen.« Ich zögerte noch immer, auch wenn die Versuchung groß war, ihm alles zu erzählen, doch ich hatte Angst. Angst davor, dass Andy mich verurteilen könnte, oder dass er Sebastian deswegen eine Szene machen könnte, weil der meine Situation ausgenutzt hatte. Ich wollte nicht, dass Andy die kleine Chance, die ich vielleicht bei ihm hatte, kaputt machen könnte, indem er sich mit ihm anlegte. Ich kannte Andy schließlich, er fühlte sich wie ein Bruder für mich verantwortlich und wollte mich beschützen.

»Andy, misch dich da bitte nicht ein«, bat ich ihn deshalb.

»Das ist eine Sache zwischen Sebastian und mir und wir müssen das ohne deine Hilfe klären.« Andy sah mich triumphierend an.

»Also gibst du zu, dass es da etwas gibt, das zwischen euch steht?«, fragte er grinsend.

»Das ging ja auch alles so schnell bei euch. Vielleicht einfach zu schnell. Du hättest dir nach der Trennung von John mehr Zeit lassen müssen, um das Ganze zu verarbeiten …«

Andrew erklärte mir den ganzen Weg zum Ausgang der Messe über, was wir seiner Meinung nach falsch gemacht hatten. Ich brummelte nur ab und zu etwas Unverständliches dazu und ließ ihn sonst in dem Glauben, dass er den totalen Durchblick hätte. Die Wahrheit wäre schwieriger zu erklären gewesen. Aber in einem musste ich Andrew Recht geben, ich durfte nicht mehr so feige sein und musste endlich ein klärendes Gespräch mit Sebastian führen. Wenn er mich nicht liebte, dann mussten wir uns so schnell wie möglich trennen. Mittlerweile verdiente ich ja genug, um Paulas Reha notfalls allein bezahlen zu können.

Die Kinder steckten sowieso schon viel zu sehr mit drin. Für die beiden waren wir vier schon eine Familie und je länger wir das weiter spielten, umso schwieriger würde eine Trennung für sie werden. Ich nahm mir fest vor, gleich bei der nächsten sich bietenden Möglichkeit mit Sebastian Klartext zu sprechen.

»Lass uns noch etwas essen gehen, ehe ich dich nach Hause bringe«, schlug Andrew vor und ich stimmte zu.

In der Nähe des Messegeländes fanden wir auch schnell ein passendes Restaurant. Mexikanisch hatte ich schon lange nicht mehr gegessen und Andy und ich mochten beide gerne scharfes Essen. Schnell hatten wir einen Tisch gefunden und auch schon unser Essen bestellt, als Andys Handy klingelte.

»Das ist mein Dad, da muss ich ran gehen«, entschuldigte er sich. Er stand auf und ging in Richtung Tür, während er sich meldete. Andrew fand es nicht gut, am Tisch zu telefonieren, und ging immer lieber vor die Tür, weil er dort mehr Ruhe hatte. Es dauerte nicht lange und Andy kam zurück. Ich merkte schon an seinem Gesichtsausdruck, dass etwas ganz und gar nicht stimmte.

»Sam hatte einen Unfall«, flüsterte er fast tonlos. Sam kümmerte sich während Andys Abwesenheit um dessen Werkstatt.

»Ein Auto ist gegen die Hebebühne gefahren und das Auto, das darauf stand, ist runter gefallen und hat ihn unter sich begraben. Er liegt auf der Intensivstation. Ich muss sofort nach Hause!« Das verstand ich völlig, Andy fühlte sich natürlich dafür verantwortlich. Schnell bestellte ich unser Essen ab und wir nahmen das erste Taxi, das wir ergattern konnten, zu Sebastians Wohnung. Noch unterwegs rief Andy am Flughafen an, um sich nach dem nächstmöglichen Flug nach Los Angeles zu erkundigen. Er hatte Glück und ergatterte einen Flug, der nur zwei Stunden später ging.

In der Wohnung angekommen, holte er nur schnell seine Sachen und verabschiedete sich dann von mir. Das Taxi hatte er unten warten lassen. Ich umarmte ihn noch einmal und hauchte ihm einen Kuss auf die Wange.

»Ich denke ganz fest an euch. Melde dich, sowie du etwas weißt«, forderte ich ihn auf. Andy drückte mich noch einmal ganz fest an sich und vergrub kurz seinen Kopf an meiner Brust. Tröstend streichelte ich ihm durchs Haar und drückte ihm noch einen Kuss auf den Kopf. Ich wusste genau, wie schlimm es für ihn sein musste, jetzt hier zu sein und nicht genau zu wissen, was mit Sam los war.

»Denk dran, Andy, egal was passiert ist, du hast keine Schuld daran«, beschwor ich ihn, aber er schüttelte nur traurig den Kopf.

»Ich hätte nicht herkommen sollen, Maddie, dann wäre das nicht passiert.« Dann drehte er sich um und ging, ohne ein weiteres Wort zu sagen. Seufzend sah ich ihm nach. Mit so einem Ende seines Besuches hatte ich nicht gerechnet und ich fühlte mich wie gelähmt, als ich die geschlossene Tür ansah. Still betete ich, dass Sam bald wieder völlig gesund werden würde. Er war verheiratet und Vater von fünfjährigen Zwillingen. Seine Frau und die Kinder taten mir so leid. Ich konnte mir vorstellen, was sie jetzt durchmachten, diese Warterei im Krankenhaus war einfach die Hölle.

»Na, wo will dein Liebhaber so schnell hin?«, fragte Sebastian mit eiskalter Stimme hinter mir. Ich fuhr herum und sah ihn sprachlos an. Wie kam er darauf, dass Andy mein Liebhaber sein könnte?

»Tja, ertappt würde ich sagen«, fuhr er fort. Seine Augen funkelten vor Wut. Ich bekam es fast mit der Angst zu tun, so böse war sein Blick.

»Das hat man davon, wenn man einer Frau vertraut. Ich hätte es vorher wissen müssen. Das mit uns war zu schön, um wahr zu sein. Hast ihn wohl lieber weg-geschickt, ehe ich euch auf die Schliche komme …«

»Aber … Sebastian! … Wie kannst du nur?«, stotterte ich noch viel zu geschockt von seinem Ausbruch gerade.

»Hör auf!«, brüllte er mich an.

»Ich habe genug gesehen und gehört und will deine lahmen Ausreden gar nicht mehr hören. Du hast mich so tief enttäuscht. Sogar von einer echten Beziehung mit dir habe ich geträumt, aber Träume platzen halt gern. Ich werde jetzt Alexander bei Lizzy und Landon abholen und mit ihm ein paar Tage bei meinen Eltern wohnen. Du kannst solange hier wohnen bleiben, bis Paulas Reha abgeschlossen ist, dann verschwindest du von hier oder ich lasse die Wohnung zwangsräumen.« Ohne mich noch einmal zu Wort kommen zu lassen, ging er zur Tür und verließ die Wohnung. So schnell konnte ich gar nicht begreifen, was hier gerade passiert war. Wovon zum Teufel hatte er gerade gesprochen? Glaubte er ernsthaft, dass ich etwas mit Andrew hatte? Das musste ich klären, und zwar sofort! Ich lief ihm nach, doch ich konnte ihn nicht mehr aufhalten.

Kapitel 29

Drei Wochen später saß ich mit Paula und Landon im Taxi, das uns zum Flughafen fuhr und fühlte mich wie erstarrt. Ich war froh, dass zumindest Landon uns jetzt begleitete, wenn auch nur bis zum Check-in. Aber den Mann, den ich mir eigentlich an meine Seite wünschte, würde ich wohl nie wieder sehen. Nicht einmal mehr weinen konnte ich, aber das hatte ich in den letzten drei Wochen auch mehr als genug getan. Ich hatte zwar versucht, mich vor Paula zusammenzureißen, aber das war mir leider nicht immer gelungen. Ich war einfach viel zu verwirrt und verletzt durch Sebastians Verhalten.

Zweiundzwanzig Tage war es jetzt her, seit Sebastian die Szene mit Andrew gesehen und völlig missverstanden hatte. Zweiundzwanzig Tage, in denen mein Leben ein zweites Mal völlig auf den Kopf gestellt wurde. Er weigerte sich absolut, auch nur ein Wort mit mir zu sprechen. Er wollte meine Erklärung, was wirklich gewesen war einfach nicht hören. Für ihn war klar, dass ich etwas mit Andy gehabt hatte und von diesem Standpunkt ließ er sich auch nicht abbringen. William, Olivia und Lizzy hatten alles versucht, um ihn zu einer Aussprache zu bewegen, jedoch ohne Erfolg. Für ihn war die Sache beendet und er weigerte sich auch, mit ihnen darüber zu reden.

William und Lizzy hatten zudem auch selbst gerade genug Stress im Krankenhaus und auch Sebastian hatte dort wohl einige Probleme, aber was genau los war, wollte mir keiner erzählen. Sie wollten mich nicht noch zusätzlich belasten, war ihre Erklärung für ihr Schweigen, aber irgendwie hatte ich das Gefühl, dass da mehr dahinter steckte. Aber ich konnte mir nicht vorstellen, was dort los sein könnte. Ich fragte mich, ob etwa jemand hinter Sebastians und meine Scheinbeziehung gekommen war? Allerdings hätten William und Lizzy damit ja nichts zu tun. Das machte einfach alles keinen Sinn.

»Gib ihm Zeit, Maddie. Mein Bruder macht gerade eine schwere Zeit durch und fühlt sich von allen und jedem verraten. Er ist mit Alexander ein paar Tage weggefahren«, hatte Lizzy mir erklärt. Aber ich wusste, dass er nun schon länger wieder da war, weil Alex ja zur Schule musste und ich die beiden auch einmal von Weitem gesehen hatte. Trotzdem weigerte er sich, mit mir zu sprechen. Wenn ich anrief, legte er anfangs einfach auf und nun war seine Nummer nicht mehr vergeben. Hatte er sie etwa wegen mir geändert? Allein mit Paula hatte ich es in seiner Wohnung nicht ausgehalten. Nach drei Tagen und unzähligen, erfolglosen Versuchen die Sache zu klären, hatte ich ein Begleitelternzimmer in der Rehaklinik bezogen und Sebastian seine Schlüssel durch Lizzy wieder geben lassen. Aber auch darauf hatte ich keine Reaktion von ihm bekommen.

Mich machte diese ganze Situation völlig fertig und ich vermisste die beiden schrecklich, aber für ihn schien unsere Beziehung wirklich Geschichte zu sein. Er verweigerte jeden Kontakt, selbst den Brief, den ich ihm geschrieben hatte, hatte er nicht gelesen, sondern zerrissen, wie ich von Olivia wusste. Sie und auch Lizzy hielten den Kontakt zu mir, hatten aber wenig Zeit, durch die Probleme, die es derzeit im Krankenhaus gab.

Außerdem wollte ich mich nicht in die Familie drängen, wenn er mich dort nicht mehr haben wollte.

Allerdings fehlte Alex nicht nur mir, sondern auch Paula. Sie konnte sowieso gar nicht verstehen, was los war. Ich wusste auch nicht, wie ich es ihr erklären sollte, schließlich verstand ich selbst nicht, was in Sebastian gefahren war. Nur eins wurde mir langsam klar, auch er musste starke Gefühle für mich entwickelt haben, sonst wäre er jetzt nicht so verletzt. Leider kam diese Erkenntnis zu spät, denn nun wollte er nichts mehr von mir wissen. Hätte ich doch nur vor Andrews Besuch mit ihm geredet.

»Mommy!«, quengelte Paula.

»Ich will zu Alexander!« Sie war absolut unleidlich, seit wir Sebastians Wohnung verlassen hatten und dann hatte ich einen großen Fehler gemacht. Ich hatte ihr versprochen, dass wir nach Hause könnten, wenn ihre Reha abgeschlossen war. Paula hat daraufhin so große Fortschritte gemacht, dass selbst die Ärzte es kaum glauben konnten. Sie lief sogar schon wieder einige Schritte. Natürlich würde sie noch einige Zeit Physiotherapie brauchen, um ihre Muskeln wieder aufzubauen, aber im Großen und Ganzen war sie heute als geheilt aus der Rehaklinik entlassen worden.

Leider dachte Paula, dass wir nun wieder zu Sebastian und Alexander ziehen würden, und hatte einen Weinkrampf bekommen, als ich ihr erklärt hatte, dass ich Aptos mit Zuhause gemeint hatte. Sie wollte dort nicht hin, sie wollte zu Alexander. Ich seufzte und drückte Paula an mich.

»Wir können nicht zu Alexander, mein Engel«, sagte ich ihr zum wiederholten Male.

»Es tut mir leid.« Paula schob mich weg und sah bockig aus dem Fenster. Sie fühlte sich von mir verraten und ließ mich das genau spüren.

Landon warf mir einen besorgten Blick zu, sagte aber nichts. Ich wusste genau, was er dachte. Er war der Meinung, dass ich hierbleiben sollte, und wollte uns sogar in seinem Apartment aufnehmen, aber das wollte ich nicht. Lizzy und er waren gerade erst zusammen gezogen und sollten ihre Zweisamkeit genießen, bevor das Baby kam.

Auch ich wäre jetzt viel lieber bei Sebastian, aber was hatte es für einen Sinn hier in New York zu bleiben, wenn er mich gar nicht mehr wollte? Zudem waren die Mieten hier einfach unverschämt hoch. Obwohl ich jetzt gut verdiente, konnte ich mir hier niemals eine Wohnung leisten, die groß genug für uns wäre und noch dazu in einer vernünftigen Gegend lag. Außerdem war ich auch einfach kein Stadtmensch und sehnte mich nach dem Meer und den endlosen Stränden in Kalifornien zurück.

Ich war froh, als wir endlich am Flughafen waren. Auch wenn Paula schon wieder herum moserte, weil sie laufen wollte und nicht in den Rehabuggy, den ich für längere Wege auf Anraten der Ärzte angeschafft hatte.

»Ich kann laufen!«, schimpfte sie immer wieder. Normalerweise unterstützte ich auch ihren Wunsch, möglichst viel selbst zu laufen, aber sie war halt noch ziemlich langsam und ihr Gang noch unsicher, deshalb fand ich das im Gedränge des Flughafens einfacher, sie zu schieben. Landon übernahm mein Gepäck, denn ich hätte nicht gewusst, wie ich allein Paula und das Gepäck hätte transportieren sollen.

In Aptos würde mein Vater mich abholen, wir würden in seinem Haus wohnen können, da das derzeit leer stand. Die Nachricht, dass er seit meine Mutter aus dem

Krankenhaus entlassen worden war bei ihr lebte, hatte mich doch sehr überrascht. Konnte es sein, dass das Aufarbeiten ihrer Vergangenheit sie wirklich wieder näher zusammenbringen könnte?

»Willst du es dir nicht noch einmal überlegen?«, fragte Landon mich vor dem Wartebereich. Wenn ich erst durch diese Tür ging, könnte er mich nicht mehr begleiten. Die Koffer hatten wir schon aufgegeben. Aber ich schüttelte nur den Kopf, es hatte keinen Sinn noch hierzubleiben.

»Ich melde mich nach der Landung, Landon. Und danke für alles.« Ich umarmte ihn noch einmal fest.

»Bye, Maddie. Ich hoffe sehr, dass wir uns bald wiedersehen werden. Vielleicht besuchen Lizzy und ich euch bald, wenn das Theater im Krankenhaus sich gelegt hat«, versprach Landon.

»Warum erzählt mir eigentlich keiner, was da los ist?«, fragte ich zum wiederholten Male. Ich wusste, dass das eine große Sache sein musste, in die alle Bakers involviert waren, aber mir sagte keiner, was dort los war.

»Ich kann dir das nicht sagen, Maddie. Anwaltliche Schweigepflicht, das verstehst du doch. Ich habe Lizzy beraten und sie will nicht, dass ich darüber spreche. Aber es ist eine Riesensauerei, was dort abläuft, das kannst du mir glauben.«

Ich drückte Landon noch ein letztes Mal und dann verabschiedeten wir uns endgültig. Paula jammerte, dass sie nicht wegwollte, und machte mir den Abschied dadurch noch schwerer, aber es nutzte nichts. Ich schob Paula durch die Tür und wir beide winkten ihm noch einmal zu, ehe er sich umdrehte und wegging. Nun waren wir beide allein, daran würden wir uns wohl erst gewöhnen müssen, denn weder bei Sebastian noch in der Klinik waren wir viel für uns gewesen.

Eine Stewardess kam, um den Rehabuggy zu übernehmen. Normalerweise hätte ich den mit dem Gepäck aufgeben müssen, doch da wir erste Klasse flogen und es kein normaler Buggy war, machte die Fluggesellschaft eine Ausnahme. Selbst hätte ich mir diesen Erste Klasse Flug sicher nicht gegönnt, aber Walter hatte darauf bestanden, mir den Flug zu bezahlen. Er behauptete, dass er das von der Steuer absetzen könnte und außerdem müsse er dafür sorgen, dass seine neue Lieblingsautorin sicher Zuhause ankäme, schließlich wurden noch einige Geschichten und Zeichnungen von mir erwartet. Er hatte so eine Art, mir das zu erklären, dass ich einfach nicht Nein sagen konnte.

Mit Paula auf dem Arm bestieg ich als Erste das Flugzeug. Was für ein Unterschied zu unserem letzten Flug. Ich war Sebastian ehrlich dankbar für alles, was er für uns getan hatte. Statt eines im Koma liegenden Kindes hatte ich nun ein quicklebendiges, wenn auch sehr mauliges bei mir. Bald würde Paula wieder völlig gesund sein. Eigentlich ein Grund zu feiern, trotzdem konnte ich die Traurigkeit nicht aus meinem Herzen vertreiben.

Kapitel 30

Es war schon fast Mitternacht, als ich am Schreibtisch saß und versuchte, zu zeichnen, doch alles, was heute dabei heraus kam, war Müll. So, wie alle Bilder der letzten Tage. Verzweifelt riss ich das Blatt ab und warf es zu den anderen in den Papierkorb, dann knipste ich resigniert die Schreibtischlampe aus, stand auf und verließ das Büro, das mein Vater mir extra in seinem Haus eingerichtet hatte. Mittlerweile sah dieses Haus immer mehr nach mir aus und nicht mehr nach ihm, denn er lebte wirklich bei meiner Mutter und wie es schien, kamen sie sich wieder näher. Als Kind hatte ich immer davon geträumt, dass wir wieder eine richtige Familie werden würden, doch jetzt, da sie wieder ein Paar waren, war es plötzlich seltsam.

Überhaupt war alles hier in Aptos plötzlich seltsam. Nichts war mehr so, wie es vor Paulas Erkrankung gewesen war und ich wusste nicht, ob die Leute sich in den paar Wochen so geändert hatten, oder ob ich mich so verändert hatte. Ich hatte einfach das Gefühl, nicht mehr hierher zu gehören. Niemals hätte ich gedacht, dass mir New York einmal fehlen könnte, zumindest nicht, bis ich im Supermarkt auf meine ehemalige Nachbarin getroffen war.

»Mrs. Stone, wie schön, dass Sie wieder da sind«, hatte sie mich falsch grinsend in der Gemüseabteilung begrüßt.

»Ihr neuer Freund ist auch schon wieder weg, weil Sie wieder in Aptos sind? Das kommt davon, wenn man seinen armen Mann einfach im Stich lässt.« Mir hatte es kurzfristig die

Sprache verschlagen, bei so viel Dreistigkeit. So etwas hatte ich von Mrs. Michael wirklich nicht erwartet, sie war früher immer so freundlich gewesen und hatte mich oft auf eine Tasse Kaffee besucht.

Leider war diese Begegnung nicht die einzige dieser Art geblieben. Immer wieder traf ich auf Leute, die mir offen oder hinter vorgehaltener Hand Ehebruch vorwarfen. Die Worte und Blicke taten einfach weh, aber mich zu verteidigen, machte auch keinen Sinn. Die Leute sahen einfach nur, was sie wollten und dass John derjenige war, der eine neue schwangere Freundin hatte, interessierte dabei niemanden.

Wenigstens hatte ich meine Eltern auf meiner Seite, obwohl meine Mutter noch immer Schwierigkeiten mit Paulas Erkrankung hatte. Genau aus diesem Grund besuchte sie weiterhin ihre Therapie. Die größere Hilfe waren aber erstaunlicherweise meine Ex-Schwiegereltern. Die konnten sich gar nicht oft genug für ihr Verhalten entschuldigen und betreuten Paula auch gerne mal eine Stunde, damit ich in Ruhe arbeiten konnte.

Viel Zeit zum Arbeiten blieb mir leider nicht. Erst jetzt begriff ich, was für ein Luxus die Rehaklinik in New York mit ihrem Taxidienst doch gewesen war. Hier musste ich meine Tochter selbst zu ihren Therapien fahren und das zu mehreren unterschiedlichen Therapeuten. Das war unheimlich kraft- und zeitaufwendig, aber anders ging es leider nicht. In Watsonville gab es zwar eine Rehaklinik, die war jedoch völlig überlaufen. Dort hatte man mir außerdem direkt gesagt, dass sie lieber erwachsene Patienten annahmen, statt Kinder, weil das einfacher war. Für sie war es das vielleicht, aber für mich bedeutete das täglich vier bis sieben Stunden außer Haus.

Ich versuchte zwar in der Zeit, in der Paula ihre Therapien hatte, meine Zeichnungen zu machen oder wenigstens etwas zu schreiben, aber es war schwierig. Schreiben
wäre sogar noch einigermaßen gegangen, dank meines
Laptops, der einen sehr starken Akku hatte, aber
irgendwie fiel mir zurzeit einfach nichts Vernünftiges
ein. Unterwegs etwas zu zeichnen war schwierig, da in
den Wartezimmern keine Tische standen, die ich nutzen
könnte. Ich hatte zwar einen Klapptisch und einen
Klappstuhl im Auto und könnte so bei gutem Wetter
versuchen, draußen zu zeichnen, aber schon die kleinste
Brise behinderte mich stark bei meiner Arbeit.

Völlig fertig ließ ich mich ins Bett fallen, doch obwohl
ich todmüde war, wollte der Schlaf einfach nicht kommen, denn wie jeden Abend kamen im Bett die Gedanken an Sebastian zurück. Niemals hätte ich gedacht, dass
er mir so fehlen könnte. Mehr als einmal überlegte ich, ob
ich ihn nicht anrufen und anbetteln sollte, mir doch
zuzuhören, doch mein Stolz ließ das einfach nicht zu.
Genau wie die Emails und Briefe, die ich ihm immer
wieder schrieb und doch nie abschickte. Obwohl ich mir
immer wieder sagte, dass es vorbei war, konnte ich einfach nicht aufhören, an ihn zu denken. Auch Alexander
fehlte mir sehr, der Junge war mir richtig ans Herz
gewachsen und er war schon wie mein eigener Sohn
gewesen. Nun gar keinen Kontakt mehr zu ihm zu haben
tat weh.

Ich wusste nicht, wie lange ich in dieser Nacht wach
gelegen hatte, aber als der Wecker mich am Morgen aus
ziemlich seltsamen Träumen holte, war ich alles andere
als ausgeschlafen. Stöhnend stand ich auf und sah kurz
in Paulas Zimmer, ehe ich schnell unter die Dusche
sprang. In dieser Nacht hatte sie durchgeschlafen, erst

zum zweiten Mal, seit wir hier im Haus wohnten. Sonst wachte sie jede Nacht mehrmals auf und jammerte nach Alexander und dass sie wieder in New York zur Reha wollte. Für mich war die Umstellung schon schwer, wie schlimm musste es da für so ein kleines Kind sein? Im Moment machte sie auch kaum noch Fortschritte und das, obwohl es in New York doch so gut gelaufen war.

Zum Glück war heute endlich Freitag, da hatte Paula nur zwei Stunden Physiotherapie und eine Stunde Logopädie, und dann hatten wir Wochenende. Wir wollten Andy und Vanessa an diesem Wochenende besuchen und wenn das Wetter mitspielte, etwas an den Strand gehen. Man merkte zwar langsam, dass es Herbst wurde, aber wir liebten den Strand zu jeder Jahreszeit. Andy brauchte auch dringend eine Auszeit und etwas Ablenkung. Noch immer machte er sich die größten Vorwürfe wegen Sams Unfall, dabei hätte er nichts ändern können, wenn er da gewesen wäre. Der Autofahrer hatte unter Alkoholeinfluss gestanden und war mit fast dreißig Meilen ungebremst gegen die Hebebühne gefahren.

Sam hatte es ziemlich böse erwischt, er hatte einen Schädelbasisbruch und einige Rippenbrüche davongetragen. Fast zwei Wochen lang hatte er im künstlichen Koma gelegen, ehe die Ärzte ihn wieder aufwachen ließen. Bei uns allen, hatte das Erinnerungen an Paulas Zustand vor der zweiten Operation hervorgerufen und ich war mehrmals kurz davor gewesen, Sebastian anzurufen und um Hilfe zu bitten, aber letztendlich konnte ich mich nicht dazu durchringen. Zum Glück war Sam jetzt wieder wach, wenn es ihm auch noch nicht gut ging. Es würde wohl noch einige Zeit dauern, bis er das Krankenhaus verlassen dürfte und im Moment war Emily dabei, einen Rehaplatz für ihn zu suchen. Das war gar nicht so einfach, wie ich ja selber wusste. Die Ärzte im Krankenhaus waren da auch nicht wirklich eine Hilfe, ihrer Meinung nach, waren sie nicht dafür zuständig.

Wenn ich da an die Klinik in New York dachte und wie sehr die mich in der Hinsicht mit allem unterstützt hatten, war ich wirklich dankbar. Da könnte sich die Klinik hier eine Scheibe von abschneiden. Aber da war auch die Stiftung in New York dran beteiligt und das ehrenamtliche Engagement vieler Ärzte und Angehöriger. Hier gab es so etwas leider gar nicht. Mir war schon der Gedanke gekommen, so eine Stiftung ins Leben zu rufen, allerdings fehlte mir dazu im Moment schlicht und einfach die Zeit.

Der Morgen mit Paula war alles andere als einfach. Sie wollte nicht aufstehen, sie wollte nicht frühstücken und zur Physiotherapie wollte sie schon gar nicht. Die ganze Zeit über war sie nur am Motzen und Meckern und arbeitete die ganze Zeit gegen mich, anstatt mitzuhelfen. Erschöpft ließ ich mich auf einen Stuhl im Wartezimmer fallen, als sich die Tür hinter Paula und Miss Miller, der Therapeutin schloss. Am liebsten hätte ich mich jetzt Zuhause in meinem Bett verkrochen und die Decke über den Kopf gezogen, das Problem war nur, dass ich eigentlich gar kein Zuhause hatte. In Dads Schlafzimmer kam ich mir noch immer wie ein Besucher vor und nicht, als wäre es meins.

Endlich waren die Therapien für heute geschafft und ich zog sie warm an, griff nach dem Picknickkorb und fuhr mit ihr zu Andy. Vanessa erwartete uns schon vor der Tür, sie lächelte freundlich und begrüßte Paula überschwänglich.

»Andrew kommt später nach, wir sollen schon vorgehen«, erklärte sie und nahm mir dann den Buggy ab, damit ich beide Hände für Paula frei hatte. Sie lief zwar mittlerweile schon wieder ganz gut, aber der unebene Untergrund machte ihr noch ganz schön zu schaffen, außerdem ermüdete sie schnell, vor allem wenn sie, wie jetzt gerade von der Therapie kam. Deshalb nahm ich vorsichtshalber immer den Buggy mit, zumal der Boden schon sehr kalt war und sie sich deshalb nicht einfach in den Sand setzen konnte.

»Ich will alleine laufen!«, meckerte Paula, sie war immer noch genau so schlecht gelaunt wie am Morgen.

»Das heißt: Ich möchte«, verbesserte ich sie, wohl zum zwanzigsten Mal an diesem Tag. Seufzend nahm ich zur Kenntnis, dass sich ihre Laune auch am Strand nicht bessern wollte, dabei hatte ich so darauf gehofft. Auch Vanessa, die eigentlich immer fröhlich war, schien heute etwas zu bedrücken. Einige Zeit liefen wir schweigend nebeneinander her, bis Paula nicht mehr konnte und sich freiwillig in den Buggy setzte.

»Andy schafft es wohl nicht«, meinte Vanessa seufzend.

»Lass uns am besten zurückgehen.« Sie klang resigniert und ich fragte mich, was los war. Als Paula auf dem Weg zu Andys Haus im Buggy einschlief, erschien es mir der rechte Zeitpunkt zu sein, um sie auf ihre Stimmung anzusprechen.

»Alles in Ordnung mit dir? Du wirkst bedrückt«, fragte ich vorsichtig nach. Vanessa brach fast augenblicklich in Tränen aus. Damit hatte ich nun nicht gerechnet. Ich nahm sie vorsichtig in den Arm und tröstete sie.

»Manchmal hilft es, sich alles von der Seele zu reden. Was ist los?«, fragte ich noch einmal nach und nun fing sie an, wie ein Wasserfall zu reden. Sie und Andy hatten einen Riesenstreit gehabt, weil er sich absolut nicht für die Hochzeitsvorbereitungen interessierte, und sich strikt weigerte, Flitterwochen zu machen. Er hatte sogar angedeutet, dass er die Werkstatt nie wieder jemand anderem anvertrauen würde. Als ich das hörte, konnte ich ein Lachen fast nicht verkneifen. Nun drehte mein bester Freund endgültig durch. Ich schickte Vanessa nach Hause und versprach ihr, ein ernstes Wort mit Andrew zu reden.

Zwei Stunden später betrat ich völlig erschöpft Dads Haus. Ich hatte Andrew ordentlich den Kopf gewaschen und ihm klar gemacht, dass er gerade dabei war, seine bessere Hälfte sehr zu verletzen.

»Für wen hast du denn die Werkstatt? Um ein Leben lang von morgens bis abends zu schuften und abends auf einer Matratze aus Geld zu liegen oder um genug Geld zum Leben zu verdienen? Das, was in der Werkstatt passiert ist, war ein schrecklicher Unfall, aber wäre es besser, wenn du jetzt an Sams Stelle im Krankenhaus liegen würdest? Du hast keine Schuld an dem, was passiert ist. Begreif es endlich und geh zu deiner Verlobten. Am besten mit einem großen Strauß Blumen und einer ernst gemeinten Entschuldigung!«

Nachdem Andy sich auf den Weg zu Vanessa gemacht hatte, war ich mit Paula zu Dads Haus gefahren. Was für ein schrecklicher Tag, schlimmer konnte er nicht werden. Zumindest dachte ich das, bis das Telefon klingelte.

»Hallo?«, meldete ich mich. Ich wusste, dass es die Nummer von Sebastians Eltern war, aber ich konnte mir nicht vorstellen, was die von mir wollten. Aber vielleicht war es ja auch Sebastian, der mich von ihnen aus anrief. Von Landon wusste ich, dass er und Alex zur Zeit bei ihnen lebten. Allein der Gedanke daran, dass es Sebastian sein könnte, ließ mein Herz schneller schlagen.

»Hallo Madison, hier ist Olivia«, wurden meine kleinen Hoffnungen zerstört. Natürlich freute ich mich, von ihr zu hören, aber sie war halt nicht Sebastian.

»Ich weiß, dass du uns wahrscheinlich auch nicht helfen kannst, aber ich muss dich einfach fragen. Hat Alexander sich zufällig bei dir gemeldet?« Olivias Stimme klang sehr besorgt und sofort bekam ich Angst. Was war mit Alex?

»Nein, warum fragst du?«, erkundigte ich mich. »Ist etwas passiert?«

Olivia zögerte kurz, aber dann erzählte sie es mir doch.

»Alexander ist seit sechs Stunden spurlos verschwunden.«

Diese Nachricht brachte mich völlig aus dem Konzept. Wo konnte ein siebenjähriger Junge denn alleine hin?

»Wir haben die Befürchtung, dass er versuchen könnte, zu dir zu kommen«, erklärte sie. Und ich verkrampfte regelrecht vor Angst. Die Strecke zwischen New York und Aptos würde er nie alleine bewältigen können, aber wenn er es wirklich versuchen sollte, dann wäre er in schrecklicher Gefahr. Ich durfte gar nicht daran denken, was ihm alles passieren könnte.

Olivia versprach mir, dass sie sich sofort melden würden, wenn sie etwas neues wüssten und somit begann die bange Warterei. Die ganze Nacht wachte ich am Telefon und wagte nicht einzuschlafen, aus Angst das Telefon zu überhören. Aber es klingelte einfach nicht. Am Morgen war ich wie gerädert, zum Glück war Samstag und damit Therapiefrei. Keine zehn Pferde hätten mich jetzt aus dem Haus bekommen. Paula, die merkte, dass irgendetwas nicht stimmte, war überraschend lieb und genoss es, vorm Fernseher sitzen zu dürfen.

Zweimal rief Lizzy an, nur um mir mitzuteilen, dass es noch keine neue Nachricht gab. Irgendwann forderte mein Körper dann seinen Schlaf und mir fielen einfach die Augen zu, doch beim ersten Klingeln des Telefons war ich sofort hellwach.

»Gibt es etwas Neues?«, fragte ich ohne eine Begrüßung.

»Ja, Alex ist wohlauf. Er wurde in Bethel aufgegriffen. Stell dir das vor, er ist auf einen Lastwagen geklettert und damit über hundert Meilen gefahren. Zum Glück hat der Fahrer, der auf dem Weg nach LA war, ihn gefunden, ehe er weitergefahren ist.«

Ich konnte es nicht fassen. Scheinbar vermisste Alex uns so sehr, dass er sogar versuchte, hierher zu kommen. Mir fiel ein Riesenstein vom Herzen, dass ihm dabei nichts passiert war. Lizzy erzählte noch, dass Sebastian und ihr Vater jetzt auf dem Weg waren, um ihn abzuholen. Ich hoffte nur, dass Sebastian nicht zu böse auf Alex war, der Junge brauchte nun Liebe und keinen Ärger.

Kapitel 31

Zwei Tage nach dem erlösenden Anruf, dass Alex wohlbehalten gefunden worden war, war ich noch immer fassungslos, was der Kleine riskiert hatte. Auch wenn ich ihn schrecklich vermisste, so war ich froh, dass er so schnell gefunden worden war. Er hätte es niemals unbeschadet hierher geschafft. Ich hoffte nur, dass Sebastian nicht zu streng mit ihm war. Natürlich war weglaufen keine Lösung, aber für die Kinder war das alles noch schwerer als für uns. Ich war mittlerweile so wütend auf ihn, dass ich ihn am liebsten geschüttelt hätte, aber nicht nur auf ihn war ich sauer, sondern auch auf mich selbst.

Warum nur hatten wir diese kranke Vereinbarung getroffen? Niemals hätten wir die Kinder da mit hineinziehen dürfen. Ich hätte auch seine Freundin spielen können, ohne gleich bei ihm zu leben. Uns war ja von Anfang an klar gewesen, dass es nicht auf Dauer sein würde, also hätten wir die Kinder bei der Geschichte außen vor lassen müssen. Aber hinterher war man ja immer klüger, und dass ich Trottel mich auch noch in ihn und auch in seinen Sohn verlieben würde, konnte ja vorher niemand ahnen. Wenn ich es ihm dann einfach gesagt hätte, wäre vielleicht vieles anders gelaufen, denn seine Eifersucht zeigte doch, dass ich ihm auch nicht ganz egal sein konnte. Doch nun war alles vorbei und ich musste versuchen, mein Leben wieder in den Griff zu kriegen. Eines war sicher! Nach John und Sebastian würde ich so schnell keinen Mann mehr in mein Leben lassen.

Ich versuchte, Sebastian aus meinen Gedanken zu verbannen und endlich weiter zu arbeiten. Paula war gerade mit meinen Schwiegereltern auf dem Spielplatz und ich sollte die Zeit nutzen, um an einer neuen Story über Trennungen zu arbeiten. Sie handelte davon, dass Kinder ruhig traurig und wütend darüber sein durften, aber dass sie keinerlei Schuld daran hatten. Ich wollte damit deutlich machen, dass Eltern immer Eltern bleiben würden, egal, ob sie sich nun trennten oder nicht. Geplant hatte ich diese Geschichte eigentlich anders, da ich ja aus leidvoller Erfahrung wusste, dass nicht alle Eltern sich nach der Trennung weiter kümmerten. Allerdings kam diese Idee im Verlag nicht so gut an, und nun versuchte ich, die Geschichte so zu schreiben, wie sie es wollten.

Aber es fiel mir schwer, die Geschichte so abzuändern, wie Walther es haben wollte, auch wenn Paula die Geschichte sowieso nicht mochte. Sie hatte nichts mehr von der Zwergenfamilie hören wollen, als ich auf das Thema Trennung kam. Die Zwergeneltern sollten sich nicht trennen und sie war deshalb sogar richtig wütend geworden. Ich hatte auch schon überlegt, ob ich das Thema besser erst einmal lassen sollte, solange es uns selbst betraf. Paula wollte keine pädagogisch wertvollen Geschichten, sondern Alexander, Sebastian und gleichzeitig auch ihren Vater und nichts davon konnte ich ihr geben.

Erst gestern hatten wir John und Jeany zufällig im Supermarkt getroffen. Schon seit wir wieder in Aptos waren, hatte ich versucht, ein Treffen mit ihm für Paula zu arrangieren, aber er hatte am Telefon immer gleich abgeblockt. Es kamen immer die gleichen Ausreden, er müsse arbeiten oder habe Termine …

Manchmal hätte ich ihn am liebsten einfach aufgesucht, um ihn zu fragen, wie er das Paula antun konnte. Sie war unser Wunschkind gewesen, wie konnte er sie nun so abblocken? Im Geschäft hatte er nicht so leicht ausweichen können, zumal einige neugierige Klatschtanten ganz in unserer Nähe gewesen waren und so dachte ich, dass das die Gelegenheit wäre, dass Paula mit ihm reden könnte. Es war ein riesiger Fehler gewesen und hinterher musste ich Paula wieder trösten. Ich erinnerte mich noch an jedes Wort, das gesprochen worden war.

Eigentlich hatte ich es eilig, denn es war schon spät und Paula hatte Hunger. Wir wollten nur schnell ein paar Kleinigkeiten für das Abendessen holen, als ich John und Jeany entdeckte. Man sah ihr die Schwangerschaft schon deutlich an. Ich fühlte einen Stich im Herzen, wenn ich daran dachte, dass ich es war, die noch vor wenigen Monaten ein Kind von ihm wollte und nun bekam sie es. Auch Paula hatte ihren Vater nun entdeckt und lief freudig in seine Richtung.

»Hallo, John«, begrüßte ich ihn und stellte mich ihm dabei in dem Weg. Ich hatte genau gesehen, wie er uns entdeckt hatte und auffällig unauffällig verschwinden wollte.

»Hallo, Maddie. Hallo, Paula«, hatte mein Exmann mit abweisenden Gesichtsausdruck gesagt, als er gemerkt hatte, dass er uns nicht mehr aus dem Weg gehen konnte. Derweil hatte Jeany sich umgedreht und zwei Nudelsorten im Regal verglichen und so getan, als hätte sie uns gar nicht bemerkt.

»Daddy, schau, ich kann wieder laufen«, hatte Paula ihn freudestrahlend begrüßt.

»Hast du jetzt wieder Zeit für Mommy und mich? Ich will nach Hause und nicht in Grandpas Haus wohnen, wenn ich schon nicht bei Alexander sein darf. Und zu meinem

Geburtstag machen wir eine Party, da musst du kommen …« Sie sprudelte wie ein Wasserfall und ich war so stolz, dass sie jetzt wieder so gut sprach. Der Logopäde war auch der Meinung, dass die Therapie so gut wie abgeschlossen war. Johns Gesichtsausdruck war noch abweisender geworden, als er zuvor schon war und mich sah er richtig böse an.

»Hat deine Mutter dir nicht erklärt, dass wir uns getrennt haben?«, fragte er fast abfällig.

»Wir haben uns getrennt, aber Paula ist noch immer deine Tochter und hat ein Recht darauf, dass du dich um sie kümmerst! Nächste Woche hat sie Geburtstag, besuch sie dann doch wenigstens«, hatte ich eingewendet, was sowohl John als auch Jeany mit bösen Blicken beantwortet hatten.

»Weißt du, Paula, ich bin jetzt Daddys neue Frau und ich bekomme bald zwei Babys, deshalb hat er keine Zeit mehr für dich. Du bist ja schon groß genug und brauchst ihn nicht mehr«, mischte Jeany sich dann doch ein und ich wäre ihr dafür am liebsten an die Gurgel gesprungen. Wie konnte sie so mit meiner Tochter reden? Doch ehe ich sie dafür zur Rede stellen konnte, drehte sie sich um und rauschte davon. Er folgte ihr wortlos und ließ mich mit einer völlig verzweifelten Paula zurück, die nach ihrem Daddy rief. Als dann auch noch Mrs. Middle, eine der schlimmsten Klatschtanten von Aptos, näher kam, hatte ich Paula einfach auf den Arm genommen und mit ihr schnellstmöglich den Laden verlassen.

Es hatte Stunden gedauert, bis Paula wieder halbwegs normal war nach diesem Treffen. Vorher war sie sehr ruhig und in sich gekehrt gewesen und jede Ablenkung, die ich versucht hatte, war fehlgeschlagen. Ich war nur froh, dass Johns Eltern nicht wie ihr Sohn waren und Paula die Liebe gaben, die sie verdiente. Sie planten eine große Gartenparty zu Paulas Geburtstag und hatten sogar Partyzelte bestellt, falls das Wetter nicht mitspielen würde. Ich ging noch einmal gedanklich die Gästeliste durch, statt an meiner Geschichte zu arbeiten, als es plötzlich an der Tür klingelte.

Seit ich wieder in Aptos war, erschreckte ich mich jedes Mal furchtbar, wenn Paula nicht bei mir war und es unerwartet klingelte. Ich hatte Angst, dass es wieder irgendeine Schreckensnachricht gab und Paula oder meinen Eltern etwas passiert sein könnte. Normalen Besuch bekam ich kaum. Andy und Vanessa hatten nicht viel Zeit für Besuche, auch wenn Andy jetzt eingesehen hatte, dass er in der Werkstatt nicht alles alleine machen konnte. Meine Eltern hatten Schlüssel und klopften nur kurz, ehe sie herein kamen, und meine Ex-Schwiegereltern riefen grundsätzlich an, bevor sie vorbei kamen oder sie gaben eine Zeit an, wann sie mit Paula wieder da waren. Dafür war es jetzt aber noch viel zu früh, sie wollten Paula erst in zwei Stunden wieder bringen.

So schnell ich konnte, lief ich zur Tür und hoffte, dass es nur ein Vertreter oder so war. Schwungvoll öffnete ich sie und schlug sie dann sofort wieder zu, als ich sah, wer davor stand.

Sebastian!

Was wollte der denn hier? Das konnte doch nicht sein Ernst sein. Erst die Unterstellungen, dann brach er jeden Kontakt plötzlich ab und nun stand er einfach so vor meiner Tür? Was sollte ich jetzt nur tun? Ihm die Tür vor der Nase zuschlagen war auch keine Lösung, aber war ich bereit dafür, mich jetzt mit ihm auseinanderzusetzen? Aber dann sagte ich mir, dass ich mich getäuscht haben musste. Sebastian war in New York, in seinem Zuhause und nicht in Aptos. Vorsichtig öffnete ich die Tür erneut, wer auch immer da stand, dachte bestimmt, ich sei verrückt. Aber das Bild blieb gleich.

Sebastian!

Wieder schloss ich die Tür zu. Scheiße!

Kapitel 32

Ich bereute es schnell, dass ich die Tür einfach wieder zugeschlagen hatte, aber als ich sie kurz darauf wieder öffnete, war Sebastian hinterher verschwunden. Einerseits war ich furchtbar enttäuscht, dass er weg war, aber gleichzeitig verstand ich es auch, denn es schüttete gerade wie aus Kübeln.

In der Nacht schlief ich schlecht und fragte mich immer wieder, warum ich die Tür nicht geöffnet hatte. Warum hatte er aber auch vorher nicht wenigstens angerufen, sondern war gleich hierher geflogen. Und wo war Alexander? Hatte er ihn schon wieder alleine gelassen?

Am Morgen wurde diese Frage beantwortet, denn schon um halb acht, als ich gerade dabei war, den Frühstückstisch für uns zu decken, klingelte es an der Tür. Paula lief sofort zur Tür und ich folgte ihr, um zu öffnen. Vor der Tür standen Alex und sein Vater, letzterer trug einen Strauß weißer Rosen in der Hand.

»Guten Morgen, Alex. Hallo, Sebastian«, begrüßte ich sie etwas steif. Meine Tochter war da ganz anders, sie schrie hinter mir gleich nach Alexander. Der lief zu ihr, hob sie hoch und drehte sich mit ihr im Kreis, die Wiedersehensfreude der beiden war einfach zu niedlich. Ich beobachtete die beiden verträumt und fragte mich, wie wir sie je wieder trennen sollten. Alex war total begeistert, dass Paula wieder so gut laufen konnte und die beiden verschwanden nach oben, weil sie ihm ihr Zimmer zeigen wollte.

»Was willst du hier?«, fragte ich direkt, ich war nicht in der Verfassung, jetzt um den heißen Brei herum zu reden.

»Mich bei dir entschuldigen«, antwortete er und klang dabei wirklich ehrlich.

»Maddie, es tut mir so leid, dass ich so überreagiert habe. Ich hoffe, du kannst mir noch einmal verzeihen und gibst mir noch eine Chance …«

»Und deshalb fliegst du extra hierher? Sebastian, für mich ist diese Scheinbeziehung beendet! Ich kann und will das nicht mehr. Du machst es auch für die Kinder nur noch schwerer so. Wie willst du sie jetzt wieder voneinander trennen? Paula hat schon genug gelitten«, sagte ich alles, was mir durch den Kopf ging. Ich konnte mir nicht vorstellen, wie es weiter gehen sollte, aber in zwei Minuten war es sicher nicht geklärt. »Komm erst einmal rein, das müssen wir alles nicht an der offenen Tür besprechen.« Er folgte mir in die Küche und ich kochte uns Kaffee. Erst als wir uns am Tisch gegenüber saßen, redeten wir weiter.

»Maddie, eine Scheinbeziehung will ich auch nicht mehr. Ich möchte einen neuen Anfang für uns vier. Die Kinder hängen so aneinander, er liebt euch und ich …«, kurz stockte seine Stimme.

»Ich … Maddie, ich … ich liebe dich!« Ich starrte ihn an. Konnte er wirklich meinen, was er sagte? Andererseits war er bestimmt nicht nur wegen Alex so weit geflogen, nur um mit mir zu reden.

»Maddie, ich liebe dich wirklich, bitte gib mir noch eine Chance«, bekräftigte er noch einmal seine Aussage.

»Ich brauche Zeit, Sebastian«, antwortete ich nach einiger Zeit zögernd. Natürlich liebte ich ihn auch und hätte ihm das am liebsten auch gesagt, aber die Angst wieder verletzt zu werden, war einfach zu groß.

»Ich empfinde auch etwas für dich, aber ich habe Angst. Dräng mich bitte nicht. Solange ihr hier in Aptos seid, kann Alexander gerne jeden Nachmittag vorbeikommen, wenn Paula mit ihren Behandlungen durch ist. Vielleicht können wir uns dann auch langsam annähern, aber ich weiß nicht, ob ich das kann. Du hast mich sehr verletzt, als du mich so behandelt hast und irgendwann fährst du sowieso wieder weg und ich bin wieder allein«, erklärte ich. Dann stand ich auf, um nach den Kindern zu sehen. Zum Glück akzeptierte er das und verabschiedete sich auch bald darauf. Ob ich damit endgültig alles kaputt gemacht hatte?

In den darauffolgenden Tagen sahen wir uns täglich wegen der Kinder, aber ohne viel miteinander zu sprechen. Ich ging ihm möglichst aus dem Weg oder sorgte dafür, dass wir nie allein waren. Allerdings schien er nicht so einfach aufgeben zu wollen, was ich ihm hoch anrechnete. Zum ersten Mal hatte ich das Gefühl, dass er wirklich um mich, um uns, kämpfen wollte.

Scheinbar plante Sebastian alles ganz genau. Schon nach wenigen Tagen besuchte Alex, zunächst als Gastschüler, die hiesige Grundschule, aber wenn er nachmittags kam, um uns zu besuchen, erzählte er mir immer von dem Haus, dass sein Vater gemietet hatte und von seinen Freunden in der Schule. Für ihn schien klar zu sein, dass er bald ganz hier leben würde. Ich fragte mich, ob er das wirklich vor hatte, traute mich aber nicht, ihn zu fragen, wenn er Alexander brachte oder abholte. Langsam konnte ich ihn nämlich wirklich gar nicht mehr einschätzen. Er brachte Paula oder mir oft Kleinigkeiten mit, blieb auf einen Kaffee, wenn ich ihn hereinbat, bedrängte mich aber nicht.

Da Paulas Geburtstag vor der Tür stand, lud ich nicht nur Alex, sondern auch dessen Vater dazu ein. Ich wollte ihm noch eine Chance geben und gleichzeitig sehen, wie er mit meiner Familie zurechtkam. Konnte er mit meinem Kontakt zu Johns Eltern leben oder würde er wieder grundlos eifersüchtig werden?

Als Paulas Geburtstag schließlich kam, war es seltsam. Genau wie letztes Jahr, feierten wir ihn im Garten meiner Schwiegereltern. Das war aber auch das Einzige, das genauso war wie damals. Vor einem Jahr hatte ich mir noch eingebildet, dass John mich geliebt hatte und wir hatten versucht, ein Geschwisterchen für Paula zu zeugen. Und jetzt? Nichts war mehr so, wie es sein sollte. Für John empfand ich nur noch Verachtung, dafür wie er sich seiner Tochter gegenüber verhielt. Die Kinder, die Jeany von ihm bekam, taten mir jetzt schon leid. Er fehlte mir heute nicht, dafür aber Sebastian, auch wenn ich wusste, dass der bald hier sein würde, aber für Johns Eltern musste es komisch sein, den Geburtstag der Enkelin, ohne ihren Sohn zu feiern.

Es war alles so schwierig. Einerseits fehlte Sebastian mir so sehr und seine Liebeserklärung hatte mich fast umgehauen, aber trotzdem schaffte ich es nicht, mich ihm gegenüber wieder zu öffnen. Ich hatte einfach zu viel Angst wieder enttäuscht und verletzt zu werden. Außerdem wollte ich nicht wieder in seine Wohnung nach New York ziehen und von ihm abhängig sein. Eigentlich wollte ich trotz aller Probleme hier in Aptos gar nicht weg. Hier war einfach meine und auch Paulas Heimat. Wenn das mit Sebastian und mir irgendwie klappen sollte, müssten wir gleichberechtigte Partner sein. Doch wie sollte das funktionieren, wenn uns tausende Meilen trennen würden?

Mich wunderte es sowieso schon, dass Sebastian noch immer hier in Aptos war und dass Alexander hier sogar zur Schule ging. Olivia, die die beiden anfangs begleitet hatte, war nach zwei Tagen wieder abgereist. Sie hatte ich nur einmal ganz kurz gesehen und sie hatte sich mit den Worten »Bis bald« von mir verabschiedet. Ich hätte wahrscheinlich nachfragen sollen, ob sie geplant hatte, bald wieder hierher zu kommen, oder ob sie erwartete, mich bald in New York wieder zu sehen, aber wie so oft, hatte ich einmal mehr meinen Mund gehalten.

»Mommy!«, rief Paula aufgeregt nach mir und lief wie ein kleines Wiesel durch den Garten auf mich zu. Man merkte ihr die Folgen der Operationen kaum noch an. Erst gestern hatte die Physiotherapeutin mir gesagt, dass es zukünftig reichen würde, wenn sie einmal wöchentlich zu ihr käme, und bald würde es gar nicht mehr nötig sein. Langsam normalisierte sich unser Leben.

»Mommy! Ich bekomme zwei Kätzchen von Sebastian!«, rief Paula wieder und wedelte aufgeregt mit einem Foto herum. Für einen Moment war ich wirklich entsetzt. Es war nicht so, dass ich keine Katzen mochte, aber die Anschaffung eines Haustieres hätte ich schon gerne selbst entschieden. Daher klang meine Stimme wohl nicht allzu begeistert, als ich antwortete: »Ach, hat er das?«

Sebastian, der hinter ihr her auf mich zukam, lächelte mich unsicher an. Paula hielt mir nur kurz das Foto von zwei wirklich niedlichen Kätzchen vor die Nase und lief dann weiter, um das Foto allen anderen Gästen zu zeigen. Ihre Begeisterung war wirklich ansteckend und wenn man sie so sah, konnte man kaum glauben, dass sie vor Kurzem noch so krank gewesen war. Alex lief lachend neben ihr her und schien sich wie Zuhause zu fühlen, obwohl er noch kaum jemanden kannte.

Sebastian sah kurz den Kindern hinterher und wandte sich dann mir zu.

»Ich weiß, dass ich es eigentlich mit dir hätte besprechen sollen, aber du redest ja nicht viel mit mir«, erklärte er mir zwinkernd.

»Wenn dir die Kätzchen zu viel Arbeit machen, dann übernehme ich es, mich um sie zu kümmern. Futter und Tierarztkosten zahle ich selbstverständlich auch.«

Wie stellte er sich das denn vor? Er konnte sich doch nicht um die Katzen kümmern, wenn er wieder in New York wäre? Sebastian schien zu wissen, was ich dachte, denn er redete einfach weiter.

»Maddie, ich liebe dich und ich kann nicht mehr ohne dich sein. Alexander und ich werden nach Aptos ziehen. Wenn alles klappt, wie wir es geplant haben, werden auch meine Eltern, Lizzy und Landon hierher ziehen. Wir verhandeln gerade mit der hiesigen Klinik. Ich erwarte nicht, dass du gleich ja sagst, aber egal wie lange es dauern wird. Ich werde hierbleiben und versuchen, dir zu beweisen, wie sehr ich dich liebe, bis du mich wegen Stalking verhaften lässt oder mir nachgibst. Bitte Maddie, gib uns noch eine Chance. Wir vier gehören einfach zusammen!«

Ich war wie geplättet. Meinte er das wirklich ernst oder wollte er nur für den Jungen eine heile Familie? Allerdings könnte er das auch einfacher haben. Zudem hatte Sebastian mir mehrmals gesagt, dass er mich lieben würde und ich liebte ihn definitiv. Sollte ich das Risiko wirklich eingehen? Er griff nach meinen Händen und sah mich eindringlich an, als er weiter sprach.

»Maddie, du musst das nicht jetzt entscheiden. Du hast alle Zeit der Welt. Ich habe erst einmal ein Haus für Alexander und mich gemietet und will dir auch nicht zu sehr auf die Pelle rücken. Wenn du zustimmst, würde ich dich gern mindestens einen Abend pro Woche ausführen. Vanessa hat mir versprochen, dass sie dann auf die Kinder aufpassen wird. Und wir hätten so die Chance, endlich in Ruhe miteinander zu reden und uns wirklich kennenzulernen.«

»Nun komm schon, Maddie. Gib deinem Herzen einen Stoß«, mischte sich plötzlich Vanessa ein. Ich hatte gar nicht mitbekommen, dass mittlerweile alle Geburtstagsgäste um uns herum standen.

»Küss sie doch endlich, Dad!«, forderte Alex lautstark und alle Gäste grinsten amüsiert, vor allem, als auch noch Paula forderte, dass wir uns küssen sollten.

»Nicht jetzt«, flüsterte er mir zu.

»Lass dich nicht drängen.« Für sein Verständnis war ich wirklich dankbar und so hauchte ich ihm nur einen Kuss auf die Wange, auch wenn es uns unwilliges Gemurmel unseres Publikums einbrachte. Jetzt war es einfach nicht die richtige Zeit und nicht der richtige Ort dafür. Den Rest des Tages hielt er sich zwar immer in meiner Nähe auf, bedrängte mich aber nicht weiter, erst am Abend, als wir uns verabschiedeten, fragte er mich, ob ich am nächsten Tag mit ihm ausgehen wollte. Nach diesem schönen Tag und seiner Ansprache vor allen Leuten, konnte ich gar nicht Nein sagen, aber wenn ich ehrlich zu mir selbst war, wollte ich es auch nicht.

Zuhause dauerte es dann noch einige Stunden, bis ich Paula ins Bett bekam. Die beiden süßen Katzenkinder waren einfach viel zu niedlich, als dass sie sich von ihnen trennen konnte. Eigentlich war es erstaunlich, dass die beiden so gar keine Angst zeigten, sondern sich schon wie Zuhause zu fühlen schienen. Sie ließen sich von uns streicheln, tobten mit Paula, die einen Wollfaden hinter sich herzog, durch das Haus und schließlich schliefen sie friedlich am Fußende ihres Bettes.

»Mommy, dürfen Lucky und Happy bitte bei mir schlafen?«, fragte sie und setzte dabei einen Blick auf, bei dem ich ihr einfach nicht widerstehen konnte.

»Das war der schönste Geburtstag, den es gibt!«, erklärte Paula noch, ehe ihr die Augen zufielen. Ich wusste, dass auch oder vor allem Sebastians und Alexanders Anwesenheit und die Katzen Schuld an ihrer Aussage waren, also beschloss ich, Sebastian anzurufen und mich bei ihm zu bedanken. Schon nach dem ersten Klingeln meldete er sich.

»Hallo, Maddie. Ist etwas passiert, dass du anrufst?« Seine Stimme klang besorgt und ich musste unwillkürlich lächeln.

»Nein, es ist alles in Ordnung«, beruhigte ich ihn.

»Ich wollte mich nur bedanken. Für die Kätzchen und auch dafür, dass ihr heute da wart.« Erst wollte ich sagen, dass es Paula viel bedeutet hatte, aber dann entschied ich mich doch, ihm zu sagen, wie wichtig seine Anwesenheit auch für mich gewesen war.

»Es hat gut getan, dass du heute an meiner Seite warst«, versuchte ich, meine Gefühle in Worte zu fassen.

»Und dich im Kreis meiner Familie und Freunde zu sehen, fühlte sich einfach richtig an.« Sebastian lachte leise.

»Bestimmt vor allem, als dein Vater mir von seiner Waffensammlung erzählte und mir klar gemacht hat, dass er sie auch zu benutzen weiß, falls ich dir noch einmal wehtun sollte.« Das klang so typisch für meinen Dad, aber trotzdem konnte ich es kaum glauben.

»Das hat er nicht wirklich getan?«, fragte ich lachend.

»Doch, das hat er, aber ich habe ihm gesagt, dass er sich keine Sorgen machen soll im Gefängnis zu landen, da ich nicht vorhabe, den gleichen Fehler noch einmal zu machen. Ich kann nicht versprechen, dass ich dich nie wieder enttäuschen werde, schließlich bin ich auch nur ein Mensch, aber ich werde alles daran setzen, dich glücklich zu machen.«

Bei seinen Worten wurde mir ganz warm ums Herz. Ich wollte ihm so gern glauben, aber noch war die Angst zu groß, um ihm zu vertrauen.

»Dein Versprechen bedeutet mir viel, Sebastian. Noch habe ich Angst, aber mit der Zeit wird das Vertrauen sicher wieder wachsen.« Ich wollte ihm so gern sagen, dass ich ihn liebte, aber ich brachte die Worte einfach nicht über die Lippen.

»Ich hätte dir nie dieses Angebot machen dürfen, Maddie. Wenn ich Paula einfach geholfen hätte, ohne Hintergedanken, wären wir jetzt nicht in dieser Situation. Ich hätte mich sicher trotzdem in dich verliebt, aber du wärst nicht in diese Abhängigkeit von mir gerutscht. Ich möchte dich dafür wirklich um Verzeihung bitten, auch wenn es eigentlich unverzeihlich ist, was ich getan habe, aber ich hatte niemals damit gerechnet, mich noch einmal zu verlieben. Mein Herz war so fest verschlossen nach Charlottes Verrat, aber du hast es wieder geöffnet. Ich liebe dich von ganzem Herzen, Maddie!« Seine Worte trafen mich bis ins Innerste und die Hoffnung wuchs, dass wir es doch noch schaffen konnten.

»Ich liebe dich auch«, flüsterte ich in den Hörer.

»Das tut so gut zu hören! Bis morgen, ich freue mich auf dich«, antwortete er.

»Bis morgen«, versprach ich und legte glücklich lächelnd auf. Ich freute mich wirklich auf das Treffen am nächsten Tag.

Ich konnte kaum glauben, wie die Zeit gerade raste. Der Herbst war in den Winter übergegangen, auch wenn das hier in Aptos eigentlich nur bedeutete, dass es etwas kälter wurde und ab und zu regnete. Paulas Geburtstag war schon Wochen her und nun war schon fast Weihnachten. Paula war mittlerweile wieder völlig genesen und die Zeit der vielen Therapien war endlich vorbei. Nun ging sie vormittags ganz normal in den Kindergarten, der an Alexanders Schule angegliedert war. Jeden Morgen fuhr ich sie dorthin und holte sie und Alexander mittags wieder ab. Er war kein Gastschüler mehr, sondern lebte ganz offiziell hier in dem Haus, das sein Vater gemietet hatte.

Überhaupt Sebastian, wenn ich nur an ihn dachte, musste ich schon lächeln. Wir hatten in letzter Zeit das getan, was wir in New York so vernachlässigt hatten. Täglich führten wir stundenlange Gespräche und jeden Donnerstag gingen wir abends in ein Restaurant, um Ruhe zum Reden zu haben. An diesen Abenden schlief Alex immer bei Paula und meine Mutter oder meine Ex-Schwiegermutter passte auf die beiden auf. Johns Eltern hatten Alexander auch schon in ihr Herz geschlossen und liebten ihn wie einen zweiten Enkel. Manchmal hatte ich Angst, dass sich das ändern würde, wenn Jeanys Kinder geboren würden, aber im Moment hatten sie den Kontakt zu John und ihr völlig abgebrochen.

Sebastian erklärte mir nach und nach seine Beweggründe und etwas konnte ich ihn dann auch verstehen.

Er war von Frauen so oft enttäuscht worden, dass er einfach kaum noch vertrauen konnte. Alexanders Mutter hatte nur Geld haben wollen und ihm eingeredet, dass er als Vater völlig unbrauchbar war. Als dann herauskam, wie sehr sie Alexander vernachlässigt hatte, fühlte er sich erst recht als Versager. Er hatte so ein schlechtes Gewissen bekommen, dass er Alex dann lieber seinen Eltern überließ, als sich selbst um den Jungen zu kümmern. Das schlechte Gewissen deshalb, war immer da gewesen, aber er hatte nicht gewusst, wie er das ändern sollte.

Die Frauen, die er danach in seinem Leben hatte, hatten das alles nicht besser gemacht. Deshalb hatte er angefangen, sie ebenso zu benutzen, wie sie ihn. Dass er damit auch Unschuldige verletzte, hatte er lange nicht begriffen.

Er erzählte mir auch von Schwester Vivianne, die sich in San Franzisko einfach in sein Zimmer geschlichen hatte. Später hatte sie die ganze Story verdreht, sodass alle Bakers Probleme in der Klinik bekommen hatten. Nun wusste ich also, warum sie an sein Telefon gegangen war. Sebastian war sogar suspendiert worden und als seine Familie zu ihm stand, gab es einen Riesenstreit in der Klinik. Schließlich endete es damit, dass alle Bakers kündigten. Ich konnte es nicht fassen, was diese Frau angerichtet hatte, auch wenn ich mich freute, dass nun alle Bakers und auch Landon hierher zogen.

Langsam aber sicher änderte sich unsere Beziehung und wir kamen uns wieder näher. Er erzählte mir auch von den Plänen, die er und seine Familie hatten, und die großen Anklang in Aptos fanden. Sebastian und seine Familie planten, in die hiesige Klinik einstiegen und ein zusätzliches Rehazentrum zu bauen. Die Idee zu dem Rehazentrum hatte er mit einigen Kollegen auf diesen verhängnisvollen Kongress gefasst und einige davon waren sogar bereit, hierher zu ziehen. Ein passendes Grundstück war schon gefunden worden und im Frühjahr würden die Bauarbeiten beginnen. Da die Bakers nur mit einheimischen Firmen zusammenarbeiten wollten, schafften sie viele neue Arbeitsplätze vor Ort. Dadurch hatte er viele Sympathiepunkte bei den Einheimischen sammeln können und da ich seine Freundin war, färbte auch etwas davon auf mich ab.

Wir verbrachten jede freie Minute zu viert und auch wenn wir noch nicht wieder zusammen lebten, so schliefen Alex und Sebastian doch oft bei uns. Für die Kinder war schon klar, dass wir uns nie wieder trennen wollten.

Einige Wochen später war ein ganz besonderer Tag. Paula und Alexander waren bei Olivia und William, die nun seit zwei Wochen in Aptos wohnten. Landon und Elizabeth würden zu Weihnachten ebenfalls endgültig herkommen und sich dann auf die Suche nach einem Haus machen, denn Landon würde die Kanzlei von Mr. Chenning übernehmen. Sein Sohn Dan, der mit uns zur Schule gegangen war und von dem er immer gehofft hatte, dass er einmal die Kanzlei übernehmen würde, war Lehrer geworden und da es Mr. Chenning gesundheitlich nicht so gut ging, wollte er die Kanzlei aufgeben. Für Landon war das eine gute Gelegenheit, die er sofort ergriff. Ab Januar würde er sechs Monate lang mit seinem Vorgänger zusammenarbeiten und dann die Kanzlei ganz übernehmen.

Aber heute wollte ich an niemand anderen denken, als an uns. Sebastian hatte ein Haus gefunden, dass er mir unbedingt zeigen wollte. Erst letzte Woche hatten wir beschlossen, dass wir wieder zusammen ziehen wollten. Allerdings nicht in das Haus meines Vaters oder in das

Haus, das er gemietet hatte, sondern wir wollten erst unser Traumhaus suchen und dann dort gemeinsam mit den Kindern einziehen. Ich hatte keine Ahnung, welches Haus er mir unbedingt zeigen wollte und wartete daher gespannt darauf, dass er mich abholen würde. Er hatte sich geweigert, mir zu verraten, wo wir hinfahren würden und ich war deshalb schon sehr gespannt.

Endlich hupte es vor der Tür und ich griff nach meiner Handtasche und lief hinaus, wo Sebastians Wagen schon auf mich wartete.

»Hallo, Schönheit!«, begrüßte er mich lächelnd und gab mir erst einen zärtlichen Kuss, ehe er mir die Autotür aufhielt, damit ich einsteigen konnte.

»Danke, schöner Mann«, antwortete ich grinsend.

»Da ich dich gern überraschen würde, möchte ich, dass du diese Augenbinde trägst, bis wir da sind. Ich verspreche dir auch, dass es nicht lange dauert. Würdest du mir diesen Gefallen tun?«, fragte Sebastian mich und ich konnte seine Aufregung förmlich spüren. Was hatte er nur vor? Ich dachte, dass wir uns nur ein Haus ansehen wollten.

Brav ließ ich mir die Augenbinde über die Augen ziehen und lauschte dann gespannt Sebastians Schritten um das Auto herum, er stieg ein und fuhr los. Gespannt lauschte ich, ob ich anhand irgendwelcher Geräusche erkennen konnte, wo wir hinfuhren. Allerdings hatte ich schon sehend einen furchtbaren Orientierungssinn, blind hatte ich da schon gar keine Chance. Mein Zeitgefühl ließ mich auch schnell im Stich, da wir uns die ganze Zeit unterhielten und so konnte ich erst recht nicht erahnen, wo wir hinfuhren.

»So, mein Schatz, wir sind da«, erklärte er aufgeregt, während ich spürte, wie er den Wagen abbremste.

»Lass die Augenbinde bitte noch auf, bis wir vor dem Haus stehen. Ich möchte dein Gesicht gern sehen, wenn du das Haus zum ersten Mal siehst.« Ich lachte leise.

»Du machst es aber spannend, Sebastian.« Ein paar Schritte führte er mich vorsichtig und dann blieb er stehen.

»So, jetzt darfst du schauen.« Ich hörte, wie seine Stimme vor Aufregung etwas zitterte. Schnell zog ich die Augenbinde ab und stand dann einfach nur sprachlos da.

»Gefällt es dir, Maddie?«, fragte er nach einiger Zeit vorsichtig und ich musste mich zusammenreißen, um mich aus meiner Starre zu lösen. Wir standen vor meinem absoluten Traumhaus, dem schönsten Haus, das es in der Nähe von Aptos gab. Es lag nur circa zehn Autominuten außerhalb von Aptos, auf dem Weg zur nächsten Stadt direkt am Strand mit einem atemberaubenden Blick auf den Ozean. Ich wusste, dass es an der Rückseite eine große Sonnenterrasse hatte, von der aus man direkt an den Strand gehen konnte. Irgendwann hatte ich Sebastian im Vorbeifahren erzählt, wie sehr ich dieses Haus liebte und dass ich am liebsten hier wohnen würde, aber das war immer nur ein Wunschtraum gewesen. Nie hätte ich gedacht, dass er einmal wahr werden könnte.

Sebastian griff lachend nach meiner Hand und zog mich regelrecht zur Eingangstür.

»Komm, die Maklerin wartet auf uns.« Und wirklich, ich hatte gar nicht bemerkt, dass sie schon in der offenen Tür stand und auf uns wartete. Fast zwei Stunden lang sahen wir uns mit ihr zusammen das Haus an und schnell wurde mir klar, dass es dieses und kein anderes Haus werden musste. Es war einfach perfekt, so wie es war und am liebsten wäre ich sofort eingezogen. Während ich verträumt auf der Terrasse, die man direkt vom riesigen Wohnzimmer aus betreten konnte, stand und aufs Meer hinaus sah, besprach er noch irgendetwas mit der Maklerin.

Während mir der kalte Wind um den Kopf wehte, dachte ich darüber nach, wie sehr er sich in den letzten Monaten verändert hatte. Nicht nur, dass er wegen mir sein ganzes Leben in New York aufgegeben hatte, auch sonst hatte er sich sehr zu seinem Vorteil gewandelt. Er war offener geworden, sodass wir jetzt sehr viele Gespräche über unsere Interessen und alles, was uns beschäftigte, führten. Zudem war er nicht nur ein richtig guter Vater für Alexander geworden, sondern kümmerte sich auch viel um Paula, ganz im Gegensatz zu ihrem leiblichen Vater.

»Maddie, willst du da draußen festfrieren, oder kommst du wieder rein?«, fragte Sebastian liebevoll.

»Nicht, dass du dich noch verkühlst und Weihnachten im Bett verbringst, das würden dir die Kinder nie verzeihen.« Damit hatte er allerdings Recht. Schließlich hatten wir für den ersten Weihnachtstag ein großes Familiendinner geplant, wobei Familie da sehr großzügig ausgelegt war. Neben meinen und Sebastians Eltern würden auch meine Ex-Schwiegereltern, Landon und Lizzy und Andrew und Vanessa kommen. Die Kinder waren schon so aufgeregt deswegen, dass ich ihnen dieses Weihnachtsfest auf keinen Fall verderben wollte.

Im Haus stellte ich erstaunt fest, dass die Maklerin verschwunden war, dafür brannte ein Feuer im Kamin und davor lag eine Wolldecke, auf der ein Picknickkorb stand.

»Wann hast du das gemacht?«, fragte ich erstaunt.

»Ich hatte schon vorher alles mit der Maklerin abgesprochen und sie hat mir den Schlüssel für zwei Tage versprochen, wenn uns das Haus gefällt. Also hatte ich schon vorher alles eingepackt, damit wir ein Gefühl für dieses Haus bekommen können. Mir war doch gleich klar, dass du dich hier nicht so schnell von trennen kannst, so sehr, wie das Haus dich schon von außen fasziniert hat.« Ich konnte es kaum fassen, wie gut Sebastian mich inzwischen kannte. Er hatte es sich schon auf der Decke bequem gemacht und sah mich erwartungsvoll an.

»Komm, setz dich zu mir«, forderte er mich auf und zog mich zu sich herunter.

»Wir feiern jetzt unser erstes gemeinsames Haus. Im Moment sind wir nämlich die einzigen Interessenten, und die Maklerin war sich völlig sicher, dass wir den Zuschlag bekommen werden.« Unser Haus, wie das klang, aber ich hatte hart dafür gekämpft, bis er akzeptiert hatte, dass ich meinen Teil zum Haus dazu geben würde, doch für mich war das unheimlich wichtig. Nie wieder wollte ich abhängig sein und auch, wenn ich nicht so viel Geld wie Sebastian hatte, so konnte ich es mir doch leisten monatlich meinen Teil selbst zu zahlen. Durch meine Zeichnungen verdiente ich jetzt ganz gut und mein erstes eigenes Buch würde bald auf den Markt kommen.

Er hatte an alles gedacht. Es gab kleine Pasteten, frisches Obst, leckeres Brot und viele kleine Köstlichkeiten, bei denen ich mich fragte, wo er die hier in Aptos bekommen hatte. Feinschmeckerläden gab es hier nicht. Auch an eine Flasche Champagner und Gläser zum Anstoßen hatte er gedacht.

»Auf unsere gemeinsame Zukunft und darauf, dass wir hier alle vier glücklich werden«, sagte Sebastian und sah mir beim Anstoßen tief in die Augen.

»Auf uns«, flüsterte ich zurück. Laut sprechen konnte ich nicht, ich war so gerührt, weil er nicht nur mein Traumhaus mit mir kaufen wollte, sondern sich auch sonst so viel Mühe gegeben hatte. Er musste mich wirklich lieben. Ich trank nur einen kleinen Schluck, denn sein Blick versprach mir andere Rauschzustände, als die des Alkohols in unseren Gläsern. Schnell stellten wir die Gläser weg und küssten uns innig. Mir wurde ganz warm und unser Kuss wurde immer intensiver. Unsere Hände gingen auf Wanderschaft und es dauerte nicht lange, bis wir beide nackt waren.

»Oh, Sebastian!«, stöhnte ich, als er mich mit seiner Zunge in den Wahnsinn trieb.

»Ich liebe dich … so sehr!« Nachdem wir uns zärtlich geliebt hatten, blieben wir eng umschlungen auf der Decke vor dem knisternden Feuer liegen.

»Ich liebe dich so sehr, Maddie und nie wieder werde ich so dämlich sein und alles kaputt machen!«, erklärte er und streichelte meinen Rücken in kleinen Kreisen.

»Ich werde mich auch nie wieder einfach so wegschicken lassen«, antwortete ich.

»Wir laufen beide nicht mehr weg!«

»Nie wieder!«, bekräftigte er und läutete kurz darauf Runde zwei ein. Besser konnte man ein neues Haus nicht gar nicht feiern.

Epilog

Ich stand in der Küche unseres geliebten Hauses und verzierte die Torte für Paula. Dabei konnte ich selbst kaum glauben, dass sie heute schon fünfzehn wurde, aus dem kleinen Mädchen, das einmal so krank gewesen war, war ein wunderschöner und manchmal etwas verrückter Teenager geworden. Aber auch, wenn sie ab und zu sehr überdreht war, so war sie doch ein tolles Mädchen geworden. Mein Mann reagierte hin und wieder mit Erschrecken darauf, wie schnell sie doch groß geworden war, aber das war uns bei Alexander ja auch so gegangen. Der war mittlerweile schon neunzehn und besuchte nun schon das zweite Jahr das College in New York. Heute würde er aber zu Ehren von Paulas Geburtstag über das Wochenende nach Hause kommen. Sebastian war gerade dabei, ihn vom Flughafen in Los Angeles abzuholen, wo sein Flug vor zwei Stunden gelandet war.

»Mommy, darf ich dir helfen?«, fragte Lilli aufgeregt.

»Natürlich, mein Engel«, antwortete ich lachend.

»Möchtest du den Löffel ablecken?«

»Ich will richtig helfen, ich bin doch schon groß!«, quengelte sie. Ich stellte die Torte, die inzwischen fertig war, in den Kühlschrank.

»Du kannst die Arbeitsplatte abwischen, wenn du möchtest«, schlug ich vor.

»Ja, das mache ich und wenn ich fertig bin, kommt Alexander?«, fragte sie aufgeregt.

»Bis Alex kommt, dauert es noch etwas, aber Daddy holt ihn gerade ab.« Lilli war empört gewesen, dass sie nicht mit zum Flughafen durfte, um ihren geliebten Bruder abzuholen, aber Sebastian hatte vorher noch einmal kurz ins Krankenhaus gemusst und konnte sie deshalb nicht mitnehmen.

Trotz des großen Altersunterschiedes von vierzehn Jahren, liebte sie ihren großen Bruder sehr. Dabei war er so entsetzt gewesen, als er von meiner Schwangerschaft erfuhr, für Teenager war es wohl einfach unvorstellbar, dass ihre Eltern noch Sex hatten.

»Seid ihr nicht viel zu alt dafür?«, hatte er tatsächlich gefragt und dafür riesigen Ärger mit seinem Vater bekommen. Er konnte ja nicht ahnen, dass wir damit eigentlich gar nicht mehr gerechnet hatten. An Paulas fünften Geburtstag hatte Sebastian mir einen Heiratsantrag gemacht und wir hatten schon wenige Wochen später geheiratet, damit ich Alexander leichter offiziell adoptieren konnte. Seine Ex war damals zufällig für kurze Zeit in den Staaten gewesen und hatte nur zu gern alle nötigen Papiere unterschrieben. Landon hatte sich um alles gekümmert und da wir gerade dabei waren, hatte Sebastian sich mit John in Verbindung gesetzt und auch der hatte zugestimmt, dass Sebastian Paula adoptieren konnte.

John hatte zwar allen Ernstes noch versucht, Geld dafür zu bekommen, aber als Landon ihm klar gemacht hatte, dass Kinderhandel hart bestraft würde, hatte er darauf verzichtet sein eigenes Kind zu verkaufen. Zumindest dieses Mal, denn die Sache mit Jeanys Zwillingen, die auf einmal doch nicht seine Kinder gewesen sein sollten, war schon seltsam. Eines Tages waren die Babys von ihrem angeblich leiblichen Vater, den noch nie jemand in Aptos gesehen hatte, abgeholt worden. John und Jeany waren kurz darauf weggezogen und hatten sämtliche Kontakte abgebrochen. Manchmal fragte ich mich, ob sie die Babys wirklich verkauft haben könnten, aber diesen Gedanken verdrängte ich schnell wieder. Ich hoffte für die beiden einfach, dass sie irgendwo eine glückliche Kindheit genießen konnten.

Wir hatten nach unserer Hochzeit und den Adoptionen beschlossen, dass wir noch ein gemeinsames Kind haben wollten, aber es wollte einfach nicht klappen. Da wir beide schon Kinder hatten, war es uns unerklärlich. Nach zwei Jahren erfolgloser Versuchen hatten wir sogar gemeinsam einen Spezialisten aufgesucht, aber auch der konnte nichts finden und schlug nur vor, dass ich unterstützende Hormone nehmen könnte. Das hatten wir aber beide abgelehnt und uns irgendwann schweren Herzens von unserem Kinderwunsch verabschiedet und dann war Lilli plötzlich unterwegs. Sie war unser kleiner Sonnenschein und wurde von allen sehr geliebt.

Ein Auto fuhr vor und Lilli rannte aufgeregt zur Tür.

»Das sind Granpa Matthew und Grandma Emma«, rief sie jubelnd und rannte raus, um meine Eltern zu begrüßen. Im Moment waren sie gerade für ein paar Wochen wieder in Aptos, während sie sonst die meiste Zeit des Jahres in Florida lebten, Matthew behauptet, dass ihm dort das Klima einfach besser bekommen würde. Sie hatten Paula von der Schule abgeholt, die nun lachend ihre kleine Schwester umarmte und sie im Kreis herum wirbelte.

Die Vier waren noch nicht ganz im Haus, als zwei weitere Autos vorfuhren. In dem einem saßen William und Olivia und in dem anderen Landon, Lizzy und ihre Söhne Dave, Danny und Dylan. Nun waren wir fast komplett, nur Sebastian und Alexander fehlten noch, da meine Ex-Schwiegereltern, die wie ein drittes

Großelternpaar für unsere Kinder gewesen waren, leider verstorben waren.

Endlich kam der Wagen an und wir liefen alle hinaus, um Alex zu begrüßen. Seit er auf dem College war, kam er nur noch selten nach Hause und er fehlte uns allen sehr. Paula war die Erste, die ihn erreichte, die beiden hatten bis heute eine sehr enge Beziehung zueinander. Sie fiel ihm einfach um den Hals und er drückte ihr einen Kuss auf die Lippen.

»Happy Birthday, Kleines«, rief er lachend und umarmte sie herzlich.

»Ich hab euch alle ganz schön vermisst«, erklärte Alex später an der Kaffeetafel, die wir auf der Sonnenterrasse über der Klippe aufgebaut hatten.

»Vor allem Moms Kuchen«, neckte Paula ihn, weil er schon das dritte Stück aß.

»Warte es ab, bis du aufs College gehst, dann weißt du, was ich meine«, antwortete Alexander lachend.

»Da fehlt dann mehr, als nur Moms Kuchen. Keiner mehr, der deine Wäsche wäscht, die Küche putzt sich nicht allein …«

»Ich helfe Mommy jetzt schon immer und ich räume mein Zimmer ganz alleine auf«, erzählte Lilli.

»Kann ich dann auch bald ausziehen?« Ich musste mir das Lachen diesmal verkneifen.

»Willst du Mommy und Daddy wirklich alleine lassen in dem großen Haus?«, fragte ich sie.

»Wer leckt dann die Löffel ab?«, neckte Paula sie. Lilli runzelte kurz die Stirn, dann rief sie: »Ich ziehe nie aus und heirate Daddy, wenn ich groß bin!« Nun mussten doch alle wieder lachen.

Als sich am Abend alle verabschiedet hatten, brachte Sebastian Lilli ins Bett. Ich ging hinaus auf die Terrasse und sah Paula und Alexander zu, die unten am Strand entlang liefen und sich unterhielten. Wer hätte vor zwölf Jahren gedacht, dass wir einmal hier stehen würden? Leise seufzte ich.

»Sei nicht melancholisch, Schatz«, sagte er und umarmte mich von hinten.

»Die Kinder werden groß und langsam flügge, aber wir haben immer noch uns und wir werden sie nie ganz verlieren. Im Gegenteil, ich hoffe darauf, dass wir hier irgendwann stehen und unsere Enkelkinder am Strand beobachten.« Nach diesen Worten küsste er mich zärtlich und ich fühlte das vertraute Kribbeln, das ich noch heute dabei hatte.

»Lass uns nach oben gehen«, schlug ich vor und er grinste wissend und zog mich zur Treppe. Unsere Leidenschaft würde hoffentlich nie versiegen.

Danksagung

Danke an alle Leser, die mich bis zum Ende dieses
Buches begleitet haben.

Dann möchte ich zuerst meiner Familie, insbesondere
meinem Mann danken, der mich immer unterstützt.

Ein ganz besonderer Dank geht auch an
Anna, Elli und die Bianca,
die meine zahlreichen Fehler ausgebügelt haben.
Und natürlich auch an alle anderen,
die mich mit Tipps und Ratschlägen unterstützt haben.

Eure

Alina

Über die Autorin

Alina Jipp wurde 1981 geboren und lebt mit Mann, Kindern, Katzen und Kaninchen in einem kleinen Ort im Harz. Sie hat schon immer viel gelesen und Geschichten im Kopf gehabt aber erst mit über 30 angefangen zu schreiben und kann seitdem nicht mehr aufhören.

Der Arzt meiner Tochter ist ihr erster Roman